O LIVRO DAS SOMBRAS

LA BELLE SAUVAGE

PHILIP PULLMAN

O LIVRO DAS SOMBRAS

VOLUME I

LA BELLE SAUVAGE

TRADUÇÃO

JOSÉ RUBENS SIQUEIRA

1ª REIMPRESSÃO

SUMA

Grafia atualizada segundo o Acordo Ortográfico da Língua Portuguesa de 1990, que entrou em vigor no Brasil em 2009.

Título original
La Belle Sauvage

Capa
Alceu Chiesorin Nunes

Ilustrações de capa e quarta capa
Jean-Michel Trauscht

Preparação
Emanuella Feix

Revisão
Érica Borges Correa
Renato Potenza Rodrigues

Dados Internacionais de Catalogação na Publicação (CIP)
(Câmara Brasileira do Livro, SP, Brasil)

Pullman, Philip
La Belle Sauvage : O livro das sombras — vol. 1 / Philip Pullman ; tradução José Rubens Siqueira. — 1ª ed. — Rio de Janeiro : Suma, 2017.

Título original: La Belle Sauvage.
ISBN 978-85-5651-052-5

1. Ficção inglesa I. Título.

17-07646 CDD-823

Índice para catálogo sistemático:
1. Ficção : Literatura inglesa 823

[2021]

EDITORA SCHWARCZ S.A.
Praça Floriano, 19, sala 3001 – Cinelândia
20031-050 – Rio de Janeiro – RJ
Telefone: (21) 3993-7510
www.companhiadasletras.com.br
www.blogdacompanhia.com.br
facebook.com/editorasuma
instagram.com/editorasuma
twitter.com/Suma_BR

O mundo é mais louco e mais ainda do que pensamos,
Incorrigivelmente plural…
Louis MacNeice, "Snow"

Sumário

1. A SALA DO TERRAÇO

Cinco quilômetros rio Tâmisa acima, a partir do centro de Oxford, um pouco distante de onde as grandes faculdades Jordan, Gabriel, Balliol e umas vinte outras disputavam a liderança nas corridas de remo, onde a cidade era apenas uma coleção de torres e pináculos por sobre as névoas de Port Meadow, lá ficava o convento de Godstow, onde as doces freiras cuidavam de suas santas tarefas. Na margem oposta do convento, havia uma estalagem chamada A Truta.

A estalagem era uma construção de pedra, um tipo antigo de ambiente amplo e confortável. Sobre o rio havia um terraço, onde pavões (um chamado Norman e outro chamado Barry) passeavam entre os convivas, servindo-se de comida sem a menor cerimônia e erguendo a cabeça de vez em quando para emitir gritos ferozes e sem sentido. Havia um salão onde a pequena aristocracia, se é que catedráticos da universidade podiam ser considerados aristocratas, bebiam suas cervejas e fumavam seus cachimbos; havia uma sala onde remadores e camponeses sentavam diante da lareira ou jogavam dardos, encostavam no balcão para fofocar, discutir, ou simplesmente se embebedar calados; havia uma cozinha onde todos os dias a esposa do proprietário assava uma grande peça de carne, fazendo girar o espeto sobre o fogo com um complicado arranjo de rodas e correntes; e havia um garçom, um menino chamado Malcolm Polstead.

Malcolm era filho único do proprietário. Tinha onze anos, uma personalidade curiosa e gentil, um corpo robusto e cabelos vermelhos. Frequentava a Escola Elementar Ulvercote, que ficava a quase dois quilômetros, e tinha vários amigos. Mas ele gostava mesmo era de brincar sozinho com seu daemon, Asta, na canoa que se chamava *La Belle Sauvage*. A Bela Selvagem. Um colega espertinho achou que seria engraçado rabiscar um S em cima do V, transformando a palavra em *Sausage*, Salsicha. Malcolm apagou pacientemente três vezes antes de se zangar e jogar o boboca dentro da água, a partir do que declararam uma trégua.

Como todo filho de estalajadeiro, Malcolm tinha que trabalhar na taverna, lavar louça e copos, servir refeições ou canecos de cerveja e recolhê-los quando ficavam vazios. Ele achava normal trabalhar. O único problema em sua vida era uma menina chamada Alice, que ajudava a lavar os pratos. Tinha quinze anos, era alta e magra, com cabelo escuro escorrido preso em um rabo de cavalo que não lhe caía nada bem. Rugas de insatisfação já estavam se formando em sua testa e em volta da boca. Ela implicara com Malcolm desde o primeiro dia: "Quem é sua namorada, Malcolm? Não tem namorada, não? Com quem foi que você saiu ontem de noite? Beijou ela? Nunca deu beijo, não?".

Ele ignorou isso tudo durante muito tempo, mas por fim Asta pulou em cima da gralha magrela que era o daemon de Alice, jogou-o dentro da água da pia e mordeu e mordeu a criatura encharcada até Alice gritar pedindo que parasse. Ela reclamou amargamente com a mãe de Malcolm, que respondeu: "Bem feito pra você. Não tenho a menor pena. Não desconte sua maldade nos outros".

Foi o que ela fez a partir de então. Ela e Malcolm mal prestavam atenção um ao outro; ele punha os copos no escorredor, ela lavava, enxugava e colocava de volta no balcão sem dizer uma palavra, sem um olhar, sem um pensamento.

Mas ele gostava da vida na estalagem. Gostava principalmente das conversas que ouvia, fossem elas sobre as trapaças do Conselho do Rio, sobre a incorrigível incompetência do governo, ou até mesmo assuntos mais filosóficos como o fato de as estrelas terem ou não a mesma idade da Terra.

Às vezes, Malcolm ficava tão interessado nesse último tipo de conversa que deixava um punhado de copos vazios em cima da mesa e participava da discussão, mas só depois de ter ouvido atentamente. Ele era conhecido por muitos catedráticos e outros visitantes. Ganhava gorjetas generosas, mas ficar rico nunca foi seu objetivo; ele achava que as gorjetas eram generosidade da providência e passou a se considerar um felizardo, o que não lhe fez nenhum mal mais tarde na vida. Se ele fosse o tipo de menino que ganhava apelido, sem dúvida seria conhecido como "Professor", mas não era o caso. Ele era querido quando o notavam, mas não era muito notado, e isso também não lhe fez nenhum mal.

O outro grupo de Malcolm ficava do outro lado da ponte em frente à taverna, nos prédios de pedra cinzenta cravados entre campos verdes, belos pomares e hortas do convento de Sta. Rosamund. As freiras eram bem independentes: plantavam suas verduras e frutas, criavam abelhas e confeccionavam vestimentas elegantes que vendiam por ouro bem negociado. Mas ocasionalmente surgiam tarefas para um jovem ajudante realizar, uma escada a ser consertada sob a supervisão do sr. Taphouse, o velho carpinteiro, ou algum peixe a ser trazido de Medley Ponds, um pouquinho adiante no rio. *La Belle Sauvage* muitas vezes era operada a serviço das boas freiras; mais de uma vez, Malcolm transportara a irmã Benedicta rio abaixo até a Estação de Zepelim do Correio Real com um precioso pacote de estolas, capas ou casulas para o Bispo de Londres, que parecia usar suas vestimentas de um jeito muito rude, porque precisava de roupas novas com uma rapidez incrível. Malcolm aprendia muito nessas viagens tranquilas.

— Como que a gente fazemos um pacote assim tão bom, irmã Benedicta? — ele perguntou um dia.

— Como *nós* fazemos — a irmã Benedicta corrigiu.

— Como nós fazemos assim tão bom?

— Tão *bem*, Malcolm.

Ele não se importava; era uma espécie de jogo entre os dois.

— Achei que bom era bem-feito — ele disse.

— Depende: se você quer que a ideia de "bom" modifique o ato de amarrar o pacote, ou se você se refere ao pacote já amarrado.

— Pra mim tanto faz — respondeu Malcolm. — Só queria saber como a senhora amarra eles. Os pacotes.

— Da próxima vez que eu tiver de amarrar um pacote, prometo que te ensino — disse a irmã Benedicta. E ensinou.

Malcolm admirava as freiras por fazerem tudo bem-feito, pela maneira como plantavam as árvores frutíferas em espaldeiras ao longo da parede ensolarada do pomar, pelo encanto com que suas vozes delicadas se combinavam ao cantar nos ritos da igreja, por suas pequenas bondades aqui e ali com tanta gente. Ele gostava de conversar com elas sobre questões religiosas.

— Na Bíblia — ele disse certo dia enquanto ajudava a velha irmã Fenella na enorme cozinha —, a senhora sabe que diz que Deus criou o mundo em seis dias?

— Isso mesmo — confirmou a irmã Fenella, sovando uma massa.

— Bom, como é que tem fósseis e coisas com milhões de anos então?

— Ah, sabe, naquele tempo os dias eram muito mais compridos — respondeu a boa irmã. — Ainda não acabou de cortar o ruibarbo? Olha, vou acabar antes de você.

— Por que a gente usa esta faca pro ruibarbo, e não aquela velha? A velha é mais afiada.

— Por causa do ácido oxálico — disse a irmã Fenella, espalhando a massa na assadeira. — Aço inoxidável é melhor com o ruibarbo. Agora me passe o açúcar.

— Ácido oxálico — disse Malcolm, gostando muito das palavras. — O que é casula, irmã?

— É um tipo de vestimenta. Os sacerdotes usam por cima das alvas.

— Por que a senhora não costura que nem as outras madres?

O daemon de irmã Fenella, que era um esquilo, estava sentado no encosto de uma cadeira próxima e emitiu um tênue "tsk, tsk".

— Todo mundo faz aquilo que faz melhor — disse a freira. — Eu nunca fui boa com bordado. Veja como meus dedos são grandes e grossos! E as outras irmãs gostam das minhas tortas.

— Eu gosto da sua torta — afirmou Malcolm.

— Obrigada, meu bem.

— É quase tão boa como a da minha mãe. A massa da minha mãe é mais grossa que a sua. Acho que a senhora passa o rolo mais forte.

— Acho que sim.

Nada era desperdiçado na cozinha do convento. Os pedacinhos de massa, que sobravam depois de a irmã Fenella recortar as tortas de ruibarbo, se transformavam em cruzes desajeitadas, ramos de palmas, peixinhos; depois, eram enrolados em torno de umas frutas secas, polvilhados com um pouco de açúcar e assados separadamente. Cada um tinha um significado religioso, mas a irmã Fenella ("meus dedos grandes e grossos!") não era muito boa em moldá-los diferentes uns dos outros. Malcolm era melhor, mas precisava lavar as mãos muito bem antes.

— Quem come esses, irmã? — ele perguntou.

— Ah, todo mundo come. Às vezes uma visita também quer beliscar alguma coisa com o chá.

O convento, situado no ponto em que a estrada cruzava com o rio, era popular entre viajantes de todos os tipos, e as freiras sempre hospedavam visitantes. Havia A Truta também, claro, e geralmente dois ou três hóspedes passavam a noite na hospedaria, cujo café da manhã Malcolm tinha que servir. Mas quase sempre eram pescadores ou comerciantes, como seu pai os chamava: caixeiros-viajantes de folhas de fumo, ferragens ou maquinaria agrícola. Os hóspedes do convento eram pessoas de uma classe inteiramente superior: grandes lordes e ladies, às vezes bispos e clérigos, pessoas de classe que não tinham ligação com nenhuma das faculdades da cidade e não podiam esperar hospitalidade delas. Uma vez, uma princesa ficou lá seis semanas, mas Malcolm só a viu duas vezes. Ela havia sido mandada para lá de castigo. Seu daemon era uma doninha que rosnava para todo mundo.

Malcolm também ajudava com esses hóspedes: cuidava de seus cavalos, limpava suas botas, levava mensagens para eles. De vez em quando recebia uma gorjeta. Todo seu dinheiro ia para uma morsa de lata em seu quarto. Se apertava o rabo dela, ela abria a boca e se depositava a moeda entre suas presas, uma das quais havia sido quebrada e colada de volta. Malcolm não sabia quanto dinheiro tinha, mas a morsa estava pesada. Ele achou que podia comprar uma arma quando tivesse o suficiente, mas achava que seu pai não iria deixar, então precisaria esperar. Nesse meio-tempo, ele começava a se acostumar com as maneiras dos viajantes, tanto os comuns como os raros.

Ele achava que provavelmente não existia nenhum outro lugar onde alguém pudesse aprender tanto sobre o mundo como aquela pequena curva do rio, com a estalagem de um lado e o convento do outro. Ele acreditava que, quando crescesse, ia ajudar seu pai no balcão e depois tomaria conta do local quando seus pais ficassem velhos demais para continuar. Ficava bem feliz com isso. Seria muito melhor cuidar da Truta do que de várias outras hospedarias, porque era frequentada pela alta sociedade; intelectuais e pessoas importantes iam sempre lá para conversar. Mas o que ele realmente gostaria de fazer não tinha nada a ver com isso. Ele queria ser um catedrático, talvez um astrônomo ou um teólogo experimental, fazer grandes descobertas sobre a natureza mais profunda das coisas. Ser um aprendiz de filósofo, ora, isso seria uma coisa boa. Mas era muito pouco provável; antes de soltar seus alunos no mundo aos catorze anos, a Escola Elementar Ulvercote os preparava para serem artesãos ou, na melhor das hipóteses, escriturários. Além disso, pela informação que tinha, não havia bolsas de estudos para um rapaz inteligente com uma canoa.

Um dia, no meio do inverno, A Truta recebeu alguns visitantes que não se pareciam com os habituais. Três homens chegaram em um carro ambárico e se dirigiram imediatamente para a Sala do Terraço, que era a menor de todas as salas de jantar da hospedaria e tinha vista para o terraço, para o rio e para o convento lá adiante. Ficava no fim do corredor, e não era muito usada nem no inverno nem no verão, com janelas pequenas e nenhuma porta para o terraço, apesar do nome.

Malcolm tinha acabado sua escassa lição de casa (geometria) e devorou um pouco de rosbife e bolinhos de Yorkshire, seguidos de uma maçã assada com calda, quando seu pai o chamou para o bar.

— Vá ver o que aqueles senhores na Sala do Terraço vão querer — ele pediu. — Provavelmente são estrangeiros e não sabem que têm de vir ao balcão para comprar a bebida. Querem ser servidos, acho.

Contente com essa novidade, Malcolm foi até a salinha e encontrou três cavalheiros (dava para perceber a classe deles só de olhar), todos de pé, debruçados à janela, olhando para fora.

— Em que posso ser útil, cavalheiros? — ele disse.

Os três se viraram imediatamente. Dois pediram clarete e o terceiro queria rum. Quando Malcolm voltou com as bebidas, perguntaram se poderiam jantar ali, e nesse caso o que a casa oferecia.

— Rosbife, moço, e está muito bom. Eu sei porque acabei de comer.

— Ah, *le patron mange ici*, hã? — comentou o mais velho dos cavalheiros, quando eles puxaram suas cadeiras para a mesa pequena. O daemon dele, um lindo lêmure preto e branco, estava sentado calmamente em seu ombro.

— Eu moro aqui, meu pai é o dono — respondeu Malcolm. — E minha mãe é a cozinheira.

— Como é seu nome? — perguntou o mais alto e mais magro dos visitantes, um homem que parecia catedrático com denso cabelo grisalho, e cujo daemon era um verdilhão.

— Malcolm Polstead.

— O que é aquele lugar do outro lado do rio, Malcolm? — indagou o terceiro, um homem de grandes olhos escuros e bigode preto. O daemon dele, fosse o que fosse, estava encolhido no chão a seus pés.

Já estava escuro, evidentemente, e tudo o que podiam ver do outro lado do rio eram as janelas de vitral do oratório debilmente iluminadas e a luz sempre acesa acima da portaria.

— É o convento. As Irmãs da Ordem de Sta. Rosamund.

— E quem foi santa Rosamund?

— Nunca perguntei pra elas sobre a santa Rosamund. Mas tem um retrato dela no vitral, de pé, assim, em cima de uma rosa grande. Acho que daí que vem o nome dela. Vou ter de perguntar pra irmã Benedicta.

— Ah, você conhece bem as freiras então?

— Falo com elas todo dia, sim, senhor, mais ou menos. Faço uns serviços no convento, levo recados, essas coisas.

— E essas freiras nunca recebem visitas? — perguntou o homem mais velho.

— Recebem, sim, senhor, quase sempre. Todo tipo de gente. Não quero me meter, mas é sempre tão frio aqui. Quer que eu acenda a lareira? Ou então não preferem jantar no salão? Lá é quente e confortável.

— Não, vamos ficar aqui, obrigado, Malcolm, mas com certeza vamos gostar do fogo. Pode acender.

Malcolm riscou um fósforo e o fogo pegou na hora. O pai dele era bom para montar a lenha; o filho sempre o observava. Havia lenha suficiente para a noite toda se aqueles homens resolvessem ficar.

— Muita gente esta noite? — questionou o homem de olhos escuros.

— Acho que deve ter mais ou menos uns doze. O normal.

— Muito bem — concluiu o homem mais velho. — Então, traga o rosbife para nós.

— Sopa pra começar? Hoje é de pastinaca com especiarias.

— Claro, por que não? Sopa para todos e em seguida o seu famoso rosbife. E mais uma garrafa deste clarete.

Malcolm não achava que o rosbife fosse famoso de verdade: era só uma maneira de dizer. Ele foi buscar os talheres e levar o pedido para sua mãe na cozinha.

No ouvido dele, Asta, que estava em forma de pintassilgo, sussurrou:

— Eles já sabiam das freiras.

— Então por que perguntaram? — Malcolm sussurrou de volta.

— Estavam testando a gente, pra ver se nós falamos a verdade.

— O que será que eles querem?

— Não parecem catedráticos.

— Parecem, um pouco.

— Parecem políticos — ela insistiu.

— E como você sabe como é que os políticos se parecem?

— É só uma impressão.

Malcolm não discutiu com ela; tinha outros clientes para atender, então estava ocupado, e além disso acreditava na impressão de Asta. Ele mesmo raramente tinha esse tipo de pressentimento sobre as pessoas. Se eram boas com ele, gostava delas. Mas as intuições de seu daemon se mostravam confiáveis muitas vezes. Claro, ele e Asta eram um ser só, então as intuições de qualquer forma eram dele, assim como suas impressões eram do daemon.

O pai de Malcolm foi pessoalmente servir a comida aos três hóspedes e abrir o vinho. Malcolm não tinha aprendido a levar três pratos quentes ao mesmo tempo. Quando o sr. Polstead voltou ao balcão principal, chamou Malcolm com o dedo e falou baixinho.

— O que aqueles cavalheiros falaram pra você? — perguntou.

— Me perguntaram sobre o convento.

— Eles querem falar com você de novo. Disseram que você é um menino inteligente. Agora, veja como se comporta. Sabe quem são eles?

De olhos arregalados, Malcolm sacudiu a cabeça.

— É o lorde Nugent, o próprio. Ele já foi lorde chanceler da Inglaterra.

— Como o senhor sabe?

— Reconheci pela foto dele no jornal. Agora vá. Responda tudo o que eles perguntarem.

Malcolm seguiu pelo corredor com Asta sussurrando:

— Viu? Quem acertou então? Ninguém mais, ninguém menos do que o lorde chanceler da Inglaterra!

Os homens estavam atacando o rosbife (a mãe de Malcolm tinha colocado uma fatia extra para cada um) e conversando baixo, mas se calaram assim que Malcolm entrou.

— Vim ver se gostariam de mais uma luz, cavalheiros — ele começou. — Posso trazer um lampião de nafta pra mesa, se quiserem.

— Daqui a pouco, Malcolm, será uma boa ideia — respondeu o homem que era o lorde chanceler. — Mas, me diga, quantos anos você tem?

— Onze, meu senhor.

Talvez ele devesse dizer, "milorde", mas o ex-lorde chanceler da Inglaterra pareceu se contentar com o "senhor". Talvez estivesse viajando anonimamente e nesse caso não ia gostar de ser tratado da forma correta.

— E para que escola você vai?

— A Elementar Ulvercote, em frente a Port Meadow.

— O que você acha que vai ser quando crescer?

— Muito provável que eu seja estalajadeiro, igual o meu pai, senhor.

— Um trabalho muito interessante, eu diria.

— Eu também acho.

— Todo tipo de gente passando, e tudo o mais.

— Isso mesmo. Tem catedráticos da universidade que vêm aqui e barqueiros de toda parte.

— Você vê muita coisa acontecendo, hein?

— É, nós vemos, sim.

— O movimento rio acima e rio abaixo, e tudo o mais.

— É mais no canal que tem coisa interessante. Tem os barcos gípcios subindo e descendo, e a Feira Equina em julho, aí o canal fica cheio de barcos e de viajantes.

— Feira Equina... Gípcios, é?

— Eles vêm de todo lugar pra comprar e vender cavalos.

— As freiras no convento. Como elas ganham a vida? Fazem perfume, alguma coisa assim? — O homem catedrático indagou.

— Elas plantam um monte de verdura — Malcolm respondeu. — Minha mãe compra fruta e verdura do convento. E mel. Ah, e elas costuram e bordam coisas para os padres vestirem. Casulas e tal. Acho que devem ganhar bastante com isso. Devem ter algum dinheiro porque elas compram peixe em Medley Pond, pra lá do rio.

— Quando o convento recebe visitas — continuou o ex-lorde chanceler —, que tipo de gente é, Malcolm?

— Bom, às vezes senhoras... Senhoritas... Às vezes um padre mais velho ou um bispo, talvez. Acho que eles vêm aqui descansar.

— Descansar?

— Foi o que a irmã Benedicta me falou. Ela disse que antigamente, antes de existirem estalagens que nem esta aqui e hotéis, e principalmente hospitais, as pessoas ficavam nos mosteiros, conventos e lugares assim, mas hoje em dia são principalmente padres, ou quem sabe freiras de outros lugares que estão convales... conva...

— Convalescendo — completou lorde Nugent.

— Sim, senhor, isso mesmo. Sarando.

O último a terminar o rosbife, o homem de olhos escuros, juntou o garfo e a faca sobre o prato.

— Tem alguém lá agora? — perguntou.

— Acho que não, senhor. A não ser que fiquem só lá dentro. Geralmente as visitas gostam de passear no jardim, mas o tempo não anda muito bom, então... Vão querer a sobremesa agora, cavalheiros?

— O que é?

— Maçã assada com calda. Maçã do pomar do convento.

— Bom, não podemos deixar passar a chance de experimentar — considerou o catedrático. — Certo, traga maçãs assadas com calda.

Malcolm começou a recolher os pratos e talheres.

— Você viveu a vida inteira aqui, Malcolm? — perguntou lorde Nugent.

— Sim, senhor. Eu nasci aqui.

— E, em toda a sua longa experiência no convento, sabe se algum dia elas cuidaram de algum menor?

— Alguma criança muito nova?

— É. Uma criança nova demais para ir à escola. Um bebê mesmo. Você sabe?

Malcolm pensou com cuidado e respondeu:

— Não, senhor, nunca. Damas e cavalheiros, ou padres mesmo, mas nunca um bebê.

— Sei. Obrigado, Malcolm.

Segurando os cálices de vinho com as hastes entre os dedos, ele conseguiu pegar os três de uma vez, além dos pratos.

— Um bebê? — Asta sussurrou a caminho da cozinha.

— Que mistério — Malcolm comentou com satisfação. — Quem sabe um órfão.

— Ou pior — disse Asta, sombriamente.

Malcolm pôs os pratos no escorredor, ignorou Alice como sempre e fez o pedido da sobremesa.

— Seu pai acha que um desses hóspedes era o lorde chanceler — disse a mãe de Malcolm enquanto arrumava as maçãs.

— Então é melhor dar uma maçã bem grande e bonita pra ele — afirmou Malcolm.

— O que eles queriam saber? — ela perguntou, despejando calda quente com a concha em cima das maçãs.

— Ah, tudo sobre o convento.

— Consegue levar esses? Estão quentes.

— É, mas não são grandes. Eu consigo, sério mesmo.

— É melhor conseguir. Se derrubar a maçã do lorde chanceler, você vai pra cadeia.

Ele conseguiu carregar as tigelas perfeitamente, embora estivessem ficando cada vez mais quentes. Os cavalheiros não perguntaram nada dessa vez, só pediram café. Malcolm levou para eles o lampião de nafta antes de ir à cozinha buscar as xícaras.

— Mãe, a senhora sabe que o convento recebe uns hóspedes de vez em quando. Sabe se algum dia elas cuidaram de algum bebê?

— Por que você quer saber uma coisa dessas?

— Eles perguntaram. O lorde chanceler e os outros.

— O que você respondeu?

— Eu disse que achava que não.

— Bom, é a resposta certa. Agora vá, saia daqui e me traga mais uns copos.

No bar principal, acobertado pelo barulho e pelas risadas, Asta sussurrou:

— Ela se assustou quando você perguntou isso. Eu vi Kerin acordar e levantar as orelhas.

Kerin era o daemon da sra. Polstead, um texugo rústico e tolerante.

— Só porque foi surpresa — respondeu Malcolm. — Aposto que você ficou com cara de surpresa quando me perguntaram.

— Nunca. Eu sou inescrutável.

— Bom, imagino que eles tenham visto que *eu* fiquei surpreso.

— Vamos perguntar pras freiras?

— Pode ser — disse Malcolm. — Amanhã. Elas precisam saber que tem gente fazendo perguntas sobre elas.

2. A BOLOTA

O pai de Malcolm tinha razão: lorde Nugent havia sido lorde chanceler, mas em um governo anterior, um projeto mais liberal do que o atual, que governava em tempos mais liberais. Hoje em dia, o que predominava na política era uma obsequiosa submissão às autoridades religiosas e, em última análise, a Genebra. Por consequência, algumas organizações das religiões favorecidas experimentavam um enorme progresso de poder e influência, enquanto funcionários e ministros que tinham apoiado uma linha secular, agora desfavorecida, precisaram procurar outras coisas para fazer, ou trabalhavam de maneira clandestina, sob o risco iminente de serem descobertos.

Thomas Nugent era um desses homens. Para o mundo, para a mídia e para o governo, ele era um advogado aposentado de fama decadente, o homem de ontem, sem grande interesse. De fato, ele estava dirigindo uma organização que funcionava de um jeito muito parecido com um serviço secreto, que havia sido parte da segurança e dos serviços de inteligência da Coroa, não muitos anos antes. Agora, sob a direção de Nugent, as atividades da organização dedicavam-se em frustrar o trabalho das autoridades religiosas, em permanecer incógnitas e aparentemente inofensivas. Isso exigia engenhosidade, coragem, sorte, e até então eles não tinham sido descobertos. Sob um nome falso e inocente, realizavam todo tipo de missões, desde as tediosas até as perigosas, complicadas, às vezes, totalmente ilegais. Mas nunca antes haviam precisado lutar para manter um bebê de seis meses longe das mãos daqueles que queriam matá-lo.

No sábado, assim que terminou suas tarefas matinais na Truta, Malcolm ficou livre para atravessar a ponte e ir ao convento.

Ele bateu na porta da cozinha e, ao entrar, encontrou a irmã Fenella descascando batatas. Havia um jeito melhor de descascá-las, que ele sabia por observar a mãe, e com uma faca afiada podia ter mostrado à boa freira, mas decidiu permanecer quieto.

— Veio me ajudar, Malcolm? — ela perguntou.

— Se quiser. Mas na verdade eu ia dizer uma coisa pra senhora.

— Pode preparar aquelas couves de Bruxelas?

— Tudo bem — respondeu Malcolm e, com a faca mais afiada que encontrou na gaveta, cortou vários talos em cima da mesa na pálida luz de fevereiro.

— Não esqueça da cruz na base — lembrou a irmã Fenella.

Um dia, ela havia dito para ele que isso deixava a marca do Salvador em cada couve e garantia que o Diabo não pudesse entrar nela. Na época Malcolm ficou impressionado, mas agora sabia que era para ajudar a couve a cozinhar melhor. Sua mãe havia explicado: "Mas não vá contrariar a irmã Fenella. Ela é uma senhora de bom coração e, se ela quer acreditar nisso, não a perturbe".

Malcolm aguentaria muita coisa para não contrariar a irmã Fenella, que ele amava com uma devoção profunda e simples.

— Então, o que você queria me falar? — ela perguntou quando Malcolm sentou no velho banquinho ao lado dela.

— Sabe quem estava na Truta ontem de noite? Tinha três cavalheiros pra jantar e um deles era o lorde Nugent, o lorde chanceler da Inglaterra. Ex-lorde chanceler. E tem mais. Eles estavam olhando aqui pro convento e estavam muito curiosos. Me fizeram um monte de perguntas: que tipo de freiras vocês eram, se recebiam hóspedes aqui, que tipo de gente eram esses hóspedes, e acabaram perguntando se algum dia vocês tinham recebido um bebê aqui...

— Uma criança — Asta interveio.

— É, uma criança. Já teve alguma criança que ficou aqui?

A irmã Fenella parou de descascar.

— O lorde chanceler da Inglaterra? — repetiu. — Tem certeza?

— Meu pai tem, porque viu a foto dele no jornal e reconheceu. Eles quiseram comer sozinhos na Sala do Terraço.

— O lorde chanceler em pessoa?

— Ex-lorde chanceler. Irmã Fenella, o que o lorde chanceler faz?

— Ah, ele tem uma alta posição, é muito importante. Eu não ia ficar nada surpresa se ele fizesse alguma coisa a ver com a lei. Ou com o governo. Ele era muito imponente e orgulhoso?

— Não. Era um cavalheiro, sim, dava pra perceber de cara, mas era bom, gentil.

— E ele queria saber...

— Se vocês algum dia receberam uma criança aqui no convento. Acho que ele queria dizer receber pra cuidar dela.

— E o que você disse a ele, Malcolm?

— Eu disse que achava que não. Já teve, algum dia?

— Não na minha época. Deus nos livre! Estou pensando se devia contar para a irmã Benedicta.

— Pode ser. O que eu pensei foi que ele podia estar procurando alguém que trouxe uma criança importante, convalescente, quem sabe. Quem sabe é uma criança da realeza que a gente não conhece porque ficou doente, né, ou quem sabe foi picada por uma cobra...

— Por que picada por cobra?

— Por causa que a babá estava distraída, quem sabe lendo uma revista ou conversando, e a cobra vem e de repente a babá ouve um grito, ela vira e o bebê está lá com uma cobra pendurada. Ela ia se dar muito mal, a babá, podia até ir pra cadeia. E quando o bebê sarasse da mordida de cobra ainda ia precisar convalescer. Então o rei, o primeiro-ministro, o lorde chanceler, ia todo mundo ficar procurando alguém pra convalescer o bebê. E claro que não iam querer um lugar que não tivesse experiência com bebês.

— É, entendo — disse a irmã Fenella. — Faz sentido. Eu acho que devo mesmo falar com a irmã Benedicta, pelo menos. Ela vai saber o que fazer.

— Eu acho que, se eles estivessem falando sério, eles vinham e perguntavam aqui. Quer dizer, a gente vê de tudo na Truta, mas o lugar pra perguntar de verdade é aqui, não é?

— A menos que eles não queiram que a gente saiba — considerou a irmã Fenella.

— Mas eles perguntaram pra mim se eu falava com vocês e eu disse que sempre, porque trabalho pra vocês. Então eles deviam saber que eu ia falar alguma coisa, e eles não me pediram pra não falar.

— Está certo — respondeu a irmã Fenella e soltou a última batata descascada dentro de uma panela grande. — Mas é estranho. Talvez eles venham a escrever para a lady prioresa em vez de vir em pessoa. Eu me pergunto se é mesmo sobre santuário que eles estão querendo saber.

— Santuário? — Malcolm gostou do som da palavra e já sabia como escrevê-la, na imaginação. — O que é isso?

— Se alguém desobedeceu a lei e é procurado pelas autoridades, pode ir para um oratório e pedir santuário. Isso significa que vai estar a salvo da prisão, contanto que não saia de lá.

— Mas um bebezinho não pode ter desobedecido a lei. Pelo menos, não ainda.

— Não. Mas serve para refugiados também. Pessoas que estão em perigo por alguma coisa que não é culpa delas. Ninguém pode ser preso se está em santuário. Algumas faculdades ofereciam santuário a catedráticos. Não sei se ainda oferecem.

— Também não ia ser catedrático. O bebê, eu digo. Quer que eu limpe todas essas couves?

— Todas, menos dois galhos. Vou guardar para amanhã.

A irmã Fenella recolheu as folhas de couves desprezadas, cortou os talos em meia dúzia de pedaços e pôs em uma lata para os porcos.

— O que você vai fazer hoje, Malcolm? — ela perguntou.

— Vou sair com a minha canoa. O rio está meio alto, então vou ter que tomar cuidado, mas quero limpar ela e deixar com tudo em cima.

— Está pensando em alguma viagem longa?

— Bem que eu gostaria. Mas não posso deixar meus pais porque eles precisam da minha ajuda.

— Eles também iam ficar preocupados com você.

— Eu poderia mandar cartas.

— Aonde você iria?

— Desceria o rio até Londres. Quem sabe até o mar. Mas acho que o meu barco não ia ser bom pra viajar no mar, não. Podia virar com uma onda grande. Eu ia ter que ancorar ela e ir em outro barco diferente. Um dia eu vou.

— Vai mandar um cartão-postal para nós?

— Claro que vou. Ou a senhora podia ir comigo.

— E quem ia cozinhar para as irmãs?

— Elas podiam fazer piquenique. Ou comer na Truta.

Ela riu e bateu palmas. Na tênue luz do sol que entrava pelas janelas empoeiradas, Malcolm viu como a pele dos dedos dela era ressecada e rachada, vermelha e áspera. *Cada vez que ela põe a mão na água quente deve doer*, ele pensou, mas nunca tinha ouvido dela nenhuma reclamação.

Nessa tarde, Malcolm foi ao galpão ao lado da casa e tirou a capa impermeável de sua canoa. Fez uma inspeção de proa a popa, raspou o limo verde que havia se acumulado durante o inverno, examinou cada centímetro. Norman, o pavão, chegou perto para ver se havia alguma coisa de comer, e sacudiu as penas com um chocalhar de irritação quando viu que não havia.

Todo o madeiramento de *La Belle Sauvage* estava firme, embora a tinta estivesse começando a descascar. Malcolm pensou que seria melhor lixar a parte onde estava o nome e pintar novamente. A tinta antiga era verde, e um vermelho ia ressaltar com mais clareza. Talvez ele pudesse fazer uns trabalhos no estaleiro de Medley em troca de uma latinha de tinta vermelha. Empurrou a canoa pela rampa até a beira do rio e chegou a pensar em descer o rio imediatamente para negociar, mas deixou para outro dia. Em vez disso, remou rio acima um trechinho até virar à direita no Atalho Duke, uma das vias que ligava o rio ao canal Oxford.

Estava com sorte: um barco estreito começava a passar pela eclusa, então deslizou ao lado dele. Às vezes, precisava esperar uma hora, tentando convencer o sr. Parsons, que operava a eclusa, a abrir só para ele, mas o operador era fiel ao regulamento, assim como não gostava de trabalhar mais que o necessário. Porém, ele não se importava que Malcolm aproveitasse para passar de um lado para outro quando havia outro barco passando.

— Aonde está indo, Malcolm? — ele perguntou quando a água escorreu toda pelo extremo oposto e o nível baixou.

— Vou pescar — Malcolm respondeu.

Era o que ele sempre respondia, e às vezes era verdade. Hoje, porém, ele não conseguia tirar aquela lata de tinta vermelha da cabeça e pensou que podia remar até a mercearia de Jericó, só para ter uma ideia do preço. Claro, eles podiam não ter a tinta, mas ele gostava da mercearia.

Logo que entrou no canal, começou a remar com firmeza. Passou por lotes e ginásios de escolas até chegar à margem norte de Jericó: pequenos terraços de casas de tijolos onde trabalhadores da prensa ou da Fundição Águia moravam com suas famílias. A área estava ficando meio valorizada agora, mas ainda havia cantos velhos e vielas escuras, um cemitério abandonado e uma igreja com um campanário italiano que pairava acima do estaleiro e da mercearia.

Havia um caminho de reboque no lado oeste do canal, à direita de Malcolm, mas precisava de uma limpeza. Na beira, cresciam densas plantas aquáticas, e quando o menino foi diminuindo a velocidade seus olhos captaram um movimento no meio dos caniços. Ele deixou a canoa flutuar até parar e depois deslizou silenciosamente entre as hastes rijas. Ficou observando um mergulhão-de-crista subir para o caminho, atravessá-lo desengonçado e depois descer para o riachinho que havia do outro lado. O mais discretamente possível, Malcolm foi enfiando a canoa bem devagar ainda mais para dentro dos caniços e viu a ave sacudir a cabeça e nadar ao encontro de seu par.

Malcolm tinha ouvido dizer que havia mergulhões-de-crista ali, mas não acreditara muito. Agora tinha a prova. Definitivamente, voltaria alguns meses depois naquele ano para ver se nasceriam filhotes.

Os caniços eram mais altos que ele sentado na canoa e, se ficasse muito quieto, imaginou que provavelmente não seria visto. Escutou vozes atrás dele, de homem e de mulher, e ficou parado como uma estátua enquanto eles passavam, absortos um no outro. Já havia passado por eles antes: namorados passeando de mãos dadas; seus daemons, dois passarinhos, iam um pouco à frente, parando para sussurrar um para o outro e seguindo o voo.

Asta, o daemon de Malcolm, era agora um martim-pescador, empoleirado na amurada da canoa. Quando os namorados passaram, ela voou para seu ombro e sussurrou:

— Aquele homem lá... olha...

Malcolm não tinha visto o homem. Poucos metros adiante, no caminho, visível apenas através dos caniços, um homem de capa de chuva e chapéu de feltro estava parado debaixo de um carvalho. Parecia se proteger da chuva, só que não estava chovendo. A capa e o chapéu eram quase exatamente da cor do fim da tarde: ele era quase tão difícil de distinguir quanto os mergulhões. Na verdade, era mais difícil, Malcolm pensou, porque não tinha um penacho.

— O que ele está fazendo? — Malcolm sussurrou.

Asta se transformou em uma mosca e voou o mais longe possível do garoto. Parou quando começou a sentir dor e pousou na pontinha de um junco para ver melhor o homem. Ele estava tentando não ser notado, mas era tão desajeitado e infeliz na tentativa que parecia até estar agitando uma bandeira.

Asta viu o daemon dele, um gato, andando entre os ramos mais baixos do carvalho enquanto o homem ficava no chão, olhando para um lado e outro do caminho de reboque. Então o gato fez um barulhinho, o homem olhou para cima e o bichano pulou no ombro dele, mas ao fazer isso acabou deixando cair alguma coisa que tinha na boca.

O homem deu um pequeno grunhido de desânimo e o daemon pulou para o chão. Eles começaram a procurar, debaixo da árvore, na beira da água, entre as moitas de relva.

— O que foi que o gato derrubou? — Malcolm sussurrou.

— Parece uma noz. Mais ou menos do tamanho de uma noz.

— Você viu onde caiu?

— Acho que sim. Acho que quicou no pé da árvore e foi pra baixo daquela moita ali. Olha, eles estão fingindo que não estão procurando...

E estavam fingindo mesmo. Alguém surgiu vindo pelo caminho, um homem com seu daemon-cachorro. Enquanto esperava os dois passarem, o homem de capa fingiu que estava olhando o relógio, sacudiu o pulso, ouviu, sacudiu o pulso de novo, tirou o relógio, deu corda... Assim que o outro homem passou, o homem de capa cinzenta pôs o relógio no pulso outra vez e voltou a procurar o objeto que seu daemon tinha derrubado. Ele estava ansioso, era fácil perceber, e o gato era só pedidos de perdão pelo corpo todo. Os dois juntos eram a própria imagem da aflição.

— A gente podia ir ajudar — sugeriu Asta.

Malcolm estava dividido. Ele queria muito ficar olhando os dois mergulhões, mas o homem parecia estar precisando de ajuda, e ele tinha certeza de que os olhos de Asta conseguiam encontrar a coisa, não importava o que fosse. Não ia levar mais que um minuto.

Mas, antes que pudesse fazer qualquer coisa, o homem se abaixou, pegou seu daemon gato e seguiu depressa pelo caminho de reboque como se tivesse decidido ir buscar ajuda. Imediatamente Malcolm afastou a canoa de dentro dos caniços e se dirigiu depressa em direção ao local onde o homem ficara parado, debaixo do carvalho. Um momento depois, ele havia saltado para fora, segurando o cabo de ancoragem. Asta, com a forma de camundongo, atravessou correndo o caminho para debaixo da moita. Um farfalhar de folhas, um silêncio, mais farfalhar, mais silêncio, enquanto Malcolm vigiava o homem alcançar a pequena passarela de ferro da praça e subir os degraus. Então um guincho de satisfação revelou a Malcolm que Asta tinha encontrado. Na forma de esquilo, o daemon voltou correndo, subiu pelo braço dele até o ombro e soltou alguma coisa em sua mão.

— Deve ser isto — disse. — *Tem* que ser.

À primeira vista parecia uma bolota, uma noz de carvalho, mas era estranhamente pesada. Quando ele olhou mais de perto, viu que era esculpida em um pedaço de madeira de grão duro. Em dois pedaços, na verdade: um para a cúpula, cuja superfície havia sido esculpida em uma réplica exata das ásperas escamas sobrepostas de uma bolota verdadeira e muito levemente manchada de verde, e outro para a noz, que era polida e encerada com um brilho perfeito marrom-claro. Era bonita e Asta tinha razão: era isso que o homem tinha perdido.

— Vamos atrás dele antes que atravesse a ponte — ele disse, pondo o pé dentro da canoa, mas Asta falou:

— Espere. Olhe.

Asta havia se transformado em coruja, como sempre fazia quando queria ver alguma coisa com clareza. O rosto plano estava olhando o canal e, quando Malcolm seguiu seu olhar, viu o homem chegar ao meio da passarela, hesitar, porque outra pessoa tinha surgido do outro lado, um homem corpulento, vestido de preto com um daemon-raposa de passo leve. Malcolm e Asta viram que o segundo homem ia deter o homem de capa, que por sua vez estava com medo.

Viram quando ele virou e deu um ou dois passos apressados, depois parou de novo porque um terceiro homem tinha aparecido na passarela atrás dele. Era mais magro que o primeiro e também estava vestido de preto. Seu daemon era algum tipo de ave grande em seu ombro. Os dois homens de preto pareciam muito seguros, como se tivessem todo tempo para fazer tudo o que quisessem. Disseram alguma coisa para o de capa, e cada um segurou um braço dele. O homem de capa se debateu inutilmente por um ou dois momentos e então pareceu desabar, mas os dois o seguraram, atravessaram a passarela com ele, até a pequena praça abaixo da torre da igreja, e sumiram de vista. O daemon-gato corria atrás dele, miserável e desesperado.

— Guarde no bolso de dentro — Asta sussurrou.

Malcolm enfiou a bolota no bolso interno do casaco e então se sentou com muito cuidado. Estava tremendo.

— Prenderam ele — sussurrou Malcolm.

— Não eram da polícia.

— Não. Mas não eram ladrões. Tinham certa calma, como se pudessem fazer o que quisessem.

— Vá para casa — sugeriu Asta. — No caso de terem visto a gente.

— Eles não estavam nem olhando nada — comentou Malcolm, mas concordou que deviam voltar para casa.

Foram conversando baixinho enquanto ele remava depressa de volta ao Atalho Duke.

— Aposto que ele era um espião — afirmou Asta.

— Pode ser. E aqueles homens...

— TCD.

— Sssh!

O TCD era o Tribunal Consistorial de Disciplina, uma organização da igreja que atuava na área de heresia e falta de fé. Malcolm não sabia muita coisa a respeito, mas conhecia a sensação de terror paralisante que o TCD podia produzir, porque uma vez ouviu alguns clientes discutirem o que havia acontecido com um jornalista que conheciam: ele tinha feito muitos questionamentos sobre o TCD em uma série de artigos e de repente desapareceu. O editor do jornal foi detido e preso por insubordinação, mas o jornalista mesmo nunca mais foi visto.

— A gente não deve contar nada disso pras irmãs — comentou Asta.

— Principalmente para elas — Malcolm concordou.

Era difícil de entender, mas o Tribunal Consistorial de Disciplina de certa forma deveria ter os mesmos interesses que o convento de Godstow das doces freiras. Ambos faziam parte da igreja. A única vez que Malcolm viu a irmã Benedicta ficar aflita foi quando um dia perguntou a ela a respeito disso.

— São mistérios sobre os quais não se deve perguntar, Malcolm — ela respondera. — São profundos demais para nós. Mas a Santa Igreja sabe a vontade de Deus e o que deve ser feito. Devemos continuar a amar uns aos outros e não fazer muitas perguntas.

A primeira parte era fácil para Malcolm, que gostava da maioria das coisas que conhecia, mas a segunda parte era mais difícil. Porém ele não fez mais nenhuma pergunta sobre o TCD.

Estava quase escuro quando chegaram em casa. Malcolm puxou *La Belle Sauvage* para fora da água, até o galpão ao lado da hospedaria. Depois correu para dentro, subindo depressa para seu quarto, com dor nos braços.

Jogou o casaco no chão, chutou os sapatos para baixo da cama e acendeu a luz de cabeceira enquanto Asta se esforçava para puxar a bolota do bolso interno do casaco. Quando Malcolm a pegou, virou e revirou com as mãos, examinando a bolota atentamente.

— Olha como isto aqui é esculpido! — disse ele, maravilhado.

— Tenta abrir.

Ele já estava fazendo isso quando Asta falou; girava delicadamente a bolota em sua cúpula, mas sem nenhum sucesso. Ela não desatarraxava, então ele tentou fazer mais força, depois tentou puxar, mas também não funcionou.

— Tente girar para o outro lado — sugeriu Asta.

— Aí só vai apertar mais — ele disse, mas tentou e funcionou. A rosca era do lado contrário.

— Nunca vi isso antes — Malcolm falou. — Estranho.

Os sulcos da rosca eram tão exatos e bem-feitos que ele precisou girar doze vezes até as duas partes se abrirem. Dentro, encontrou um pedaço de papel, dobrado até o menor tamanho possível: aquele tipo de papel muito fino que usavam para imprimir a Bíblia.

Malcolm e Asta olharam um para o outro.

— Isto é o segredo de alguém — disse o menino. — A gente não devia olhar.

Mas mesmo assim abriu, com muito cuidado para não rasgar o papel delicado. Só que não era nada delicado: era forte.

— Qualquer um podia ter encontrado — afirmou Asta. — Sorte dele que fomos nós.

— Mais ou menos.

— Bom, foi sorte não estar com ele quando foi preso.

As seguintes palavras estavam escritas no papel, com tinta preta e uma caneta muito fina:

> *Gostaríamos que você voltasse sua atenção para outra questão. Você estará ciente de que a existência de um campo Rusakov implica a existência de uma partícula correlata, mas até agora essa partícula nos escapa. Quando tentamos medir de um jeito, nossa substância escapa e parece preferir outro. No entanto, quando tentamos outro jeito, não temos maior sucesso. Uma sugestão de Tokojima, embora totalmente rejeitada pela maioria das instituições oficiais, parece-nos conter algo promissor, e por isso gostaríamos que você investigasse através do aletiômetro qualquer conexão que possa existir entre o campo Rusakov e o fenômeno chamado extraoficialmente de Pó. Não é preciso alertar sobre o perigo existente caso essa pesquisa venha a atrair a atenção do outro lado, mas por favor saiba que eles próprios estão começando um grande programa investigativo sobre o assunto. Proceda com cuidado.*

— O que isto quer dizer? — Asta perguntou.

— Alguma coisa com um campo. Igual um campo magnético, acho. Parece que eles são filósofos experimentais.

— O que acha que querem dizer com “o outro lado”?

— O TCD. Só pode ser, já que eles é que estavam perseguindo o homem.

— E o que é um aleti... alteri...

— Malcolm! — Escutaram a voz da mãe vindo do andar de baixo.

— Tô indo! — ele respondeu. Dobrou o papel nas mesmas marcas de antes, colocou cuidadosamente dentro da bolota e a rosqueou para fechar. Guardou-a dentro de um par de meias limpas no gaveteiro e desceu correndo para o trabalho noturno.

A noite de sábado era sempre movimentada, claro, mas hoje as conversas estavam abafadas: havia um clima de cautela nervosa no lugar, e as pessoas estavam mais caladas que o normal quando paravam junto ao balcão e quando se sentavam às mesas para jogar dominó ou uma espécie de bocha de mesa com moedas. Em um momento de pausa, ele perguntou o motivo ao pai.

— Ssh — fez o pai, debruçando-se no balcão. — Aqueles homens perto da lareira. TCD. Não olhe agora. Cuidado com o que fala perto deles.

Malcolm sentiu um arrepio de medo que era quase audível, como a ponta de uma baqueta arranhando um címbalo.

— Como o senhor sabe que é isso que eles são?

— A cor das gravatas. De qualquer jeito, dá pra ver. Olhe os outros em volta deles. Pronto, Bob, o que você deseja?

Enquanto o pai servia dois chopes a um cliente, Malcolm recolheu os copos vazios de maneira adequadamente inconspícua, e ficou contente ao perceber que suas mãos estavam firmes. Então ele sentiu uma ponta do medo de Asta, que havia se transformado em um camundongo em seu ombro. O daemon tinha olhado diretamente para os homens diante da lareira e percebeu que estavam olhando para ele, e que *eram* os homens da passarela.

Então, um deles chamou com um dedo em gancho.

— Rapaz! — Estava se dirigindo a Malcolm.

Malcolm virou a cabeça e olhou diretamente para eles pela primeira vez. O homem que havia chamado era atarracado e vermelho, com olhos castanho-escuros: o primeiro homem da ponte.

— Sim, senhor.

— Venha aqui um minuto.

— Posso servir alguma coisa?

— Talvez sim, talvez não. Vou fazer uma pergunta agora e você vai me responder a verdade, não vai?

— É o que eu faço sempre, meu senhor.

— Não é não. Nenhum menino diz sempre a verdade. Venha cá. Chegue mais perto.

Ele não estava falando alto, mas Malcolm sabia que todo mundo em volta, sobretudo seu pai, estava ouvindo atentamente. Ele foi até o homem e parou perto de sua cadeira, notando o aroma de colônia que emanava dele. O homem usava terno escuro e camisa branca, gravata listada de azul-marinho e ocre. Seu daemon-raposa a seus pés, vigilante, tinha os olhos muito abertos.

— Sim, senhor.

— Acredito que você nota a maior parte das pessoas que vem aqui, não?

— Acredito que sim, senhor.

— Conhece os clientes regulares?

— Sim, senhor.

— Ia saber se fosse um estranho.

— Provável que sim, senhor.

— Então, faz alguns dias, imagino se você viu este homem entrar na Truta?

Ele ergueu um fotograma. Malcolm reconheceu o rosto na mesma hora. Era um dos homens que tinha vindo com o lorde chanceler: o homem magro de bigode preto.

Então talvez o interesse deles não fosse o homem do caminho de reboque e da bolota. Ele manteve a expressão impassível e vazia.

— Vi, sim, senhor — confirmou Malcolm.

— Com quem ele estava?

— Dois outros homens. Um mais velho e o outro magro e alto.

— Reconheceu algum deles? Já viu algum no jornal, ou algo assim?

— Não vi, não, senhor — respondeu Malcolm, sacudindo a cabeça devagar. — Não reconheci nenhum deles.

— Do que eles falaram?

— Bom, eu não gosto de ficar ouvindo conversa de clientes. Meu pai me disse que é falta de educação, e eu...

— Mas não dá para não ouvir as coisas, né?

— É verdade.

— Então, o que você ouviu eles falarem?

O tom do homem que falava foi ficando mais e mais baixo, atraindo Malcolm mais para perto. A conversa na mesa próxima tinha quase cessado, e ele sabia que tudo o que ele dissesse dava para ouvir até no balcão.

— Falaram do clarete, senhor, disseram que era bom. Pediram uma segunda garrafa com o jantar.

— Onde eles sentaram?

— Na Sala do Terraço.

— E onde fica isso?

— No fim do corredor. Lá é meio frio, então eu perguntei se eles não queriam ficar aqui perto da lareira, mas eles não quiseram.

— E você não achou isso meio estranho?

— Os clientes fazem todo tipo de coisa. Eu não presto muita atenção.

— Então eles queriam privacidade?

— Deve ter sido isso, sim, senhor.

— Não viu nenhum deles depois?

— Não, senhor.

O homem bateu os dedos na mesa.

— E como é seu nome? — perguntou, depois de uma pausa.

— Malcolm, meu senhor. Malcolm Polstead.

— Tudo bem, Malcolm. Pode ir.

— Obrigado — disse Malcolm, tentando manter a voz firme.

Então o homem levantou um pouco a voz e olhou em volta. Assim que ele falou, todo mundo fez silêncio imediatamente, como se estivessem esperando que fosse acontecer.

— Vocês ouviram o que eu estava perguntando para o Malcolm aqui. Tem um homem que estamos ansiosos para localizar. Vou pregar o retrato dele na parede do lado do balcão daqui a pouco para todo mundo poder dar uma olhada. Se algum de vocês souber alguma coisa a respeito desse homem, entre em contato comigo. Meu nome e meu endereço estão no papel também. Escutem o que eu digo. É muito importante. Entendam isso. Se alguém quiser falar comigo sobre esse homem, pode vir e fazer isso depois que olhar o retrato. Vou ficar sentado aqui.

O outro homem pegou o papel e o pregou no painel de cortiça onde eram expostos os anúncios de bailes, leilões, gincanas de *whist* e coisas assim. Para abrir espaço, ele arrancou dois outros avisos, sem nem olhar o que eram.

— Ei — chamou um homem que estava ali perto, cujo daemon era um cachorro grande que estava todo arrepiado. — Coloque de volta os anúncios, esses que você acabou de tirar.

O homem do TCD virou-se para olhar para ele. Seu daemon-corvo abriu as asas e emitiu um crocito baixo.

— O que disse? — perguntou o primeiro homem do TCD, o que tinha ficado perto da lareira.

— Eu falei pro seu amigo botar de volta o que ele acabou de tirar. É o nosso quadro de avisos, não de vocês.

Malcolm recuou para a parede. O cliente que tinha falado se chamava George Boatwright, era um barqueiro vermelho e truculento que o sr. Polstead já tinha precisado expulsar da Truta uma porção de vezes. Mas era um homem bom e nunca tinha sido grosseiro com Malcolm. O silêncio no bar agora era profundo, e mesmo clientes de outras partes da estalagem perceberam que alguma coisa estava acontecendo e chegaram à porta para olhar.

— Calma, George — disse o sr. Polstead.

O primeiro homem do TCD tomou um gole de seu conhaque. Depois olhou para Malcolm e perguntou:

— Malcolm, como é o nome desse homem?

Mas, antes que Malcolm conseguisse sequer pensar no que dizer, o próprio Boatwright respondeu com voz alta e dura:

— Meu nome é George Boatwright. Não tente envolver o menino. Isso é coisa de covarde.

— George... — disse o sr. Polstead.

— Não, Reg, eu falo o que eu quiser — falou Boatwright. — E vou fazer isto aqui também — acrescentou —, já que o seu amigo de cara azeda aqui parece não ter me escutado.

Ele ergueu a mão para a parede, arrancou o papel e o amassou antes de jogar no fogo. Depois parou no meio da sala, oscilando ligeiramente, e fuzilou o chefe do TCD com os olhos. Malcolm o admirou muito nesse momento.

Então o daemon-raposa do homem do TCD se levantou. Trotou muito elegante de debaixo da mesa e parou com o rabo peludo esticado e a cabeça perfeitamente imóvel, encarando o daemon de Boatwright.

Sadie, o daemon de Boatwright, era muito maior. Era uma vira-lata de aspecto agressivo, uma mistura de *staffordshire terrier* com pastor-alemão e uma parte lobo, pelo que Malcolm sabia. E agora, pelo jeito das coisas, estava louca por uma briga. Ficou parada junto às pernas de Boatwright com o pelo todo eriçado, os dentes à mostra, o rabo balançando devagar, emitindo da garganta um rosnado profundo como trovão.

Asta se transformou em um camundongo e se enfiou dentro do colarinho de Malcolm. Brigas entre daemons adultos não eram incomuns, mas o sr. Polstead nunca permitia que as coisas chegassem a esse ponto dentro da estalagem.

— George, é melhor ir embora agora — ele pediu. — Vá. Deixe disso. Volte quando estiver sóbrio.

Boatwright virou a cabeça bruscamente e Malcolm viu, para seu desânimo, que o homem estava de fato meio bêbado porque oscilava ligeiramente e precisou dar um passo para se manter de pé. Mas então todo mundo se deu conta da mesma coisa: Boatwright não estava assim por causa da bebida, e sim pelo medo que seu daemon sentia.

Alguma coisa deixara Sadie apavorada. Aquela cadela brutal, cujos dentes já haviam penetrado a carne de diversos outros daemons, estava acovardada, tremendo, ganindo, enquanto a raposa avançava lentamente. E então Sadie caiu no chão, rolando, e Boatwright começou a recuar, tentando protegê-la, tentando evitar os mortais dentes brancos da raposa.

O homem do TCD murmurou um nome. A raposa se imobilizou e então recuou um pouco. O daemon de Boatwright tinha se encolhido no chão, tremendo, e o próprio Boatwright era digno de pena. De fato, depois de um primeiro olhar, Malcolm preferiu não observar mais, para não ver a vergonha estampada em Boatwright.

A esbelta raposinha trotou direitinho de volta para a mesa e se deitou.

— George Boatwright, saia e espere lá fora — ordenou o homem do TCD. O domínio que tinha era tamanho que ninguém pensou, nem por um momento, que Boatwright pudesse desobedecer e reagir. Acariciando e erguendo um pouco seu daemon, que havia avançado nele e tirado sangue de sua mão trêmula, Boatwright se encaminhou, arrasado, para a porta e saiu para o escuro de fora.

O segundo homem do TCD tirou da pasta outro aviso igual ao primeiro e o pregou novamente. Então os dois terminaram seus drinques com toda calma e pegaram os casacos antes de sair para lidar com seu abjeto prisioneiro. Ninguém emitiu qualquer palavra.

3. LYRA

O que aconteceu foi que, em vez de esperar obedientemente que os homens do TCD saíssem para levá-lo embora, George Boatwright desapareceu. *Melhor pra ele*, Malcolm pensou, mas ninguém falou nada, nem comentou em voz alta o que poderia ter acontecido com ele. Com o TCD as coisas eram assim: melhor não perguntar, melhor não pensar a respeito.

O clima na Truta ficou pesado durante alguns dias depois disso. Malcolm foi à escola, fez suas lições, recolheu e carregou coisas na estalagem e leu muitas e muitas vezes a mensagem secreta guardada dentro da bolota. Não era um momento fácil; tudo parecia carregado com um ar de suspeita e medo, muito diferente do mundo normal, como Malcolm o via, o lugar em que costumava viver, onde tudo era interessante e feliz.

Além disso, o homem do TCD estava interessado no companheiro do lorde chanceler, e o interesse *dele* por sua vez era saber se o convento algum dia tinha cuidado de uma criança. Malcolm achava que o cuidado de crianças provavelmente não era o tipo de coisa com que o TCD se preocupasse normalmente. Bolotas contendo mensagens secretas, talvez, mas não tinham falado nada a respeito disso. Era tudo muito intrigante.

Na esperança de ver mais alguém deixando ou recolhendo uma mensagem no carvalho, Malcolm voltou lá diversas vezes ao longo dos dias seguintes. Ficava observando os mergulhões-de-crista para disfarçar seu interesse naquele pequeno trecho do canal. A outra coisa que fez foi passar bastante tempo na mercearia. Era um bom lugar para observar a praça; as pessoas estavam sempre indo e vindo, ou parando para tomar algo no café em frente. A mercearia vendia todo tipo de produtos para barcos, inclusive tinta vermelha, da qual ele comprou uma lata pequena e um pincel fino. A atendente logo percebeu que o interesse dele não se limitava à tinta vermelha.

— O que mais está procurando, Malcolm? — perguntou. Ela se chamava sra. Carpenter e o conhecia desde que ele tivera permissão para sair de canoa sozinho.

— Um pedaço de corda de algodão — ele respondeu.

— Eu te mostrei ontem o que nós temos.

— É, mas quem sabe tem outro rolo em algum lugar...

— Não entendo o que tem de errado com aquela que eu te mostrei.

— É muito fina. Preciso fazer uma amarra e precisa ser um pouco mais pesada que aquela.

— Dá pra duplicar. Use duas cordas em vez de uma.

— Ah, é, acho que pode ser.

— Quanto você quer então?

— Uns sete metros.

— Dupla ou simples?

— Bom, quinze metros. Isso deve dar se eu duplicar.

— Acho que sim — ela concordou, mediu a corda e cortou.

Era bom Malcolm ter bastante dinheiro na sua morsa de lata. Quando a corda estava bem guardada em uma sacola grande de papel, ele espiou pela janela, para a direita e para a esquerda, como vinha fazendo durante os últimos quinze minutos.

— Não se zangue de eu perguntar — disse a sra. Carpenter, e seu daemon-pato murmurou concordando —, mas o que você está procurando? Está olhando lá pra fora faz um tempão. Vai encontrar alguém? Alguém que não apareceu?

— Não! Não! É que... — Se não podia confiar na sra. Carpenter, não podia confiar em mais ninguém. — É que eu estou procurando alguém. Um homem de capa cinzenta e chapéu. Outro dia vi que ele derrubou uma coisa e eu queria devolver, mas nunca mais encontrei com ele.

— É só isso que você consegue me contar sobre ele? Capa cinzenta e chapéu? Que idade?

— Eu não vi muito bem. Acho que mais ou menos a mesma idade do meu pai. Era meio magro.

— Onde ele derrubou essa coisa que está com você? Perto do canal?

— É. Debaixo de uma árvore lá no caminho de reboque... Não tem importância.

— Não é este sujeito aqui, é?

A sra. Carpenter pegou debaixo do balcão o último número do *Oxford Times* e folheou até uma página interna antes de mostrar para Malcolm.

— É, acho que é ele... O que aconteceu? O quê... ele morreu *afogado*?

— Encontraram no canal. Parece que tinha acabado de cair. Você sabe o quanto tem chovido, eles não cuidam do caminho de reboque como deviam. Ele não foi o primeiro a escorregar e cair. Seja o que for que ele perdeu, é tarde demais pra devolver agora.

Malcolm estava lendo a matéria de olhos arregalados, engolindo cada palavra. O homem se chamava Robert Luckhurst e tinha sido catedrático da Faculdade Magdalen, um historiador. Não era casado e vivia com a mãe viúva e um irmão. Haveria um inquérito no momento devido, mas não havia indícios de que sua morte pudesse ser algo mais que um acidente.

— O que foi que ele derrubou? — perguntou a sra. Carpenter.

— Só um tipo de enfeite — respondeu Malcolm com voz firme, embora seu coração estivesse disparado. — Estava jogando pra cima e pegando de volta enquanto andava e aí derrubou. Ele procurou um pouco, mas aí começou a chover e ele foi embora.

— O que você estava fazendo?

— Eu estava olhando os mergulhões-de-crista. Acho que ele não me viu. Mas quando ele foi embora eu fui olhar se encontrava e encontrei, então fiquei procurando ele pra devolver. Mas agora não dá mais.

— Que dia foi que isso aconteceu?

— Acho que... — Malcolm teve que pensar muito. Ele olhou o jornal de novo para ver se dizia quando tinham encontrado o corpo do homem. O *Oxford Times* era semanal, então podia ter sido qualquer um dos últimos cinco ou seis dias. Com um sobressalto, ele se deu conta de que o corpo de Luckhurst tinha sido encontrado no dia seguinte ao que Malcolm o viu ser preso pelos homens do TCD.

Não podiam tê-lo assassinado, podiam?

— Não, foi uns dias antes disso — ele mentiu, com firmeza. — Acho que não tem nada a ver. Tem muita gente que passa pelo caminho de reboque. Quem sabe ele passava todo dia, pra fazer exercício. Ele não ficou muito preocupado de perder a coisa, porque foi embora assim que começou a chover.

— Ah, bom — disse a sra. Carpenter. — Coitado. Quem sabe vão cuidar melhor do caminho de reboque, agora que é tarde demais.

Um cliente entrou, e a sra. Carpenter se virou para atendê-lo. Malcolm preferia não ter contado para ela sobre o homem e o objeto que ele derrubara; se tivesse sido mais esperto teria fingido que estava procurando um amigo. Mas assim ela não teria mostrado para ele a matéria no jornal. Era tudo muito complicado.

— Tchau, sra. Carpenter — ele falou ao sair, e ela acenou distraidamente enquanto ouvia o outro cliente.

— A gente devia pedir pra ela não comentar nada — Malcolm disse enquanto virava a canoa.

— Mas aí sim ela ia achar que era importante e ia se lembrar mais ainda — respondeu Asta. — Foi uma mentira boa que você contou.

— Eu não sabia que era capaz disso. O melhor é falar o mínimo possível.

— E lembrar exatamente o que a gente disse todas as vezes.

— Tá chovendo de novo...

Ele remou com força canal acima, com Asta empoleirada perto de seu ouvido para poderem cochichar.

— Mataram ele? — Asta perguntou.

— A não ser que ele tenha se matado...

— *Pode* ter sido acidente.

— Mas é pouco provável. Não depois daquele jeito como pegaram ele.

— E o sr. Boatwright... Eles podem ter feito *qualquer coisa*. Tortura, qualquer coisa, aposto.

— Então o que aquela mensagem significa?

Os dois voltaram ao assunto muitas e muitas vezes. Malcolm copiou a mensagem para não ficar desdobrando o papel dentro da bolota, mas, mesmo escrevendo ele próprio as palavras, não conseguia entender bem o sentido delas. Alguém estava pedindo para alguém fazer uma pergunta, e era sobre medir alguma coisa, mas era difícil entender muito mais que isso. E depois tinha a palavra *Pó*, com P maiúsculo, como se não fosse um pó comum, mas alguma coisa especial.

— Acha que se a gente for até a faculdade Magdalen e perguntar pra outros catedráticos...

— Perguntar o quê?

— Bom, umas perguntas de detetive. Descobrir o que ele fazia...

— Ele era historiadeiro. Era isso que dizia.

— *Historiador.* A gente podia descobrir o que mais ele fazia. Os amigos dele. Talvez falar com os alunos dele, ou alguns alunos, se a gente conseguir encontrar. Saber se ele voltou pra faculdade naquela noite depois que nós vimos pegarem ele, ou se aquela foi a última vez que ele foi visto. Coisas assim.

— Eles não iam contar, mesmo sabendo. Nós não parecemos detetives. Nós parecemos um aluno de escola. E depois tem o perigo.

— Os homens...

— Claro. Se souberem que a gente anda perguntando sobre ele, não vão ficar desconfiados? Aí vão voltar, fazer uma busca na Truta, encontrar a bolota e aí a gente vai ficar encrencado de verdade.

— Tem uns estudantes que vão na Truta que usam o cachecol da faculdade. Se a gente souber como é o da Magdalen...

— Boa ideia! Aí se a gente perguntar qualquer coisa eles só vão achar que nós somos xeretas. Ou fofoqueiros.

Estava chovendo ainda mais forte, e Malcolm sentia dificuldade para enxergar à frente. Asta se transformou em coruja e se empoleirou na proa, as penas protegendo o daemon da água de um jeito que ela tinha descoberto quando tentou se tornar um animal que ainda não existia. O melhor que ela podia fazer até agora era pegar um animal e acrescentar um aspecto de outro, de forma que agora era uma coruja com penas de pato; mas só fazia isso quando não tinha ninguém além de Malcolm olhando. Conduzido por seus grandes olhos, Malcolm remou o mais depressa possível, parando apenas para esvaziar a canoa quando a chuva a enchia até os tornozelos dele. Quando chegaram em casa, ele estava encharcado, mas seu daemon só precisou se sacudir e estava seco de novo.

— Onde você estava? — a mãe perguntou, mas sem estar zangada.

— Olhando uma coruja. O que tem pra jantar?

— Bife e torta de rim. Lave as mãos. Olhe só pra você! Está encharcado! Trate de botar uma roupa seca depois de comer. E não deixe a roupa molhada no chão do quarto.

Malcolm lavou as mãos na torneira da cozinha e a enxugou de qualquer jeito em um pano de pratos.

— Já encontraram o sr. Boatwright?

— Não. Por quê?

— Estavam muito animados falando de alguma coisa no bar. Dava pra perceber que alguma coisa aconteceu, mas não entendi os detalhes.

— Veio um homem famoso aqui mais cedo. Você podia ter servido a mesa dele se não estivesse olhando suas corujas.

— Quem era? — Malcolm perguntou, servindo-se de purê de batatas.

— Lorde Asriel, o explorador.

— Ah — falou Malcolm, que nunca tinha ouvido falar dele. — O que é que ele explora?

— O Ártico, principalmente, pelo que dizem. Você se lembra do que o lorde chanceler estava perguntando?

— Ah, da criança? Se as irmãs algum dia cuidaram de uma criança?

— Isso mesmo. Era a filha do lorde Asriel. Sua filha querida. Uma bebezinha.

— Ele contou isso pras pessoas?

— Claro que não! Não falou nem uma palavra. Bom, ele não ia sair por aí espalhando uma coisa dessas num bar, né?

— Não sei. Talvez não. Mas como a senhora sabe...

— Ah, eu só juntei dois mais dois! A história de como o lorde Asriel matou o sr. Coulter, o político... estava nos jornais um mês atrás.

— Se ele matou alguém, então por que...

— Coma sua torta. Ele não foi preso, pois foi crime de honra. A esposa do sr. Coulter teve a bebê, filha do lorde Asriel, e então o sr. Coulter invadiu a propriedade de lorde Asriel ameaçando matar ele, aí os dois lutaram e lorde Asriel venceu, mas acontece que tem uma lei que permite que um homem se defenda e defenda a família, a filha dele, a bebê, então ele não foi pra prisão, nem enforcado, mas recebeu uma multa de toda a fortuna dele, ou quase toda. Coma a torta, vamos, faça-me o favor!

Malcolm estava fascinado com essa história e manejava garfo e faca de maneira automática.

— Mas como a senhora sabia que ele veio aqui deixar a criança com as irmãs?

— Bom, eu não sabia, mas só pode ser isso. Você pode perguntar pra irmã Fenella da próxima vez que for lá. E pare de chamar de criança. Ninguém fala assim. Ela ainda é uma bebê. Deve ter... ah, uns seis meses, eu acho. Quem sabe um pouco mais.

— Por que a mãe não cuida dela?

— Nossa, não sei. Tem gente que diz que ela não quis saber da filha, mas pode ser só fofoca.

— As freiras não vão saber cuidar dela, se nunca fizeram isso antes.

— Bom, conselho é que o que não vai faltar. Me dê o prato. Tem ruibarbo com calda ali do lado.

Assim que foi possível, ou seja, três dias depois, Malcolm correu ao convento para saber mais sobre a filha do famoso explorador. A irmã Fenella foi sua primeira parada. Com a chuva martelando contra a janela, os dois sentaram à mesa da cozinha e sovaram a massa para o pão do convento. Depois de Malcolm ter lavado a mão três vezes, o que mudou muito pouco sua aparência, a irmã Fenella desistiu.

— Que sujeira é essa na sua unha? — ela perguntou.

— Betume. Eu estava consertando minha canoa.

— Bom, se é só betume... Dizem que é saudável — ela ponderou, em dúvida.

— Existe sabão de betume — Malcolm observou.

— É verdade. Mas acho que não é dessa cor. Tudo bem, o resto está limpo. Amasse aí.

Enquanto espremia e apertava a massa, Malcolm pressionou a freira com perguntas. Era verdade aquilo sobre a bebê de lorde Asriel?

— Bom, o que você soube sobre um bebê?

— Que vocês estão cuidando dela porque ele matou um homem e o tribunal tirou todo o dinheiro dele. E era por isso que o lorde chanceler estava perguntando disso aí na Truta outro dia. Então é verdade?

— É, sim. Uma bebezinha.

— Como é o nome dela?

— Lyra. Não sei por que não deram a ela um bom nome de santa.

— Ela vai ficar aqui até crescer?

— Ah, não sei, Malcolm. Mais força aí agora. Mostre quem manda.

— A senhora viu o lorde Asriel?

— Não. Tentei espiar no corredor, mas a irmã Benedicta deixou a porta bem fechada.

— Ela é a pessoa que vai ficar encarregada da bebê?

— Ela é a irmã que falou com lorde Asriel.

— Então quem cuida da bebê, dá comida e tudo?

— Nós todas.

— Como vocês sabem fazer tudo isso? Eu pensei porque...

— ... porque nós somos todas damas solteiras?

— Bom, não é o que as freiras fazem normalmente.

— Você ia ficar surpreso com as coisas que nós sabemos — ela afirmou. Seu velho daemon-esquilo riu, Asta riu, então Malcolm riu também. — Mas, sabe, Malcolm, você não pode falar nada sobre a bebê. É um grande segredo ela estar aqui. Não pode dizer nem uma palavra sobre isso.

— Muita gente já sabe. Minha mãe e meu pai sabem, e os clientes... Estão todos comentando.

— Ai, nossa. Bom, então talvez não tenha importância. Mas é melhor você não falar mais nada. Talvez seja melhor.

— Irmã Fenella, algum homem do TCD veio aqui anteontem de noite? Sabe, o Tribunal...

— Tribunal Consistorial de Disciplina? Deus nos livre. O que nós fizemos para merecer isso?

— Eu não sei. Nada. Tinha uns homens, dois deles, na Truta, anteontem de noite e todo mundo ficou com medo deles. Estavam perguntando sobre um dos homens que veio com o lorde chanceler. E o sr. Boatwright enfrentou um deles, ia ser preso, mas desapareceu. Quem sabe fugiu. Pode estar morando na floresta.

— Minha nossa! George Boatwright, o pescador?

— Então a senhora conhece ele?

— Ah, claro. E agora ele está com problemas com o... Ai, ai. Ai, ai.

— Irmã, o que o TCD *faz*?

— Espero que eles façam a obra de Deus — ela respondeu. — É muito difícil para a gente entender.

— Eles vieram aqui?

— Eu não saberia, Malcolm. A irmã Benedicta é que teria falado com eles, não eu. E ela não ia comentar nada, uma mulher valente como é, para não preocupar mais ninguém.

— Eu só estava pensando se eles tinham alguma coisa a ver com a bebê.

— Bom, eu não saberia dizer, e não vou perguntar. Vamos lá, chega de amassar.

Ela pegou a massa da mão dele e jogou com força na superfície de pedra. Malcolm percebeu que ela estava incomodada e preferia não ter sido questionada sobe o TCD.

Antes de ir embora, a irmã Fenella o levou para conhecer Lyra. A bebê estava dormindo na saleta das freiras, a sala onde elas recebiam visitas, mas a irmã Fenella disse que tudo bem se ele ficasse bem quietinho.

Na ponta dos pés, ele entrou na sala que era fria e tinha cheiro de verniz de móvel, tristemente cinzenta à luz da janela lavada pela chuva. No meio do espaço havia um berço de carvalho de aspecto pesado, e dentro dele uma bebê dormia.

Malcolm nunca tinha visto um bebê de perto e ficou surpreso com como ela parecia real. Ele sabia que era uma coisa boba de dizer, então ficou calado, mas a impressão dele era esta mesmo: não esperava que alguém tão pequeno pudesse ser tão perfeitamente formado. Era tão bem-feitinha quanto a bolota de madeira. O daemon dela, filhote de algum passarinho pequeno como uma andorinha, estava dormindo com ela, mas assim que Asta desceu, também em forma de andorinha, e pousou na beira do berço, o filhote acordou e imediatamente abriu bem o bico amarelo querendo comida. Malcolm riu e acordou o bebê. Mas, ao ver o rosto risonho dele, ela começou a rir também. Asta fingiu pegar um pequeno inseto e pôr no bico aberto do daemon da bebê, o que o deixou satisfeito, fez Malcolm rir ainda mais e a bebê então riu tanto que ficou com soluço. Toda vez que ela soluçava o daemon pulava.

— Pronto, pronto — disse a irmã Fenella, se curvando para pegá-la no colo; quando ergueu a bebê, o rostinho de Lyra se franziu em uma expressão de aflição e terror e, quase caindo dos braços da freira, ela procurou seu daemon. Asta foi mais rápida: pegou o filhotinho no bico e voou com ele para pousá-lo no peito da bebê. Ele então se transformou em uma miniatura de filhote de tigre que rosnou e mostrou os dentes para todo mundo.

Toda a aflição da bebê desapareceu, e ela ficou nos braços da irmã Fenella olhando em torno com altiva complacência.

Malcolm estava maravilhado. Tudo nela era perfeito e o deixava encantado.

— Melhor voltar para o berço, benzinho — disse a irmã Fenella. — Não devíamos ter te acordado, não é, querida?

Ela deitou a bebê e arrumou as cobertas com o maior cuidado para não tocar no daemon dela de novo. Malcolm concluiu que a proibição de tocar o daemon de outras pessoas valia para bebês também. De qualquer forma, ele nunca sonharia, depois daqueles breves minutos, fazer qualquer coisa que perturbasse aquela criancinha. Seria seu servo para toda a vida.

4. UPPSALA

Em um confortável estúdio na Universidade de Uppsala, na Suécia, três homens conversavam enquanto a chuva chicoteava ferozmente as janelas e o vento jogava jatos ocasionais de fumaça chaminé abaixo para perturbar o fogo na estufa de ferro.

O anfitrião se chamava Gunnar Hallgrimsson. Era um solteirão de uns sessenta anos, gordo e de uma inteligência afiada, professor de filosofia metafísica na universidade. Seu daemon, um tordo, ficava pousado em seu ombro e falava pouco.

Um dos convidados era um colega da universidade, Axel Löfgren, professor de física. Magro, taciturno, mas afável, tinha um furão como daemon. Ele e Hallgrimsson eram velhos amigos, e o costume de provocarem um ao outro geralmente estava a todo vapor depois de um bom jantar, mas essa noite mostrava-se moderado pela presença do terceiro homem, estranho a ambos.

O visitante era alguns anos mais novo que Hallgrimsson, mas parecia mais velho; seu rosto trazia sem dúvida as marcas de mais experiência e sacrifício que as faces lisas e a testa sem rugas do professor. Ele era um gípcio do povo de Anglia Oriental, chamava-se Coram van Texel e tinha viajado muito pelo extremo Norte. Era magro, de estatura mediana e movimentos cuidadosos, como se achasse que podia quebrar alguma coisa inadvertidamente, como se não estivesse habituado aos copos delicados e à louça fina. Seu daemon, uma grande gata com pelo de mil lindas cores outonais, espreitou os cantos do estúdio antes de saltar graciosamente para o colo de Coram. Dez anos depois daquela noite, e de novo dez anos depois disso, Lyra iria se maravilhar com as cores do pelo daquele daemon.

Os três tinham acabado de jantar. Coram chegara do Norte nesse dia, com uma carta de apresentação de um conhecido do professor Hallgrimsson, o cônsul das feiticeiras da cidade de Trollesund.

— Aceita um pouco de tokay? — Hallgrimsson perguntou, sentando-se depois de olhar pela janela a chuva varrendo a rua e fechar as cortinas contra o vento.

— Seria um raro prazer — disse Coram.

O professor voltou-se para uma mesinha, que ficava a não mais de um braço de distância de sua confortável poltrona, e serviu o vinho dourado em três cálices.

— E como vai meu amigo Martin Lanselius? — continuou o professor, entregando o cálice a Coram. — Devo confessar que nunca pensei que ele fosse terminar no serviço diplomático das feiticeiras.

— Ele está muito bem — respondeu Coram. — Em plena forma. Está fazendo um estudo sobre a religião delas.

— Sempre achei que os sistemas de crenças dos clãs de feiticeiras renderiam uma boa pesquisa — comentou Hallgrimsson —, no entanto meus próprios estudos me levaram em outra direção.

— Ainda mais fundo no vazio — acrescentou o professor de física, recebendo um cálice do anfitrião.

— Desculpe os absurdos de meu amigo. À sua saúde, sr. van Texel — disse Hallgrimsson, bebendo um gole.

— E à sua, senhor. Nossa, isto é ótimo.

— Fico contente que goste. Um comerciante de vinhos em Buda-Pesth me manda uma caixa deste vinho todo ano.

— Não bebemos com frequência — disse Löfgren. — Mas, toda vez que vejo uma garrafa, ela contém menos do que antes.

— Ah, bobagem. O que podemos fazer pelo senhor em Uppsala, sr. van Texel?

— O dr. Lanselius me falou de um instrumento que vocês possuem, o medidor da verdade — respondeu o gípcio. — Eu gostaria de poder consultar esse instrumento.

— Ah. Me diga a natureza de sua consulta.

— Meu povo — começou Coram —, o povo gípcio, está sob ameaças de diversas facções políticas na Britânia. Querem restringir nossas liberdades, conquistadas há muito tempo, e limitar as atividades de que participamos: o comércio, por exemplo. Quero saber quais dessas ameaças podem ser enfrentadas por oposição, quais por negociação e quais não podem ser tratadas de jeito nenhum. Diga-me, é a esse tipo de pergunta que seu instrumento pode responder?

— Nas mãos certas, sim. Com tempo suficiente, eu mesmo posso fazer uma pequena tentativa de interpretação.

— Quer dizer que o senhor não é um leitor perito?

— Não sou perito, absolutamente.

— Então...

— Vamos ver o instrumento, talvez o senhor consiga entender o problema.

O professor abriu uma gaveta na mesinha e tirou uma caixa de couro, de forma circular e do tamanho da palma de uma mão grande, com três dedos de profundidade. Löfgren empurrou um banquinho coberto de tapeçaria em direção a Hallgrimsson, que colocou a caixa nele e ergueu sua tampa.

Coram inclinou-se para a frente. À suave luz de nafta, alguma coisa cintilou suntuosamente. O professor ajustou a cúpula da lâmpada, para que a luz caísse em cheio sobre o banquinho, e tirou o instrumento de dentro da caixa. Seus dedos curtos tocavam o instrumento de uma maneira que a Coram pareceu ser a ternura de um amante, como se sentisse que ali havia vida.

Era um aparelho em forma de relógio, de ouro brilhante com a face superior de cristal. De início, Coram viu pouco mais que uma bela complexidade, até o professor começar a fazer apontamentos.

— Em torno da borda do mostrador, está vendo?, temos trinta e seis imagens, cada uma pintada no marfim com um único fio. E, em torno da parte externa, temos três pequenos pinos separados em cento e vinte graus, como os botões que usamos para dar corda a um relógio. Isto é o que acontece quando giro um.

Coram inclinou-se ainda mais. Seu daemon desceu do ombro e pousou no braço da poltrona para poder ver também. Quando o professor girou o pino, viram um esguio ponteiro preto, como o ponteiro de minutos, se soltar do fundo complexo e se mover pelo mostrador com uma série de cliques. O professor parou quando ele estava apontando em direção a uma minúscula figura do sol.

— Temos três ponteiros — disse o professor — e apontamos cada um para um símbolo diferente. Se eu estivesse analisando a sua pergunta, provavelmente incluiria o sol entre os três símbolos que escolhi, pois, entre outras coisas, ele representa realeza e autoridade, e, por associação, a lei. Os outros dois… — ele girou os outros pinos, fazendo os ponteiros se moverem obedientemente em torno do mostrador — …vão depender de qual aspecto da pergunta queremos abordar primeiro. O senhor mencionou comércio. Essas ações ocorrem em algum ponto do âmbito de significados do grifo. Por quê? Porque grifos são associados a tesouro. Eu arriscaria dizer também que o terceiro ponteiro deva apontar para o golfinho, cujo sentido primordial é água, porque o seu povo reside na água, não?

— É verdade. Estou começando a entender.

— Vamos tentar, então.

O professor deslocou o segundo ponteiro para o grifo e o terceiro para o golfinho.

— E então acontece isto — disse.

Uma agulha, tão fina que Coram não a havia sequer notado, e de cor cinza, começou a se mover aparentemente por vontade própria, lenta e hesitante, e depois girou muito depressa, parando em vários pontos antes de se deslocar de novo.

— O que está fazendo agora? — perguntou Coram.

— Nos dando a resposta.

— Tem de ser rápido, não é?

— As faculdades mentais precisam estar calmas, mas alertas. Já ouvi alguém a comparando com a maneira como um caçador fica à espera: pronto para puxar o gatilho a qualquer momento, sem nenhuma excitação nervosa.

— Entendo — disse Coram. — Em Nippon, vi arqueiros fazerem algo semelhante.

— É mesmo? Gostaria de saber sobre isso. Mas esse é apenas um aspecto da dificuldade. O outro é o seguinte: cada símbolo tem um campo muito amplo de significados, e só são esclarecidos nos livros de leituras.

— Quantos significados?

— Ninguém sabe. Alguns foram explorados à profundidade de cem ou mais, mas não dão qualquer evidência de estar chegando ao fim. Talvez continuem assim para sempre.

— E como esses significados foram descobertos? — indagou Löfgren.

Coram olhou para o físico; pensara que Löfgren conhecia o aletiômetro e acreditava em seus poderes tanto quanto Hallgrimsson, mas percebeu um tom de ceticismo em sua pergunta.

— Por contemplação, por meditação, por experimentação — Hallgrimsson respondeu.

— Ah, bem, eu acredito em experimentação — comentou Löfgren.

— Fico contente de saber que acredita em alguma coisa — respondeu seu amigo.

— Esses significados e a relação entre eles, se funcionam por meio de similaridade, podem ir muito além de cem — disse Coram. — Encontrar similaridades é algo que não tem fim quando se começa a procurar por elas.

— Mas o que interessa não são as similaridades que sua imaginação encontra, mas as similaridades implícitas na imagem, que não são necessariamente as mesmas. Notei que os leitores mais imaginativos são sempre os menos bem-sucedidos. Eles mentalmente saltam para aquilo que pensam em vez de esperar com paciência. E o que mais importa em tudo isso é saber de qual ponto da hierarquia de significados vem o significado escolhido, entende? E, para isso, não há alternativa senão os livros. É por isso que os únicos aletiômetros que conhecemos são conservados ou operados por grandes bibliotecas.

— Quantos existem, então?

— Acreditamos que foram feitos seis. Sabemos onde estão cinco deles: este aqui em Uppsala, um em Bolonha, um em Leiden, o Magisterium tem um em Genebra e um em Oxford.

— Oxford, é?

— Na Biblioteca Bodleiana. É uma história incrível. No século passado, quando o Tribunal Consistorial de Disciplina estava ganhando poder, o diretor do Tribunal ficou sabendo da existência do aletiômetro da Bodleiana e solicitou que fosse entregue a eles. O bibliotecário se recusou. A Assembleia da universidade e o corpo governante ordenaram que ele obedecesse. Em vez disso, o que ele fez foi esconder o instrumento em uma parte oca, aberta nas páginas de uma obra de teologia experimental, da qual havia diversos exemplares lá. Ele o colocou nas estantes abertas a plena vista, mas evidentemente impossível de encontrar no meio dos milhões de volumes da biblioteca. Dessa vez, o Tribunal Consistorial desistiu. Depois investiram uma segunda vez. O diretor enviou um grupo de homens armados à biblioteca e ameaçou o bibliotecário de morte caso o aparelho não fosse entregue. Mais uma vez o funcionário se recusou, afirmando que não havia assumido seu cargo a fim de entregar o conteúdo da biblioteca e que tinha o dever sagrado de conservar e proteger os livros para estudos. O oficial encarregado ordenou que seus homens prendessem o bibliotecário e o levassem ao quadrilátero para ser fuzilado. O bibliotecário assumiu seu lugar na frente do pelotão de fuzilamento e ficou de frente com o diretor pela primeira vez. As negociações anteriores haviam sido conduzidas por mensageiro, entende? E os dois se reconheceram como antigos colegas de faculdade. Diz a história que o diretor ficou envergonhado, não deu a ordem de execução e, em vez disso, deixou seus homens a postos e saiu para beber conhaque com o bibliotecário. O resultado foi que o aletiômetro continuou na Biblioteca Bodleiana, onde se encontra até hoje, o bibliotecário se manteve no cargo e o diretor foi mandado de volta a Genebra onde morreu logo depois, aparentemente envenenado.

O gípcio soltou um longo assobio baixo.

— E quem lê o de Oxford agora? — ele perguntou.

— Um pequeno grupo de catedráticos fez disso seu objeto de estudo. Ouvi dizer que uma mulher muito dotada conseguiu um progresso considerável nos princípios... Ralph? Relph? Algo assim.

— Sei — confirmou Coram, bebendo seu vinho e olhando com atenção para o aletiômetro. — O senhor afirmou que eram seis desses, professor, e depois me contou a localização de cinco deles. Onde está o sexto?

— Boa pergunta. Ninguém sabe. Bom, eu ouso dizer que *alguém* sabe, mas não acho que nenhum catedrático saiba. Agora, se pudermos voltar à sua pergunta, sr. van Texel: ela é complicada, mas esse não é o maior problema. O problema é que nosso catedrático principal não está aqui. Está em Paris, passando um semestre sabático na Bibliothèque Nationale. Eu sou muito lento e desajeitado para passar de um nível de leitura a outro, compreender as conexões e avaliar onde deveria procurar em seguida nos livros. Se eu pudesse, evidentemente leria para o senhor.

— Apesar do perigo? — perguntou Coram.

O professor não falou nada por alguns momentos. Depois, respondeu:

— O perigo de...

— De execução sumária — completou Coram, embora estivesse sorrindo.

— Ah, sim, aham. Bom, acho que esse tempo já ficou para trás, felizmente.

— Esperamos que sim — disse Löfgren.

Coram tomou mais um gole do vinho dourado e se recostou na poltrona, demonstrando se sentir satisfeito e confortável. O fato era que aquele aletiômetro, por mais bonito que fosse, tinha pouco interesse para ele, e a pergunta que fizera ao professor Hallgrimsson era uma cortina de fumaça: os gípcios eram perfeitamente capazes de encontrar a resposta sozinhos e de fato já o tinham feito. Coram na verdade estava atrás de algo completamente diferente, e agora precisava conduzir a conversa para outro assunto.

— Eu diria que vocês recebem muitas visitas — falou.

— Bom, não sei — respondeu Hallgrimsson. — Não mais que a maioria das universidades, acredito. Claro que nos especializamos em uma ou duas áreas, e isso atrai catedráticos interessados de muito longe. Aliás, não apenas catedráticos.

— Exploradores, talvez.

— Entre outros. A caminho do Ártico.

— Imagino que devam ter conhecido um homem chamado lorde Asriel. Ele é amigo do meu povo, um explorador notável dessa parte do mundo.

— Ele esteve aqui, mas não recentemente. Fiquei sabendo... — O professor dirigiu um olhar estranho para o segundo, mas em seguida sua determinação venceu a relutância. — Eu não dou atenção a intrigas, sabe?

— Ah, eu também não — comentou Coram. — Mas às vezes ouço algumas coisas.

— Ouve algumas coisas! — repetiu Löfgren. — Essa é muito boa.

— É, eu *ouvi dizer* uma coisa incrível a respeito de lorde Asriel, não faz muito tempo — disse Hallgrimsson. — Se acabou de retornar do Norte, talvez a história ainda não tenha chegado ao senhor. Parece que lorde Asriel esteve envolvido em um caso de assassinato.

— Assassinato?

— Ele teve uma filha com uma mulher que era casada com outro homem, e matou o marido dessa mulher.

— Meu Deus! — exclamou Coram, que já sabia da história. — Como foi isso?

Ele ouviu a versão da história do professor, apenas ligeiramente diferente da que ele conhecia, esperando a oportunidade para virar a conversa na direção de sua questão.

— E o que aconteceu com a criança? — perguntou. — Está com a mãe, claro?

— Não. Acho que o Tribunal tem a custódia. Por enquanto, ao menos. A mãe é uma mulher de notável beleza, mas podemos dizer que a chama da maternidade não brilha com força nela.

— Fala como se já se conhecessem.

— De fato, nos conhecemos — afirmou Hallgrimsson. Se Coram tivesse que descrever sua expressão, diria que aquele catedrático estava se gabando um pouquinho. — Jantamos com ela. Ela nos visitou, sabe? Apenas um mês atrás.

— É mesmo? E ela estava indo explorar também?

— Não, ela veio fazer uma consulta ao Axel aqui. Ela também é uma catedrática notável.

Era o momento.

— Ela veio consultar o senhor? — Coram perguntou ao físico.

Löfgren sorriu. Coram notou que o rosto ossudo do homem chegou a apresentar um ligeiro rubor.

— Eu achava que meu velho amigo aqui era imune aos encantos do belo sexo — disse Hallgrimsson. — Anos atrás, sr. van Texel, ele dificilmente notaria que ela era uma mulher. Mas dessa vez parece que a seta do Cupido conseguiu de fato penetrar sua carapaça.

— Não censuro o senhor — disse Coram a Löfgren. — De minha parte, sempre achei que uma grande inteligência era um traço extremamente atraente em uma mulher. Sobre o que ela queria consultar o senhor, se me permite a pergunta?

— Ah, não vai arrancar nada dele — respondeu Hallgrimsson. — Eu tentei. A impressão é de que ele assinou um tratado de sigilo.

— Porque você faria piada comigo, seu velho bufão — comentou Löfgren. — Ela veio perguntar sobre o campo Rusakov. Sabe o que é isso?

— Não, senhor. O que é?

— Sabe o que é um campo, na filosofia natural?

— Tenho uma vaga ideia. É uma região onde alguma força se aplica. É isso?

— Basicamente. Mas esse campo é diferente de todos que conhecemos. O homem que o descobriu, um moscovita chamado Rusakov, estava investigando o mistério da consciência, digo, da consciência humana, estudando como algo inteiramente material como um corpo humano, inclusive o cérebro, claro, é capaz de gerar essa coisa impalpável e invisível chamada *percepção*. A consciência que temos é material? Não dá para pesar nem medir. Seria algo *espiritual*, então? No momento em que usamos a palavra *espiritual*, não temos de explicar mais nada, porque ela passa a pertencer à igreja, e ninguém pode questionar. No entanto, isso não basta para um verdadeiro investigador da natureza. Não vou abordar todos os passos de Rusakov, mas ele acabou chegando à extraordinária conclusão de que a consciência é uma propriedade perfeitamente normal da matéria, como massa ou carga ambárica; de que existe um campo de consciência que permeia o universo inteiro e que se faz aparente de maneira mais perceptível, acreditamos, nos seres humanos. Precisamente *como* é uma questão que vem sendo investigada com urgência e excitação por cientistas de todas as partes do mundo.

— Isto é, em todas as partes do mundo em que se há liberdade para isso — comentou Hallgrimsson. — Então, compreende, sr. van Texel, como é fácil que isso deva atrair a atenção do Tribunal Consistorial?

— Compreendo, sim, senhor. Deve ter abalado os fundamentos da igreja. E foi isso que a dama veio consultar aqui?

— Foi — respondeu Löfgren. — O interesse da sra. Coulter era fora do comum em alguém que não é uma catedrática profissional. Ela fez diversas perguntas embasadas sobre o campo Rusakov e a consciência humana. Eu mostrei a ela meus resultados, ela absorveu tudo o que falei com uma compreensão imediata e depois pareceu perder o interesse em mim, para minha tristeza, e começou a elogiar o meu colega aqui.

— Ela já tinha ouvido falar deste vinho? — Coram perguntou.

— Ho-ho! Não, não foi o vinho e não foi a minha atração pessoal. Ela queria consultar o aletiômetro para ter respostas sobre a filha, sr. van Texel.

— Filha? — perguntou Coram. — Fala da filha que teve com...?

— Com o lorde Asriel — completou Hallgrimsson. — De fato. Ela mesma. Queria que eu usasse o aletiômetro para descobrir onde estava a bebê.

— Não está mesmo com ela?

— Ah, não. A bebê está sob a supervisão dos tribunais legais, mas evidentemente pode estar em qualquer parte. Ao que parece, a questão é um tanto secreta. E agora, claro que o senhor está apenas *ouvindo dizer* isto, sr. van Texel. A mãe descobriu que a filha é objeto de uma profecia das feiticeiras. Ela não nos contou qual. É, nós *ouvimos dizer* por um dos criados dela. A sra. Coulter agora está muito ansiosa para descobrir mais a respeito e, principalmente, descobrir onde está a criança, para trazê-la de volta... eu ia dizer aos seus *cuidados*, mas acho que seria mais como à sua custódia.

— Entendo — comentou Coram. — E o que diz essa profecia? O senhor por acaso *ouviu dizer* algo a respeito?

— Não, infelizmente. Acredito que diga apenas que a criança de alguma forma é de suprema importância. Foi tudo o que ouvi. E a mãe dela não sabe o que a profecia prevê. É uma mulher muito notável. Mas será que devemos agora esperar uma visita dos agentes do Tribunal Consistorial, sr. van Texel?

— Espero que não. Mas estamos vivendo tempos difíceis, professor.

Coram tinha perguntado o bastante; descobrira o que queria saber. Depois de alguns minutos de conversa, levantou-se.

— Bom, cavalheiros, fico muito grato aos senhores. Um jantar esplêndido, um dos melhores vinhos que tomei na vida e uma amostra desse notável instrumento.

— Sinto não ter podido fazer mais do que dar um simples esquema de como ele funciona — comentou o professor Hallgrimsson, levantando-se com algum esforço. — Mas o senhor ao menos viu as dificuldades.

— De fato, professor. Será que parou de chover?

Coram foi até a janela e olhou a rua: vazia à esquerda e à direita, e muito escura entre os postes de luz, a pista brilhando de molhada.

— Posso lhe emprestar um guarda-chuva? — ofereceu o professor.

— Não é preciso, obrigado. Não está chovendo agora. Boa noite, cavalheiros, boa noite aos senhores e, mais uma vez, obrigado.

*

Assim, Coram chegou ao segundo problema que precisava resolver.

A chuva havia cessado, mas o ar estava pesado de umidade, e muito frio. Um halo de névoa envolvia cada luz da rua de maneira que todas pareciam grandes flores de boca-de-leão, e os beirais gotejavam sem parar enquanto Coram e Sophonax caminhavam devagar pela margem do rio.

— Quer subir, Sophie? — perguntou Coram. Sendo um daemon ou não, Sophonax afinal era uma gata, e a calçada estava molhada. Mas ela respondeu:

— Melhor não.

— Ele ainda está lá? — Coram murmurou.

— Está se escondendo, mas está lá.

Desde que deixaram Novgorod na semana anterior, Coram notara que estavam sendo seguidos. Estava na hora de dar uma basta àquilo.

— É o mesmo, não é?

— Aquele daemon não consegue se esconder — respondeu Sophonax.

Coram estava dando voltas para se encaminhar à estreita pensãozinha perto do rio, onde havia alugado um quarto. Agora caminhava mais devagar na margem, onde seis barcaças estavam atracadas em um ancoradouro de pedra. Era meia-noite e meia.

Ele parou ali, as mãos no parapeito de ferro molhado, olhando a água escura, enquanto seu daemon se enrolava em torno de suas pernas. Fingia pedir atenção, mas na verdade vigiava cada movimento atrás deles.

Para chegar à pensão, era necessário atravessar uma pequena ponte de ferro que cruzava o rio, mas Coram não seguiu para esse lado. Em vez disso, quando Sophonax falou "Agora", ele se afastou do rio, foi depressa para a rua e entrou em uma viela entre dois edifícios com fachada de pedra que podiam ser bancos ou escritórios governamentais. Ele já havia notado essa viela antes, quando caminhara ao longo do rio em direção à universidade. Com um rápido olhar, um registro quase automático de possibilidade, constatara que ela possuía uma saída no outro extremo. Não ia ficar encurralado ali, mas podia emboscar quem o estivesse seguindo. Assim que estava nas sombras, correu com passos leves para os grandes latões de lixo que estavam no meio da viela, quase invisíveis no escuro, do lado direito.

Ali ele se agachou e de dentro da manga do casaco tirou o pesado bastão de pau-santo que levava junto ao antebraço esquerdo. Ele sabia como usá-lo em pelo menos cinco modos letais.

Sophonax esperou até o bastão estar pronto e então saltou para seu ombro. Depois, para saber se a tampa do latão de lixo mais próximo estava solta, subiu delicadamente nela e aplainou o corpo, observando a entrada da viela com seus olhos felinos bem abertos. Coram observava a outra ponta, que dava para uma rua estreita de edifícios comerciais.

O que aconteceria em seguida iria depender da habilidade de luta do daemon do outro homem. Quando eram mais jovens, eles chegaram a dominar um tártaro e seu daemon-lobo, e Sophonax, ágil e muito forte, não tinha medo de nada. Em uma luta de morte, a regra de não tocar o daemon de outra pessoa não era levada em conta. Ao lutar por sua vida, Sophonax já havia mais de uma vez precisado arranhar e morder com fúria outras mãos estranhas e hediondas, depois indo se lavar com um quase frenesi para se livrar da sujeira.

Mas esse daemon...

— Ali — Sophie sussurrou.

Coram se virou, cuidadosamente devagar, e viu, contra o ancoradouro iluminado, a silhueta da cabeça pequena e dos ombros desajeitados de uma hiena. Ela estava olhando diretamente para eles. Era uma fera bruta, como Coram nunca tinha visto: malícia em cada traço, maxilares capazes de quebrar ossos como se fossem de vidro. Ela e seu homem estavam claramente treinados para a perseguição, pois Coram era treinado para percebê-la e admirava a habilidade deles. Porém, como Sophie observara, não era fácil para um daemon daqueles ficar inconspícuo. Coram não fazia a menor ideia do que desejavam, mas, se queriam uma briga, teriam uma briga.

Ele apertou o bastão de luta com mais força; Sophie se aplainou alguns milímetros. O daemon-hiena avançou um pouco, fazendo sua silhueta emergir por completo, e o homem apareceu silenciosamente depois dela. Coram e Sophie perceberam o revólver na mão dele um momento antes de o homem colar contra a parede da viela e sumir nas sombras.

Silêncio, a não ser pelo eterno gotejar de água dos telhados.

Coram queria que Sophie tivesse se escondido atrás dos latões junto com ele, em vez de se acocorar na tampa. Estava muito exposta...

O som lembrava o de um homem cuspindo: era um revólver de gás. O barulho foi imediatamente seguido por um grande estrondo da bala atingindo o latão, que por sua vez voou por cima de Coram e rolou pela viela. No mesmo instante, Sophie deu um salto e pousou ao lado de Coram. Um revólver de gás podia ser impreciso de longe, mas era bem mortal de perto: precisavam neutralizá-lo. Mantiveram-se absolutamente imóveis. Passos lentos avançaram na direção deles, e podiam ouvir o fungar e grunhir daquela criatura e o estalar de suas garras na calçada. Então Coram pensou "Agora!", e Sophie pulou diretamente onde a cabeça da hiena estaria, com as garras expostas. O homem deu dois tiros com o revólver de gás, e uma bala raspou o couro cabeludo de Coram.

Isso lhe deu noção do ponto em que o homem estava, e Coram saltou brandindo o bastão no escuro, atingindo alguma coisa — braço? mão? ombro? — e derrubando a arma.

Todas as garras de Sophie fixaram-se com firmeza na cabeça e na garganta da hiena. O daemon sacudia a cabeça loucamente, tentando se livrar da gata, esmagando-a contra a parede muitas vezes. Coram viu a sombra do homem se abaixar para pegar a arma e saltou para bater com o bastão, mas errou. Escorregou no chão molhado e caiu aos pés do homem, rolando imediatamente para longe e dando um chute forte na direção onde a arma havia caído.

Seu pé atingiu alguma coisa e escorregou sobre as pedras do calçamento. O homem chutou suas costelas com uma violência terrível, depois o agarrou, tentando sufocá-lo. Era forte e musculoso, mas Coram ainda estava segurando o bastão e desferiu um golpe com força no diafragma do sujeito, que deu uma tosse expirada. O gípcio sentiu os braços do homem se afrouxando e então ouviu exatamente o momento em que a hiena finalmente conseguiu se livrar de Sophie, arrancando um canto de sua pelagem com os dentes brutais. Ela imediatamente cerrou os maxilares potentes em torno da cabeça da gata.

Imediatamente, Coram se virou, de pé. O homem caiu, e Coram girou o braço na direção da hiena, com toda a força que tinha. Não fazia ideia de onde iria atingi-la, só estava preocupado que ela tivesse ferido fatalmente Sophie, mas o golpe que se completou foi certeiro: ele ouviu ossos se quebrando e, na penumbra, viu Sophie tentando se soltar das presas hediondas.

Impiedosamente, Coram se concentrou, mirou e bateu repetidamente na perna agora quebrada da hiena. Ele não teve dó, pois, se a hiena cravasse os dentes sobre Sophie, ele e a gata estariam mortos em um segundo.

Então, quando a hiena abriu sua grande boca para gritar, Sophie escapou e arranhou a mão do homem, rasgando a pele e a fazendo sangrar, mesmo às custas de sua própria repulsa. O homem, urrando, porque além da própria dor, a dor de seu daemon também fazia seus nervos pulsarem de agonia, se afastou e arrastou a hiena com ele. O daemon rosnou, trincando os maxilares, arrasado em um frenesi de dor. Coram teria ido atrás deles e os atacado, agora que estavam feridos, mas, quando tentou se levantar, desmaiou e caiu outra vez.

Ele recobrou a consciência poucos minutos depois, em um súbito silêncio. A não ser por ele e Sophie, a viela estava vazia. Sua cabeça girava. Tentou se sentar, mas Sophie disse:

— Fique deitado. Deixe o sangue voltar ao cérebro.

— Foram embora?

— Fugiram correndo. Bom, ele fugiu. Acho que a hiena nunca mais vai correr. Ele estava carregando a hiena, louca de dor.

— Por quê... — ele não conseguiu terminar, mas ela entendeu.

— Você perdeu muito sangue — ela explicou.

Ele não havia sentido muita dor até ela dizer isso, mas então sentiu a risca que a bala havia feito em seu crânio, e de repente tudo o que acontecera se passou em sua mente. A morna umidade no pescoço e nos ombros começou a esfriar à medida que a adrenalina da luta se dissipava; Coram se manteve deitado para recuperar as forças e depois se sentou devagar.

— Você se machucou muito? — perguntou.

— Podia ter sido pior. Se aquelas mandíbulas fechassem, acho que não iam abrir nunca mais.

— Devíamos ter acabado com ele. Droga, mas eles eram bons. Acha que era um moscovita?

— Não. Não me pergunte por quê. Francês, talvez?

Coram se levantou, se apoiando na parede. Olhou para os dois os lados da viela e disse:

— Então vamos. De volta para a cama. Acho que não nos saímos muito bem, Sophie.

As costelas doíam furiosamente: Coram achava que talvez uma delas estivesse quebrada. A cabeça sangrava muito e dava a sensação de que havia um ferro quente pressionado contra ela. Ele carregou seu daemon, que cuidou do ferimento, lambendo e limpando ternamente enquanto seguiam para a pensão.

Depois de se lavar com a única água disponível, que estava gelada, ele vestiu uma camisa limpa e sentou-se à mesinha. À luz da vela, escreveu uma carta, dizendo tudo com a maior brevidade possível:

Para lorde Nugent:

A lady esteve em Uppsala para consultar o professor de física, Axel Löfgren. Ela fez "várias perguntas muito perceptivas" sobre o campo Rusakov e sua relação com a consciência humana. O professor desconfia que ela estivesse agindo em nome do TCD. Além disso, ela pediu que o professor Hallgrimsson usasse o aletiômetro para dizer onde estava a criança. Ele não conseguiu ou não quis, mas de qualquer forma não o fez. Aparentemente, a lady tinha ouvido dizer que a criança era objeto de uma profecia das feiticeiras, mas não sabia dizer o que fora previsto. O senhor há de se lembrar de nosso bom amigo Bud Schlesinger. Falei com ele na casa de Martin Lanselius, em Trollesund. Ele seguiu mais para o norte para investigar isso com algumas feiticeiras que conhece, e entrará em contato conosco assim que voltar. Mais uma coisa: fui seguido de Novgorod por um homem cujo daemon era uma hiena. Não o reconheci, mas ele se comportou como um agente perfeitamente treinado. Lutou e escapou, embora seu daemon esteja ferido. Fiquei curioso a respeito dele.

CvT

Ao terminar de escrever a carta, ele mergulhou no árduo trabalho de codificá-la e a endereçou com um envelope comum a uma região insignificante do centro de Londres; em seguida, foi para a cama.

5. A CATEDRÁTICA

A dra. Hannah Relf endireitou a postura e pressionou as mãos na parte baixa das costas, alongando-se dolorosamente. Ficara sentada durante um período longo; queria fazer uma caminhada rápida de meia hora, mas o tempo com o aletiômetro da Bodleiana era limitado: havia meia dúzia de outros catedráticos a usá-lo, e ela não podia se permitir dedicar parte de seu precioso tempo para se exercitar. Faria a caminhada mais tarde.

Ela se inclinou para um lado e depois para o outro, soltando a coluna; esticou os braços acima da cabeça e girou os ombros, acabando por se sentir um pouco menos rígida. Estava sentada na Duke Humfrey, a parte mais antiga da Biblioteca Bodleiana em Oxford, e o aletiômetro estava na mesa à sua frente, em meio a uma porção de papéis e uma pilha de livros.

O trabalho que estava fazendo era triplo. Havia a parte que ela normalmente devia estar fazendo, ou seja, a parte que justificava seu tempo com o instrumento, que era uma pesquisa no âmbito de significados de *ampulheta*. Já acrescentara mais dois níveis de interpretação, e todos os significados em que pensava apontavam para profundidades invisíveis, e agora ela estava na trilha de um terceiro.

Mas em segundo lugar, ela estava fazendo um trabalho secreto para uma organização conhecida como Rua Oakley, nome que ela imaginava ser atribuído por causa do endereço; como não existia nenhuma rua Oakley em Oxford, então talvez fosse em Londres. Tinha sido recrutada para isso dois anos antes por um professor de história bizantina chamado George Papadimitriou, que lhe garantira (e ela acreditara) se tratar de um trabalho importante e ao mesmo tempo em apoio ao liberalismo e à liberdade. Ela se deu conta de que a Rua Oakley era um ramo de algum tipo de serviço secreto, mas sabia muito pouca coisa a respeito, uma vez que tudo o que fazia era interpretar o aletiômetro para eles. No entanto, lia os jornais e não era difícil para uma pessoa inteligente perceber o que estava acontecendo na política de seu país. As perguntas que a Rua Oakley lhe fazia eram variadas, mas recentemente muitas delas seguiam de perto assuntos que eram proibidos pelas autoridades religiosas; e ela sabia muito bem que se o TCD ou algo semelhante descobrisse o que estava fazendo, ela teria sérios problemas.

Em terceiro lugar, e mais urgente, havia a pergunta que ela vinha fazendo há uma semana: *onde está a bolota?* Não fazia ideia de como a mensagem dentro daquele pequeno veículo chegava com tanta segurança e era depositada atrás da pedra da Universidade Parks, onde devia recolhê-la, mas devia ter aparecido dias antes. E agora ela estava começando a ficar ansiosa.

Daí a pergunta que ela estava se fazendo. Não havia sido fácil de formular, e a resposta não era fácil de interpretar. Mas as respostas nunca eram fáceis, embora ela estivesse mais segura do que antes entre os níveis de significado.

Essa tarde, porém, com a luz cinzenta se apagando fora das janelas de seiscentos anos da Duke Humfrey e a pequena luz ambárica em cima da mesa brilhando mais quente, ela pensou que tinha conseguido a parte final de uma resposta. Depois de uma semana de trabalho, chegara a três imagens completas: menino — estalagem — peixe. Se fosse uma leitora com prática, cada uma dessas ideias viria cercada por um halo de detalhes qualificativos, mas ali estava tudo o que ela possuía para seguir adiante.

Puxou para perto uma folha em branco e riscou duas linhas para dividi-la em três colunas verticais. A primeira coluna, *Menino*, ela deixou vazia. Não conhecia nenhum menino, a não ser o filho de quatro anos de sua irmã, e não seria ele. Deixou a coluna *Estalagem* vazia também. Quantas estalagens conhecia? Não muitas, na verdade. Ela gostava de sentar em um bar ao ar livre com alguma companhia e uma taça de vinho, mas só quando o tempo estava bom. *Peixe*: talvez fosse o mais fácil para começar. Escreveu todos os nomes de peixe de que conseguia se lembrar: arenque, bacalhau, arraia, salmão, cavalinha, hadoque, tubarão, truta, perca, lúcio... O que mais havia? Peixe-lua, peixe-voador, esgana-gato, barracuda...

— Caboz — disse seu daemon, que era um sagui.

Anotado, embora não ajudasse. Seu daemon não sabia mais do que ela, claro, embora cada um às vezes se lembrasse de coisas que o outro tinha esquecido.

— Tenca — ele acrescentou.

Quanto a seu trabalho oficial, o âmbito de significados em ampulheta, ela podia discutir com cinco ou seis outros catedráticos, mas o trabalho secreto era secreto, e nem uma palavra a respeito podia sair de seus lábios, a não ser para seu daemon. Esta questão era uma extensão daquela, então o silêncio tinha de reinar também ali.

Ela bocejou, alongou-se de novo, levantou-se, caminhou devagar ao longo de toda a extensão da biblioteca, depois voltou, pensando o mais intensamente possível em absolutamente nada. Isso também não funcionou, mas quando ela se sentou, sua mente foi invadida pela imagem de um pavão em um terraço sobre um rio, e dela própria entre um grupo de amigos. O pavão descaradamente roubava um rolinho de salsicha dos dedos de sua amiga e depois fugia, atrapalhado com a cauda ridícula. Isso havia acontecido anos antes, quando ela ainda estava na faculdade. Onde tinha sido? Como era o nome da estalagem? Era uma hospedaria, um restaurante, o quê?

Ela olhou o balcão da bibliotecária. A assistente estava conferindo alguma folha de pedido e não havia mais ninguém em torno.

Hannah se levantou e foi até ela sem hesitação, porque se hesitasse não conseguiria ir.

— Anne — ela começou — acho que estou ficando gagá. Como é o nome daquele bar com o terraço sobre o rio, com os pavões? Onde fica?

— A Truta? — perguntou a assistente. — Fica em Godstow.

— Claro! Obrigada. Que bobagem a minha — Hannah respondeu batendo na testa e voltou para sua mesa.

Ela dobrou cuidadosamente o papel onde tinha começado a fazer a lista e o guardou dentro do bolso interno. Ia destruí-lo depois. Seus orientadores tinham sido muito severos sobre deixar para trás qualquer pista escrita do que estivesse fazendo, mas ela precisava ter papel para pensar e até agora havia sido meticulosa em queimá-los.

Trabalhou por aproximadamente mais meia hora, depois devolveu os livros e o aletiômetro para o balcão. Anne pôs os livros na estante reservada e apertou uma campainha, que soaria na sala do assistente principal. O aletiômetro era guardado dentro de um cofre no escritório dele, e o assistente principal tinha de levá-lo pessoalmente, o que fazia com um ar de solenidade que Hannah adorava.

Mas dessa vez ela não ficou para ver. Recolheu seus papéis, guardou-os na bolsa e saiu da biblioteca.

A Truta, pensou. *Amanhã.*

O dia seguinte foi um sábado, um raro dia seco, com ocasionais momentos de sol. Por volta do meio-dia, Hannah pegou sua bicicleta, encheu os pneus e rodou pela rua Woodstock, virou à esquerda e subiu em direção a Wolvercote e Godstow. Pedalava depressa, levando o daemon sentado no cesto do guidão, e chegou à Truta se sentindo um pouco ofegante e abafada o suficiente para tirar o casaco de imediato.

Pediu um sanduíche de queijo, um copo de cerveja clara e foi se sentar no terraço, que não estava cheio, mas também não deserto. A maioria dos clientes decidira não arriscar com o tempo e ficara do lado de dentro da estalagem.

Hannah comeu seu sanduíche devagar, ignorando as cortesias de Norman (ou Barry) e lendo um livro. Não tinha nada a ver com trabalho: era uma história de suspense, do tipo que ela gostava, com uma heroína orgulhosa e bonita, cuja função era se apaixonar pelo melancólico, mas inteligente herói.

Para o desgosto de Norman, ela havia terminado o sanduíche e estava acabando a cerveja quando, conforme esperava, apareceu um menino.

— Posso trazer mais alguma coisa pra comer ou beber, moça? — perguntou ele.

O tom era polido e interessado, para sua ligeira surpresa, como se ele realmente quisesse ajudar. Tinha uns onze anos, ela calculou, era um menino robusto, de aspecto forte, cabelos vermelhos. Um belo menino, simpático, inteligente.

— Não, obrigada. Mas... — E como ela devia dizer? Tinha ensaiado bastante, mas sua voz agora soava fina e nervosa. *Calma*, pensou, *calma.*

— Sim, senhora?

— Sabe alguma coisa sobre uma bolota?

O efeito daquilo foi extraordinário. O rosto do menino perdeu a cor, seus olhos pareceram faiscar com entendimento, depois medo, depois determinação. Ele fez que sim.

— Não diga nada agora — Hannah falou, baixo. — Daqui a um minuto eu vou sair, mas vou esquecer este livro e deixar na minha cadeira. Você vai encontrar, procurar por mim, mas eu já terei ido embora. Meu endereço está na capa. Amanhã, se puder, leve para minha casa, em Jericó. E... e a bolota. Pode fazer isso? Podemos conversar lá.

Ele fez que sim outra vez.

— Amanhã de tarde — ele disse —, eu posso. Estou ocupado aqui até a hora do almoço, mas vou de tarde.

Tinha recobrado as cores: *Corado como um leão*, ela pensou. Hannah sorriu e voltou a ler enquanto ele recolhia o prato e o copo. Depois, ela encenou a pantomima de vestir o casaco, procurar a bolsa, deixar uma gorjeta, pegar a bolsa e sair, deixando o livro na cadeira enfiada sob a mesa.

No dia seguinte, ela mal conseguia se concentrar em qualquer coisa. De manhã, mexeu em seu pequeno jardim, podando uma planta, replantando outra, mas a cabeça não estava ali. Então começou a chover, ela entrou, preparou café e fez algo que nunca tinha feito na vida: tentou resolver as palavras cruzadas do jornal.

— Que exercício idiota — disse a seu daemon depois de cinco minutos. — Palavras pertencem a contexto, não deviam ser penduradas como espécimes biológicos.

Jogou o jornal de lado, acendeu o fogo na pequena lareira e lembrou que tinha esquecido o café.

— Por que não me lembrou? — ela perguntou ao daemon.

— Porque eu também esqueci, claro — ele respondeu. — Sossegue, que coisa!

— Estou tentando — ela falou. — Parece que eu esqueci como sossegar.

— Parou de chover. Vá e termine de podar as clematites.

— Vai estar tudo encharcado.

— Então vá passar roupa.

— Tem só uma blusa para passar.

— Então vá escrever umas cartas.

— Não quero.

— Então faça um bolo para oferecer uma fatia para aquele menino.

— Ele pode chegar enquanto ainda estiver fazendo, e aí vamos ter de ficar conversando uma hora e meia até ficar pronto. Temos biscoitos, já está bom.

— Bom, eu desisto — ele anunciou.

Ao meio-dia, ela pôs um sanduíche de queijo na velha torradeira enferrujada de sua mãe, que ficava pendurada junto ao fogão. Depois fez mais café e dessa vez bebeu, então se sentiu um pouco menos ansiosa e conseguiu ler por quase uma hora. A chuva voltara a cair.

— Pode ser que ele não venha, se continuar chovendo desse jeito — ela comentou.

— Ele vem, sim. É curioso demais para não vir.

— Você acha?

— O daemon dele mudou quatro vezes enquanto a gente conversava.

— Hum — respondeu ela. O que Jesper observara fazia sentido. Mudanças frequentes no daemon de uma criança e uma grande variedade de formas assumidas eram bom indício de inteligência e curiosidade. — E você acha... — ela continuou.

— Ele vai querer saber do que se trata.

— Ele estava com medo. Ficou pálido.

— Só por um momento. Depois a cor voltou, você não viu? Meio vermelho.

— Bom, vamos saber em poucos minutos — ela concluiu, vendo que ele estava no portão. — Aí vem ele.

Ela se levantou antes que a aldraba da porta batesse, pôs o livro na mesinha lateral antes de ajeitar a saia e arrumar o cabelo. Nossa, por que haveria de estar nervosa? Por muita coisa, na verdade. Ela abriu a porta.

— Você deve estar encharcado — ela disse.

— É, um pouco — respondeu o menino, sacudindo a capa impermeável do lado de fora, antes de entregar a ela. Ele olhou o tapete bonito, as tábuas polidas do piso e tirou os sapatos também.

— Entre e se aqueça — ela disse. — Como veio para cá? Não foi a pé, foi?

— No meu barco — ele respondeu.

— Seu barco? Onde está?

— Amarrado no estaleiro. Eles deixam eu ancorar lá. Achei melhor erguer pra margem e emborcar, porque senão fica cheio de água e leva um tempão pra esvaziar. Se chama *La Belle Sauvage*.

— Por quê?

— Era o nome do bar do meu tio. O irmão do meu pai também era estalajadeiro, tinha um bar em Richmond, aí eu gostei do nome.

— Tinha uma placa bonita?

— Tinha. Era uma linda dama. Ah, aqui o seu livro. Desculpe, ficou um pouco molhado.

Estavam sentados um de cada lado da lareira, e ela podia ver um vapor prodigioso saindo do menino.

— Obrigada. Talvez seja melhor você pôr na lareira.

— Foi uma boa ideia a sua, de deixar o livro pra eu trazer aqui.

— Tráfico de informações — ela comentou.

— Tráfico de informações? O que é isso?

— Um jeito de... ah, de passar mensagens, essas coisas. A propósito, como é seu nome?

— Malcolm Polstead.

— E... a bolota?

— Como sabia que tinha de perguntar pra mim? — ele questionou, sem se mexer.

— Tem um jeito de... Existe um instrumento... Bom, eu descobri sozinha. Ninguém mais sabe. O que você pode me dizer sobre a bolota?

Ele apalpou um bolso interno. Depois estendeu a mão e a bolota estava na palma aberta.

Ela a pegou, hesitante, achando que ele podia recuar o braço, mas ele não se mexeu. O que ele fez foi observar atentamente enquanto ela a desatarraxava. Depois, assentiu com a cabeça.

— Eu estava olhando pra ver se a senhora sabia de que lado rodava — ele falou. — Me enganou da primeira vez, porque nunca vi nada que abra a rosca no sentido horário. Mas a senhora sabia direto, então acho que isso devia ser pra senhora mesmo.

No momento em que as duas metades da bolota se abriram nas mãos dela, mostrando estarem vazias, ele tirou do bolso a folha de papel fino bem dobrada.

— Se eu tentasse girar do lado errado... — ela disse.

— ... eu não dava o papel pra senhora.

Ele entregou o papel a ela, que o desdobrou, olhou rapidamente e o enfiou no bolso de seu cardigã. De alguma forma, o menino parecia estar no comando, o que não tinha sido a intenção dela. Agora, precisava decidir o que fazer a respeito.

— Como isso foi parar com você? — ela perguntou.

Ele contou a história toda, desde o momento em que Asta viu o homem debaixo do carvalho até a matéria do *Oxford Times* que a sra. Carpenter mostrara a ele na mercearia.

— Meu Deus — ela disse. Tinha ficado pálida. — Robert Luckhurst?

— É, da Magdalen. Conhecia ele?

— Ligeiramente. Não fazia ideia de que ele era o... Nós não devemos nos conhecer, e com toda certeza eu não devia contar nada a você. O que acontecia normalmente era o seguinte: ele escondia a bolota em um lugar combinado, eu pegava e, depois que escrevia uma resposta à mensagem, punha num terceiro lugar. Nunca soube quem colocava lá ou pegava de volta.

— É um bom sistema — ele considerou.

Ela se perguntou se já teria falado mais do que devia. Não pretendia contar nada a ele, mas também não esperava que ele já soubesse tanto.

— Você contou sobre isso aqui para alguém? — ela perguntou.

— Não. Achei que não seria seguro.

— Tem toda razão. — Ela hesitou. Podia agradecer e mandá-lo embora agora ou... — Quer beber alguma coisa quente? Um pouco de chocolatl?

— Ah, quero, sim, obrigado — ele respondeu.

Na pequena cozinha, ela ferveu o leite e em seguida olhou a mensagem outra vez. Havia alguma coisa comprometedora ali? Deixava muito claro que tinha a ver com o aletiômetro, e a identidade dos especialistas em aletiômetro em Oxford não era segredo. Quanto ao Pó, significava grandes problemas.

Ela misturou o chocolate em pó com um pouco de açúcar e o leite quente, preparando um para ela também. O menino já sabia tanto que agora precisava confiar nele. Não tinha muita escolha.

— A senhora tem muitos livros — ele comentou quando ela voltou. — É catedrática?

— Sou, sim. Na Sta. Sophia.

— Historiadora?

— Mais ou menos. Uma historiadora de ideias, acho. — Ela acendeu a lâmpada ao lado da lareira e imediatamente a sala ficou mais quente, o tempo lá fora mais escuro e frio. — Malcolm, esta mensagem...

— Hã? O quê?

— Você fez uma cópia?

Ele ficou vermelho.

— Fiz. Mas escondi — afirmou —, debaixo de uma tábua do piso no meu quarto. Ninguém sabe que tem um espaço lá.

— Pode fazer uma coisa? Pode queimar essa cópia?

— Posso. Prometo.

Aparentemente, o daemon dele e o dela já tinham feito amizade: Jesper estava sentado em cima de um estojo de vidro com enfeites e curiosidades, e Asta, na forma de um pintassilgo, empoleirada lá também, ouvia enquanto Jesper explicava baixinho sobre o selo da Babilônia, a moeda romana, o arlequim.

— Tem alguma coisa que você queira me perguntar? — ela disse.

— Tem, sim. Um montão. Quem fez a bolota de carvalho?

— Bom, eu não sei. Acho que elas são uma espécie de objeto básico.

— O que é o instrumento? Quando perguntei como a senhora sabia que eu era a pessoa que estava com a bolota, a senhora falou que tinha um instrumento.

— O aletiômetro... é.

Ela explicou o que era e como funcionava, e ele acompanhou, atento.

— Esse é o único que existe?

— Não. Eram seis originalmente. Todos os outros estão em universidades. Menos um, que está perdido.

— Por que não fazem mais um? Ou um monte?

— Não sabem mais fazer.

— Podiam desmontar e olhar. Se não soubessem como fazer um relógio e tivessem um que funcionava, eles podiam desmontar com muito cuidado, fazer um desenho de cada peça e como juntava uma na outra, aí fazer mais peças iguais àquelas e fabricar outro relógio. É complicado, mas não é difícil.

Aquilo era seguro. Se conseguisse fazer com que ele permanecesse nesse assunto, não teria com o que se preocupar.

— Acho que é mais complicado que isso — ela disse. — Acho que as peças são feitas de uma liga que não dá mais para fazer, talvez o metal seja muito raro, não sei. E ninguém sabe.

— Ah, que interessante. Eu ia gostar de dar uma olhada nele um dia. Ver como as coisas se encaixam, adoro olhar essas coisas.

— Em qual escola você está, Malcolm?

— Na Elementar Ulvercote. É o nome velho da Wolvercote.

— Para onde você vai quando acabar essa escola?

— Pra qual escola? Não sei se eu vou. Quem sabe eu ganho uma bolsa de aprendiz... Quem sabe meu pai ia gostar só que eu trabalhasse na Truta.

— Que tal ir para uma escola sênior?

— Acho que eles não pensaram nisso.

— Você gostaria? Gosta da escola?

— Acho que ia gostar, sim. Ia, sim. Mas não é muito provável.

O daemon dele estava ouvindo atento. Voou para seu ombro, sussurrou alguma coisa, e ele sacudiu a cabeça muito ligeiramente. Hannah fingiu não ver e inclinou-se para pôr mais lenha no fogo.

— O que quer dizer o "campo Rusakov" da mensagem? — Malcolm perguntou.

— Ah. Bom, eu não sei direito. Eu não tenho que saber necessariamente tudo quando consulto o aletiômetro. Ele mesmo parece saber o que precisa saber.

— Porque a mensagem dizia "quando tentamos medir de um jeito, nossa substância escapa e parece preferir outro. No entanto, quando tentamos outro jeito, não temos maior sucesso".

— Você decorou a mensagem inteira?

— Não foi de propósito. Eu li tantas vezes que ela se decorou sozinha. Mas o que eu ia dizer era que isso parece um pouquinho com o princípio da incerteza.

Ela sentiu como se estivesse descendo uma escada no escuro e pulasse um degrau.

— Como você sabe disso?

— Bom, tem um monte de catedráticos que vão na Truta e eles me contam coisas. Como o princípio da incerteza, quando a gente sabe algumas coisas sobre uma partícula, mas não consegue saber tudo. Se você sabe *esta* coisa, não pode saber *aquela*, então vai estar sempre na incerteza. Parece que é isso. E a outra coisa que diz: sobre o Pó. O que é Pó?

Hannah tentou lembrar rapidamente o que era de conhecimento público e o que era conhecimento da Rua Oakley, e respondeu:

— É uma espécie de partícula elementar sobre a qual não sabemos muita coisa. Não é fácil de pesquisar, não só por causa do que esta mensagem diz, mas porque o Magisterium... Você sabe o que eu quero dizer com Magisterium?

— É... assim... a maior autoridade da igreja.

— Isso. Bom, eles reprovam veementemente qualquer pesquisa sobre o Pó. Acham que é pecado. Não sei por quê. É um dos mistérios que estamos tentando resolver.

— Como alguma coisa pode ser pecado?

— Muito boa pergunta. Você conversa com alguém da sua escola sobre esse tipo de coisas?

— Só com o meu amigo Robbie. Ele não fala muito, mas eu sei que é interessado.

— Não conversa com os professores?

— Acho que eles não iam entender. É que estando na Truta, eu posso falar com todo tipo de gente.

— Isso é muito útil — disse Hannah. Uma ideia começou a tomar forma em sua cabeça, mas ela tentou afastá-la.

— Então a senhora acha que, quando ele fala do Pó, está falando de partículas elementares? — Malcolm perguntou.

— Acho que sim. Mas não é a minha área e não tenho bem certeza.

Ele ficou olhando o fogo um momento. Depois falou:

— Se o sr. Luckhurst era a pessoa que pegava e entregava a bolota pra senhora, então...

— Eu sei. Como eu vou entrar em contato com... as outras pessoas? Tem um outro jeito. Que eu vou ter que usar.

— Quem são as outras pessoas?

— Não posso te contar, porque eu não sei.

— Como que isso tudo foi combinado, pra começar?

— Alguém me pediu para ajudar.

Ele bebeu o chocolatl e parecia estar considerando profundamente as informações.

— E o inimigo — disse ele, cautelosamente — é o Tribunal Consistorial, não é?

— Bom, você viu o suficiente para se dar conta disso, e percebeu como eles são perigosos. Me prometa que não vai fazer mais nada que ligue você a mim, ou àquela árvore no canal. Nada perigoso.

— Posso prometer que vou *tentar* — ele respondeu —, mas, se é segredo, não sei se estou fazendo alguma coisa perigosa ou não.

— Bom, está certo. E você não vai contar para ninguém o que já sabe?

— Isso eu posso prometer, sim.

— Bom, me deixa aliviada. — Mas o tempo todo aquela *ideia* a importunava. — Malcolm, quando aqueles dois homens do TCD foram à Truta e prenderam o senhor...

— Sr. Boatwright. Mas ele escapou.

— Sim, ele. Não estavam perguntando sobre estas coisas, estavam?

— Não. Perguntaram de um homem que tinha vindo na Truta uma semana antes. Com o ex-lorde chanceler.

— É, me lembro que você falou disso. Você quer dizer o ex-lorde chanceler da Inglaterra? Lorde Nugent? Não era alguém que tinha o apelido de lorde chanceler, de brincadeira?

— Era o lorde Nugent, sim, senhora. Meu pai mostrou a foto dele no jornal depois.

— Você sabe por que os homens do TCD estavam perguntando por ele? Era sobre um bebê?

Malcolm ficou pasmo. Ele tinha se controlado para não falar nada sobre Lyra, como a irmã Fenella havia aconselhado. Mas depois a velha freira se deu conta de que uma porção de gente já sabia e falou que talvez não tivesse importância.

— Hã... Como a senhora sabe da bebê? — ele perguntou.

— É algum segredo? Para falar a verdade, ouvi alguém falando sobre isso quando estava na Truta. No dia em que deixei o livro. Alguém estava dizendo que as freiras... não me lembro exatamente, mas de alguma forma entrou um bebê na história.

— Bom, já que a senhora já ouviu falar... — Ele contou a ela dos três hóspedes espiando pela janela da Sala do Terraço até o dia em que viu a bebezinha Lyra e seu daemon feroz.

— Nossa, isso *é* interessante — ela afirmou.

— Conhece a lei do santuário? — ele perguntou. — Porque a irmã Fenella me falou do santuário, e eu pensei que iam deixar a bebê lá por causa disso. E ela falou que tem umas faculdades que podem dar santuário também.

— Acho que todas podiam, na Idade Média. Tem só uma que conserva o direito de fazer isso.

— E qual é?

— A Jordan. Esse benefício foi usado bem recentemente, sobretudo pelas razões políticas de hoje em dia. Os catedráticos que incomodam o governo podem pedir santuário escolástico, é igual a pedir asilo. Existe uma espécie de fórmula: eles precisam pedir santuário com uma frase em latim, que falam para o reitor.

— Qual é a Jordan?

— Aquela na rua Turl, com a torre muito alta.

— Ah, eu sei... Acha que aqueles homens podiam estar pedindo santuário? Pra bebê, eu digo?

— Não sei. Não sei mesmo. Mas isso me deu uma ideia. E vou contradizer o que eu afirmei agora há pouco, porque, afinal, gostaria de manter contato com você, Malcolm. Você gosta de ler, não gosta?

— Gosto! — ele exclamou.

— Bom, vamos fingir o seguinte. Eu deixei meu livro e você me trouxe de volta, isso é absolutamente verdadeiro. Você viu todos os meus livros, nós começamos a falar de livros, de leitura e tal, então eu me ofereci para te emprestar alguns. Como uma espécie de biblioteca. Você pode pegar um ou dois livros emprestados e trazer de volta quando tiver terminado e escolher outros. Seria uma boa razão para vir aqui. Vamos combinar assim?

— Vamos — ele respondeu de imediato. Seu daemon, agora um esquilo, sentou em seu ombro e bateu palmas. — E qualquer coisa que eu ver ou escutar...

— Isso mesmo. Não vá atrás e não se exponha a nenhum perigo. Mas, se ouvir alguma coisa interessante, você vem me contar. E quando vier nós conversamos mesmo sobre livros. Que tal?

— Ótimo! É uma ideia brilhante.

— Bom. Bom! Então, podemos começar agora mesmo. Olhe, aqui estão os meus livros de mistérios e crimes, gosta desse tipo?

— Gosto de todos os tipos.

— E aqui meus livros de história. Alguns podem ser um pouco chatos, não sei, mas o resto é uma mistura de todo tipo. Pode escolher. Por que não leva um romance e mais alguma coisa?

Malcolm se levantou animado e olhou as estantes. Hannah ficou observando, reclinada, sem querer impor nada a ele. Quando era menina, uma senhora mais velha da aldeia onde cresceu tinha feito a mesma coisa por ela, e Hannah se lembrava deliciada de escolher sozinha, de poder ir para qualquer parte das estantes. Havia duas ou três bibliotecas privadas em Oxford, mas nenhuma pública, que ela pudesse frequentar. Malcolm não era a única pessoa jovem a ficar com sua fome por livros insatisfeita.

Então ela se sentiu bem ao vê-lo tão empenhado e feliz ao olhar, a pegar livros, folhear, ler a primeira página e pôr de volta antes de tentar outro. Ela viu a si mesma naquele menino curioso.

Ao mesmo tempo, sentia-se terrivelmente culpada. Estava explorando o menino; colocando-o em perigo, fazendo dele um espião. O fato de Malcolm ser corajoso e inteligente não facilitava as coisas; ainda era tão ingênuo que não tinha consciência do bigode de chocolatl no lábio superior. Não era algo para o qual fosse voluntário, mas ela acreditava que ele teria sido, sim, com muito entusiasmo; ela o pressionara, o instigara. Tinha mais poder e fizera isso.

Ele escolheu os livros, guardou-os cuidadosamente na mochila para não molharem, combinaram a data em que iam se reencontrar, e ele saiu para o entardecer úmido e escuro.

Ela fechou as cortinas e se sentou. Apoiou a cabeça nas mãos.

— Não adianta se esconder — disse Jesper. — Estou vendo você.

— Fiz besteira?

— Claro que sim. Mas não tinha outra escolha.

— Eu tinha que fazer o que fiz.

— Tinha mesmo. Se não fizesse, teria se sentido fraca.

— Não se trata de um sentimento… culpada, fraca…

— Não, não se trata disso. Trata-se do errado e do menos errado. Ruim e menos ruim. Esse disfarce é tão bom como qualquer outro. Deixe assim.

— Eu sei — disse ela. — Mas ao mesmo tempo…

— É difícil — ele completou.

6. CRAVOS DE VIDRACEIRO

Malcolm resolveu contar aos seus pais sobre a catedrática a quem havia ido devolver o livro. Falou também que ela lhe oferecera outros livros emprestados, de forma a não esconder nada além da informação mais importante de todas. Ele mostrou à mãe os dois primeiros exemplares enquanto ela servia o ensopado de carneiro que era seu jantar.

— *Um corpo na biblioteca* — ela leu — e *Uma breve história do tempo*. Mas não traga aqui pra cozinha, vai manchar de gordura e de molho. Se alguém te empresta uma coisa, tem de cuidar bem.

— Vou deixar no meu quarto — afirmou Malcolm, enfiando os livros de volta na mochila.

— Bom. Agora coma depressa, a noite está movimentada.

Malcolm sentou-se para jantar.

— Mãe, quando eu sair da Elementar Ulvercote, vou pra uma escola sênior?

— Depende do que seu pai resolver.

— O que a senhora acha que ele vai resolver?

— Acho que ele vai dizer pra você comer seu jantar.

— Posso comer e ouvir ao mesmo tempo.

— Pena que eu não posso conversar e cozinhar.

O dia seguinte era domingo; as freiras estavam ocupadas, o sr. Taphouse estava na casa dele, e Malcolm não tinha desculpa para ir ao convento. Em vez disso, ficou deitado no quarto lendo os livros alternadamente. Quando parou de chover, saiu para ver se o tempo estava seco a ponto de poder pintar o nome do barco com sua nova tinta vermelha, mas não estava. Então voltou aborrecido para seu quarto e começou a fazer uma amarra com a corda de algodão.

No começo da tarde, ele estava servindo bebidas e comida aos clientes como sempre e, quando ajeitava o fogo da lareira, viu uma coisa que o surpreendeu. Alice, a lavadora de pratos, entrou no bar carregando canecos limpos nos dois braços e estava inclinada para a frente, para deixá-los no balcão, quando um homem em uma mesa próxima esticou o braço e beliscou seu traseiro.

Malcolm prendeu a respiração. De início, Alice não esboçou a menor reação, tomando cuidado para que os copos estivessem em segurança sobre o balcão antes de se virar.

— Quem foi? — ela perguntou, calma, mas Malcolm percebeu que estava com as narinas dilatadas e os olhos estreitados.

Nenhum dos homens se mexeu nem respondeu. O homem que a beliscara era um fazendeiro gordo de meia-idade chamado Arnold Hemsley, cujo daemon era um furão. Ben, o daemon de Alice, tinha se transformado em um buldogue, e Malcolm podia ouvir seu rosnado baixo, enquanto o furão tentava se esconder dentro da manga do homem.

— Da próxima vez que isso acontecer — Alice ameaçou —, não vou nem tentar descobrir quem foi, vou cortar com o vidro o que estiver mais perto.

Então pegou um caneco e o espatifou no balcão, sua mão magra segurando apenas a alça com um pedaço de vidro quebrado. Os cacos caíram no chão de pedra no silêncio.

— O que é que está acontecendo aqui? — perguntou o pai de Malcolm, chegando da cozinha.

— Alguém cometeu um erro — respondeu Alice, e jogou a alça quebrada no colo de Hemsley. Alarmado, ele recuou e tentou pegá-la, mas se cortou. Alice se afastou, indiferente.

Agachado diante da lareira com o ferro de atiçar na mão, Malcolm ouviu Hemsley e os amigos resmungando: "É nova demais, seu idiota..." "Ela que se cuide..." "Foi besteira sua, ela não tem idade..." "Estava me provocando..." "Não estava, não, está maluco?..." "Deixe ela em paz, é filha do Tony Parslow...".

Mas seu pai mandou que varresse o vidro quebrado antes que ele pudesse ouvir mais, e os homens logo mudaram de assunto, porque o que todo mundo queria mesmo era falar da chuva e do que ela estava fazendo com o nível da água. Os reservatórios estavam cheios, o departamento responsável pela administração fluvial tinha liberado uma porção de água no rio e mantido as comportas abertas. Vários campos estavam inundados em torno de Oxford e Abingdon, mas isso não era nada fora do comum; o problema era que a água não estava drenando, e várias cidades próximas estavam ameaçadas.

Malcolm se perguntou se devia tomar nota de todas essas informações no caso de ser algo grave, mas concluiu que não. Havia conversas assim em todos os bares junto a todos os rios do reino. Mesmo assim, era estranho.

— Sr. Anscombe? — ele falou para um dos barqueiros.

— O que foi, Malcolm?

— Algum dia já teve tanta água assim?

— Ah, já. Veja a casa do zelador da eclusa no Atalho Duke. Lá na parede, tem uma placa mostrando até que altura a água subiu na enchente de... quando foi mesmo, Dougie?

— De 1883 — respondeu seu companheiro.

— Não. Mais recente que isso.

— Foi 52, então? Ou 53?

— Por aí. Cada quarenta, cinquenta anos mais ou menos tem esse pesadelo de enchente. Eles já devia de ter entendido isso aí.

— Mas o que eles podem fazer? — Malcolm perguntou.

— Abrir mais reservatório — falou Dougie. — Pra água sempre tem demanda.

— Não, não — contrariou o sr. Anscombe —, o problema é o rio. Eles tinha de dragar direito. Você viu as draga funcionando lá em Wallingford, umas coisinha fraca. Ninguém ali é homem praquele trabalho. Eles ia tudo embora na enxurrada, se vinha uma enchente grande de verdade. O problema é quando vem uma massa de água muito grande descendo dos morro, o leito do rio, que não tem fundura, tapa e aí espalha por tudo.

— Se eles ainda não vão tomar precaução lá em Abingdon — comentou Dougie —, era melhor correr. O pessoal todo que moram lá tá em perigo. Olha, se eles faz dois ou três reservatório mais pra cima, a água não esperdiçava também. Recurso precioso, a água.

— É, é precioso no deserto do Saara — disse o sr. Anscombe —, mas quê que se pode fazer? Mandar pelo correio? Na Inglaterra, água não falta. O problema é a profundidade do rio. É só dragar direito que ele corre fácil pro mar.

— O terreno é muito plano deste lado do Chilterns — alguém opinou e começou a explicar mais, mas Malcolm foi chamado para levar cerveja à Sala do Conservatório.

A primeira informação que Malcolm ouviu e que valia a pena tomar nota não veio da Truta, mas da Escola Elementar Ulvercote. Períodos longos de chuva eram o desespero dos professores, porque as crianças não podiam sair e eles tinham de supervisionar brincadeiras internas, com todo mundo frustrado e inquieto.

Na sala de lazer lotada, barulhenta e abafada, Malcolm e três amigos uniram duas carteiras costas com costas e começaram a jogar uma espécie de futebol de mesa. O daemon de Eric tinha alguma excitante e misteriosa novidade, que seu dono não estava fazendo muita questão de esconder.

— O quê? O quê? O quê? — perguntou Robbie.

— Não posso contar — disse Eric, virtuoso.

— Bom, conte bem baixinho — pediu Tom.

— É *ilegal* falar sobre isso. É contra a lei.

— Quem te contou?

— Meu pai. Mas ele mandou não contar pra ninguém.

O pai de Eric era funcionário do Tribunal do Condado e muitas vezes passava notícias particularmente apimentadas para Eric, cuja popularidade aumentava na mesma proporção.

— Seu pai tá sempre falando isso — Malcolm disse —, mas você sempre acaba contando pra gente.

— Não, isto é diferente. É secreto *de verdade*.

— Então ele não devia ter contado pra você — comentou Tom.

— Ele sabe que pode confiar em mim — afirmou Eric, provocando um coro de gozações.

— Você sabe que *vai* contar pra gente — replicou Malcolm —, então é melhor falar logo antes que toque o sinal.

Eric fez uma grande encenação, olhou para todos os lados, inclinou-se para mais perto. Todos se aproximaram também.

— Sabe aquele homem que caiu no canal e morreu afogado? — ele perguntou.

Robbie sabia, Tom não, e Malcolm apenas fez que sim com a cabeça.

— Bom, teve um inquérito na sexta-feira — continuou Eric. — E todo mundo achava que ele tinha morrido afogado, mas acontece que ele foi estrangulado antes do corpo cair na água. Então ele não caiu coisa nenhuma. Ele foi assassinado primeiro e depois que morreu jogaram ele no canal.

— Caramba! — exclamou Robbie.

— Como descobriram? — Tom perguntou.

— Não tinha água no pulmão dele. E no pescoço tinha as marcas onde apertaram a corda.

— Então o que vai acontecer agora? — Malcolm perguntou.

— Bom, agora é caso de polícia — respondeu Eric. — Acho que a gente não vai ficar sabendo de mais nada até pegarem o assassino e ele ser julgado.

Nesse momento, o sinal tocou e tiveram que terminar o jogo, virar as carteiras de volta para seus lugares e se sentarem, com pesados suspiros, para a aula de francês.

Malcolm foi direto ler o jornal quando chegou em casa, mas não havia nenhuma menção ao cadáver no canal. *Um corpo na biblioteca*, porém, era muito envolvente, e ele o leu inteiro de uma vez, madrugada adentro. De alguma forma, apesar da violência sofrida pela vítima no livro, era bem menos horrível que a história do pobre homem que perdera a bolota; infeliz, assustado e por fim estrangulado.

Quando essa ideia tomou conta de Malcolm, ele teve dificuldade para afastá-la da mente. Se ao menos ele e Asta tivessem oferecido ajuda na hora! Teriam encontrado a bolota, o homem teria ido embora depressa, os homens do TCD não o teriam prendido, ele ainda estaria vivo...

Por outro lado, os homens do TCD deviam estar vigiando o tempo todo. Talvez fossem prendê-lo de qualquer jeito. Era a *solidão* da morte dele que mais incomodava Malcolm.

*

No dia seguinte, depois da escola, ele foi direto ao convento ver como estava a bebê. A resposta foi que ela estava bem, dormindo no momento, e não, ele não podia vê-la.

— Mas eu trouxe um presente pra ela — Malcolm falou para a irmã Benedicta, que estava trabalhando no escritório. Aparentemente, a irmã Fenella estava ocupada em algum outro lugar e não podia recebê-lo.

— Bom, é muita gentileza sua, Malcolm — disse a freira —, mas se você entregar o presente para mim prometo que dou a ela.

— Obrigado — respondeu Malcolm. — Mas acho que vou guardar até eu poder dar pra ela eu mesmo.

— Como quiser.

— Tem alguma coisa pra eu fazer, já que estou aqui?

— Não, hoje não, obrigada, Malcolm. Está tudo ótimo.

— Irmã Benedicta — ele insistiu —, quando estavam decidindo se iam deixar a bebê aqui, foi o ex-lorde chanceler que resolveu? O lorde Nugent?

— Ele participou da decisão, sim — afirmou ela. — Agora, se me...

— O que o lorde chanceler faz?

— Ele é um dos principais encarregados da lei da Coroa. Ele é o porta-voz da Câmara dos Lordes.

— Então por que era função dele resolver sobre a bebê? Deve ter um monte de bebês. Se ele tiver que resolver pra onde cada um deve ir, não vai ter tempo pra fazer mais nada.

— Tem toda razão — respondeu ela —, mas foi assim que aconteceu. Veja bem, os pais dela são gente importante. Isso tem alguma coisa a ver com a questão. E eu espero que você não esteja falando disso por aí. É para ser confidencial. É uma questão particular. Agora, Malcolm, eu realmente tenho que pôr estas contas em ordem antes da hora de vésperas. Vá saindo. Outro dia a gente conversa.

Ela havia dito "está tudo ótimo", mas não estava, não. A irmã Fenella devia estar cozinhando agora e havia irmãs que ele não conhecia muito bem correndo pelos corredores, parecendo ansiosas. Ele estava preocupado com a bebê, mas a irmã Benedicta sempre dizia a verdade. Mesmo assim, estava preocupado.

Malcolm saiu na chuva no entardecer escuro e viu uma luz cálida brilhando na oficina. O carpinteiro, sr. Taphouse, ainda devia estar lá. Ele bateu na porta e entrou.

— O que o senhor tá fazendo, sr. Taphouse? — ele perguntou.

— Adivinha o que é isto?

— Parecem janelas. Aquela ali parece uma janela de cozinha. Só que... Não, vão ser venezianas. Certo?

— Isso mesmo. Olha o peso disto aqui, Malcolm.

O velho pôs a moldura da janela em pé no meio da oficina e Malcolm tentou levantá-la.

— Caramba! Que pesada!

— Carvalho de cinco centímetros ao redor dela toda. Mais o peso da veneziana em si, sabe como é que vai ficar?

Malcolm pensou.

— A fixação na parede vai ter que ser muito forte. Vai por dentro ou por fora?

— Por fora.

— Só tem pedra na parede pra prender ela... Como o senhor vai fazer isso?

O sr. Taphouse deu uma piscada e abriu um armário. Dentro, Malcolm viu uma grande máquina nova, cercada por rolos de pesados fios elétricos.

— Furadeira ambárica — informou o sr. Taphouse. — Quer me dar uma mãozinha nisto aqui? — perguntou o carpinteiro, entregando a Malcolm uma vassoura. O piso estava coberto com aparas de madeira e serragem.

— Por quê... — Malcolm começou a dizer, mas o sr. Taphouse foi mais rápido.

— Bem que eu queria saber — disse ele. — Tantas venezianas com essa qualidade toda, e ninguém me diz pra quê. Não pergunte. Nunca pergunte. Faça o que ordenam. Isso não quer dizer que eu não penso a respeito.

O velho ergueu a moldura e a encostou na parede ao lado de várias outras.

— As janelas de vitral também? — Malcolm perguntou.

— Essas ainda não. Acho que as irmãs pensam que são muito preciosas. Que ninguém vai tentar quebrar essas aí.

— Então isso é pra proteção? — Malcolm parecia incrédulo, e era isso que sentia: por que alguém haveria de querer machucar as freiras ou quebrar as janelas delas?

— É o que eu acho — respondeu o sr. Taphouse, pendurando um formão no porta-ferramentas da parede.

— Mas... — Malcolm não sabia como continuar.

— Mas quem haveria de ameaçar as irmãs? Eu sei. A questão é essa. Não sei responder. Tem alguma coisa no ar. Elas estão com medo de alguma coisa.

— Eu achei mesmo que estava meio esquisito lá dentro agora — comentou Malcolm.

— Bom, é isso aí.

— Tem alguma coisa a ver com a bebê?

— Quem sabe? O pai dela incomodou bastante a igreja no tempo dele.

— Lorde Asriel?

— Isso aí. Mas você não vai querer meter o nariz nessas histórias. Tem coisa que é muito perigosa pra se falar.

— Por quê? Quer dizer, de que jeito?

— Já chega. Quando eu digo que chega, é porque chega. Não seja enxerido.

O daemon do sr. Taphouse, um pica-pau de aspecto esfarrapado, bateu o bico, irritado. Malcolm não falou mais nada, varreu as aparas e a serragem, e depois jogou o lixo na lata ao lado dos tocos de madeira, que o sr. Taphouse no dia seguinte utilizaria para alimentar a velha estufa de ferro.

— Boa noite, sr. Taphouse — Malcolm disse ao sair.

O velho deu um grunhido, sem dizer nada.

Após terminar *Um corpo na biblioteca*, Malcolm passou para *Uma breve história do tempo*. A leitura era mais difícil, mas ele já esperava que fosse, e o assunto era estimulante mesmo que não entendesse tudo o que o autor dizia a respeito. Ele queria terminar antes de sábado e conseguiu em cima da hora.

A dra. Relf estava trocando um vidro quebrado da porta dos fundos quando ele chegou. Malcolm ficou imediatamente interessado.

— O que aconteceu? — perguntou.

— Alguém quebrou. Tranquei a porta em cima e embaixo para não conseguirem entrar de jeito nenhum, mas acho que esperavam que a chave estivesse na fechadura.

— A senhora tem massa? E uns cravos de vidraceiro?

— O que é isso?

— Uns preguinhos sem cabeça que seguram o vidro no lugar.

— Achei que a massa fazia isso.

— Sozinha, não. Eu posso ir comprar pra senhora, se quiser.

Havia uma loja de ferragens na rua Walton, a cinco minutos a pé, que era um dos lugares favoritos de Malcolm, depois da mercearia. Ele deu uma olhada rápida nas ferramentas da dra. Relf e havia tudo o que era preciso, de forma que ele não demorou muito e voltou com um saquinho de cravos de vidraceiro.

— Eu sei como se faz... eu vi o sr. Taphouse fazendo isso uma vez no convento. É o carpinteiro — explicou. — O que ele fazia era... olha, vou mostrar.

Para evitar quebrar o vidro com o martelo, ele encostou a lateral de um formão no preguinho e martelou em cima para cravá-lo no lugar.

— Ah, muito boa ideia — disse a dra. Relf. — Deixe eu experimentar.

Quando se certificou de que ela não ia quebrar o vidro, Malcolm a deixou terminar, enquanto ele amolecia e aquecia a massa de vidraceiro.

— Não vai precisar de uma espátula? — ela perguntou.

— Não. Uma faca comum serve. Com a ponta redonda é melhor.

Ele próprio nunca havia feito aquilo, mas se lembrava de como o sr. Taphouse tinha procedido, e o resultado ao final ficou muito bom.

— Maravilha! — ela exclamou.

— Tem de deixar secar e ficar meio durinha antes de pintar — ele informou. — Aí fica à prova d'água e tudo.

— Bom, acho que a gente merece uma xícara de chocolatl agora — ela anunciou. — Muito obrigada, Malcolm.

— Eu arrumo as coisas — ele disse. Era isso que o sr. Taphouse teria esperado que fizesse. Malcolm imaginou que ele estava observando os dois e imaginou seu rosto sério balançando a cabeça depois que estivesse tudo guardado e varrido.

— Eu tenho duas coisas pra contar — ele começou assim que sentaram junto à lareira na sala pequena.

— Muito bom!

— Pode não ser bom. Sabe o convento, onde estão cuidando da criança, da bebê? Então, o sr. Taphouse, o carpinteiro, está fazendo umas venezianas pesadas pra pôr na frente das janelas. Ele não sabe por quê, ele nunca pergunta o porquê de nada, mas são muito pesadas e fortes. Quando eu fui lá outro dia, as irmãs estavam meio que ansiosas, e depois descobri que ele estava fazendo as venezianas. A senhora devia botar umas aqui também. O sr. Taphouse disse que as freiras devem estar com medo de alguma coisa, mas ele não sabe do quê. Eu não sei se perguntei as coisas certas pra ele... Quem sabe devia ter perguntado se quebraram alguma janela, mas não pensei na hora.

— Tudo bem. Isso é interessante. Você acha que elas estão protegendo a bebê?

— Não só isso, mas deve ser. Tem todo tipo de coisa pra proteger lá, tipo os crucifixos, as imagens, as pratas e tal. Mas se elas estivessem preocupadas com ladrão, eu não sei se elas iam mandar fazer aquele tipo de veneziana que o sr. Taphouse estava fazendo. Então acho que elas estão preocupadas mais é com a bebê.

— Claro que deve ser isso.

— A irmã Benedicta me contou que *foi* o lorde Nugent, o ex-lorde chanceler da Inglaterra que resolveu botar a bebê lá. Mas não falou o motivo, e às vezes ela fica brava se eu fico perguntando. E ela disse que a bebê é confidencial também. Mas tanta gente já sabe que acho que não tem muita importância.

— Você deve ter razão. Qual era a outra coisa?

— Ah, é...

Malcolm contou o que o pai de Eric, o funcionário do tribunal, havia falado sobre o homem no canal. O rosto dela ficou pálido.

— Meu Deus. Isso é horrendo — ela disse.

— Acha que pode ser verdade?

— Ah. Poxa... você não acha?

— O negócio é que o Eric sempre exagera um pouco.

— É?

— Ele gosta de se mostrar com o que ele sabe, com as coisas que o pai dele ouve no tribunal.

Será que o pai dele contou *mesmo* para ele esse tipo de coisa?

— Acho que sim. Já ouvi ele falar assim de coisas que aconteceram, julgamentos e tal. Acho que o pai estava falando a verdade pro Eric. Mas pode ser que o Eric... não sei. Eu só acho que aquele coitado daquele homem... ele parecia tão infeliz...

Para seu intenso embaraço, a voz de Malcolm tremeu, sua garganta apertou e ele sentiu lágrimas correndo dos olhos. Quando era muito mais novo e chegava aos prantos em casa, a mãe sabia o que fazer: ela o pegava no colo e o embalava até o choro desaparecer. Malcolm se deu conta de que queria chorar pelo homem morto desde o momento em que soubera da notícia, mas claro que não podia contar nada disso à sua mãe.

— Desculpe — ele disse.

— Malcolm! Não se desculpe. *Eu* é que me desculpo por ter envolvido você nisso tudo. Na verdade, acho que agora é melhor a gente parar. Eu não devo pedir para você...

— Eu não quero parar! Eu quero *descobrir*!

— É muito perigoso. Se alguém achar que você sabe alguma coisa a respeito, então você vai estar em verdadeiro...

— Eu sei. Mas vou continuar de qualquer jeito. Não consigo parar. E a senhora não tem nada a ver com isso. Eu ia ver essas coisas todas mesmo que não fosse pra senhora. E ao menos posso falar com a senhora. Eu não podia falar com ninguém, nem com a irmã Fenella. Ela não ia entender nada.

Ele ainda estava envergonhado e percebia que a dra. Relf também estava, porque ela não sabia o que fazer. Ele não ia querer que ela o abraçasse, então ficou contente de ela nem ao menos tentar, mas mesmo assim era um momento esquisito.

— Bom, me prometa que você não vai *perguntar* nada — ela pediu.

— Tudo bem, isso eu prometo — ele estava sendo sincero. — Não vou sair por aí perguntando. Mas se alguém falar alguma coisa...

— Certo, use o seu bom senso. Tente não parecer interessado. E é melhor a gente continuar fazendo o que o nosso disfarce diz que estamos fazendo, vamos conversar sobre os livros. O que você achou desses dois?

Malcolm nunca tinha tido uma conversa como a que veio a seguir. Na escola, em uma turma de quarenta alunos, não havia tempo para isso, mesmo que o currículo o permitisse, mesmo que os professores estivessem interessados; em casa, também não aconteceria, porque nem o pai nem a mãe eram leitores; no bar, ele era mais ouvinte que participante; e os dois únicos amigos com quem poderia conversar a sério sobre essas coisas, Robbie e Tom, não tinham nem um conhecimento tão amplo, nem a profundidade de entendimento que encontrou quando a dra. Relf falou.

No começo, Asta estava sentada em seu ombro, para onde tinha ido quando viu que ele estava chorando, no formato de um pequeno furão; mas aos poucos ela foi se sentindo mais à vontade e não demorou para estar sentada ao lado de Jesper, o sagui de cara simpática, conversando tranquilamente enquanto *Um corpo na biblioteca* era discutido e *Uma breve história do tempo* era abordado com todo respeito.

— Da última vez a senhora disse que era historiadora de ideias — disse Malcolm. — Que tipo de ideias? Tipo as deste livro?

— É, em grande parte — respondeu ela. — Ideias sobre coisas como o universo. E bem e mal, e por que as coisas existem, para início de conversa.

— Eu nunca pensei por que elas existem — Malcolm comentou, ponderando. — Nunca pensei que podia pensar coisas assim. Pensava que as coisas simplesmente existiam. Então tem gente que pensou coisas diferentes sobre elas no passado?

— Ah, sim. E houve tempo em que era muito perigoso pensar as coisas erradas, ou pelo menos falar sobre elas.

— Que nem agora, mais ou menos.

— É. Acho que sim. Mas, contanto que a gente se limite ao que está publicado, acho que você e eu não vamos ter muitos problemas.

Malcolm queria perguntar sobre as coisas secretas em que ela estava envolvida e se faziam parte da história das ideias, mas sentiu que era melhor ficar com os livros por enquanto. Então perguntou se tinha mais algum livro sobre teologia experimental e ela pegou para ele um chamado *A estranha história do quantum*, mas também deixou que ele examinasse as estantes em busca de histórias de crime, e ele escolheu outro da autora de *Um corpo na biblioteca*.

— Tem uma porção dos livros dela — ele observou.

— Não todos que ela escreveu.

— Quantos livros a senhora leu?

— Milhares. Já perdi a conta.

— Lembra de todos?

— Não. Lembro dos muito bons. Na maioria, meus livros de crime e suspense não são tão bons assim, então deixo passar um tempinho e quando acho que esqueci deles posso ler de novo.

— É uma boa ideia — ele disse. — Quem sabe é melhor eu ir agora. Se ouvir alguma coisa mais, eu venho contar. E se quebrarem outra janela sua... bom, a senhora já deve ser capaz de consertar sozinha, agora que eu mostrei os cravos de vidraceiro.

— Obrigada, Malcolm — ela disse. — E por favor... mais uma vez: tome cuidado.

Naquela noite, Hannah não foi jantar na faculdade, como sempre fazia. Em vez disso, mandou um recado para o alojamento do porteiro da Faculdade Jordan e depois foi para casa fazer ovos mexidos. Tomou um copo de vinho e esperou.

Às nove e vinte, bateram à porta, ela abriu imediatamente e deixou entrar o homem que estava esperando do lado de fora, na chuva.

— Desculpe fazer o senhor sair numa noite dessas — ela disse.

— Está bem ruim mesmo — respondeu ele. — Tudo bem. O que houve?

Seu nome era George Papadimitriou e era o professor de história bizantina que a tinha recrutado para a Rua Oakley, dois anos antes. Era também o homem alto e de aspecto intelectual que jantara com lorde Nugent na Truta.

Ela pegou seu casaco e o sacudiu para tirar o excesso de água da chuva antes de pendurá-lo no aquecedor.

— Fiz uma bobagem — ela disse.

— Não é do seu feitio. Aceito um copo seja do que for. Continue, então, me conte.

Seu daemon-verdilhão cortesmente cumprimentou Jesper com um toque no nariz e então se empoleirou no encosto da poltrona em que Papadimitriou se sentou diante da lareira. Hannah encheu de novo o próprio copo e sentou na outra poltrona.

Ela respirou fundo e contou sobre Malcolm: a bolota, as perguntas que fez ao aletiômetro, a Truta, os livros. Resumiu tudo muito cuidadosamente, mas contou tudo o que ele precisava saber.

Ele ouviu em silêncio. Seu rosto longo e pesado, de olhos escuros, estava sério e imóvel.

— Eu li sobre o homem no canal — ele disse. — Naturalmente não sabia que era o seu contato. Não sabia do estrangulamento também. Alguma chance de ser apenas uma fantasia de criança?

— Poderia ser, claro, mas não do Malcolm. Acredito nele. Se é fantasia, é do amigo dele.

— Não vai aparecer na mídia, claro.

— A menos que não seja o TCD por trás disso. Eles não vão ter medo e não vão ser censurados.

Ele assentiu com a cabeça. Não perdeu tempo concordando que ela fizera uma bobagem, nem a castigando por isso ou ameaçando repreensão; todo seu intelecto estava agora concentrado em como lidar com a situação, com esse menino curioso e com a posição em que ela o havia colocado.

— Bom, ele pode ser *útil*, sabe? — disse.

— Eu sei que ele pode ser útil. Percebi isso desde o começo. Só estou furiosa comigo mesma por botar o menino em perigo.

— Enquanto você encobrir a coisa toda, não vai haver muito risco para ele.

— Bom… Ele está sendo afetado. Quando me contou sobre o estrangulamento, ele chorou.

— Natural, numa criança pequena.

— É um menino sensível. Tem mais uma coisa. Ele é muito próximo das freiras do convento de Godstow, em frente à Truta, do outro lado do rio. E parece que elas estão cuidando da criança que foi objeto daquele caso do tribunal, a filha do lorde Asriel.

Papadimitriou balançou a cabeça.

— O senhor sabia disso? — ela perguntou.

— Sabia. Na verdade, eu discuti o assunto com dois colegas em uma sala da Truta. Era o Malcolm que estava servindo nossa mesa. Isso deve me ensinar uma lição.

— Então era o senhor… e o lorde chanceler? Ele tinha razão?

— O que ele falou?

Ela contou brevemente.

— Que menino observador — ele disse.

— É filho único, e acho que ficou fascinado com a bebê. Ela tem, não sei, uns seis meses, por aí.

— Quem mais sabe que ela está aqui?

— Os pais do menino, acho. Provavelmente alguns dos clientes do bar, os moradores da aldeia, os criados... Parece que não é um segredo.

— Normalmente uma criança estaria aos cuidados da mãe, mas neste caso a mulher não quis a filha e informou isso. A custódia cairia então para o pai, mas o tribunal proibiu, alegando que ele não é uma pessoa adequada. Não, não é segredo, mas pode ficar importante.

— Mais uma coisa — acrescentou Hannah. Ela contou sobre os homens do TCD que prenderam George Boatwright e o interesse deles nos homens que tinham estado na Truta. — Deve ter sido o senhor e lorde Nugent — ela disse. — Mas estavam perguntando sobre um outro.

— Éramos três — afirmou Papadimitriou. E terminou o vinho.

— Mais um copo? — ela ofereceu.

— Não, obrigado. Não me procure mais desse jeito. O porteiro da Jordan é um fofoqueiro. Se quiser entrar em contato comigo, ponha um cartão no quadro de avisos da Biblioteca da Faculdade de História dizendo simplesmente "Vela". Será um sinal para ir ao próximo Evensong, em Wykeham. Estarei sentado sozinho. Você senta do meu lado e podemos conversar tranquilamente ouvindo música.

— Vela. Entendi. E se o senhor quiser entrar em contato comigo?

— Se eu quiser, você vai ficar sabendo. Acho que você fez bem em recrutar esse menino. Cuide dele.

7. CEDO DEMAIS

O quartel-general do serviço secreto que empregava Hannah Relf era conhecido por seus agentes como Rua Oakley por uma simples razão: o local não ficava perto nem tinha absolutamente nenhuma relação com aquela respeitável via pública de Chelsea.

Mas Hannah não sabia disso. No seu entender, Rua Oakley significava um edifício na rua Oakley. Nunca tinha estado no quartel-general do serviço e achava que provavelmente nunca estaria. Seu único contato com a Rua Oakley, sem contar o professor Papadimitriou, era praticamente a bolota. Ela a recolhia com uma solicitação e a deixava com a resposta em um dos diversos esconderijos, que a Rua Oakley chamava de guarda-volumes. O falecido sr. Luckhurst, que era a pessoa encarregada de deixar a bolota para ela e recolher de volta, era conhecido como insulano: nenhum conhecia o outro, o que significava que não poderiam revelar nada se fossem interrogados.

O outro jeito de entrar em contato com seus diretores era através de um catalogador da Biblioteca Bodleiana. O que ela precisava fazer era apresentar um pedido sobre o número de determinado livro no catálogo, que diria a ele que ela queria passar uma mensagem à Rua Oakley. O livro não importava, mas o nome do autor sim: a primeira letra do sobrenome era um código que indicava o assunto sobre o qual ela queria falar.

Para tanto, ela apresentou seu pedido na forma oficial, e no dia seguinte recebeu uma nota convidando-a a se encontrar com o catalogador, Harry Dibdin, em sua sala às onze horas da manhã.

Dibdin era um homem magro e pálido, cujo daemon era uma ave de algum tipo tropical que ela não conhecia. Ele fechou a porta e removeu uma pilha de livros da cadeira de visitas antes de oferecer a ela uma xícara de café.

— Pedidos de catalogação podem levar tempo — ele afirmou. — E nós sempre prestamos uma minuciosa atenção aos pontos de vista dos distintos catedráticos.

— Nesse caso, eu aceito o café, obrigada — ela respondeu.

Ele ligou a chaleira ambárica e procurou umas xícaras.

— Aqui você pode falar com absoluta segurança — disse ele. — Ninguém pode nos ouvir. Queria fazer contato com a Rua Oakley. Do que se trata?

— Meu insulano foi assassinado. Tenho plena certeza disso. Pelo TCD. No presente momento, não tenho nenhum meio de contatar meus clientes — ela informou, referindo-se aos quatro ou cinco funcionários da Rua Oakley que a consultavam regularmente.

— Assassinado? — perguntou Dibdin. — Como sabe?

Ela contou a história. Quando terminou, ele lhe entregou uma xícara com o café já servido.

— Se quiser leite vou ter que sair e buscar um pouco. Mas tenho açúcar.

— Café puro está ótimo. Obrigada.

— Seus clientes estão com pressa? — ele perguntou, sentando-se. Seu daemon esvoaçou uma cauda exótica e pousou em seu ombro.

— Se estivessem com pressa, não estariam consultando o aletiômetro — respondeu ela. — Mas é uma coisa que, se possível, eu não gostaria de protelar.

— Certo. Tem certeza que a Rua Oakley não sabe do seu insulano?

— Não. Não tenho certeza de nada. Mas quando um sistema que funcionou durante dezoito meses de repente dá errado...

— Está preocupada com o que ele pode ter revelado antes de ser morto?

— Claro. Ele não me conhecia, mas sabia onde ficavam todos os guarda-volumes e podia estar sendo vigiado.

— Quantos guarda-volumes você usava?

— Nove.

— Em rotação estrita?

— Não. Havia um código, que...

— Não me conte qual era. Mas isso significa que você podia pegar e deixar uma mensagem e ir direto para a caixa seguinte? E ele podia fazer a mesma coisa?

— Isso mesmo.

— Bom, nove... Eles não teriam agentes suficientes para vigiar nove guarda-volumes durante vinte e quatro horas por dia. Mas também imagino que gostariam de encontrar alguns novos. Deixe que eu comunique à Rua Oakley onde estão. E se o contato não te conhecia, você não corre nenhum perigo.

— Então, no momento...

— Não faça nada além de procurar novos guarda-volumes. Quando a Rua Oakley tiver destacado um novo insulano, eu te comunico.

— Obrigada — ela disse. — Na verdade, tinha uma outra coisa que eu estava pensando.

— Diga.

— O lorde chanceler, lorde Nugent, digo, ex-lorde chanceler, é um homem da Rua Oakley?

Dibdin piscou, seu daemon mexeu os pés.

— Não sei — ele respondeu.

— Sabe, sim. E, pela sua reação, posso dizer que ele é.

— Eu não disse isso.

— Não com palavras. Uma outra pergunta: qual é a importância da filha de um homem chamado lorde Asriel com uma mulher chamada sra. Coulter?

Ele ficou sem dizer nada durante vários segundos. Depois esfregou o queixo, e seu daemon gorjeou alguma coisa baixinho em seu ouvido.

— O que sabe da criança? — Dibdin perguntou.

— A criança está sob os cuidados de umas freiras em Godstow. É uma bebezinha, de uns seis meses. Por que lorde Nugent está interessado nela?

— Não faço ideia. Como você sabe que ele está?

— Acho que ele foi o responsável por encontrar aquele lugar.

— Talvez seja amigo dos pais. Nem todo mundo tem ligações com a Rua Oakley.

— É. Você deve ter razão. Obrigada pelo café.

— Foi um prazer — ele respondeu, abrindo a porta para ela. — Sempre que quiser.

Ao voltar para a Duke Humfrey, ela decidiu que nunca mencionaria as palavras Rua Oakley para Malcolm. Ele não precisava saber nada a respeito. E ela teria que dominar a culpa que sentia por pedir a ele que fizesse espionagens; não havia nada nessa história que fosse confortável, absolutamente nada.

Malcolm passou algum tempo ajudando o sr. Taphouse com as venezianas. Ele gostou muito da furadeira ambárica e, quando o sr. Taphouse, depois de muita insistência, deixou que a experimentasse, ele passou a gostar ainda mais. Eles instalaram todas as venezianas que o sr. Taphouse tinha feito e então voltaram para a oficina e construíram mais algumas.

— Tiveram de pagar uma fortuna por esse carvalho — o velho resmungou. — A irmã Benedicta não gostou de pagar tanto, mas eu disse pra ela que trato é trato e carvalho é carvalho e ela acabou entendendo.

— Mas a força depende é da fixação — argumentou Malcolm, que tinha ouvido o sr. Taphouse dizer essas palavras muitas vezes durante sua carreira como assistente do carpinteiro.

— É, mas madeira grande que nem essa pede grande fixação. Vamos levar um tempão com a chave de fenda pra enfiar os parafusos na parede.

— Eu estava pensando nesses parafusos, né — disse Malcolm. — Sabe quando a fenda gasta e fica muito mais difícil de desparafusar, porque a chave de fenda não tem onde pegar?

— Sim, o que é que tem?

— Bom, e se a gente limasse a cabeça do parafuso de um jeito que depois de parafusado não desse pra desparafusar?

— Como assim?

Malcolm prendeu um parafuso no torno de bancada e limou parte da cabeça para mostrar ao sr. Taphouse o que queria dizer.

— Tá vendo, dá para parafusar, mas não tem apoio para desaparafusar se quiser tirar.

— Ah, é. Boa ideia, Malcolm. Muito boa ideia. Mas vamos dizer que a irmã Benedicta vai e muda de ideia ano que vem e me manda tirar as venezianas de novo?

— Ah, não tinha pensado nisso.

— Bom, então me diga quando pensar — disse o velho.

Seu daemon caiu na risada. Malcolm não ficou chateado; ele gostava da ideia e pensou em um jeito de melhorá-la. Pôs o parafuso no bolso de cima e ajudou o sr. Taphouse com a veneziana seguinte.

— Vai envernizar elas, sr. Taphouse? — ele perguntou.

— Não. Óleo dinamarquês, rapaz. O melhor que tem. Sabe o que tem que tomar cuidado com óleo dinamarquês?

— Não. O quê?

— Combustão espontânea — o velho respondeu, direto. — Você põe o óleo num trapo, sabe, e se não ensopar o trapo com água depois e se deixar secar numa parte plana, o trapo pega fogo sozinho.

— Como é que o senhor chamou? Comb...

— Combustão espontânea.

Malcolm repetiu pelo prazer de repetir.

Quando o carpinteiro terminou o serviço e foi para casa, Malcolm foi à cozinha do convento para falar com irmã Fenella. A velha freira estava cortando repolho e Malcolm pegou uma faca para ajudá-la.

— O que anda fazendo, Malcolm? — ela perguntou.

— Ajudando o sr. Taphouse — ele respondeu. — Sabe aquelas venezianas que ele tá fazendo, irmã Fenella? Por que estão pondo venezianas?

— Foi um conselho que a polícia nos deu — disse ela. — Vieram e falaram para a irmã Benedicta que estava tendo muito roubo em Oxford ultimamente. E acharam que com toda prata, metal e roupas e vestimentas preciosas e tudo, seria melhor botar uma proteção extra.

— Não é por causa da bebê, então?

— Bom, para proteger a bebê também, claro.

— Como ela está?

— Ah, está muito esperta.

— Posso ver ela de novo?

— Se der tempo.

— Fiz um presente pra ela.

— Ah, Malcolm, bondade sua...

— Tá aqui comigo. Eu não largo dele pro caso de ver ela de novo.

— Bom, é muita gentileza sua.

— Posso ver ela agora?

— Bom, tudo bem. Acabou o repolho?

— Acabei, olha.

— Então venha.

Ela deixou a faca, enxugou as mãos e o levou pelo corredor até o quarto onde tinham ido antes. O berço estava no meio do cômodo e uma lâmpada fraquinha era a única iluminação, de modo que a bebê estava na penumbra. Ela fazia todo tipo de balbucio para seu daemon, que se empinou nas patas de trás em forma de rato e olhou para a irmã Fenella e Malcolm antes de fugir para o travesseiro e ficar chiando no ouvido de Lyra.

— Está ensinando ela a falar! — observou Malcolm.

Com muito cuidado, a irmã Fenella pegou a bebê no colo, e o daemon-rato saltou para seu ombrinho e se transformou num musaranho.

Malcolm pegou seu presente. Era o cordão que tinha feito, atado a uma bolinha de madeira de faia que ele havia arredondado e lixado cuidadosamente. Ele consultara sua mãe, que havia dito: "Contanto que seja grande o suficiente pra ela não engolir, acho que não tem problema".

— Eu ia pintar — ele afirmou à irmã Fenella —, mas sei que os bebês botam as coisas na boca, e a tinta tem muita coisa que podia fazer mal pra ela. Então eu lixei o mais liso que eu consegui. Não vai ter farpa nem nada. E se ela engolir o cordão dá pra usar a bola pra puxar de volta. É bem seguro.

— Ah, é lindo, Malcolm. Olha, Lyra! É um... um bloco de... o que é isto?

— Faia. Sabe, dá para ver pelos sulcos. É bem lisa. E do jeito que está amarrada não vai soltar nunca.

Lyra agarrou o cordão imediatamente e pôs na boca.

— Ela gostou! — Malcolm disse.

— Deve ter gostado... não sei... se ela tentar engolir o cordão pode sufocar...

— Acho que é possível — Malcolm admitiu, relutante. — Quem sabe era melhor esperar e dar mais tarde. Ou então levar o berço pra cozinha... Se ela começar a fazer barulho de engasgo, dá pra tirar depressa. Aposto que o daemon dela ia fazer um escândalo se ela começasse a engasgar. Como é o nome dele?

— Pantalaimon.

— Quem sabe ele podia puxar pra fora.

— Não é seguro — disse Asta, com firmeza. — Deixe pra dar quando ela ficar mais velha.

— Ah, tá bom — aceitou Malcolm, tentando puxar o cordão delicadamente. Lyra não gostou e começou a protestar, mas Malcolm fingiu estar com soluço e ela deu tanta risada que se esqueceu do cordão e o soltou.

— Posso pegar ela no colo? — ele perguntou.

— Melhor sentar primeiro — disse a irmã Fenella.

Ele sentou na cadeira de espaldar reto, estendeu os braços e a irmã Fenella a colocou cuidadosamente em seu colo. O pequeno daemon dela corria para cima e para baixo para evitar tocar em Malcolm, que estava sendo muito cuidadoso, mas a própria Lyra estava intrigada com essa mudança de perspectiva e olhava calmamente em torno, depois focalizou os olhos no próprio Malcolm.

— Esse é o Malcolm — disse a irmã Fenella com voz clara e delicada. — Você gosta do Malcolm, não é?

Malcolm sentiu que, mesmo bondosa como era a irmã, ela não tinha muito jeito para falar com um bebê. Ele olhou para o rostinho e disse:

— Agora, sabe, Lyra, eu fiz aquele cordão com a bola de faia pra você, mas você ainda não tem idade pra isso. Eu errei. Não pensei que você podia se engasgar com o cordão. Bom, pode ser que não engasgue, mas é muito perigoso agora. Então eu vou guardar, até você ter idade pra brincar sem enfiar na boca o tempo todo. Quando tiver idade, eu mostro como que faz um igual. É bem fácil depois que a gente aprende. Eu fiz de fio de algodão, mas dá pra usar qualquer coisa, barbante, merlim... Vou te levar pra dar uma volta na *La Belle Sauvage* quando for maior, que tal? É o meu barco. Quem sabe é melhor você aprender a nadar primeiro. A gente vai no verão, certo?

— Acho que ela inda vai ser um pouco nova... — disse a irmã Fenella e se calou porque ouviram vozes no corredor. — Depressa! — ela sussurrou e pegou a bebê dos braços de Malcolm justo na hora em que a porta abriu.

— Ah! O que o menino está fazendo aqui?

Quem perguntava era uma mulher de cabelo grisalho muito enrolado e rosto duro. Não era freira, mas a roupa azul-escura que usava parecia algum tipo de uniforme. Na lapela, carregava um pequeno distintivo de esmalte, com a imagem de chamas vermelhas saindo de um lampião dourado.

— Irmã Fenella? — disse a irmã Benedicta, entrando logo atrás dela.

— Ah! Então... Malcolm... esse é o Malcolm.

— Eu sei quem é o Malcolm. O que está fazendo aqui?

— Eu fiz um presente pra bebê — Malcolm respondeu — e pedi pra irmã Fenella se podia dar pra ela.

— Deixe-me ver — disse a estranha.

Ela examinou a bola de madeira e o cordão molhado com certo asco.

— Nada adequado. Leve embora. E você, rapazinho, vá para casa. Não tem nada o que fazer aqui.

Ao ouvir seu tom áspero, o rosto de Lyra se contorceu, seu daemon enterrou o rosto em seu pescoço e ela começou a chorar baixinho.

— Tchau, Lyra — Malcolm disse e apertou a mãozinha dela. — Tchau irmã Fenella.

— Obrigada, Malcolm — a velha freira conseguiu dizer, e Malcolm notou o quanto ela estava assustada.

A irmã Benedicta levou Lyra para longe da irmã Fenella, e a última coisa que Malcolm ouviu ao deixar o convento foi a bebê chorando de verdade.

Isso era mais alguma coisa para contar à dra. Relf, ele pensou.

8. A LIGA DE SANTO ALEXANDER

Na segunda-feira, no intervalo do almoço, Malcolm estava agachado em um canto do pátio. Segurava um de seus parafusos não desparafusáveis em uma das mãos e o canivete do exército suíço na outra, tentando descobrir um jeito de desparafusá-los. Em torno dele, os berros e gritos de crianças brincando e correndo ecoavam nas paredes de tijolo da escola e um vento frio os levava até Port Meadow.

Pelo canto dos olhos, ele viu alguém se aproximando e mesmo sem olhar ele sabia quem era. Era Eric, filho do funcionário do tribunal.

— Estou ocupado — disse Malcolm, já sabendo que Eric não ia dar atenção.

— Ei, sabe aquele homem que mataram? Aquele que estrangularam e jogaram no canal?

— Não é pra você falar disso.

— É, mas sabe o que meu pai ouviu dizer?

— O quê?

— Ele era um espião.

— E como eles sabiam?

— Meu pai não podia me contar por causa do Ato de Segredos Oficiais.

— Então, pra começar, como é que ele contou que o homem era espião? Isso não é segredo oficial?

— Não, porque se fosse ele não ia poder me contar, ia?

Malcolm achava que o pai de Eric ia encontrar um jeito de contar qualquer coisa, se quisesse.

— De quem que ele era espião, então? — Malcolm perguntou.

— Não sei. Meu pai não podia contar isso também.

— Bom, de quem você acha?

— Dos moscovitas. Eles são o inimigo, não são?

— Ele podia ser espião da gente e ter sido assassinado pelos moscovitas — observou Malcolm.

— Sei, mas aí *quem* que ele estava espionando, então?

— Não sei. Vai ver que estava de férias. Espião tem que tirar férias igual todo mundo. Pra quem mais você contou?

— Pra ninguém ainda.

— Bom, é melhor você tomar cuidado. Eu espero que seu pai tenha razão com o Ato de Segredos Oficiais. Sabe qual é a pena por desrespeitar?

— Vou perguntar pra ele.

— Boa ideia. Mas enquanto isso é melhor você não contar pra ninguém. Tem espião por todo lado.

— Não na escola! — zombou Eric.

— Os professores podem ser espiões. Que tal a srta. Davis?

A srta. Davis era a professora de música, a pessoa mais impaciente que Malcolm conhecia.

Eric pensou um pouco.

— Pode ser — considerou. — Mas ela se mostra demais. Espião de verdade tem que ser menos vidente. Ficar mais igual aos outros.

— Mas isso pode ser um disfarce inteligente. Você acha que espião tem de ser tudo calado e meio camuflado, aí vê a srta. Davis gritando e batendo a tampa do piano, vai pensar que ela nunca podia ser uma espiã, só que ela era o tempo todo.

— Bom, o que ela ia espionar?

— Podia espionar nas horas vagas. Podia ir pra qualquer lugar e espionar qualquer coisa. *Qualquer um* pode ser espião, essa que é a verdade.

— Bom — respondeu Eric —, pode ser. Mas o homem no canal era espião *mesmo*.

Em forma de rato, o daemon de Eric escalou até seu ombro e falou algo baixinho, mas o suficiente para Malcolm ouvir:

— Papai nunca disse exatamente que o homem era um espião. Não exatamente.

— Mas quase — disse Eric.

— É, só que você exagera.

— O que foi que ele disse então? — Malcolm perguntou.

— O que ele disse foi: "Eu não ficaria surpreso se ele fosse um espião". É a mesma coisa.

— Quase.

— A questão é a seguinte: por que ele disse isso? — perguntou Asta, que, em forma de um tordo, vinha acompanhando tudo de perto, a cabeça virando ágil de um lado para outro.

— Isso mesmo. Obrigado — disse Eric, pensativo. — Ele sabia de alguma coisa que fez ele pensar que era possível. Então deve ser.

— Você consegue descobrir? — Malcolm perguntou.

— Não sei. Posso perguntar pra ele. Mas tenho que ser decreto. Não posso chegar de repente perguntando.

— Como assim "decreto"?

— Você sabe. Não óbvio.

— Ah, entendi — disse Malcolm. Discreto era provavelmente a palavra que Eric queria. E mais cedo provavelmente quisera dizer "evidente", não "vidente".

O sinal tocou nesse momento, e os alunos tiveram de formar as filas para as classes e entrar para uma longa tarde cansativa. Essa rotina se repetia normalmente com um professor de plantão no recreio inspecionando as filas, chamando a atenção de todo mundo que estivesse conversando ou fazendo farra e, por fim, liberando as classes uma por uma. Mas agora alguma coisa diferente estava acontecendo.

O professor esperou até todo mundo estar quieto, então ficou imóvel e olhou por cima dos alunos para o prédio da escola. Várias cabeças se viraram, inclusive a de Malcolm, e viram o diretor saindo, a beca voando ao vento. E havia alguém com ele.

— Para cá — ordenou o professor, e todos olharam para a frente outra vez antes que Malcolm conseguisse identificar quem era a outra pessoa.

Um minuto depois, a pessoa estava junto ao diretor, caminhando na frente das filas das classes. Malcolm a reconheceu de imediato como a mulher que encontrara no convento e que assustara Lyra com sua voz áspera. Usava o mesmo traje azul-escuro, o mesmo cabelo repuxado com força.

— Escutem com atenção — disse o diretor. — Quando entrarem, daqui a pouco, vocês não irão para suas salas de aula. Vão para o salão, como fazem para a reunião matinal. Entrem como sempre, sentem-se em silêncio e aguardem. Quem fizer barulho vai ter problemas. Classe cinco primeiro.

Malcolm escutou sussurros à sua volta: "Quem é essa?", "O que vai acontecer?", "Quem se deu mal?".

Atenta e disfarçadamente, ele observou a mulher. Ela estava examinando todas as classes à sua frente, os olhos frios à espreita enquanto eles todos paravam, viravam e seguiam com suas filas. Quando ela virou o rosto para o lado de Malcolm, ele fez questão de ficar atrás de Eric, que era um pouco mais alto.

O salão era onde as funcionárias serviam as refeições escolares, cujo aroma permanecia durante toda a tarde. Naquele dia, o destaque do menu tinha sido nabo cozido, e nem mesmo o rocambole servido na sobremesa conseguiu dissipar o clima pesado. O salão também era onde aconteciam as aulas de ginástica, e por baixo do cheiro da comida havia uma reminiscência aromática de diversas gerações de crianças suadas.

Quando sua classe entrou no salão, Malcolm olhou para a fila de professores sentados ao fundo. O rosto da maioria deles não tinha expressão, como se aquilo não fosse nada fora do comum, apenas uma parte bem costumeira de um dia normal; só o sr. Savery, professor de matemática, estava carrancudo. Havia um ar de profunda insatisfação pregado em seu rosto. E então, no instante antes de se sentar, Malcolm viu o rosto da srta. Davis, a professora de música, porque a luz refletida destacava as lágrimas em sua face.

Malcolm notou essas coisas e se imaginou escrevendo tudo, como faria depois, para contar à dra. Relf.

Quando todas as crianças estavam sentadas, paradas e quietas — mais quietas ainda porque todo mundo sentia que alguma coisa fora do comum estava acontecendo —, o diretor entrou e todo mundo se levantou. A mulher estava com ele.

— Tudo bem, podem sentar — ele disse.

Quando estava tudo quieto outra vez, ele falou:

— Esta é a srta. Carmichael. Vou deixar que ela mesma explique o que veio fazer.

Ele então se sentou, recolhendo a toga junto ao corpo, seu daemon corvo na posição de sempre em seu ombro esquerdo. E Malcolm tinha mais uma informação para escrever mais tarde, pois o rosto do diretor estava tão atormentado quanto o do sr. Savery. A mulher não via isso, ou ignorava. Ela esperou que houvesse silêncio absoluto e então começou.

— Vocês todos sabem, pessoal, que nossa Santa Igreja tem dentro dela muitas repartições diferentes. Elas constituem o que nós chamamos de Magisterium, e todas funcionam juntas para o bem da Igreja, e isso significa que é para o bem de todos nós.

"A parte que eu represento chama-se Liga de Santo Alexander. Espero que alguns de vocês já tenham ouvido falar de santo Alexander, mas talvez suas lições ainda não tenham chegado a esse ponto, então vou contar sua história.

"Muito tempo atrás, ele vivia no Norte da África com sua família. Era um tempo em que a Santa Igreja ainda estava lutando contra os pagãos, que adoravam deuses do mal ou que não acreditavam em deus nenhum. E a família do pequeno Alexander era uma das que adorava um deus do mal. Não acreditavam em Jesus Cristo, tinham um altar no porão de sua casa onde faziam sacrifícios ao deus do mal que adoravam, e caçoavam daqueles que eram como nós, que veneramos o Deus verdadeiro.

"Bem, um dia Alexander ouviu um homem falando no mercado. Era um missionário. Ele tinha enfrentado todos os perigos da terra e do mar para levar a história de Jesus Cristo e sua mensagem da verdadeira religião para as regiões em torno do mar Mediterrâneo, terras em que Alexander vivia com sua família.

"E Alexander ficou tão interessado no que o homem disse que parou e ficou escutando. Ouviu a história da vida e morte de Jesus, e como ele se ergueu dos mortos, e como aqueles que acreditam nele terão a vida eterna, então foi até o pregador e disse: 'Eu gostaria de ser cristão'.

"Ele não foi o único. Muita gente foi batizada naquele dia, inclusive o governador da província, que era um homem sábio chamado Regulus. Ele ordenou que seus funcionários se tornassem cristãos, e todos o obedeceram.

"Mas muitas pessoas não respeitaram sua ordem. Uma porção de gente gostava de sua antiga religião e não queria mudar. Então, quando Regulus criou leis proibindo a antiga religião e obrigando as pessoas a serem cristãs para seu próprio bem, eles conservaram seus hábitos perversos.

"E Alexander viu que podia fazer alguma coisa para servir a Deus e à igreja. Ele conhecia algumas pessoas que fingiam ser cristãs, mas na verdade adoravam os velhos deuses, os deuses do mal. Seus familiares, por exemplo. Eles haviam dado abrigo a muitos pagãos em seu porão. Essas pessoas eram procuradas pelas autoridades, pessoas que maldosamente haviam se recusado a ouvir a sagrada palavra das Escrituras, a palavra sagrada de Deus.

"Então, Alexander entendeu o que devia fazer. Com toda valentia, foi às autoridades e contou sobre sua família, sobre os pagãos que ela estava abrigando, e os soldados foram à casa da família no meio da noite. Sabiam qual era a casa, porque Alexander levou um lampião para o telhado e sinalizou para eles. A família foi presa, os pagãos do porão levados para o cativeiro e no dia seguinte foram todos executados em praça pública. Alexander recebeu uma recompensa e seguiu como um grande caçador de ateus e pagãos. Depois de sua morte, muitos anos mais tarde, ele foi santificado.

"A Liga de Santo Alexander foi fundada em memória desse valente menino, e seu emblema é uma imagem daquele lampião que ele levou ao telhado para sinalizar a casa.

"Agora vocês podem pensar que essa época já se passou há muito tempo. Que não existem mais altares pagãos em nossos porões. Que todos acreditamos no Deus Verdadeiro. Que todos estimamos e amamos nossa Igreja. Que somos um país cristão em uma civilização cristã.

"Mas ainda existem inimigos da Igreja, novos, assim como os velhos. Há pessoas que dizem abertamente que Deus não existe. Alguns deles tornam-se famosos, fazem discursos, escrevem livros, até dão aulas. Mas eles não são uma grande preocupação, pois nós sabemos quem são. Mais importantes são as pessoas que *não* sabemos serem assim. Nossos vizinhos, os pais de nossos amigos, nossos próprios pais, os adultos que vemos todos os dias. Algum deles um dia negou a verdade de Deus? Já ouviram alguém caçoar ou criticar a Igreja? Já ouviram alguém contando mentiras sobre a Igreja?

"O espírito do pequeno santo Alexander continua vivo hoje em todos os meninos e meninas que tenham coragem suficiente para fazer o que ele fez e revelar às autoridades da Igreja quem possa estar trabalhando contra a fé verdadeira. É um trabalho vital. É a coisa mais importante que vocês jamais poderão fazer. E é algo em que toda criança deve pensar.

"Vocês podem se inscrever na Liga de Santo Alexander hoje mesmo. Receberão um emblema, como este que estou usando, para usar e mostrar o que acham ser importante. Não tem nenhum custo. Vocês podem ser os olhos e os ouvidos da Santa Igreja no mundo corrupto em que vivemos. Quem gostaria de se inscrever?"

Mãos se ergueram, muitas mãos, e Malcolm podia ver a excitação nos rostos à sua volta; mas os professores, a não ser um ou dois, olhavam para o chão ou espiavam pelas janelas, inexpressivos.

Eric ergueu a mão imediatamente, assim como Robbie, mas os dois olharam para Malcolm para ver o que ele ia fazer. O fato era que Malcolm gostaria muito de ter um daqueles emblemas. Eram feitos de esmalte, tinham um lampião dourado com uma chama vermelha saindo dele, eram muito bonitos. Mesmo assim, ele preferia não se inscrever naquela liga. Permaneceu com a mão abaixada e, vendo isso, os outros dois ficaram confusos. Eric baixou a mão e depois ergueu de novo, mais hesitante. Robbie baixou a dele e não levantou mais.

— Estou muito satisfeita — afirmou a srta. Carmichael. — Deus ficará muito feliz de ver tantos meninos e meninas decididos a fazer o que é certo. A ser os olhos e ouvidos da Autoridade! Nas ruas e nos campos, nas casas e parques, nas classes do mundo, uma liga de pequenos Alexanders vigiando e ouvindo com um propósito sagrado.

Ela parou aí, virou para a mesa a seu lado, pegou um emblema e uma folha de papel.

— Quando voltarem para suas classes daqui a um minuto, seus professores levarão estes formulários. Eles vão ensinar como devem ser preenchidos. Feito isso, darão a vocês um emblema. E vocês serão membros da Liga de Santo Alexander! Ah, receberão também uma outra coisa. Este pequeno livro — ela ergueu um deles —, que é muito importante. Conta a história de santo Alexander, tem uma lista de regras da Liga e um endereço para onde escrever caso virem alguma coisa errada, alguma coisa pecaminosa, alguma coisa suspeita, alguma coisa que achem que a Santa Igreja deva saber.

"Agora, juntem as mãos e fechem os olhos. Senhor, que o espírito do abençoado santo Alexander penetre em nossos corações, que possamos ter a visão clara para perceber a maldade, a coragem de denunciá-la e a força de testemunhar, mesmo que pareça doloroso ou difícil. Em nome do senhor Jesus Cristo, Amém."

Seguiu-se um "amém" murmurado pela maioria das crianças. Malcolm levantou a cabeça e olhou para a mulher, que parecia estar olhando diretamente para ele. Isso o deixou terrivelmente inquieto por um momento; mas ela se virou para o diretor.

— Obrigada, senhor diretor — disse ela. — Deixo em suas mãos.

Ela saiu. O diretor levantou-se, rígida e penosamente.

— Podem sair, classe cinco primeiro.

9. ANTI-HORÁRIO

No sábado, Malcolm tinha muita coisa para contar a Hannah. Contou sobre o pai de Eric e sobre sua suspeita de que o homem assassinado tinha sido um espião; contou sobre a mulher no convento e sobre tudo o que ela havia dito naquela estranha tarde no salão da escola e como muitos de seus colegas tinham se inscrito na Liga de Santo Alexander.

— E no dia seguinte, quando eles todos vieram pra escola com os emblemas, o diretor reuniu todo mundo em assembleia. Falou que nunca tinha permitido o uso de emblemas na escola e não ia começar agora. Todo mundo que estava com emblema teve que tirar. O que eles faziam em casa era da conta deles, mas ninguém podia usar emblemas na escola. E ele disse que o formulário que eles tinham assinado não tinha não sei o quê legal, nenhuma força legal ou algo assim, e que o documento não queria dizer nada. Alguns tentaram discutir com ele, mas ele botou de castigo e tirou o emblema deles.

"Aí, uns meninos que tinham feito a inscrição na liga disseram que iam denunciar ele e devem ter denunciado mesmo, porque na sexta-feira o diretor não estava na escola, nem ontem. O sr. Hawkins, ele é o vice, e estava a favor da Liga, fez uma reunião ontem e falou que o sr. Willis, o diretor, tinha cometido um erro e que as pessoas podiam usar os emblemas se quisessem. Ele encontrou a caixa dos emblemas na sala do diretor e devolveu para todo mundo."

— O que outros professores acham dessa Liga?

— Uns gostam, outros não. O sr. Savery, professor de matemática, detesta. Alguém perguntou pra ele, durante a aula, o que ele achava e deviam ter adivinhado que ele era contra, porque ele disse que achava a coisa toda nojenta, que era a celebração dum maldoso traidorzinho desgraçado que provocou a morte dos pais. Acho que uma ou duas pessoas ficaram pensando diferente depois disso e tiraram os emblemas quando ninguém estava vendo, fingiram que tinham perdido. Ninguém chegou a falar que concordava com o sr. Savery porque senão seriam denunciados.

— Mas você não se inscreveu?

— Não. Acho que metade dos meninos foi, metade não. Eu não gostei *dela*, essa é uma razão. A outra é que eu não... Bom, se eu achasse que meus pais estavam fazendo alguma coisa errada, nem assim eu queria denunciar eles. E... acho que eu desconfio que essa liga tem alguma coisa a ver com o TCD.

Já havia ocorrido a Malcolm antes e lhe voltou agora a ideia de que, ao conversar com a dra. Relf, o que ele estava fazendo era muito parecido com o que fazia santo Alexander. Qual era a diferença? Só que ele gostava e confiava na dra. Relf. Mas não deixava de ser um espião por causa disso.

Ele se sentiu incomodado e ela percebeu.

— Você está pensando que...

— Tô pensando que estou espionando pra senhora, pra falar a verdade.

— Bom, de certa forma é verdade, mas eu não chamaria de espionar. Eu tenho que fazer relatório do que eu descubro, então estou fazendo a mesma coisa. A diferença é que eu acho que as pessoas para quem eu trabalho são boas. Acredito no que elas fazem. Acho que estão do lado certo.

— Contra o TCD?

— Claro. Contra gente que mata e joga corpos no canal.

— Contra a Liga de Santo Alexander?

— Cem por cento contra a Liga. Acho que é uma ideia abominável. Mas e esses formulários que você disse que eles precisavam assinar? Tinham que levar para casa para os pais darem uma olhada?

— Não, porque ela disse que era uma coisa só pras crianças, e que se o santo Alexander tivesse que perguntar pros pais, eles iam dizer não. Alguns professores não gostaram, mas tiveram que concordar.

— Tenho que tentar descobrir alguma coisa sobre essa liga. Não me parece coisa nada boa.

— Não sei por que ela foi no convento ver a Lyra. Ela é novinha demais para se inscrever em qualquer coisa.

— Mas é interessante — disse a dra. Relf, levantando-se para fazer chocolatl. — Mas agora vamos falar de livros. Como você está indo com o do quantum?

Hannah tinha andado ocupada nos últimos dias, procurando diversos novos guarda-volumes. Assim que encontrou meia dúzia, foi até Harry Dibdin, na Biblioteca Bodleiana, levando outra pesquisa catalográfica.

— Que bom que veio — ele disse. — Encontraram outro insulano.

— Foi rápido.

— Bom, as coisas estão esquentando. Você deve ter notado.

— Na verdade, notei, sim. Então, se tem um novo insulano a postos eu posso usar estes novos guarda-volumes desde já. Harry... Você tem filhos na escola, não tem?

— Dois. Por quê?

— Eles ouviram falar da Liga de Santo Alexander?

— Ouviram, sim, agora que você falou nisso. Eu disse não.

— Eles perguntaram em casa?

— Eles estavam animados. Eu falei que era uma ideia horrível.

— Sabe onde isso começou? Quem está por trás?

— Imagino que as mesmas fontes de sempre. Por quê?

— É uma coisa nova. Fiquei curiosa, só isso. Você disse que as coisas estão esquentando... isso faz parte. Na escola dos seus filhos, apareceu uma mulher chamada Carmichael envolvida com isso?

— Não sei. Eles só disseram que anunciaram lá. Nunca contam detalhes.

Ela contou o que tinha acontecido na Escola Elementar Ulvercote.

— E esse foi o relatório do seu jovem agente? — ele perguntou.

— Ele é muito bom. Mas está preocupado agora por estar fazendo a mesma coisa: espionar as pessoas para me contar.

— Bom, e está mesmo.

— Ele é muito novo, Harry. E tem consciência.

— Você tem que tomar conta dele. Cuidar dele.

— Eu sei — ela concordou. — Ninguém pode me aconselhar, mas eu preciso aconselhá-lo. Não, não se levante. Está aqui a lista dos meus novos guarda-volumes. Tchau, Harry.

*

O relatório que ela escreveu ocupou quatro folhas do papel indiano especial que usava, mesmo fazendo a letra mais miudinha possível e usando lápis de ponta superfina. Não foi fácil dobrar até caber dentro da bolota, mas ela acabou conseguindo. Depois, foi dar um passeio no Jardim Botânico, onde um espaço debaixo de uma raiz particularmente grossa dentro de uma das estufas era o primeiro guarda-volumes.

Então voltou para o trabalho que devia estar fazendo com o aletiômetro, que estava ficando atrasado. Começava a parecer que ela havia topado com um obstáculo ou perdido a simpatia do instrumento. Precisava tomar cuidado. A reunião mensal do grupo de pesquisa do aletiômetro estava chegando; os envolvidos iriam comparar resultados e discutir linhas de abordagem, e se ela não tivesse nada a dizer poderia perder seus privilégios.

O diretor da escola de Malcolm, sr. Willis, continuava ausente na segunda-feira, e na terça o vice-diretor, sr. Hawkins, comunicou que o sr. Willis não voltaria, e que ele seria o diretor de agora em diante. Os meninos respiraram fundo. Todos sabiam a razão: o sr. Willis tinha desafiado a Liga de Santo Alexander e agora estava sendo castigado. Isso deu aos portadores do emblema uma estonteante sensação de poder. Sozinhos, eles tinham derrubado a autoridade de um diretor. Nenhum professor estava seguro agora. Malcolm observou a cara dos professores quando o sr. Hawkins fez o comunicado: o sr. Savery pôs a cabeça entre as mãos, a srta. Davis mordeu os lábios, o sr. Croker, professor de carpintaria, parecia furioso. Alguns dos outros deram pequenos sorrisos triunfantes; a maioria ficou sem expressão.

E havia uma espécie de pose entre os portadores de emblema. Alguém comentou que, em uma classe dos mais velhos, o professor de escrita estava falando sobre os milagres da Bíblia e explicou que alguns deles podiam ser interpretados de maneira realista, como Moisés abrindo o mar Vermelho. Ele contou que devia haver simplesmente uma parte rasa do mar e que um vento forte às vezes soprava a água de forma que era possível atravessar a pé. Um dos alunos o alertou que tomasse cuidado, erguendo o emblema. O professor recuou, disse que estava apenas dando um exemplo de mentira perversa, e que a Bíblia tinha razão: o mar profundo inteiro tinha sido separado para os israelitas passarem.

Outros professores também entraram na linha. Ensinavam com menos vigor, contavam menos histórias, as lições ficavam mais sem graça e mais cautelosas. No entanto, parecia ser isso o que os portadores de emblema queriam. O efeito era como se cada professor fosse examinado por um feroz inspetor e cada lição se tornasse uma provação que testava não só os alunos, mas os professores também.

Os portadores de emblema começaram a pressionar as outras crianças também.

— Por que não está usando emblema?

— Por que não se inscreveu?

— Você é ateu?

Quando desafiaram Malcolm, ele simplesmente deu de ombros e disse:

— Não sei. Vou pensar.

Algumas crianças disseram que os pais não tinham deixado que participassem da Liga, mas quando os portadores de emblema sorriram triunfantes e anotaram seus nomes e endereços, elas ficaram com medo e usaram o emblema conforme ordenado.

Poucos professores resistiram. Certo dia, Malcolm foi o último a sair da sala, em uma aula de carpintaria; ele queria conversar com o sr. Croker sobre a sua ideia do parafuso de um lado só. O sr. Croker ouviu pacientemente, então olhou em torno e, vendo que a sala de carpintaria estava vazia a não ser por eles dois, disse:

— Estou vendo que você não usa o emblema, Malcolm.

— Não, senhor.

— Alguma razão?

— Não gosto deles, não, senhor. Não gostei *dela*, daquela srta. Carmichael. E gostava do sr. Willis. O que aconteceu com ele, professor?

— Não nos contaram nada.

— Ele vai voltar?

— Eu espero que sim.

O daemon do sr. Croker, um pica-pau verde, perfurou vigorosamente um resto de pinho com o som de uma metralhadora. Malcolm queria falar mais sobre a questão do emblema, mas não queria comprometer o sr. Croker.

— Esses parafusos, professor...

— Ah, sim. Você teve essa ideia sozinho, foi?

— Foi, sim. Mas não consigo pensar num jeito de desaparafusar.

— Bom, alguém passou na sua frente, Malcolm. Olhe...

O sr. Croker abriu uma gaveta, pegou uma caixinha de papelão cheia de parafusos com cabeças já limadas de um lado, exatamente iguais ao que Malcolm tinha feito na oficina do sr. Taphouse, mas muito mais bem-acabados.

— Minha nossa! — Malcolm exclamou. — E eu achei que era o primeiro a ter pensado nisso. Mas como o senhor faz pra desaparafusar?

— Bom, precisa de uma ferramenta especial. Espere aí.

O sr. Croker revirou a gaveta e pegou uma caixa de metal com meia dúzia de bastões de aço curtos. Cada bastão tinha uma extremidade em rosca, terminando em ponta e a outra extremidade afilada para caber em um arco de pua de carpinteiro. Variavam de grossura da mesma maneira que os parafusos de tamanhos mais comuns.

Malcolm pegou o maior e observou algo na rosca do parafuso.

— Ah! Vai no sentido contrário!

— Isso mesmo. Você faz um furo no meio do parafuso que quer tirar, não muito fundo, aí aparafusa um desses para o mesmo lado que estaria desaparafusando. Na hora que morder, ele traz o parafuso original junto com ele.

Malcolm ficou abismado de admiração.

— Brilhante! É genial, isso é que é!

Ficou tão impressionado que por muito pouco não contou ao sr. Croker sobre a bolota de madeira que desaparafusava para o lado errado também. Mas conseguiu se controlar a tempo.

— Bom, Malcolm — disse o sr. Croker —, eu nunca vou usar esses aqui. Você é um bom artesão, leve para você, e os parafusos também. Vá, são seus.

— Ah, muito obrigado, professor — disse Malcolm. — Muita bondade sua. Obrigado.

— Tudo bem. Não sei quanto tempo mais vou durar aqui. Vou gostar de saber que essas ferramentas vão estar nas mãos de alguém que sabe apreciar. Agora vá, suma daqui.

*

No final da semana, o sr. Croker tinha desaparecido também. Assim como a srta. Davis. A escola se viu em certa dificuldade ao ter que substituir todos com tamanha urgência. O sr. Hawkins, o novo diretor, falou sobre isso na assembleia, escolhendo as palavras com cuidado.

— Vocês devem ter notado, meninos e meninas, que alguns dos nossos professores não estão mais conosco. Claro que é correto e adequado que a equipe de uma escola mude de quando em quando, que haja uma rotatividade natural, mas isso cria dificuldades temporárias. Talvez fosse uma boa ideia se essa rotatividade terminasse agora, por algum tempo, para podermos nos estabelecer de volta em nosso padrão de trabalho normal.

Todo mundo sabia que isso era um pedido aos portadores de emblema, mas ele evidentemente não podia implorar a eles de maneira direta. Malcolm se perguntou se iria funcionar. Com o passar da semana ele ficou escutando e observando, e logo viu emergirem diferentes facções. Um grupo era a favor de continuar com empenho e defendia abertamente que era preciso denunciar o próprio sr. Hawkins por falar daquele jeito. Outro grupo dizia que deviam se conter e desenvolver seu primeiro grande sucesso lembrando aos professores quem é que estava realmente no controle, espalhando uma série de alertas públicos para mantê-los na linha.

No fim, o segundo grupo pareceu predominar. Nenhum outro professor foi denunciado diretamente, mas dois ou três tiveram de enfrentar a assembleia e se desculpar por um ou outro deslize.

— Sinto muito ter esquecido de começar aquela aula com uma oração.

— Gostaria que a escola inteira me perdoasse por expressar dúvidas quanto à história de santo Alexander.

— Reconheço que eu estava errado por ter repreendido três membros da Liga por uma coisa que considerei mau comportamento durante uma aula. Entendo que não era mau comportamento absolutamente, mas uma discussão muito justificada sobre assuntos importantes. Por favor, me perdoem.

Malcolm contou a seus pais esses acontecimentos extraordinários e eles ficaram zangados, mas não zangados a ponto (ou talvez estivessem ocupados demais) de fazer como alguns pais fizeram, indo à escola para reclamar. Em uma noite daquela mesma semana, algumas pessoas estavam conversando sobre isso no bar e seu pai chamou Malcolm para contar a eles o que tinha visto na Elementar Ulvercote, porque parecia que algo semelhante estava acontecendo em outras escolas da cidade.

— Quem está por trás disso, é o que eu gostaria de saber — disse um homem, cujos filhos frequentavam a Elementar Oxford Oeste.

— Você sabe quem está por trás disso, Malcolm? — perguntou o sr. Parsons, o açougueiro.

— Não — Malcolm respondeu. — O pessoal do emblema só delata quem eles querem, e aí acontece essas coisas com as pessoas. Tem pais sumindo também, além de professores.

— Mas eles delatam pra quem?

— Eu perguntei, mas eles não me contam, porque eu não uso emblema.

O fato era que mais de uma vez ele havia cogitado se inscrever na Liga de Santo Alexander para saber mais a respeito e ter mais informações para contar à dra. Relf. O que o detinha era que o pessoal do emblema parecia ter que abrir mão de muito tempo livre para ir à reunião da igreja, o que também era secreto, não podia ser comentado, e Malcolm não queria fazer isso.

Mas havia um jeito de descobrir. Eric tinha hesitado em aderir, mas finalmente se comprometera e agora usava o emblema com orgulho. Mas não tinha mudado muito e Malcolm achou que, se fizesse as perguntas certas, Eric contaria as coisas que deviam ser secretas, porque o prazer de saber segredos se duplicava quando era contado aos outros. Malcolm começou dizendo que estava interessado em se filiar à Liga, mas que não tinha certeza. Logo Eric havia contado a ele quase tudo o que havia para se saber.

— Se você fosse denunciar, tipo, o sr. Johnson — Malcolm disse, citando um professor cujo piedoso fervor o tornava o exemplo menos provável —, pra quem você ia contar?

— Ah, bom. Tem o procedimento certo. Não é só ir e apontar alguém que você não gosta. Seria errado. Se você tem razões sólidas e um claro conhecimento de comportamento incorreto ou errado — o jeito como ele falava dava a impressão de uma fórmula que havia decorado —, você escreve o nome da pessoa num pedaço de papel e manda pro Bispo.

— Qual bispo? O bispo de Oxford?

— Não. O Bispo é como ele se chama. Acho que é Bispo de Londres, talvez. Ou quem sabe de algum outro lugar. Você escreve o nome e manda pra ele.

— Mas qualquer um pode fazer isso. Eu podia fazer isso com a sra. Blanchard por me fazer ficar na classe depois da aula.

— Não, porque isso não é comportamento errado. Tipo pecado. Se ela te ensinasse ateísmo, aí sim era errado. Você podia denunciar ela por isso.

Malcolm não insistiu mais nessa ocasião. Era igual pescar; tinha que ser decreto, como Eric diria.

— Aquela srta. Carmichael — Malcolm falou no dia seguinte —, acho que encontrei com ela antes daquele dia na escola. Acho que ela estava no convento conversando com as freiras.

— Vai ver ela quer fazer as freiras aceitarem alguns professores e gente que precisa de reeducação? — supôs Eric.

— O que é reeducação?

— Ah, é aprender o que é certo.

— Ah. Ela é a chefe da Liga inteira?

— Não. Ela é uma diácona. Pode ser diácona, mas não padre, porque é mulher. Acho que o chefe dela é o Bispo.

— O Bispo é o chefe da Liga?

— Bom, eu não posso contar isso pra você — respondeu Eric, o que simplesmente significava que ele não sabia. — Na verdade, eu não posso contar nada pra você a não ser que eu esteja te convencendo a entrar para a Liga.

— Bom, é o que você está fazendo — disse Malcolm. — Tudo o que você disse está me convencendo.

— Vai usar o emblema então?

— Não já. Quem sabe daqui a pouco.

Malcolm não ia conseguir descobrir o que a mulher estivera fazendo no convento a não ser que fosse perguntar às freiras. Então, na quinta-feira, ao fim do dia, ele correu para lá debaixo da chuva e bateu na porta da cozinha. Assim que entrou, notou um forte cheiro de tinta.

— Ai, Malcolm! Me deu um susto! — disse a irmã Fenella.

Malcolm vinha tomando cuidado para não assustar a irmã Fenella desde que ela contou sobre seu coração fraco. Quando era mais novo, ele achava que o coração dela era fraco porque havia sido partido muito tempo atrás, quando ela era moça. Um rapaz tinha partido seu coração, ela contara a ele, e por isso tinha se tornado freira. Malcolm entendia agora que ela não estava falando literalmente, mas a pobre velha se assustava com facilidade. Naquele dia ela se sentou, respirando depressa, o rosto pálido.

— Desculpe — ele disse. — Não achei que ia assustar a senhora. Desculpe.

— Pronto, pronto, meu querido, está tudo bem. Nada grave. Você veio me ajudar com as batatas?

— É, eu descasco — ele respondeu, pegando a faca que ela derrubara. — Como está Lyra?

— Ah, balbuciando. Ela fala o tempo todo com aquele daemon e ele fala de volta, parecem duas andorinhas. Não sei o que podem estar dizendo um para o outro e acho que eles não sabem também, mas é muito bonitinho de ouvir.

— Estão inventando uma língua deles.

— Bom, se não virar inglês de verdade eles vão se dar mal.

— Vão?

— Não, meu querido, claro que não, não mesmo. Todo bebê faz isso. Faz parte do aprendizado.

— Ah...

As batatas estavam velhas e cheias de manchas pretas. A irmã Fenella teria simplesmente ignorado isso e jogado tudo na panela do jeito que estava, mas Malcolm cortou os pedaços piores. A freira começou a ralar queijo.

— Irmã Fenella, quem era aquela senhora que estava aqui outro dia?

— Bom, não sei bem, Malcolm. Ela veio ver a irmã Benedicta e não me contaram por quê. Acho que tinha alguma coisa a ver com a Proteção à Criança.

— O que é isso?

— São as pessoas que garantem que as crianças sejam bem tratadas. Acho. Creio que ela veio conferir a gente, para ter certeza de que estamos fazendo direito.

— Ela foi na nossa escola. — Malcolm contou tudo para a irmã Fenella.

A velha senhora ouviu com tanta atenção que parou de ralar o queijo. — Já ouviu falar de santo Alexander? — perguntou Malcolm, para terminar.

— Bom, tem muitos santos, é difícil lembrar de todos. Todos fazendo a obra de Deus de maneiras diferentes.

— Mas ele delatou os pais dele e eles foram executados.

— Ah, isso não acontece mais. E é difícil entender algumas coisas, meu bem. Mesmo que não pareça certo, não quer dizer que não tenha dado algum bom resultado. Essas coisas são muito profundas para a gente entender.

— Acabei estas batatas. Quer que eu descasque mais?

— Não, está bom assim, meu querido. Se você quiser polir as pratas...

Mas a porta da cozinha se abriu e a irmã Benedicta entrou.

— Sabia que tinha ouvido sua voz, Malcolm! — ela exclamou. — Posso pegar seu menino emprestado um momento, irmã Fenella?

— Ah, claro, irmã, pode sim. Obrigada, Malcolm.

— Noite, irmã Benedicta — Malcolm disse, acompanhando a freira pelo corredor até a salinha dela. Ele tentou escutar os resmungos de Lyra, mas não ouviu nada.

— Sente, Malcolm. Não se preocupe, não é nenhum problema. Quero que você me fale sobre essa mulher que esteve aqui outro dia. Acho que ela foi à sua escola. O que ela queria?

Pela segunda vez naquele fim de tarde, Malcolm contou a história da Liga de Santo Alexander, do diretor, dos outros professores que tinham sumido e da coisa toda.

A irmã Benedicta ouviu sem interromper, de vez em quando franzia a testa ou sacudia a cabeça.

— Então, o que ela estava fazendo aqui, irmã Benedicta? — ele perguntou ao terminar. — Estava perguntando sobre a Lyra? Porque ela é pequena demais pra se inscrever em qualquer coisa.

— Sem dúvida. O negócio da srta. Carmichael conosco está concluído, espero. Mas estou preocupada com essas crianças sendo estimuladas a agir mal. Por que ninguém falou disso para um jornal?

— Num sei. Pode ser que...

— *Não* sei.

— Não sei, irmã. Pode ser que o jornal não tenha licença pra publicar isso.

— É, pode ser. Bom, obrigada, Malcolm. É melhor você voltar para seus pais agora.

— Posso ver a Lyra?

— Agora não. Ela está dormindo. Mas, olhe... venha comigo.

Ela o levou de volta pelo corredor e parou na porta do quarto onde Lyra devia estar.

— O que você acha? — ela perguntou.

Abriu a porta e acendeu a luz. Tinha ocorrido uma mudança milagrosa: em vez dos painéis sombrios, as paredes estavam pintadas de uma cor de creme alegre e clara, e havia alguns tapetes de cores quentes no chão.

— Eu sabia que tinha sentido cheiro de tinta! Está lindo! — ele exclamou. — Esse vai ser o quarto dela pra sempre agora?

— Daquele jeito estava ruim para uma criança pequena. Muito escuro. Assim está melhor, não acha? O que mais você acha que precisa aqui?

— Uma mesinha e uma cadeira, pra quando ela ficar maior. Uns quadros bonitos. E uma estante, porque aposto que ela vai gostar de livros. Ela pode ensinar o daemon dela a ler. E uma caixa de brinquedos. Um cavalinho de balançar. E...

— Bom, você e o sr. Taphouse podem pegar e fazer algumas dessas coisas?

— Claro! Começo hoje à noite. Ele tem um carvalho muito bom.

— Ele já foi para casa. Amanhã, talvez.

— Certo. Vamos fazer, sim. Eu sei *exatamente* o que ela precisa.

— Tenho certeza que sim.

— Irmã Benedicta — ele perguntou antes que ela apagasse a luz —, por que o sr. Taphouse está fazendo venezianas?

— Por segurança — foi tudo o que ela respondeu. — Boa noite, Malcolm.

Malcolm tinha muita coisa para contar à dra. Relf no sábado. Durante algum tempo, porém, ele achou que não ia conseguir ir à casa dela, pois o rio estava tão cheio e com uma correnteza tão forte que foi difícil chegar ao Atalho Duke e depois ao canal, que também estava quase transbordando, perturbado pelo volume da chuva pesada das últimas semanas.

Ele encontrou a dra. Relf enchendo sacos de areia. Havia vários sacos de juta em cima de um monte de areia no jardinzinho, e ela estava tentando, sem sucesso, encher o primeiro.

— Se a senhora segurar — disse Malcolm —, eu ponho a areia. É quase impossível pra uma pessoa sozinha. Acho que se fizer uma moldura para prender…

— Não tem tempo para isso — respondeu a dra. Relf.

— Deram alarme de enchente?

— Um policial veio aqui ontem à noite. Parece que estão esperando uma enchente para breve. Achei que seria uma boa ideia, então encomendei um pouco de areia com o construtor. Mas você tem razão, é muito difícil para duas mãos.

— Já viu uma enchente antes?

— Não, mas não faz muito tempo que moro aqui. Acho que o dono anterior viu.

— É, o rio tá muito cheio.

— Não é perigoso com aquele seu barco?

— Ah, não. Mais seguro que em terra. Se flutua em cima da água não faz mal.

— Pode ser. Mas tome cuidado.

— Eu sempre tomo. A senhora devia costurar a boca desses aqui. Precisa de uma agulha de vela.

— Vou me arranjar com o que eu tenho. Pronto, este é o último.

Começou a chover pesado, então depois de empilhar os sacos de areia cuidadosamente ao lado da porta, eles correram para dentro. Com as canecas de chocolatl de sempre, Malcolm, bem ensaiado, contou para ela os últimos desenvolvimentos.

— Eu pensei mesmo — ele comentou — se não era uma boa ideia entrar nessa Liga pra ter mais coisas pra contar pra senhora, mas…

— Não, não entre — ela interrompeu, prontamente. — Não se esqueça, eu só quero saber o que você descobrir no correr normal das coisas. Não saia procurando nada especialmente. E acho que, se você se envolver com essa gente, eles não vão mais te deixar sair. Só fale com o Eric de vez em quando. Mas eu tenho uma informação para você, Malcolm. A pessoa por trás da Liga de Santo Alexander é a mãe da Lyra.

— *O quê?*

— Isso mesmo. A mãe que não quis a filha. Sra. Coulter, é o nome dela.

— Vai ver por isso que a srta. Carmichael estava no convento, pra ver se estavam cuidando direito da Lyra e poder contar pra mãe dela... Minha nossa!

— Não sei, não. Não parece que a sra. Coulter está muito preocupada com a filha, de um jeito ou de outro. Talvez a srta. Carmichael quisesse pegar a bebê por alguma outra razão.

— De qualquer jeito a irmã Benedicta se livrou dela.

— Fico contente de saber. Alguma notícia dos homens do TCD? Viu algum deles outra vez?

— Não, não vi, e ninguém na Truta também não viu, não desde que o George Boatwright escapou.

— Imagino como ele está se virando.

— Deve estar ensopado — disse Malcolm. — Se está escondido na floresta Wytham, pode ser que esteja encharcado e congelando.

— Acho que sim. Agora, que tal os livros, Malcolm?

10. LORDE ASRIEL

Malcolm mostrou ao sr. Taphouse a nova ferramenta que o sr. Croker tinha lhe dado, e os dois a experimentaram com uma broca ambárica. O velho ficou tão impressionado que limou as cabeças de vários parafusos para usar nas venezianas que ia começar a instalar.

— Agora eles não entram, Malcolm — afirmou, como se ele próprio tivesse tido a ideia.

— Mas quem é *eles*? — Malcolm perguntou.

— Malfeitores.

— O que é malfeitor?

— Alguém que faz o mal. Eles não te ensinam nada na escola?

— Nada assim. Que tipo de malfeitores?

— Não interessa. Vá e prepare mais uma dúzia de parafusos, vá.

Malcolm separou os parafusos e pôs o primeiro na morsa, enquanto o sr. Taphouse passava uma segunda demão de óleo dinamarquês nas venezianas finalizadas, para mantê-las impermeáveis.

— Claro que tem outros tipos de malfeitores além do humano — disse o velho.

— Tem?

— Ah, tem. Tem o mal *espiritual* também. Pra se livrar desse, precisa mais que veneziana de carvalho.

— O que o senhor quer dizer com mal espiritual? Fantasma?

— Fantasma é o que menos interessa, rapaz. Assombração, espectro, aparição, esses aí só pode falar "buuu" e assustar a pessoa.

— O senhor já viu fantasma, sr. Taphouse?

— Já. Três vezes. Uma vez no Cemitério de São Pedro, em Wolvercote. Outra vez na Cadeia Velha da cidade.

— Por que o senhor estava na cadeia?

— Eu não estava na cadeia, seu bobo. Era a Cadeia Velha, depois que eles construíram a nova. Eu tava trabalhando lá um dia, no inverno, tirando umas portas velhas pra poderem pintar as paredes e transformar em escritório ou sei lá o quê. Tinha essa sala assim, lugar grande, teto alto, só uma janela muito no alto, tava cheia de teias de aranha e aquela luz cinzenta entrando. Eu tive de desmanchar uma plataforma grande, vigas de carvalho, negócio pesado, não sabia o que era. Tinha tipo um alçapão no meio. Bom, eu estava no chão montando meu cavalete de serra e ouvi um tremendo dum *bang* atrás de mim, onde a plataforma estava. Dei um pulo, virei e, olha, que um raio caia na minha cabeça se não era uma corda presa no alçapão com um homem pendurado nela. Era uma câmara de execução, entende, e a plataforma era o patíbulo da forca.

— O que o senhor fez?

— Eu caí de joelhos e rezei com todo furor. Quando abri o olho, tudo tinha sumido. Nem corda, nem morto e a porta do alçapão fechada.

— Minha nossa!

— Me deu um susto e tanto, foi.

— Você não se ajoelhou e rezou coisa nenhuma, você desmaiou direto — falou o daemon pica-pau do velho, empoleirado na bancada.

— Bom, pode ser — ele respondeu.

— Eu me lembro, porque caí do cavalete — disse o daemon.

— Puxa! — exclamou Malcolm, profundamente impressionado. E então, sempre prático, perguntou: — O que o senhor fez com a madeira?

— Queimei tudo. Não dava pra usar. Estava encharcada de desgraça, é.

— É, nem diga... E onde foi o terceiro fantasma que o senhor viu?

— Aqui mesmo. Pra falar a verdade, pensando bem, foi bem aí onde você tá parado. Foi a coisa mais horrível que eu já vi. Não dá nem pra descrever. Quantos anos você acha que eu tenho, hã?

— Setenta? — Malcolm disse, porque haviam lhe contado que o sr. Taphouse tinha feito setenta e cinco anos no outono anterior.

— Tá vendo, é isso que o terror faz com a gente. Eu tenho trinta e nove, rapaz. Eu era moço até ver a aparição bem aí onde você tá parado. Meu cabelo ficou branco da noite pro dia.

— Não acredito — disse Malcolm, meio inseguro.

— Você que sabe. Não vou dizer mais nada. Como tá indo com esses parafusos?

— Acho que o senhor tá inventando. Já fiz quatro.

— Bom, continue aí...

No entanto, antes que pudesse terminar a frase, veio uma batida furiosa na porta e um desesperado girar de maçaneta. Malcolm já estava pronto para ficar com medo, sentindo um arrepio na pele e um aperto no estômago. Ele e o carpinteiro se olharam, mas, antes que qualquer um dos dois pudesse dizer uma palavra, a irmã Fenella chamou:

— Sr. Taphouse! Venha depressa! Por favor, ajude!

Sem nenhuma pressa, o sr. Taphouse pegou um martelo sólido e abriu a porta. A irmã Fenella irrompeu pela oficina e o agarrou pelo braço.

— Venha depressa! — ela exclamou, a voz aguda, incerta e trêmula, o rosto pálido.

Ela não viu Malcolm atrás dele, com a lima na mão. Ele acompanhou os dois em silêncio.

— Qual é o problema? — perguntou o velho enquanto ela o apressava pelo caminho até a cozinha do convento.

A primeira coisa que Malcolm pensou foi que tinha estourado um cano, mas isso não explicava o terror da velha freira. Então ele pensou que poderia haver um incêndio, mas não sentiu cheiro de fumaça, nem viu nenhuma chama. Ela estava falando rápido alguma coisa para o sr. Taphouse, mas ele também não conseguiu entender, porque pediu:

— Calma, irmã, calma. Respira fundo e fala devagar.

— Uns homens... fardados... entraram e querem levar a Lyra embora...

Malcolm mal conseguiu conter um grito. Eles provavelmente não ouviriam de qualquer forma, com o som dos passos no cascalho do caminho, o pânico da irmã Fenella e a audição do sr. Taphouse, que já não era lá tão boa; mas nada impediria Malcolm de ir junto. Ele queria ter pegado um martelo, como o velho.

— Disseram quem são? — perguntou o carpinteiro.

— Não... pelo menos, não que eu entendesse... são soldados, polícia, alguma coisa... ai, ai, ai...

Estavam entrando na cozinha quando ela disse isso. Ela apertou o coração com uma mão e com a outra tateou em busca de um apoio. Malcolm correu para buscar uma cadeira, e ela desabou com a respiração rápida e curta. Malcolm achou que ela podia morrer e queria fazer alguma coisa imediatamente para salvar sua vida, mas não sabia o quê; e, de qualquer forma, havia Lyra...

Trêmula, a irmã Fenella apontou para o corredor. Não conseguia falar nada.

O sr. Taphouse partiu para a ação, lento e firme, e pareceu não se importar que Malcolm fosse junto. No corredor, diante do quarto de Lyra, havia um grupo de freiras, todas que Malcolm conhecia bem, aglomeradas e nervosas em torno da porta, que estava fechada.

— O que é que tá acontecendo, irmã Clara? — perguntou o sr. Taphouse.

A irmã Clara era gorda, tinha o rosto vermelho e sensível. Ela deu um pulinho e se virou para sussurrar:

— Três homens fardados... disseram que vieram para levar embora a bebê. A irmã Benedicta está conversando com eles...

Uma voz de homem trovejava atrás da porta. O sr. Taphouse avançou, as freiras se agitaram saindo do caminho. Malcolm o seguiu.

O velho carpinteiro deu três firmes batidas e depois abriu a porta. Malcolm ouviu uma voz de homem dizendo: "... mas nós temos toda a autoridade necessária...".

O sr. Taphouse falou:

— Irmã Benedicta, precisa de ajuda?

— Quem é... — o homem começou a dizer, mas a irmã Benedicta falou por cima:

— Obrigada, sr. Taphouse. Por favor, tenha a bondade de esperar aí fora. Mas deixe a porta aberta, porque estes cavalheiros já estão saindo.

— Acho que a senhora não entendeu bem a situação — disse outra voz masculina, educada e agradável.

— Entendi perfeitamente — ela respondeu. — Os senhores vão sair e espero que não voltem.

Malcolm ficou maravilhado com a clareza e a calma de sua voz.

— Permita que eu explique mais uma vez — falou o segundo homem. — Temos um mandado do Departamento de Proteção à Criança...

— Ah, sei, esse mandado — disse a irmã Benedicta. — Deixe-me ver.

— Já mostrei para a senhora.

— Quero ver de novo. O senhor não me deu chance de ler direito.

Ouviram o barulho de papel sendo desdobrado e depois uns segundos de silêncio.

— Que departamento é esse de que eu nunca ouvi falar? — ela perguntou.

— Está sob a jurisdição do Tribunal Consistorial de Disciplina, do qual acredito que a senhora *já ouviu* falar.

E então Malcolm, espiando pela fresta da porta, viu a irmã Benedicta rasgar o papel em muitos pedaços e jogá-lo no fogo. Uma ou duas freiras inspiraram profundamente. Os homens observaram de olhos semicerrados. As fardas eram pretas e dois não tinham tirado os quepes, o que Malcolm sabia ser acima de tudo um comportamento mal-educado.

Depois a irmã Benedicta pegou Lyra no colo com o máximo cuidado, segurando com firmeza.

— Os senhores realmente acharam, por algum momento — começou ela, soando feroz agora —, que eu deixaria que esta bebezinha, entregue aos nossos cuidados, fosse levada embora por três estranhos por força de um mero pedaço de papel? Três homens que praticamente forçaram a entrada neste santo recinto sem serem convidados? Que amedrontam a mais velha e menos saudável de nós com ameaças e armas... armas, sim, apontaram armas no rosto dela. Quem vocês pensam que são? Que lugar vocês acham que é este? As irmãs vêm oferecendo cuidados e hospitalidade aqui há oitocentos anos. Pensem no significado disso. Acham que vou abandonar todas as nossas sagradas obrigações porque três valentões fardados entram aos empurrões e tentam nos assustar? E tudo por causa de uma desamparada bebezinha de seis meses? Vão embora agora. Saiam e não voltem.

— A senhora não ouviu...

— Ah, vamos lá, continue, diga que eu ainda não ouvi a última palavra. Saia, seu brutamontes. Leve seus comparsas e voltem para casa. E podem pensar em rezar ao bom Deus e pedir perdão.

Durante todo esse tempo, Malcolm podia ouvir Lyra e seu pequeno daemon conversando em uma linguagem de criança. Então, por alguma razão, pararam, e um soluçar fininho, incerto, começou a sair dela. Segurando firme a bebê, a irmã Benedicta enfrentou os homens, que não tiveram escolha; voltaram-se, mal-humorados e se dirigiram à porta. O sr. Taphouse se afastou para dar passagem a eles, assim como Malcolm e as freiras, de modo que havia praticamente uma guarda de desonra para os homens passarem.

Assim que eles saíram, as freiras invadiram o quarto da bebê, cercaram a irmã Benedicta, expressando palavras de apoio e admiração, acariciando a cabeça de Lyra. O choro dela parou e Malcolm viu que ela sorriu, deu uma gargalhada e se empertigou como se tivesse feito uma coisa esplêndida.

O sr. Taphouse pegou Malcolm pelo ombro e o puxou gentilmente. Enquanto voltavam para a oficina, o menino perguntou:

— *Eles* eram malfeitores?

— Eram, sim — respondeu o velho. — Hora da faxina agora. Deixe os parafusos pra próxima vez.

Ele não disse mais nada, então Malcolm ajudou a varrer e arrumar o galpão. Ele pegou um balde de água e jogou os trapos com os quais o sr. Taphouse estivera passando o óleo dinamarquês, para impedir que entrassem em combustão espontânea. Depois foi para casa.

— Mãe, o que é o Departamento de Proteção à Criança?

— Nunca ouvi falar. Termine a comida.

Entre bocados de salsicha e purê, Malcolm contou à mãe o que tinha acontecido. Ela mesma já tinha visto Lyra, tinha até carregado a bebê no colo, então entendia o que significaria para as freiras se verem privadas dela.

— Que maldade — comentou. — O que aconteceu com a irmã Fenella?

— Ela não estava na cozinha quando a gente saiu. Devia ter ido pra cama. Estava bem apavorada.

— Pobre velha. Amanhã levo um fortificante pra ela.

— A irmã Benedicta não cedeu um milímetro. Devia ver a cara dos malfeitores quando ela rasgou o mandado.

— Do que você chamou eles?

— Malfeitores. O sr. Taphouse me ensinou essa palavra.

— Hum — foi tudo o que ela disse a respeito.

Enquanto Malcolm e a mãe conversavam, Alice lavava os pratos à sua maneira silenciosa e amuada de sempre. Ela e Malcolm se ignoravam deliberadamente, também como sempre. Mas, assim que a sra. Polstead saiu da cozinha para buscar alguma coisa no porão, e para grande surpresa de Malcolm, o daemon de Alice rosnou.

Malcolm olhou, perplexo. O daemon estava com a forma de um grande vira-lata de pelos grossos, sentado atrás das pernas de Alice. O pescoço, todo eriçado, olhava para Alice, que enxugou a mão molhada e ensaboada no vestido antes de acariciar a cabeça dele.

Alice falou:

— Eu sei o que é o Departamento de Proteção à Criança.

Malcolm estava com a boca cheia, mas conseguiu perguntar:

— O que é?

O daemon dela respondeu:

— Filhos da mãe! — E rosnou de novo.

Ele não sabia o que responder, e o daemon não disse mais nada. Então a mãe de Malcolm voltou, o daemon se deitou, e Malcolm e Alice retomaram o silêncio mútuo.

Não havia muitos clientes aquela noite, por isso Malcolm teve pouco trabalho. Ele foi para seu quarto e escreveu uma lista dos principais rios da Inglaterra como lição de casa de geografia, antes de desenhá-los em um mapa. A lista era maior do que ele imaginava. Ele achava que todos deviam estar cheios, como o Tâmisa, se estivesse chovendo em toda parte como chovia ali no Sul. E, se estivessem, então o próprio mar estaria mais cheio. Ele imaginou como *La Belle Sauvage* flutuaria no mar. Será que conseguia remar até a França? Abriu o Atlas, na página que mostrava o Canal da Mancha e usou o compasso para medir de acordo com a escala mostrada no pé da página, mas tudo era pequeno demais para avaliar direito.

Mas não: não era tudo pequeno demais. Podia ver alguma coisa no caminho. Alguma coisa muito pequena que piscava e nadava exatamente no ponto que ele olhava. Não conseguia ver com clareza, mas tudo em volta parecia claro, ao menos até ele mudar o olhar para outro ponto, quando a coisa piscante mudava também. Estava sempre no caminho, e ele não conseguia ver nada atrás daquilo.

Passou a mão na página, mas não havia nada ali. Esfregou os olhos, mas a coisa não foi embora. Na verdade, era ainda mais curioso, porque ele conseguia enxergar mesmo quando estava de olhos fechados.

Muito devagar, a coisa estava ficando maior. Não era mais um ponto, era uma linha: uma linha curva, como uma letra C escrita desajeitadamente, que cintilava e piscava em um padrão em zigue-zague de preto, branco e prata.

— O que é isso? — Asta perguntou.

— Você está vendo?

— Sinto alguma coisa. O que você consegue ver?

Ele descreveu o melhor que pôde.

— E o que você sente? — perguntou Malcolm.

— Uma coisa estranha, como uma espécie de sensação distante... É como se a gente estivesse muito separados e eu pudesse ver até muito longe, tudo muito claro e calmo... Não sinto medo de nada, só calma... O que essa coisa está fazendo agora?

— Está ficando maior. Consigo ver o que tem por trás. Está chegando mais perto, e consigo ver as palavras na página e tudo o que está no foco da luz. Está me deixando tonto, um pouco. Se eu tento olhar direto, a luz escapa. Está mais ou menos deste tamanho agora. — Ele estendeu a mão esquerda com o polegar e o indicador curvados, indicando um espaço entre eles mais ou menos do tamanho do próprio polegar.

— Estamos ficando cegos? — Asta perguntou.

— Acho que não, porque eu enxergo perfeito o que está por trás. Só está chegando mais perto e ficando maior, mas tipo escorregando também, indo pro... Como se fosse passar flutuando até atrás da minha cabeça.

Ficaram sentados no pequeno quarto silencioso, à luz cálida do lampião, e esperaram até a linha cintilante chegar mais e mais perto ao limite da visão dele e acabar indo além e desaparecendo. No total, do começo ao fim, a experiência durou uns vinte minutos.

— Foi muito esquisito — ele disse. — Assim, estrelada. Que nem naquela música, lembra? *E a meia-lua de madrugada, entre suas irmãs estreladas.* Era estrelada.

— Era de verdade?

— Claro que era de verdade. Eu vi.

— Mas *eu* não vi. Não estava fora. Estava dentro de você.

— É… Mas *era* de verdade. E você estava sentindo uma coisa. Era de verdade também. Então deve fazer parte da mesma coisa.

— É… O que será que significa?

— Vai ver que… Bom, eu não sei. Pode não ser nada.

— Não, tem que ser alguma coisa — afirmou o daemon com firmeza.

Mas, se realmente significava alguma coisa, eles não conseguiam imaginar o que era. E antes que pudessem pensar mais, alguém bateu à porta e girou a maçaneta.

Era o pai dele.

— Malcolm, você ainda não foi pra cama! Bom. Desça um minuto. Tem um cavalheiro que quer falar com você.

— É o lorde chanceler? — perguntou Malcolm, ansioso, dando um pulo e acompanhando o pai.

— Fale baixo. Não é o lorde chanceler, não. Ele vai te falar quem ele é, se quiser.

— Onde que ele está?

— Na Sala do Terraço. Leve um copo de tokay pra ele.

— O que é isso?

— Vinho húngaro. Venha, depressa.

— De repente encheu de gente, é isso?

— Não. O cavalheiro veio falar com você. Veja como se comporta e fale a verdade.

— Eu sempre falo — respondeu Malcolm automaticamente.

— Isso pra mim é novidade — disse o pai, afagando o cabelo de Malcolm antes de entrar no bar.

O tokay tinha uma rica cor dourada e um aroma doce e complexo. Malcolm nunca ficava tentado com os drinques que vendiam na Truta; a cerveja era amarga, o vinho, geralmente ácido, o uísque, abominável. Mas se encontrasse a garrafa depois, ia tomar um golinho desse, sim, logo que seu pai virasse as costas.

Malcolm precisou ficar um momento ou dois parado no corredor diante da Sala do Terraço, para recobrar a sensação de realidade. Sua mente ainda estava absorta no anel cintilante. Ele respirou fundo e entrou.

O cavalheiro à espera o sobressaltou, embora estivesse sentado imóvel diante da lareira fria. Talvez o susto tivesse sido por causa do daemon dele, uma bela pantera de pelo prateado com pintas pretas, ou talvez por causa de sua expressão sombria, melancólica. De qualquer forma, Malcolm estava intimidado, sentindo-se muito jovem e pequeno. Asta se transformou em uma mariposa.

— Boa noite, cavalheiro — disse. — Aqui está o tokay que o senhor pediu. Gostaria que eu acendesse a lareira? Aqui é sempre muito frio.

— Seu nome é Malcolm?

A voz do homem era áspera e profunda.

— Sim, senhor. Malcolm Polstead.

— Sou amigo da dra. Relf. Meu nome é Asriel.

— Ah. Hum... ela não me falou do senhor — afirmou Malcolm.

— Por que disse isso?

— Porque, se ela tivesse falado, eu ia saber que era verdade.

A pantera rosnou, e Malcolm deu um passo para trás. Mas então se lembrou de como a irmã Benedicta havia enfrentado os homens e deu um passo à frente outra vez.

Asriel deu uma breve risada.

— Entendo. Quer mais uma referência? Eu sou pai da bebê no convento.

— Ah! O senhor é o *lorde* Asriel!

— Isso mesmo. Mas como você vai testar a veracidade *dessa* afirmação?

— Como é o nome da bebê?

— Lyra.

— E como chama o daemon dela?

— Pantalaimon.

— Tudo bem — disse Malcolm.

— Tudo bem agora? Tem certeza?

— Não. Não tenho *certeza*. Mas tenho mais certeza do que antes.

— Bom. Pode me dizer o que aconteceu hoje, ao entardecer?

Malcolm contou tudo com o máximo de detalhes de que se lembrava.

— Departamento de Proteção à Criança?

— Era assim que eles se chamavam.

— Como eram?

Malcolm descreveu os uniformes.

— O que tirou o quepe, ele parecia ser o encarregado. Era mais educado que os outros, assim, mais delicado e sorridente. Mas era um sorriso de verdade, não era falso. Acho que eu até ia gostar se ele viesse aqui, como cliente, tipo assim. Os outros dois eram sem graça e ameaçadores. Qualquer pessoa ia ficar morrendo de medo deles, mas a irmã Benedicta não. Ela enfrentou eles sozinha.

O homem tomou um gole de tokay. Seu daemon deitou-se, a cabeça erguida, as patas dianteiras estendidas para a frente, como a imagem da Esfinge na enciclopédia de Malcolm. Os desenhos preto e prata em suas costas pareceram cintilar e brilhar por um momento, e Malcolm sentiu como se o anel cintilante tivesse mudado de forma e se tornado um daemon; mas então lorde Asriel falou, de repente.

— Sabe por que não fui ver minha filha?

— Achei que estava ocupado. O senhor deve ter muita coisa importante pra fazer.

— Não fui ver minha filha porque, se eu for, ela vai ser tirada de lá e enviada para um lugar muito menos apropriado. Não vai ter irmã Benedicta para tomar a defesa dela. Mas agora estão tentando levar a menina de qualquer jeito... e qual foi aquela outra coisa que eu fiquei sabendo? A Liga de Santo Alexander?

Malcolm contou a respeito.

— Revoltante — disse Asriel.

— Um monte de meninos na escola se inscreveu. Eles podem usar um emblema e mandar nos professores. Desculpe, lorde Asriel, mas já contei isso tudo pra dra. Relf. Ela não contou pro senhor?

— Você ainda não está seguro a meu respeito?

— Bom... não — disse Malcolm.

— Faz muito bem. Vai visitar a dra. Relf?

— Vou. Porque ela me empresta livros também, além de ouvir o que acontece.

— É mesmo? Que bom para ela. Mas me diga, sobre a bebê: está sendo bem tratada?

— Ah, está, sim. A irmã Fenella gosta dela tanto como... — ele ia dizer, "como de mim", mas pensou melhor. — Gosta muito dela. Ela está muito feliz, a Lyra, digo. Conversa com o daemon dela o tempo inteiro, resmunga, resmunga, resmunga, e ele resmunga de volta. A irmã Fenella disse que um tá ensinando o outro a falar.

— Ela come bem? Dá risada? É ativa, curiosa?

— Ah, é, sim. As freiras estão sendo muito boas pra ela.

— Mas agora estão sendo ameaçadas... — Asriel se levantou e foi até a janela para olhar as poucas luzes do convento do outro lado do rio.

— Parece que sim, senhor. Quer dizer, milorde.

— Senhor está bom. Acha que elas iam me deixar ver a bebê?

— As freiras? Não se o lorde chanceler tiver falado pra não deixar.

— E ele ordenou isso?

— Não sei dizer, não, senhor. O que eu sei é que elas fazem qualquer coisa pra proteger a Lyra. Principalmente a irmã Benedicta. Se acharem que qualquer um ou qualquer coisa é um perigo pra bebê, elas... Acho que elas fazem qualquer coisa, como eu disse.

— Então você conhece bem essas freiras?

— Conheço a vida inteira, sim, senhor.

— E elas escutariam você?

— Acho que sim.

— Podia dizer a elas que estou aqui e gostaria de ver minha filha?

— Quando?

— Agora mesmo. Tenho sido monitorado. A Corte Suprema ordenou que eu não chegue a menos de oitenta quilômetros dela, e se me descobrirem aqui, vão levar a menina embora para algum lugar onde não serão tão cuidadosos.

Malcolm estava divido entre dizer "Bom, então o senhor não devia arriscar" e a simples admiração e compreensão: claro que o homem queria ver a filha e era muita maldade impedir isso.

— Bom... — Malcolm pensou e disse: — Acho que não ia dar pro senhor ver a bebê agora mesmo, não, senhor. Elas dormem muito cedo. Não duvido nada que elas já estejam dormindo agora. De manhã, elas levantam muito cedo também. Quem sabe...

— Não tenho esse tempo todo. Qual quarto elas prepararam para a bebê?

— Do outro lado, de frente pro pomar.

— Qual andar?

— Os quartos são todos no térreo, o dela também.

— E você sabe qual é?

— Sei, sim, senhor, mas...

— Pode me mostrar, então. Vamos.

Não havia como dizer não para aquele homem. Malcolm saiu na frente da Sala do Terraço, seguiu pelo corredor e para o terraço antes que seu pai os visse. Ele fechou a porta muito silenciosamente ao passar e encontrou o jardim brilhantemente iluminado pela lua cheia mais clara de muitos meses. Parecia que estavam iluminados por um holofote.

— Disse que tem alguém seguindo o senhor? — Malcolm perguntou baixinho.

— Tem, sim. Alguém vigiando a ponte. Dá para atravessar o rio de algum outro jeito?

— Tem a minha canoa. Fica aqui deste lado. Vamos sair do terraço antes que alguém veja a gente.

Lorde Asriel seguiu ao lado dele pelo mato e os dois entraram no galpão onde a canoa ficava guardada.

— Ah, é uma canoa de verdade — disse lorde Asriel, como se estivesse esperando um brinquedo. Malcolm ficou um pouco ofendido em nome de *La Belle Sauvage*, mas não falou nada ao virá-la e deixar que deslizasse silenciosamente pela relva até o rio.

— Olha só — ele disse —, nós vamos um pedacinho rio abaixo pra ninguém ver a gente da ponte. Daquele lado tem um caminho pro jardim do convento. O senhor sobe primeiro.

Asriel subiu, muito mais habilmente que Malcolm esperava, e a canoa quase não se mexeu. Asriel sentou-se com leveza e ficou imóvel enquanto Malcolm subia depois dele.

— Pelo jeito o senhor já andou de canoa antes — Malcolm sussurrou.

— Já. Esta aqui é das boas.

— Silêncio agora...

Malcolm empurrou e começou a remar, mantendo-se perto da margem, debaixo das árvores e sem fazer qualquer ruído. Se havia algo em que era bom, era nisso. Assim que estavam fora do campo de visão da ponte, ele virou o barco para estibordo e foi para a margem oposta.

— Vou parar do lado de um toco de salgueiro — ele informou muito baixo. — O mato é alto lá. Vamos amarrar a canoa, voltar pelo campo, por trás da cerca viva.

Lorde Asriel desembarcou com a mesma facilidade com que tinha embarcado. Malcolm não podia imaginar passageiro melhor. Ele amarrou o barco em um galho forte que crescia do toco de salgueiro e poucos segundos depois os dois estavam seguindo pela beira do campo, à sombra da cerca viva.

Malcolm encontrou a falha que conhecia e forçou a passagem pelo espinheiro. Aquele trecho devia ser mais difícil para o homem, por ser maior, mas ele permaneceu calado. Estavam no pomar do convento; as fileiras de ameixeiras e macieiras, de pereiras e nectarinas, expostas, nítidas e absolutamente dormentes sob o luar.

Malcolm seguiu na frente pelos fundos do convento e chegou à lateral, onde poderia ver a janela do quarto de Lyra, se não estivesse escondida pelas novas venezianas. Elas realmente pareciam incrivelmente sólidas.

Ele contou de novo para ter certeza de que era a janela certa e bateu de leve com uma pedra na veneziana.

Lorde Asriel estava parado bem perto. A lua iluminava diretamente aquele lado do edifício, de forma que os dois estavam claramente visíveis de uma boa distância.

Malcolm sussurrou:

— Não quero acordar nenhuma das outras freiras, e não quero assustar a irmã Fenella, por causa do coração dela. A gente precisa tomar cuidado.

— Estou em suas mãos — afirmou lorde Asriel.

Malcolm bateu de novo, um pouco mais forte.

— Irmã Fenella — sussurrou.

Nenhuma resposta. Ele bateu uma terceira vez.

— Irmã Fenella, sou eu, o Malcolm — sussurrou.

Ele estava preocupado mesmo era com a irmã Benedicta, claro. Não queria nem pensar no que aconteceria se ela acordasse, então foi o mais silencioso possível mesmo enquanto tentava acordar a irmã Fenella, o que não era fácil.

Asriel estava imóvel, observando sem dizer nada.

Por fim, Malcolm ouviu algum movimento dentro do quarto. Lyra deu um pequeno miado e então pareceu que a irmã Fenella havia arrastado uma cadeira ou uma mesinha pelo chão. Sua velha e doce voz murmurou alguma coisa, uma ou duas palavras para confortar a bebê.

Ele tentou de novo, um pouco mais alto.

— Irmã Fenella...

Uma pequena exclamação de choque.

— Sou eu, Malcolm — ele disse.

Houve um ruído suave, como o movimento de pés descalços no chão, e então o *clique* da tranca da janela.

— Irmã Fenella...

— Malcolm? *O que* você está fazendo?

Assim como ele, ela estava sussurrando. A voz assustada e grave de sono. Ela não abriu a veneziana.

— Irmã, desculpe, de verdade mesmo — ele falou baixinho. — Mas o pai da Lyra está aqui, vigiado pelos... pelos inimigos dele, ele precisa muito ver a Lyra antes que... antes de ir pra algum outro lugar. Pra... pra se despedir — acrescentou.

— Ah, que bobagem, Malcolm! Você sabe que nós não podemos deixar...

— Irmã, por favor! Ele está realmente decidido — Malcolm a interrompeu, pensando rápido nessa frase.

— Impossível. Você precisa ir embora agora, Malcolm. Não é uma coisa boa de pedir. Vá embora antes que ela acorde. Não quero nem pensar no que a irmã Benedicta...

Malcolm também não queria. Mas então ele sentiu a mão de lorde Asriel em seu ombro.

— Deixe-me falar com a irmã Fenella. Vá e fique vigiando, Malcolm — pediu lorde Asriel.

Malcolm foi para o canto do edifício. Dali era possível ver a ponte e a maior parte do jardim, além de observar lorde Asriel inclinado na veneziana, falando baixinho. Era um sussurro; Malcolm não conseguia ouvir nada. Não conseguia calcular quanto tempo Asriel e irmã Fenella conversaram, mas foi bastante. Ele estava tremendo muito quando, para sua surpresa, viu a pesada veneziana se movimentar lentamente. Lorde Asriel deu um passo atrás para deixar que a janela se abrisse e então avançou de novo, mostrando as mãos desarmadas, recuando um pouco a cabeça para que o luar iluminasse claramente seu rosto.

Ele sussurrou mais uma vez. Então um minuto se passou, dois minutos talvez, em que nada aconteceu; e então os braços finos da irmã Fenella estenderam o pequeno embrulho, e Asriel o pegou com infinita delicadeza. A pantera se ergueu para apoiar as patas dianteiras na cintura dele, e o homem abaixou a bebê para que seu daemon pudesse sussurrar para o daemon de Lyra.

Como ele tinha convencido a irmã Fenella? Malcolm não conseguia imaginar. Ficou olhando o homem erguer a bebê de novo e caminhar ao longo da relva entre um canteiro de flores nu e outro, segurando aquele pequeno embrulho bem alto para poder sussurrar para ela, embalando-a suavemente, passeando devagar sob o luar brilhante. A certo ponto, parecia que estava mostrando a lua para Lyra, apontando e segurando-a para que olhasse, ou talvez estivesse mostrando Lyra para a lua; de qualquer forma, ele parecia um lorde em seus domínios, sem nada a temer e toda a noite prateada para desfrutar.

Ele passeou com sua filha para um lado e para outro. Malcolm pensou na irmã Fenella, esperando com medo que lorde Asriel não a devolvesse, que os inimigos dele atacassem, que a irmã Benedicta desconfiasse que algo estava acontecendo. Mas não havia nenhum som no convento, nenhum som na estrada, nenhum som do homem e sua filhinha ao luar.

Em dado momento, o daemon-pantera pareceu ouvir alguma coisa. Abanou o rabo, levantou as orelhas, virou a cabeça na direção da ponte. Malcolm e Asta viraram-se imediatamente, olhos e ouvidos focalizando atentos a ponte, cada pedra isoladamente definida com clareza em preto e prata; mas nada se moveu e não havia nenhum som além do pio de uma coruja que caçava a um quilômetro dali.

Então a imobilidade de estátua do daemon-pantera se dissolveu, e ele se moveu de novo, flexível e silencioso. Malcolm se deu conta de que essa característica pertencia também ao homem: durante a viagem pelo rio e através do campo, no pomar e junto à parede do convento, não tinha ouvido o menor som de passos. Ele podia até ser um fantasma, pelo som que fazia.

Lorde Asriel estava se virando agora, ao final do caminho, voltando para a janela de irmã Fenella. Malcolm observou a ponte, o jardim, o que dava para ver da estrada, certificando-se de que não havia nada errado.

Quando se voltou, lorde Asriel estava entregando a bebê pela janela, sussurrando uma ou duas palavras e silenciosamente fechando a veneziana.

Então ele chamou Malcolm, que foi até ele. Era muito difícil não fazer barulho nenhum, mesmo na relva, e Malcolm observou como o homem caminhava: havia algo de pantera nele, algo que ele devia praticar.

Voltaram pelo pomar e pela cerca viva, passando pelos espinheiros para o campo, até o toco de salgueiro...

Então uma luz mais forte, mais amarelada que o luar, cortou o céu. Alguém na ponte tinha uma lanterna, e Malcolm ouviu o ruído de um motor a gás.

— Lá estão eles — falou Asriel, baixinho. — Me deixe aqui, Malcolm.

— Não! Eu tenho uma ideia melhor. Pegue minha canoa e desça o rio. Só me leve pra outra margem primeiro.

Malcolm fez essa sugestão no mesmo momento em que a ideia lhe ocorreu.

— Tem certeza?

— Pode descer bem o rio. Eles nunca vão pensar nisso. Venha!

O menino embarcou e soltou a amarra, segurando com firmeza o barco contra a margem enquanto Asriel subia; então remou depressa e o mais silenciosamente possível, atravessou até o jardim da estalagem, embora a corrente quisesse girá-lo para o lado mais aberto, onde ficariam visíveis da ponte.

Lorde Asriel agarrou a borda do pequeno píer enquanto Malcolm desembarcava; deixou o menino segurar o barco enquanto ele se punha na posição certa, pegou o remo e estendeu a mão para Malcolm apertar.

— Vou devolver a canoa para você — ele disse e se foi, depressa, dando longas e poderosas remadas rio abaixo na corrente cheia. *La Belle Sauvage* nunca tinha corrido tão ligeira, Malcolm pensou.

11. PROTEÇÃO AMBIENTAL

Nos dias seguintes, Malcolm pensou muito naquele estranho intervalo de pouco mais de meia hora que passou com lorde Asriel no jardim enluarado do convento. Ele e Asta discutiram o fato à exaustão. Não era algo que pudesse falar com ninguém além de seu daemon; certamente não mencionaria nada a seus pais. Eles estavam sempre ocupados demais na hospedaria para notar muita coisa no filho; percebiam basicamente quando o menino precisava tomar banho ou não estava fazendo a lição de casa. Malcolm sabia que os dois não iam perceber que sua canoa sumira, por exemplo. Ele não contou isso a ninguém, exceto à dra. Relf. Iria à casa dela em Jericó por um trajeto por terra até lorde Asriel achar um jeito de enviar *La Belle Sauvage* de volta para ele e, quando bateu à já conhecida porta no sábado, já era mais tarde do que normalmente.

— Você emprestou seu barco para ele? Foi muita generosidade — comentou ela ao saber da história.

— Bom, eu confiei nele. Porque ele foi bom com a Lyra, mostrou a lua pra ela, esquentou ela, não fez ela chorar e é claro que a irmã Fenella deve ter confiado nele pra deixar ele carregar a bebê. No começo, eu nem acreditei.

— Ele é muito persuasivo.

— Ele sabe remar uma canoa muito bem.

— Acha que esses inimigos dele são as mesmas pessoas que tentaram tirar Lyra do convento? O Tribunal de Proteção, ou seja lá o que for?

— O Departamento de Proteção à Criança. Acho que não. Pensei que ele ia levar a Lyra embora pra proteger ela deles, mas ele deve ter achado que era mais seguro onde ela está do que com ele. Então ele deve estar correndo muito perigo. Eu espero que *La Belle Sauvage* não fique cheia de buracos de bala.

— Tenho certeza de que ele vai cuidar da canoa. Agora, que tal uns livros novos?

Malcolm voltou para casa com um livro sobre imagens simbólicas, pois ficou muito intrigado com o que a dra. Relf havia contado sobre o aletiômetro. Também pegou emprestado um livro chamado *A rota da seda*. Por alguma razão, ele achou que seria uma história de crime, mas a obra era sobre fatos reais, escrita por um viajante moderno que descrevia as rotas de comércio através da Ásia Central, do Tártaro até o Levante. Ele precisou procurar esses lugares no Atlas quando chegou em casa e logo se deu conta de que precisava de um Atlas melhor.

— Mãe, no meu aniversário, posso ganhar um Atlas grande?

— Pra que você quer isso?

Ela estava fritando batatas, e ele comendo pudim de arroz. Era uma noite movimentada, e ele teria que estar no bar logo mais.

— Ah, pra procurar coisas.

— Acho que sim — ela respondeu. — Vou falar com seu pai. Vamos, termine isso logo.

A ele parecia que a cozinha barulhenta e quente era o lugar mais seguro do mundo. Segurança não era uma coisa em que ele pensasse antes; era algo que se tinha por garantido, assim como a comida sem fim, sem esforço e generosa de sua mãe, e o fato de que sempre haveria pratos quentes prontos para servi-lo.

Então sabia que *ele* estava seguro e que Lyra estava segura no convento, e também que lorde Asriel estaria seguro porque tinha escapado de seus perseguidores; mas mesmo assim, havia perigo por toda parte.

O dia seguinte era domingo, e a chuva começou mais forte que nunca. Hannah Relf fez uma inspeção nos sacos de areia que protegiam sua porta e foi até o fim da rua para ver até onde o nível do canal havia subido. Ficou alarmada ao constatar que, além do canal, todo o trecho de terra chamado Port Meadow — quilômetros de terra aberta — estavam invisíveis debaixo de uma vastidão cinzenta de água sob a chuva. O vento dava a impressão de que fluía, embora ela soubesse que não era possível: uma grande massa de água corria inexoravelmente para as casas e lojas de Jericó às suas costas.

Estava deserto e deprimente demais para ficar muito tempo ali olhando, e além disso a chuva caía mais forte que nunca; ela voltou, com a intenção de fechar a porta, pôr mais um pedaço de lenha no fogo e de retomar seus estudos tomando uma xícara de café.

No entanto, havia uma van parada na frente de sua casa. Era um veículo sem nenhuma marca, que mesmo assim tinha um ar de oficial em cada linha de sua carroceria cinzenta metálica.

— Siga em frente — disse seu daemon. — Ande naturalmente e passe.

— O que eles estão fazendo? — ela sussurrou.

— Batendo na porta. Não olhe.

Ela tentou manter o passo constante. Não tinha nada a temer da polícia, nem de qualquer outro departamento, exceto pelo fato de que, assim como todos os cidadãos, tinha tudo a temer. Eles a prenderiam sem mandado e a manteriam presa sem acusação; o velho direito ao *habeas corpus* tinha sido anulado. O Parlamento, cuja missão seria zelar pela liberdade inglesa, não fez grandes protestos, e agora ouviam-se histórias de prisões secretas, de condenações sem julgamento, e não havia nenhum meio de descobrir se esses boatos eram verdadeiros. Sua ligação com a Rua Oakley não ajudaria nada; na verdade, se alguém descobrisse esse fato, as coisas poderiam piorar. Esses departamentos e poderes semiocultos eram ferozmente competitivos.

Mas ela não podia ficar andando na chuva a tarde inteira. Era absurdo. Além disso, tinha amigos. Era um membro altamente respeitado de uma grande faculdade de Oxford. Dariam por sua falta; fariam perguntas; ela conhecia advogados que podiam tirá-la de qualquer cela em questão de horas.

Voltou e foi direto para casa. Chapinhando na água que já tinha quatro ou cinco centímetros de profundidade sobre a calçada, ela gritou quando estava mais próxima:

— Pois não? O que desejam?

O homem que batia na porta virou-se e olhou. Ela parou no portão, tentando dar a impressão de que não estava com medo.

— Esta é sua casa, minha senhora?

— É. O que vocês querem?

— Nós somos da Proteção Ambiental, minha senhora. Estamos batendo em todas as casas desta rua e das outras para saber se estará tudo bem no caso de uma enchente.

O homem que falou tinha uns quarenta anos, e seu daemon era um tordo de aspecto sujo. O outro homem era mais jovem. O daemon dele era uma lontra e estava parado em cima dos sacos de areia diante da porta de Hannah. Quando Hannah respondeu, o daemon foi para perto do jovem, que o pegou no colo.

— Eu... — Hannah começou a dizer.

— Esses sacos de areia estão vazando, minha senhora — afirmou o mais jovem. — Vão deixar a água entrar neste canto.

— Ah. Muito obrigada por me avisar.

— Nos fundos está tudo bem? — perguntou o outro homem.

— Está. Tem sacos de areia também.

— Se importa se a gente der uma olhada?

— Não, sem problemas... Por aqui.

Ela os conduziu pelo estreito espaço entre sua casa e a cerca do vizinho, recuando enquanto eles olhavam os sacos de areia ao pé da porta dos fundos. Enquanto o homem mais jovem examinava o espaço entre a porta e a moldura, o mais velho perguntou, apontando para a casa vizinha:

— Faz ideia de quem mora aqui, senhorita?

Agora é senhorita, ela pensou.

— É um homem chamado sr. Hopkins — ela respondeu. — É bem velho. Acho que foi ficar com a filha.

Ele espiou por cima da cerca. A casa estava escura e silenciosa.

— Não tem sacos de areia — ele observou. — Charlie, melhor botar uns sacos ali, na frente e atrás.

— Certo — assentiu Charlie.

— Então vai ter enchente? — Hannah perguntou.

— Não tem como dizer de verdade. A previsão do tempo... — Ele encolheu os ombros. — Melhor estar preparado, eu sempre digo.

— É verdade — ela concordou. — Obrigada por conferir.

— Tudo bem, senhorita. Tchau-tchau.

Encharcados, caminharam até a van. Hannah puxou, empurrou e chutou o canto onde disseram que estava vazando, para redistribuir a areia, depois entrou em casa e trancou a porta.

*

Malcolm queria falar com a irmã Fenella e perguntar o que lorde Asriel tinha dito aquela noite, mas ela simplesmente se recusou a falar a respeito quando ele foi ao convento na quinta-feira, depois da escola.

— Se quer ajudar, descasque essas maçãs — foi tudo o que disse.

Ele nunca tinha visto a velha freira tão obstinada. Ela parecia nem perceber as perguntas de Malcolm. Por fim, ele sentiu que estava sendo rude e também que devia ter se dado conta disso desde o começo, então ficou quieto, descascou e tirou o caroço das maçãs, todas deformadas e cheias de pontos marrons. As freiras vendiam os melhores frutos e ficavam com os menos perfeitos para consumo próprio, embora Malcolm achasse que, apesar do aspecto das maçãs, as tortas da irmã Fenella eram bem gostosas. Ela geralmente guardava uma pequena fatia para ele.

Quando haviam se passado minutos suficientes, ele perguntou:

— Fico pensando no que o sr. Boatwright está fazendo agora...

— Se não pegaram o sr. Boatwright, ele deve estar escondido na floresta — disse a irmã Fenella.

— Ele pode estar disfarçado.

— Que disfarce você acha que ele ia usar?

— De... não sei. O daemon dele ia ter que ficar disfarçado também.

— Muito mais fácil para crianças — comentou o daemon esquilo dela.

— Do que a senhora brincava quando era pequena? — Malcolm perguntou.

— Nossa brincadeira favorita era Rei Arthur — respondeu a velha freira, largando o rolo de macarrão.

— Como era essa brincadeira?

— Tinha que tirar a espada da pedra. Você lembra, ninguém mais conseguia tirar, e ele não sabia que era impossível, então simplesmente pôs a mão no punho e a espada saiu...

Ela pegou uma faca limpa da gaveta e enfiou no grande volume de massa que ainda não tinha sovado.

— Pronto, agora você finge que não consegue tirar — ela disse, e Malcolm fez uma encenação de vasto esforço, puxando, gemendo, rilhando os dentes, ofegando, sem conseguir mexer a faca nem um pouco. Asta participou, agitando os braços como se fosse um macaco.

— E aí o menino Arthur volta para pegar a espada do irmão... — disse o daemon da irmã Fenella.

— Ele vê que a espada está enfiada na pedra e pensa, *ah, eu consigo pegar essa aí* — falou a irmã Fenella.

— E ele põe a mão no punho e ela sai assim — seu daemon concluiu.

Irmã Fenella tirou a faca e sacudiu no ar.

— E então, Arthur se tornou o rei! — ela exclamou.

Malcolm riu. A velha freira estava contraindo as feições no que pensava ser uma expressão majestosa; o daemon-esquilo subiu correndo por seu braço e parou no ombro, triunfante.

— A senhora era sempre o rei Arthur? — Malcolm perguntou.

— Não. Eu sempre quis ser. Geralmente eu era um escudeiro ou algum subalterno.

— Mas a gente também jogava só entre nós — disse o daemon. — Aí você sempre era o rei Arthur.

— É, sempre — ela confirmou, limpou a faca e a guardou de volta na gaveta. — Você brinca de quê, Malcolm?

— Ah, acho que de exploração. Descobrir civilizações perdidas, essas coisas.

— Navegar pelo rio Amazonas com a sua canoa?

— Hã... é. Tipo isso.

— Como está a sua canoa? Está sobrevivendo ao inverno?

— Bom... emprestei a canoa pro lorde Asriel, quando ele veio ver a Lyra.

Ela ficou calada e voltou a preparar a massa. Então falou:

— Tenho certeza de que ele vai ficar muito agradecido.

Mas o tom em sua voz foi o mais próximo que já havia chegado de ser severo.

Quando saíram da cozinha, Asta comentou:

— Ela ficou envergonhada. Está com vergonha porque sabe que fez alguma coisa errada.

— Fico me perguntando se a irmã Benedicta descobriu.

— Ela pode proibir a irmã Fenella de cuidar da Lyra.

— Pode ser. Mas vai ver que ela não descobriu.

— A irmã Fenella pode ter confessado.

— É — Malcolm concordou. — Pode ser mesmo.

Não foram ver o sr. Taphouse, pois a luz da oficina estava apagada. Ele provavelmente já tinha ido para casa.

— Não, espera! — disse Asta, de repente. — Tem alguém lá dentro.

Já estava anoitecendo; o céu cinzento pesado de chuva apressava o anoitecer em quase uma hora antes do habitual. Malcolm parou no caminho da ponte e olhou para a oficina escura.

— Onde? — sussurrou.

— Nos fundos. Eu vi uma sombra...

— É tudo sombra.

— Não, parece um homem.

Estavam a uns noventa metros da oficina. O caminho de cascalho estava aberto e iluminado pelo entardecer cinzento e pela fraca luminosidade amarela das janelas do convento. Nada se movia. Eis que, de trás da oficina, saiu o que parecia um cachorro grande, de forma curvada e frouxa, mas corcunda e com ombros pesados. Ele parou e olhou diretamente para eles.

— É um daemon — Asta sussurrou.

— Um cachorro? E o que...

— Não é um cachorro. É uma hiena.

— E tem... Tem só três patas.

A hiena não se mexeu, mas atrás dela a silhueta de um homem se destacou do escuro do edifício. Ele olhou diretamente para Malcolm, embora o menino não conseguisse ver nada de seu rosto, e então se fundiu na sombra outra vez.

O daemon-hiena, porém, continuou onde estava; afastou as duas patas de trás e urinou bem no meio do caminho. O rosto com mandíbulas pesadas e sem nenhum movimento encarou Malcolm; tudo o que ele conseguia ver eram dois brilhos onde os olhos captavam a luz. A hiena deu um passo à frente, apoiando o peso em sua pata dianteira única, olhou para Malcolm um momento antes de virar e mancar, desajeitada, para a sombra.

O pequeno episódio deixou Malcolm bastante abalado. Ele nunca havia visto um daemon mutilado, nem uma hiena; nunca havia sentido tamanha onda de malevolência. Mesmo assim...

— Temos que ir — alertou Asta.

— Eu sei. Vire coruja.

Ela mudou na hora e pousou no ombro dele, olhando intensamente a forma escura da oficina.

— Não consigo ver os dois — sussurrou.

— Não tire os olhos daquela sombra...

Ele recuou pelo caminho, ou melhor, pela relva ao lado do cascalho. Voltou para a porta da cozinha, girou a maçaneta e quase caiu para dentro.

— Malcolm! — exclamou a irmã Fenella. — Esqueceu alguma coisa?

— Só uma coisa que eu preciso falar com a irmã Benedicta. Ela está na sala dela?

— Acho que sim, meu bem. Está tudo bem?

— Tá, sim — Malcolm respondeu, correndo pelo corredor. Perto do quarto de Lyra ainda dava para sentir vagamente o cheiro de tinta. Ele bateu na porta da irmã Benedicta.

— Entre — ela falou, e piscou de surpresa quando viu que era ele. — O que houve, Malcolm?

— Eu vi... acabei de... a gente ia passando pela oficina do sr. Taphouse e nós vimos um homem... e o daemon dele era uma hiena com três patas... e eles...

— Devagar — ela disse. — Você viu bem?

— Só o daemon. Ele... ele tinha três patas e... Achei que não era pra eles estarem lá, então... quer dizer, achei que a senhora precisava saber, pra ter certeza absoluta que as venezianas estão trancadas.

Ele não conseguia contar para ela o que a hiena havia feito. Mesmo que encontrasse as palavras certas, não conseguiria expressar o desprezo e o ódio que havia naquele gesto. Sentia-se sujo e diminuído por ele.

Ela devia ter percebido alguma coisa no rosto dele, porque largou a caneta, levantou-se e pousou a mão em seu ombro. Ele não se lembrava de ter sido tocado antes por ela.

— E então você veio nos alertar. Certo, Malcolm, foi uma boa ação. Agora vamos, porque você tem que chegar em segurança na sua casa.

— A senhora não pode ir comigo!

— Você não gostaria que eu fosse? Tudo bem, vou ficar olhando da porta. Que tal?

— Tome cuidado, irmã! Ele... não sei como dizer isso... a senhora já ouviu falar de alguém com um daemon assim?

— A gente ouve todo tipo de coisas. A questão é se elas são importantes. Agora vamos.

— Eu não queria assustar a irmã Fenella.

— Bondade sua.

— A Lyra está...

— Está dormindo. Você pode ver a Lyra amanhã. E ela está perfeitamente segura atrás das venezianas do sr. Taphouse.

Os dois atravessaram a cozinha, onde a irmã Fenella os observou, intrigada.

— Gostaria de levar uma lanterna, Malcolm? — a irmã Benedicta perguntou, parada junto à porta.

— Ah, não, obrigado mesmo. Tem bastante luz... E a Asta pode ser uma coruja.

— Vou esperar até você chegar na ponte.

— Obrigado, irmã. Boa noite. Melhor trancar todas as portas.

— Vou fazer isso. Boa noite, Malcolm.

Malcolm não sabia o que ela poderia fazer de fato se o homem pulasse em cima dele e o atacasse, mas se sentiu protegido pela atenção da freira e sabia que ela não ia tirar os olhos de cima dele até estar na ponte.

Quando chegou lá, virou-se e acenou. A irmã Benedicta acenou de volta, entrou e fechou a porta.

Malcolm correu para casa com Asta voando à frente. Irromperam juntos pela porta da cozinha.

— Já era hora — disse a mãe.

— Cadê o papai?

— No telhado, fazendo contato com Marte. Onde você acha?

Malcolm entrou correndo no bar e estacou de repente. Sentado em um banquinho, com o cotovelo apoiado no balcão, estava um homem que ele nunca tinha visto antes. A seus pés, viu um daemon hiena com apenas uma pata dianteira.

O homem estava conversando com o pai de Malcolm. Havia mais meia dúzia de outros homens bebendo, mas nenhum deles estava próximo; de fato, dois homens que ficavam sempre encostados ao balcão estavam sentados em uma mesa no canto distante, e os outros perto deles, quase como se todos quisessem ficar o mais longe possível do estranho.

Malcolm observou isso tudo de imediato e então viu a expressão no rosto de seu pai. O estranho havia se virado e estava olhando para o menino. Atrás do homem, seu pai, com a cabeça baixa, expressava uma cansada e desamparada aversão. Quando o estranho se voltou novamente, o sr. Polstead ergueu a cabeça e forçou um grande sorriso.

— Onde você estava, Malcolm? — ele perguntou.

— No lugar de sempre — Malcolm resmungou e virou-se.

O daemon-hiena trincou os dentes; dentes amarelos, grandes e afiados demais para uma cabeça tão pequena. Era inacreditavelmente feia. O que quer que fosse, a coisa que fez a hiena perder uma pata sofreu por isso, se aqueles dentes encontraram sua carne.

Malcolm foi até as mesas do outro lado da sala.

— Gostariam de alguma coisa, cavalheiros? — perguntou, consciente de que sua voz estava tremendo um pouco ao soar na sala silenciosa.

Ele pegou o pedido de mais duas cervejas. Antes que pudesse se afastar, no entanto, um dos clientes puxou furtivamente sua manga.

— Cuidado com *ele* — sussurrou da mesa. — Veja onde pisa com aquele homem ali.

Então o homem o soltou, e Malcolm levou os copos para o outro lado do bar. Asta, claro, não olhava para outra coisa, mas como era uma joaninha, a direção de seu olhar não era evidente.

— Vou dar uma olhada na Sala do Terraço — Malcolm informou ao pai, que assentiu brevemente com a cabeça.

Não havia ninguém na Sala do Terraço, apenas dois copos vazios em cima da mesa. Ele os pegou e sussurrou para Asta:

— O que você está achando?

— Na verdade, ele faz o tipo amigo e interessado, como se ouvisse atento quando alguém conta alguma coisa que ele quer saber. Não tem nada de errado com *ele*. É o daemon que…

— Mas eles são uma pessoa só, não são? *Nós* somos!

— É, claro, mas…

Havia mais alguns copos vazios em outras mesas no bar, e Malcolm os recolheu bem devagar.

— Não tem quase ninguém aqui — ele comentou com Asta.

— Então a gente não precisa ficar no bar. Suba e anote. Alguma coisa pra dizer pra dra. Relf.

Ele levou os copos para a cozinha e começou a lavá-los.

— Mãe, tem um homem no bar… — Malcolm contou a ela o que havia acontecido quando saía do convento, novamente deixando de lado o que o daemon-hiena tinha feito no caminho. — E agora ele tá aqui! E o papai parece bem chateado. Ninguém quer sentar perto dele.

— Você já avisou pra irmã Benedicta? Ela vai tomar cuidado pra ficar tudo trancado em segurança.

— Mas quem é ele? O que ele faz?

— Só Deus sabe. Se não gosta da cara dele, fique longe.

Este era o problema com a mãe dele: ela achava que uma instrução era uma explicação. Bem, mais tarde ele perguntaria ao pai.

— Não tem quase ninguém hoje à noite — ele observou. — Nem a Alice.

— Ela disse que não queria ficar, já que tem tão pouca gente. Se o homem pega o costume de vir aqui, vai ser assim toda noite. Seu pai vai ter que falar pra ele ir embora.

— Mas por que…

— Não interessa o porquê. Tem lição de casa?

— Um pouco de geometria.

— Bom, é melhor você jantar agora e ir cuidar disso.

O jantar era couve-flor gratinada. Asta, em forma de esquilo, subiu na mesa e brincou com uma noz. Malcolm comeu depressa, queimou a boca, mas aliviou a queimadura com um pedaço de torta fria de ameixa e creme.

Os copos que lavara estavam secos, e antes de subir ele os levou de volta ao bar. Havia mais algumas pessoas, porém o homem com o daemon-hiena ainda estava sentado em um banquinho junto ao balcão. Os recém-chegados, do outro lado, o ignoravam.

— Parece que todo mundo sabe quem ele é — Asta resmungou. — Menos nós.

O daemon-hiena não tinha se mexido. Estava mordiscando e lambendo o toco da pata que faltava, e o homem mantinha-se imóvel, um cotovelo no balcão, olhando tudo em torno com um ar de interesse ligeiro e experiente.

Então aconteceu algo surpreendente. Malcolm tinha certeza de que ninguém mais estava olhando: seu pai conversava com os recém-chegados do outro lado do bar, e os homens nas mesas jogavam dominó. Ardendo de curiosidade, Malcolm não conseguia deixar de olhar para ele, e o homem o encarava de volta, diretamente. Tinha em torno de quarenta anos, Malcolm calculou, cabelo preto e olhos castanhos brilhantes. Todos os seus traços eram claros e fáceis de ver, como se ele fosse um fotograma bem iluminado. Usava o tipo de roupa que um viajante usaria, e devia ter sido bonito, só que havia uma espécie de vigor e uma áspera dissimulação nele, que não combinavam com essa qualidade. Malcolm não conseguiu deixar de gostar dele.

E o homem percebeu que o menino o observava; ele sorriu e retribuiu com uma piscada.

Era um sorriso caloroso, cúmplice. Parecia dizer: "Nós dois sabemos uma ou duas coisas...", querendo dizer ele e Malcolm. Havia conhecimento em sua expressão, e também malícia. Ele convidou Malcolm a uma pequena conspiração contra o resto do mundo, e Malcolm não pôde deixar de sorrir de volta. Em circunstâncias normais, Asta teria descido, voando imediatamente para conversar com o daemon, por boa educação, mesmo ele sendo assustador e feio, mas as circunstâncias não eram normais. Eram apenas o menino curioso e o homem com um complexo rosto atraente, e Malcolm teve que sorrir de volta.

Então, passou. Malcolm deixou os copos limpos no balcão e voltou para cima.

— Não consigo lembrar nem como ele estava vestido — disse, assim que fechou a porta do quarto.

— Alguma coisa escura — sugeriu Asta.

— Acha que é um criminoso?

— Pode ser. Mas o daemon...

— Ele é horrível. Nunca vi um daemon tão diferente do dono.

— Estou pensando se a dra. Relf vai saber quem ele é.

— Acho que não. Ela conhece professores, catedráticos, gente assim. Ele é diferente.

— E espiões. Ela conhece espiões.

— Não acho que seja um espião. É óbvio demais. Qualquer um nota um daemon daqueles.

Malcolm passou para sua lição de casa, construindo figuras com régua e compasso, uma tarefa que normalmente gostava de fazer, mas não conseguia se concentrar de jeito nenhum. Aquele sorriso ainda o intrigava.

A dra. Relf nunca tinha ouvido falar de ninguém com um daemon mutilado daquele jeito.

— Mas deve acontecer, sim, de vez em quando — ela afirmou.

Malcolm contou o que a hiena tinha feito no caminho, e isso a deixou ainda mais intrigada. Daemons gostavam de privacidade tanto quanto as pessoas, uma vez que eles próprios eram pessoas, claro.

— Bom, é um mistério — ela disse.

— O que a senhora acha que isso quer dizer?

— Certo, Malcolm. Vamos considerar isso como uma questão para o aletiômetro. Ver se conseguimos descobrir o que isso tudo significa. O que ela fez no caminho foi uma expressão de desprezo, não foi?

— É, acho que sim.

— Um desprezo por você, que estava olhando, e pelo lugar onde ela estava: um desprezo pelo convento. Talvez pelas freiras e tudo o que elas representam. Bom... a hiena é um animal carnívoro: se alimenta de carcaças e corpos mortos deixados por outros animais, além de matar as próprias presas.

— Então é nojenta, mas também é útil — concluiu Malcolm.

— Isso mesmo. Não tinha pensado nisso. Ela também ri.

— Ri?

— A hiena ri. Não é de fato uma risada, mas um grito que soa como riso.

— Que nem o crocodilo, que chora lágrimas que não são lágrimas.

— Hipocrisia, você quer dizer?

— Hipocrisia — repetiu Malcolm, saboreando a palavra.

— E o homem ficou escondido, você disse.

— Na sombra, pelo menos.

— Agora me conte do sorriso.

— Ah, claro, foi a coisa mais estranha que ele fez. Sorriu e deu uma piscada. Ninguém mais viu. Era como se ele estivesse revelando pra mim que sabia alguma coisa que eu sabia e ninguém mais sabia. Um segredo entre nós. Mas não... Sabe como esse tipo de coisa pode fazer você sentir medo, ou se sentir sujo, culpado...

— Mas não foi assim?

— Foi alegre, tipo assim. Como um amigo de verdade e legal. Agora eu nem consigo acreditar, mas eu não consegui não gostar dele.

— Mas o daemon dele continuava mordendo a perna — disse Asta. — Eu estava olhando. Ainda estava em carne viva, o toco, quero dizer. Meio sangrando.

— O que isso quer dizer? — Malcolm perguntou.

— Ele... é... vulnerável, talvez? — sugeriu a dra. Relf. — Se perder outra pata não vai mais poder andar. Que situação horrível.

— Mas ele não parecia preocupado. Parecia que nada conseguia preocupar ou dar medo nele, nunca.

— Você ficou com pena do daemon dele?

— Não — Malcolm respondeu, decidido. — Fiquei contente. Ia ser muito mais perigoso se ele não estivesse machucado daquele jeito.

— Então você não sabe o que pensar desse homem.

— Exatamente.

— Mas seus pais...

— Minha mãe só mandou eu não chegar perto, mas não disse o porquê. Meu pai detestou que ele estivesse no bar, mas não tinha por que pedir pra ele ir embora. Os outros clientes detestavam ele lá também. Depois, eu perguntei pro meu pai, e ele só disse que era um homem ruim e que não ia deixar mais ele entrar no bar. Mas não me disse o que ele tinha feito, ou por que era ruim, nem nada. Acho que era uma coisa que ele sentia.

— Você não viu mais esse homem?

— Foi anteontem mesmo. Não vi.

— Vamos ver o que eu consigo descobrir — disse a dra. Relf. — Agora, que tal os nossos livros desta semana?

— Aquele das figuras simbólicas foi difícil — afirmou Malcolm. — Não entendi quase nada.

— O que você *entendeu*?

— Que... tem coisa que pode querer dizer outra coisa.

— Isso é o mais importante. Muito bem. O resto é questão de detalhes. Ninguém consegue se lembrar de todos os sentidos das imagens do aletiômetro, então precisamos dos livros para conseguir fazer a leitura.

— É como uma língua secreta.

— É, sim.

— Foi alguém que inventou? Ou...

— Ou descobriram? Era isso que você ia perguntar?

— Era, sim — ele falou, um pouco surpreso. — Qual foi?

— É quase impossível dizer. Vamos pensar num outro exemplo, alguma outra coisa. Você conhece o teorema de Pitágoras?

— O quadrado da hipotenusa é igual à soma do quadrado dos outros dois lados.

— Exatamente. Então, esse cálculo deu certo em todos os exemplos que você tentou?

— Sim.

— Então era verdade antes de Pitágoras se dar conta disso?

Malcolm pensou.

— Era — respondeu. — Devia ser.

— Ou seja, ele não *inventou* o teorema. Ele descobriu.

— Verdade.

— Agora vamos pegar um dos símbolos do aletiômetro. Pegue a colmeia, cercada de abelhas. Um dos sentidos é doçura, e outro é luz. Você consegue entender por quê?

— Mel porque é doce. E...

— Do que as velas são feitas?

— De cera! Cera de abelha!

— Agora, não sabemos quem se deu conta pela primeira vez de que esses sentidos estavam ali. Mas a similaridade, a associação, existiam antes de se darem conta disso, ou só depois que entenderam? Foi inventado ou descoberto?

Malcolm pensou com força.

— Não é bem a mesma coisa — ele respondeu devagar. — Porque o teorema de Pitágoras dá pra provar. Então a gente *sabe* que é verdade. Mas não tem nada pra provar a colmeia. Dá pra ver a ligação, mas não dá pra *provar*...

— Tudo bem, digamos o seguinte. Suponha que a pessoa que fez o aletiômetro estivesse procurando um símbolo para expressar as ideias de doçura e luz. Ela podia escolher qualquer coisa? Podia ter escolhido uma espada, por exemplo, ou um golfinho?

Malcolm tentou entender.

— Acho que não — disse ele. — Se forçasse bastante, daria pra *criar* uma ligação, mas...

— É. Isso.

— Então, foi inventado ou descoberto?

Malcolm pensou com esforço outra vez e sorriu.

— Descoberto — disse.

— Tudo bem. Agora vamos tentar o seguinte. Consegue imaginar outro mundo?

— Acho que sim.

— Um mundo onde Pitágoras nunca existiu?

— Consigo.

— O teorema dele ia ser verdade lá também?

— Ia. Ia ser verdade em qualquer lugar.

— Agora imagine que esse mundo tem gente igual a gente, mas não tem abelhas. Teriam a experiência da doçura e da luz, mas como iam simbolizar isso?

— Bom, iam... Iam encontrar alguma outra coisa. Quem sabe açúcar pra doçura e uma outra coisa, talvez o sol, pra luz.

— Agora imagine um outro mundo, diferente desse também, onde existem abelhas, mas não existem pessoas. Haveria uma ligação entre uma colmeia e doçura e luz?

— Bom, a ligação ia estar... aqui, na nossa cabeça. Mas não lá. Se a gente pensar nesse outro mundo, *nós* podemos ver a ligação, mesmo que não tenha ninguém *lá* pra ver.

— Ótimo. Mas nós ainda não podemos dizer se essa linguagem de que você falou, a linguagem dos símbolos, foi definitivamente inventada ou descoberta, mas parece mais é que...

— É que foi descoberta — completou Malcolm. — Mas ainda não é igual ao teorema de Pitágoras. Não dá pra *provar* ela. Depende de... das...

— Diga?

— Depende das pessoas estarem lá pra ver. O teorema não depende.

— Está certo!

— Mas é um pouco inventada também. Sem gente pra ver, podia ser... Podia simplesmente nem existir.

Ele encostou na poltrona, um pouco tonto. A sala dela, familiar, era quente, e a poltrona, confortável; o prato de biscoitos estava ali à mão. Ele sentiu que ali era o lugar onde se sentia realmente em casa, mais do que na cozinha de sua mãe ou seu próprio quarto, e entendeu que nunca diria isso para ninguém além de Asta.

— Vou ter que ir embora daqui a pouco — informou.

— Você trabalhou muito.

— Isso era trabalho?

— Era, acho que sim. Você não acha?

— Acho que sim. Posso ver o aletiômetro?

— Não dá, porque ele não pode sair da biblioteca. Nós só temos um único instrumento. Mas você pode ficar com um desenho dele.

Ela tirou de uma gaveta do gabinete uma folha de papel dobrada e deu para ele. Ao desdobrá-la, ele encontrou um desenho de um grande círculo com trinta e seis divisões em torno da borda. Em cada um dos pequenos espaços, havia uma imagem: uma formiga, uma árvore, uma âncora, uma ampulheta...

— A colmeia está aqui — ele apontou.

— Pode ficar para você — ela falou. — Eu usei enquanto estava aprendendo, mas agora já sei.

— Obrigado! Vou estudar isto aqui também!

— Tem um truque de memória que eu vou te ensinar da próxima vez. Em vez de decorar todas agora, você pode escolher uma e ficar pensando nela... que ideias ela sugere, o que pode simbolizar.

— Certo, vou fazer isso. Tem... — calou-se. O círculo do diagrama, dividido em seus pequenos setores, o lembrou de algo.

— Tem o quê?

— É parecido com uma coisa que eu vi...

Ele descreveu o anel cintilante que tinha visto na noite em que lorde Asriel foi à Truta. Ela ficou imediatamente interessada.

— Isso parece uma aura de enxaqueca — ela disse. — Você tem dores de cabeça fortes?

— Não. Nunca.

— É só a aura, então. Provavelmente você vai ver de novo. Gostou do outro livro? Aquele sobre a Rota da Seda?

— É o lugar do mundo onde eu mais quero ir.

— Talvez um dia você vá.

Nessa noite, alguém trouxe de volta *La Belle Sauvage*.

12. ALICE FALA

Assim que Malcolm terminou de jantar e levou sua tigela de pudim para a pia, ouviu uma batida na porta da cozinha — a porta do jardim. De modo geral ninguém entrava por aquela porta. Malcolm olhou para a mãe, mas ela estava ocupada no fogão. Como ele estava perto da porta, abriu uma fresta pequena para ver.

Ali estava um homem que ele não conhecia, com casaco de couro e chapéu de aba larga, lenço branco e azul no pescoço. Algo em sua roupa, ou na maneira de se portar, fez Malcolm pensar: *É um gípcio.*

— Você é o Malcolm? — perguntou o homem.

— Sou — Malcolm afirmou, e no mesmo momento a mãe perguntou:

— Quem é?

O homem deu um passo à frente, para a luz, e tirou o chapéu. Tinha uns cinquenta anos e era magro, de pele marrom. A expressão era calma e cortês, e seu daemon, um gato muito grande e bonito.

— Coram van Texel, minha senhora — ele se apresentou. — Tenho uma coisa para o Malcolm, se puder dispensar o menino uns minutos.

— Uma coisa? O quê? Entre e dê pra ele aqui dentro — ela respondeu.

— É um pouco grande para isso — afirmou o gípcio. — Não vai demorar muito. Preciso explicar algumas coisas.

O daemon-texugo da mãe saiu de seu canto e foi até porta. Ele e o daemon-gato roçaram os focinhos e trocaram um sussurro. Então a sra. Polstead assentiu com a cabeça.

— Vá, então — ela disse.

Malcolm terminou de enxugar as mãos e saiu com o estranho. Tinha parado de chover, mas o ar estava saturado de umidade e as luzes brilhavam através das janelas sobre o terraço. A relva, em um fulgor enevoado, dava a impressão de estar tudo debaixo d'água.

O estranho saiu do terraço e desceu para o rio. Malcolm viu a linha das pegadas que ele fizera na relva molhada ao subir.

— Você se lembra de lorde Asriel… — disse o estranho.

— Lembro. É…

— Ele me encarregou de devolver sua canoa e pediu para agradecer muito a você. Disse também que espera que você fique contente com o estado em que ela está.

Ao saírem do alcance das luzes das janelas, o homem riscou um fósforo e acendeu um lampião. Ajustou o pavio, fechou a lente e um foco claro iluminou a relva adiante, até o pequeno píer onde *La Belle Sauvage* estava atracada.

Malcolm saiu correndo. O rio estava cheio, mantendo sua adorada canoa mais alto que o normal, e ele percebeu de imediato que ela havia sido reformada.

— O nome… ah, obrigado! — exclamou.

O nome tinha sido pintado em tinta vermelha com grande habilidade, contornado por uma linha fina cor de creme, de um jeito que Malcolm jamais teria conseguido fazer. O nome destacava-se orgulhosamente do verde do barco… Ignorando a relva molhada, ele se ajoelhou para olhar de perto. Alguma coisa estava diferente.

— Ela passou pelas mãos do melhor construtor de barcos da Inglaterra — informou Coram van Texel. — Cada centímetro foi inspecionado e reforçado, e essa tinta agora é uma tinta especial à prova de sujeira, que tem mais uma virtude: vai ser o barco mais deslizante do Tâmisa, tirando os barcos gípcios. Vai cortar a água feito uma faca quente na manteiga.

Malcolm tocou a canoa, maravilhado.

— Agora deixe eu mostrar mais uma outra coisa — falou o visitante. — Está vendo esses suportes na amurada?

— Pra que servem?

O homem tirou do fundo da canoa uma porção de finas varas de aveleira. Pegou uma e entregou o resto a Malcolm. Abaixou-se, encaixou uma extremidade dentro do suporte, no extremo da canoa, envergou a vara e encaixou a outra ponta no suporte do outro lado. O resultado era um belo arco atravessando a canoa.

— Tente você o outro — ele disse, iluminando o suporte seguinte com o lampião. Depois de algumas tentativas, Malcolm encaixou a vara. Descobriu que ela se curvava com muita facilidade e que, assim que ambas as pontas estavam fixas, a vara ficava completamente firme e imóvel.

— Pra que serve? — perguntou.

— Não vou mostrar agora, mas debaixo do banco do remador você vai encontrar uma lona. É uma lona especial feita de seda carbonífera. Você põe todas as varas no lugar, puxa a lona por cima, e a canoa vai ficar seca e confortável, por mais chuva que caia. Tem fixadores na beirada, você vai descobrir como usar.

— Obrigado! — disse Malcolm. — É... ah, é uma maravilha!

— Tem que agradecer é ao lorde Asriel. Mas este é o agradecimento dele a você, então estão todos quites. Agora, Malcolm, preciso te fazer uma ou duas perguntas. Sei que você anda visitando uma dama chamada dra. Relf, e eu sei por quê. Pode contar sobre hoje para ela e falar de mim. Se ela quiser saber mais alguma coisa, você pode dizer simplesmente as palavras "Rua Oakley".

— Rua Oakley?

— Isso aí. Ela vai gostar de ouvir. Mas, veja bem, não diga essas palavras para mais ninguém. Tudo o que você diz para ela acaba chegando para mim, mas o tempo é curto, e eu preciso saber disso com urgência. Acredito que você veja a maioria das pessoas que vem à Truta, certo?

— Vejo, sim.

— E conhece uma porção pelo nome.

— Bom, alguns.

— Já viu um homem chamado Gerard Bonneville?

Antes que Malcolm pudesse responder, ouviu a porta da cozinha se abrir atrás dele, e a voz da mãe chamando:

— Malcolm! Malcolm! Cadê você?

— Tô aqui! — ele respondeu. — Já volto!

— Bom, é bom mesmo — disse ela, e voltou para dentro.

Malcolm esperou que ela fechasse a porta e perguntou:

— Sr. van Texel, aonde o senhor quer chegar?

— Tenho dois alertas para você e depois vou embora.

Só então Malcolm viu outro barco na água: uma lancha coberta e comprida com um motor silencioso que roncava de leve e a mantinha contra a corrente. Não tinha luzes, mas ele podia ver a silhueta de outro homem ao leme.

— Primeiro — começou van Texel —, o tempo vai melhorar nos próximos dias. Sol, vento quente. Mas não se iluda. Depois disso, a chuva vai voltar ainda mais forte, e vai haver a maior enchente que já se viu em cem anos. Todos os rios vão transbordar e uma porção de represas vai ceder. O Conselho do Rio não está cumprindo seu dever. Conte para sua mãe e seu pai. E fiquem preparados.

— Vou contar.

— E segundo, lembre-se desse nome que eu falei: Gerard Bonneville. Você vai saber quando encontrar, porque o daemon dele é uma hiena.

— Ah! Sei. Ele já esteve aqui. Faz uns dias. O daemon dele tem só três patas.

— É mesmo? Ele te disse alguma coisa?

— Não. Acho que ninguém quis conversar com ele. Ficou bebendo sozinho. Ele parecia legal.

— Sei. Ele pode ter tentado parecer legal para você, mas não chegue perto dele. Nunca deixe ele te pegar sozinho. Não se meta com ele.

— Obrigado — disse Malcolm. — Não chegarei perto. Sr. van Texel, o senhor é gípcio?

— Sou, sim.

— E os gípcios são contra o TCD?

— Não somos todos da mesma posição, Malcolm. Alguns são, outros não. — Ele se voltou para a água, deu um assobio baixo e imediatamente a lancha se virou e deslizou em direção ao píer.

Van Texel ajudou Malcolm a erguer *La Belle Sauvage* para a relva e depois apertou sua mão.

— Não se esqueça do que eu disse sobre a enchente — ele falou. — E sobre Bonneville.

Os dois se cumprimentaram com um aperto de mão e então o visitante embarcou na lancha. Um momento depois, o som do motor aumentou um pouquinho, o barco seguiu depressa rio acima e desapareceu no escuro.

— O que foi isso tudo? — perguntou a mãe dele dois minutos depois.

— Emprestei a canoa pra alguém e esse homem veio devolver.

— Ah. Bom, comece levando esses pratos do jantar. Mesa perto da lareira grande.

Havia quatro pratos de porco grelhado e vegetais. Ele só conseguia levar dois de cada vez, pois estavam quentes, mas o fez o mais depressa possível. Depois, levou aos clientes três canecos de cerveja Badger e uma garrafa de cerveja IPA. A noite começou movimentada, como todos os sábados das últimas semanas. Malcolm procurou o homem com o daemon-hiena de três patas, mas não havia sinal deles. Trabalhou pesado e ganhou uma porção de gorjetas, que iriam todas para a morsa.

Em certo momento ouviu alguns homens, clientes habituais, conversando sobre o nível do rio, e parou para escutar, do jeito que sempre fazia e que quase ninguém notava.

— Faz dias que não sobe — alguém afirmou.

— Eles agora sabem controlar o nível — disse outro. — Lembra quando o velho Barley era encarregado do Conselho do Rio? Ele entrava em pânico toda vez que dava uma chuvarada.

— Mas nunca teve enchente nesta época — opinou um terceiro. — Essa chuva de agora que é fora do comum.

— Mas agora parou. O Serviço de Meteorologia...

Os outros deram risadas.

— Serviço de Meteorologia! O que é que eles sabem?

— Eles têm os instrumentos científicos mais modernos. Claro que sabem o que está acontecendo na atmosfera.

— E o que eles dizem?

— Que vem vindo tempo bom.

— Bom, pode ser que alguma vez eles acertem. O vento tá mudando, não tá? Esse ar seco que vem do Norte. Pode crer, vai estar céu aberto de manhã e vai ficar sem chover um mês. Um mês inteiro de sol, rapaziada.

— Não sei, não. Minha vó diz que...

— Sua avó? Ela sabe mais que o Serviço de Meteorologia?

— Se o Exército e a Marinha ouvissem minha avó em vez do Serviço de Meteorologia, iam se dar bem. Ela diz que...

— Sabe por que o rio não transbordou? Manejo científico de recursos, por isso. Eles agora sabem o que fazer, melhor que no tempo do velho Barley. Sabem quando fechar e quando deixar vazar.

— Tem mais água para o lado de Gloucester...

— As várzeas alagadiças não estão com nem um décimo do que elas aguenta. Já vi elas muito pior...

— Manejo científico de recursos...

— Tudo depende do estado da atmosfera superior...

— Está secando, pode esperar...

— Minha vó...

— Não, nunca esteve pior que agora.

— Traz pra gente mais um caneco de Badger, Malcolm, pode ser?

Quando Malcolm estava indo para a cama, Asta comentou:

— O sr. van Texel sabe muito mais que eles.

— Mas eles não iam dar ouvidos se a gente avisasse — ele respondeu.

— Não se esqueça de procurar aquela palavra...

— Ah, é!

Malcolm correu para a sala de estar e encontrou o dicionário da família. Ia procurar a expressão que a dra. Relf tinha usado quando ele falou sobre o anel cintilante. Ele sabia o que queria dizer "enxaqueca", porque sua mãe tinha isso às vezes, só que ela chamava de "enxaquéca", e a dra. Relf falava "enxaquêca". Mas a outra palavra...

— Tá aqui. Eu sabia.

Asta, em forma de tordo, espiava a página de cima de seu antebraço. E leu: "Aurora: um fenômeno celestial luminoso de caráter ambárico, visto nas regiões polares com movimento tremulante e faixas de luz, às vezes conhecida como luzes do Norte...". Tem certeza que a palavra era essa?

— Tenho — Malcolm respondeu com firmeza. — É isso. É a aurora boreal na minha cabeça.

— Mas não fala que é cintilante.

— Deve ser diferente cada vez. É tremulante e luminosa mesmo. O que provoca a aurora boreal provoca o anel cintilante. Aposto!

A ideia de que o interior de sua cabeça estava em contato direto com o céu remoto acima do Polo Norte fez Malcolm ter uma sensação de imenso privilégio e mesmo assombro. Asta ainda não estava convencida, mas o menino estava emocionado.

*

De manhã, ele mal podia esperar para sair e olhar sua canoa à luz do dia, mas seu pai precisava de ajuda para limpar o bar antes da noite movimentada. *La Belle Sauvage* ia ter que esperar.

Então ele correu entre as mesas e a cozinha, enlaçando os dedos em quantas alças de canecos conseguia ou levando quatro em cada dedo e dois no mindinho. Quando os levou para Alice na área da pia, onde ele normalmente apenas deixava os copos no balcão e saía sem dizer nada, algo o fez parar e olhar para ela. Alice parecia excepcionalmente desatenta aquela manhã, como se tivesse alguma coisa na cabeça. Ficava olhando em torno, pigarreando como se fosse falar, voltava a lavar a louça, depois olhava para Malcolm. Ele ficou tentado a perguntar: "O que foi? Qual é o problema?", mas permaneceu calado.

Então por um momento sua mãe saiu da cozinha. Alice olhou diretamente para Malcolm e falou baixinho:

— Ei, você conhece as freiras?

Malcolm ficou surpreso demais para responder de imediato. Apenas pegou meia dúzia de copos limpos prontos para levar de volta ao balcão, mas os pôs de volta e perguntou:

— Do convento?

— Claro. Só tem elas, não?

— Não. Tem outras em outros lugares. O que é que tem elas?

— Elas estão cuidando de uma bebê?

— Estão.

— Sabe de quem que é essa bebê?

— Sei, sim. E daí?

— Bom, tem um homem que... depois eu falo.

A mãe de Malcolm voltou. Alice baixou a cabeça e mergulhou as mãos na água de novo. Malcolm pegou os copos outra vez, levou-os e encontrou seu pai lendo o jornal.

— Pai, você acha que vai ter enchente?

— Era disso que eles estavam falando ontem de noite? — perguntou o pai, dobrando a página de esportes.

— Era. O sr. Addison calcula que não vai ter, porque o ar do Norte está seco, e vai ter um mês de sol, mas o sr. Twigg falou que a avó dele...

— Ah, não ligue pra eles. Que história é essa da sua canoa? Sua mãe falou que um gípcio apareceu na porta ontem de noite pra trazer ela de volta.

— Lembra do lorde Asriel? Eu emprestei a canoa pra ele e aquele homem trouxe de volta.

— Não sabia que ele era amigo dos gípcios. Pra que ele queria a canoa?

— Porque ele gosta de remar e queria subir o rio ao luar.

— Tem gente que não dá pra entender. Sorte sua que trouxeram de volta. Está tudo em ordem?

— Melhor que nunca. E pai, aquele gípcio falou que vai ter mais chuva depois desse tanto de sol, e aí vai ser a maior enchente de cem anos.

— Ele disse?

— Falou pra eu avisar o senhor. Porque os gípcios sabem ler os sinais na água e no céu.

— Você avisou aqueles sujeitos ontem de noite?

— Não, porque eles já tinham bebido um pouco e imaginei que não iam ouvir. Mas ele falou mesmo pra avisar pro senhor.

— Bom, eles são povo da água, os gípcios... É bom saber, só pra considerar. Mas não pra levar a sério.

— Ele falou sério. Não faz mal nenhum se preparar pra isso.

— É verdade. — O sr. Polstead ponderou o assunto. — Que nem Noé. Acha que eu e sua mãe cabemos na *La Belle Sauvage* junto com você?

— Não — respondeu ele com segurança. — Mas o senhor devia remendar a chalana. E quem sabe era melhor a mamãe guardar a farinha e os mantimentos aqui em cima, em vez de deixar no porão.

— Boa ideia — disse o pai, voltando a ler a página de esportes. — Fale com ela. Já cuidou da Sala do Terraço?

— Estou indo lá.

Quando viu sua mãe sair para o bar e começar a conversar com o seu pai sobre vegetais, Malcolm pegou os copos da Sala do Terraço e correu de volta à cozinha.

— Que história é essa desse homem? — ele perguntou a Alice.

— Não sei se eu devo contar.

— Se é sobre a bebê... Você disse alguma coisa da bebê e depois de um homem. Que homem?

— Bom, não sei. Acho que falei demais.

— Não, não falou tudo. Que homem?

Ela olhou em torno.

— Não quero saber de problema — ela respondeu.

— Então me conte. Não vou falar que foi você que contou.

— Tudo bem... esse homem, o daemon dele não tem uma perna. É uma hiena, acho. Horrorosa. Mas ele é legal, ou parece legal.

— Sei, eu vi ele. Você falou com ele aqui?

— Mais ou menos — ela disse. Como estava ficando vermelha, virou o rosto. O daemon-gralha em seu ombro olhou para baixo e virou a cabeça para o lado oposto de onde Malcolm estava. Então ela continuou: — Conversei um pouco com ele.

— Quando?

— Ontem de noite. Em Jericó. Ele estava perguntando sobre a bebê do convento, as freiras, essas coisas...

— Como assim, essas coisas? O que mais?

— Bom, ele falou que era o pai da bebê.

— Não é! O pai da bebê é lorde Asriel. Eu *sei* disso.

— Ele disse que era ele, e queria saber se ela estava fora de perigo no convento, se elas trancavam as portas de noite...

— *O quê?*

— E quantas freiras tinha e tal.

— Ele te falou o nome dele?

— Gerard. Gerard Bonneville.

— Ele falou por que queria saber das freiras e da bebê?

— Não. A gente não falou só disso. Mas... sei lá... Achei meio esquisito. E o daemon dele ficava mordendo a perna cheia de sangue... Só que ele era legal. Comprou peixe com fritas pra mim.

— Tava sozinho?

— Tava, ué.

— E você? Tinha algum amigo com você?

— E se tivesse?

— Podia fazer diferença no que ele disse.

— Eu tava sozinha.

Malcolm não sabia o que mais perguntar. Era claramente importante descobrir tudo o que pudesse, mas sua imaginação se limitava neste ponto: ele não conseguia conceber o que um homem adulto podia querer com uma menina solitária à noite, ou o que podia acontecer entre eles. Nem entendia por que ela ficara vermelha.

— Seu daemon falou com a hiena? — ele perguntou, depois de uma pausa.

— Tentou um pouco, mas a hiena não falou nada.

Ela baixou a cabeça de volta para a pia e mergulhou as mãos na água. A mãe de Malcolm voltou do bar. Malcolm levou os copos limpos para fora, e a oportunidade passou.

Quando Alice encerrou o serviço da manhã e estava vestindo o casaco para sair, Malcolm viu e a alcançou na varanda.

— Alice... espera um pouco...

— O que você quer?

— Aquele homem... do daemon-hiena...

— Esqueça. Eu não devia ter falado nada.

— É que alguém me falou pra tomar cuidado com ele.

— Quem?

— Um gípcio. Disse pra eu não chegar perto dele.

— Por quê?

— Não sei. Mas ele falou sério mesmo. Então, se encontrar com ele de novo, o Bonneville, pode me contar o que ele falar?

— Isso não é da sua conta. Eu não devia ter te contado.

— Eu estou preocupado com as freiras, sabe. Sei que elas estão preocupadas com a segurança, porque elas me contaram. Por isso que mandaram fazer aquelas venezianas novas. Então, se esse Bonneville está tentando descobrir alguma coisa delas...

— Ele foi legal. Já falei. Quem sabe ele quer ajudar as freiras.

— Bom, o negócio é que ele veio aqui outra noite e ninguém chegava perto dele. Parecia que ficavam com medo. Meu pai falou que se ele voltar não vai deixar entrar, porque ele afasta os clientes. Sabem alguma coisa sobre ele, algo como já ter sido preso e tal. E tem um gípcio que falou pra tomar cuidado com ele.

— Ele não *me* preocupou.

— Mesmo assim, se encontrar com ele de novo, você me conta?

— Acho que sim.

— Principalmente se ele perguntar da bebê.

— Por que você está tão preocupado com a bebê?

— Porque é uma bebê. Não tem ninguém pra proteger ela, só as freiras.

— E você acha que *você* pode proteger? É isso? Você vai salvar a bebê do homem grande e mau?

— Você pode me contar? Só isso.

— Já disse que conto. Não enche.

Ela se virou e saiu depressa para o sol escasso.

Naquela tarde, Malcolm foi até o galpão e inspecionou as reformas feitas na *La Belle Sauvage*. A lona de seda carbonífera era tão leve e impermeável (ele testou) quanto o sr. van Texel havia dito, e os ganchos para prendê-la à amurada eram fáceis de usar e firmavam bem. Ela era verde-água, da mesma cor do próprio barco, e Malcolm achou que, quando fosse erguida, ele e sua canoa ficariam praticamente invisíveis.

A corrente estava forte, por isso ele resolveu não sair com ela para testar a nova pintura deslizante. Mas só com a ponta dos dedos conseguia sentir a diferença: que baita presente!

Não havia mais nenhuma surpresa na canoa, então Malcolm a cobriu com a lona velha e cuidou para que estivesse bem presa.

— Pode chover de novo — ele comentou com Asta.

Mas não havia sinal de que isso aconteceria. O sol inexpressivo durou o dia inteiro, e o céu ficou vermelho antes de anoitecer, indicando que haveria outro dia ensolarado. Como o céu estava limpo, a noite ficou extremamente fria, e pela primeira vez em semanas A Truta recebeu poucos clientes. Sua mãe resolveu não assar o pernil nem fazer uma porção de tortas, já que a maior parte ia ficar sem consumo. Nessa noite, teriam presunto com ovos e batatas fritas para quem chegasse cedo, e pão com manteiga para quem chegasse tarde.

Mas, como vieram poucos clientes, e como Frank, o ajudante de barman, estava a postos para o caso de movimento, Malcolm e seus pais sentaram-se juntos na cozinha para jantar.

— Melhor acabar com essas batatas fritas. Você quer mais, Reg?

— Com certeza. Vamos fritar mais.

— Malcolm?

— Aceito, por favor.

E lá se foram para a panela, que chiava e espirrava óleo, deixando Malcolm com água na boca. Sentado ali, feliz com seus pais, não pensava em nada. Estava satisfeito com o calor e o cheiro da comida frita.

Então tomou consciência de que a mãe lhe fizera uma pergunta.

— O quê?

— Pergunte de novo, com educação — ela disse.

— Ah. Desculpe, pode repetir?

— Melhor.

— O menino tá sonhando — comentou o pai.

— Perguntei o que você e a Alice estavam conversando.

— Ele estava falando com a Alice? — perguntou o sr. Polstead. — Achei que havia um tratado de não comunicação entre esses dois.

— Nada especial — disse Malcolm.

— Mas, pensando bem, ele passou vinte minutos fofocando com ela na varanda quando ela saiu — o pai lembrou. — Deve ter sido importante.

— Não era, não — respondeu Malcolm, começando a se sentir estranho. Não queria esconder nada dos pais, mas por outro lado eles geralmente não tinham tempo de perguntar algo mais de uma vez. Uma resposta descomprometida geralmente satisfazia plenamente os dois. Mas, como não tinham mais nada para fazer aquela noite, a conversa entre ele e Alice despertou um grande interesse.

— Você estava falando com ela quando eu voltei pra cozinha — afirmou a mãe. — Eu mal podia acreditar nos meus olhos. Ela está ficando simpática?

— Não, não é isso — disse Malcolm, relutante. — Ela só estava me perguntando do homem com o daemon de três pernas.

— Por quê? — indagou o pai. — Ela não estava aqui aquela noite. Como ela sabia que ele tinha vindo aqui?

— Ela não sabia, até eu contar. Ela me falou dele porque ele perguntou pra ela sobre as freiras.

— É mesmo? Quando? — perguntou a mãe, servindo as batatas fritas.

— Em Jericó, anteontem. Ele conversou com ela e perguntou das freiras e da bebê.

— Por que ele foi conversar com ela?

— Não sei.

— Ela estava sozinha?

Malcolm encolheu os ombros. Tinha acabado de pôr uma garfada de batata na boca e não conseguia falar. Mas percebeu o olhar que seus pais trocaram: uma expressão silenciosa de alarme.

Quando engoliu, perguntou:

— O que é que tem esse homem? Por que todo mundo fica longe dele no bar? E o que tem ele pra conversar com a Alice? Ela falou que ele é legal.

— O negócio, Malcolm — respondeu o pai —, é que ele tem fama de violento. E de... de atacar mulheres. As pessoas não gostam dele. Você viu no bar outra noite. Aquele daemon, ele tem um efeito estranho sobre as pessoas.

— Ele não tem escolha — argumentou Malcolm. — Não dá pra evitar a forma que o seu daemon vai escolher, dá?

— Você ficaria surpreso — veio do chão uma voz áspera, cheia e lenta. O daemon-texugo de sua mãe raramente falava, mas quando falava, Malcolm sempre ouvia com muita atenção.

— Quer dizer que dá pra escolher? — perguntou, surpreso.

— Você não falou que não dá pra escolher, falou que não dá pra evitar. Dá pra evitar, sim, você só não sabe que está fazendo isso.

— Mas como... o que você...

— Termine sua comida e você descobre — ele respondeu e voltou para sua cama no canto.

— Humm — fez Malcolm.

Não falaram mais de Gerard Bonneville. A sra. Polstead estava preocupada com sua mãe, que não se sentia muito bem, e disse que no dia seguinte ia visitá-la em Wolvercote, ver como ela estava.

— Ela tem bastante sacos de areia? — perguntou Malcolm.

— Não vai precisar mais deles — respondeu a mãe.

— Bom, o sr. van Texel falou que as pessoas vão achar que parou de chover, mas que a chuva vai voltar e vai ter uma grande enchente.

— É mesmo?

— Ele falou pra avisar vocês.

— Você viu esse homem, Brenda? — perguntou o pai.

— O gípcio? Vi, de passagem. Muito educado e calado.

— Eles conhecem os rios.

— Então a vovó vai precisar de mais sacos de areia — afirmou Malcolm. — Eu ajudo, se ela precisar.

— Não vou esquecer — disse a mãe. — Já contou pras irmãs?

— Elas têm que vir todas e ficar aqui — disse Malcolm. — Têm que trazer a Lyra.

— Quem é Lyra? — perguntou o pai.

— A bebê, claro. Aquela que elas estão cuidando pro lorde Asriel.

— Ah. Bom, não vai ter espaço pra todo mundo. E a gente também não é lá muito santo.

— Não seja bobo — respondeu a sra. Polstead. — Elas mesmas fazem a santidade. Só vão precisar de um lugar seco.

— Provável que não seja por muito tempo — disse Malcolm.

— Não, não vai funcionar. Mas é melhor você avisar pra elas mesmo assim, como a sua mãe falou. O que tem de sobremesa?

— Maçã cozida e é sorte inda ter — disse ela.

Depois de enxugar os pratos, Malcolm deu boa-noite e subiu. Não havia lição de casa, então ele pegou o diagrama que a dra. Relf havia lhe dado, sobre os símbolos do aletiômetro.

— Seja organizado com isso aí — disse Asta.

Malcolm não achou que aquilo merecesse resposta, porque ele era sempre organizado. À luz do lampião, os dois se debruçaram sobre a imagem, e o menino então anotou o que cada uma das trinta e seis figuras mostrava ou o que tinha a intenção de mostrar; mas eram tão pequenas que ele não conseguia distinguir bem.

— Vamos ter que perguntar pra ela — disse Asta.

— Tem umas que são fáceis. Como a caveira. E a ampulheta.

Mas o trabalho era penoso. Quando Malcolm terminou a lista de todas as figuras que reconhecia e deixou espaço para o resto, ele e Asta perceberam que já haviam passado tempo suficiente com aquilo.

Não estavam com sono e não tinham vontade de ler, então Malcolm pegou o lampião e percorreu os quartos de hóspedes no prédio velho para olhar do outro lado do rio. Seu quarto tinha vista para o lado oposto, então não podia vigiar com frequência o convento, mas todos os quartos de hóspedes davam para o lado do rio, porque a paisagem era melhor; como não havia ninguém hospedado, ele podia ir aonde quisesse.

No quarto mais alto, logo abaixo dos beirais, ele apagou o lampião e se debruçou na janela.

— Vire coruja — sussurrou.

— Virei.

— Bom, não consigo te ver. Dá uma olhada lá.

— Estou olhando!

— Está vendo alguma coisa?

Houve uma pausa. Então ela disse:

— Uma das venezianas está aberta.

— Qual?

— Do andar de cima. A segunda.

A escuridão mal permitia que se enxergassem as janelas, pois a luz do portão ficava do outro lado do edifício, e a meia-lua também iluminava apenas o outro lado; mas Malcolm finalmente enxergou.

— A gente precisa contar pro sr. Taphouse amanhã — ele disse.

— O rio está barulhento.

— É... Será que elas já tiveram alguma enchente antes?

— Nesse tempo todo que o convento está aí, devem ter tido.

— Devia ter histórias sobre isso. Alguma imagem no vitral. Vou perguntar pra irmã Fenella.

Malcolm se indagou se haveria alguma imagem, pequena e clara o suficiente para caber no mostrador do aletiômetro, que pudesse simbolizar uma enchente. Talvez uma combinação de duas imagens, ou talvez um sentido subjacente de outra muito diferente. Ia perguntar à dra. Relf. Também ia contar para ela o que o gípcio havia falado a respeito da enchente, tinha mesmo que fazer isso. Pensou em todos aqueles livros que ficariam estragados se a casa dela fosse inundada. Talvez pudesse ajudar a levá-los para o andar de cima.

— O que foi isso? — Asta perguntou.

— O quê? Onde?

Os olhos de Malcolm já tinham se acostumado com a escuridão, ou pelo menos se acostumado o máximo possível, mas ele não conseguia ver nada além do edifício de pedra e dos contornos mais claros das janelas com venezianas.

— Lá! No canto da parede!

Malcolm arregalou os olhou e observou com toda a atenção que conseguia. Havia um movimento? Não tinha certeza.

Mas então viu alguma coisa na base da parede: apenas uma sombra ligeiramente mais escura que o edifício. Era alguma coisa do tamanho de um homem, mas não com formato de homem: na altura dos ombros, via-se um volume compacto, e o corpo não tinha cabeça, caminhando como caranguejo... Malcolm sentiu o aperto de medo no coração descer para a barriga. E a sombra desapareceu.

— O que era *aquilo*? — sussurrou.

— Um homem?

— Não tinha *cabeça*...

— Estava carregando alguma coisa?

Malcolm pensou. Podia ser.

— O que ele estava fazendo? — perguntou.

— Ia fechar a veneziana? Será que era o sr. Taphouse?

— Estava carregando o quê?

— Um saco de ferramentas...? Não sei.

— Acho que não era o sr. Taphouse.

— Eu também acho que não, pra ser sincera — Asta falou. — Não era o jeito dele de andar.

— É o homem...

— Gerard Bonneville.

— É. Mas o que ele está carregando?

— Ferramentas?

— Ah! Já sei! O daemon dele! — Se a hiena estivesse sobre os ombros de seu dono, seria a razão para sua cabeça não poder ser vista, e explicaria o formato.

— O que ele está *fazendo*? — Asta perguntou.

— Ela vai subir...

— Tem uma escada?

— Não dá pra ver.

Os dois olharam de novo o mais atentamente possível. Se fosse Bonneville e ele quisesse subir para a janela protegida pela veneziana, teria que carregar seu daemon; não podia deixá-lo no chão. Todo telhador, pedreiro ou limpador de chaminés tinha daemons que podiam voar ou que eram pequenos a ponto de ficar dentro do bolso.

— Vamos contar pro meu pai — Malcolm disse.

— Só se a gente tiver certeza.

— Mas nós temos, não temos?

— Bom... — A relutância de Asta refletia a dele.

— Ele está atrás da Lyra — afirmou. — Só pode estar.

— Acha que é um assassino?

— Mas por que ele ia querer matar uma bebê?

— *Eu* acho que ele é assassino — disse Asta. — Até a Alice ficou com medo dele.

— Achei que ela tinha gostado dele.

— Você não vê muito, não é? Ela estava morrendo de medo também. Por isso que perguntou pra nós sobre ele.

— Quem sabe ele quer pegar a Lyra porque é mesmo pai dela...

— Olha...

A sombra apareceu do lado do edifício outra vez. E então o homem cambaleou e o fardo em seus ombros pareceu se contorcer e cair no chão; então se ouviu um horrendo som agudo de um grito de riso.

O homem e seu daemon pareciam estar rodando em uma dança maluca. A risada sinistra atormentava os ouvidos de Malcolm; soava como um alto e soluçado grito de agonia.

— Ele está *batendo* no daemon... — Asta sussurrou, incrédula.

Quando ela disse isso, ficou claro para Malcolm também. O homem tinha uma vara na mão e pressionava a hiena contra a parede, batendo e batendo com toda fúria, sem deixá-la escapar.

Os dois ficaram apavorados. Asta se transformou em um gato e se aninhou nos braços de Malcolm, que por sua vez protegeu o rosto dela. Nunca tinham imaginado algo tão vil.

E o barulho foi ouvido dentro do convento. Uma luz tênue oscilou na direção da janela com a veneziana quebrada, e então lá chegou, fazendo surgir um rosto pálido que tentava olhar diretamente para baixo. Malcolm não conseguia dizer qual das freiras era, mas então surgiu outro rosto, a janela se abriu totalmente para o escuro e para os gritos de risada agonizante.

Duas cabeças se esticaram e olharam para baixo. Malcolm ouviu uma ordem firme e reconheceu a voz de irmã Benedicta, embora não conseguisse distinguir as palavras. Ele viu o homem olhar para cima, em direção à fraca luz da lanterna, e naquele instante o daemon-hiena deu um salto desesperado para o lado, fugindo. O homem sentiu no coração a inevitável pontada profunda, assim que a hiena atingiu o limite do elo invisível que ligava todo humano a seu daemon, e então ele cambaleou atrás dela.

A hiena se arrastou para longe, mancando o mais depressa possível. O homem, em sua terrível fúria, corria atrás, batendo e açoitando com sua vara, o frenético riso de agonia enchendo o ar. Malcolm viu as duas freiras recuarem ao perceber o que estava acontecendo e fecharem a veneziana. A luz desapareceu.

Aos poucos, os gritos cessaram. Malcolm e Asta estavam muito juntos, horrorizados.

— Nunca... — Asta sussurrou.

— Nunca pensei que ia ver uma coisa dessas — ele terminou por ela.

— O que leva alguém a *fazer aquilo*?

— Deve ter doído pra ele também. Deve estar louco.

Permaneceram juntos até o ruído daquela risada começar a desaparecer de suas memórias.

— Nunca pensei... — ele repetiu.

— Acha que as freiras viram ele batendo no daemon?

— Acho, assim que olharam. Mas ele parou um segundo quando a irmã Benedicta gritou e o daemon fugiu.

— Se era *mesmo* a irmã Benedicta, a gente podia perguntar...

— Ela não vai contar. Tem coisas que elas gostam de esconder da gente.

— Talvez ela conte, se souber que a gente viu.

— Talvez. Mas não vou contar pra irmã Fenella.

— Não, não.

O homem e seu daemon atormentado tinham ido embora, e agora não havia nada além de escuro e do som do rio. Assim, um minuto depois, Malcolm e Asta apagaram o lampião e saíram do quarto no escuro, tateando para a cama. Quando dormiram, sonharam com cachorros selvagens, cinquenta ou sessenta, uma matilha inteira de todas as raças, correndo pelas ruas de uma cidade deserta. Ao observá-los, ele sentiu uma louca e estranha alegria que ainda estava presente quando acordou de manhã.

13. O INSTRUMENTO DE BOLONHA

Os instrumentos científicos do Departamento de Meteorologia, tidos em tão alta conta por alguns clientes da Truta e tão desprezados por outros, fizeram o que sempre faziam: revelaram exatamente o que podia ser visto ao se olhar para o céu. O tempo estava claro e frio, o céu sem nuvens dia e noite; não havia nenhuma previsão de chuva. Mais longe no Atlântico, onde não podiam perceber, devia haver todo tipo de mau tempo; lá devia estar a mãe de todas as zonas de baixa pressão que podia estar se dirigindo à Britânia para trazer exatamente o tipo de inundação que Coram van Texel havia previsto para Malcolm; mas não existia nenhum instrumento que pudesse ver isso, a não ser talvez o aletiômetro.

Os cidadãos de Oxford leram a previsão do tempo nos jornais, desfrutaram do sol pálido em seus rostos e começaram a remover os sacos de areia. O rio ainda corria com força; um cachorro que caiu na água em Botley foi levado por um redemoinho e morreu afogado antes que seu dono pudesse salvá-lo; não havia nenhum sinal de que o nível das águas fosse baixar, mas as margens não estavam cedendo, e as estradas estavam secas. Dessa forma, as pessoas acreditaram que o pior tinha passado.

Hannah Relf estava sentada em casa, anotando suas últimas descobertas nas profundezas do âmbito *ampulheta* dos significados do aletiômetro. Tinha muito com o que se ocupar nas páginas de anotações que vinha acumulando.

Trabalhou duro o dia inteiro e, ao fim da tarde, quando bateram à sua porta, seus pensamentos estavam começando a se voltar para a hora do chá. Ela empurrou a cadeira, satisfeita com a interrupção, e desceu para abrir a porta.

— Malcolm! O que você... entre, entre.

— Sei que não é o dia certo — ele se explicou, tremendo —, mas achei que era importante, então...

— Eu ia fazer chá. Você chegou bem na hora.

— Vim direto da escola.

— Vamos para a sala de estar e eu acendo a lareira. Está frio.

No andar de cima, ela estava trabalhando com um cobertor nas pernas e um pequeno aquecedor de nafta a seus pés, de modo que não tinha acendido a lareira o dia inteiro e fazia muito frio ali. Malcolm ficou parado, sem jeito, no tapete diante da lareira, enquanto ela ajeitava o jornal, os gravetos, e riscava um fósforo.

— Eu vim porque...

— Espere, espere. Primeiro, o chá. Ou você prefere chocolatl?

— Acho que eu não devo ficar. Só vim avisar.

— Avisar o quê?

— Tem um homem, um gípcio...

— Então venha para a cozinha. Você não pode sair sem tomar algo quente, está frio demais. Pode me avisar enquanto eu preparo.

Ela fez chá para ambos e Malcolm contou sobre o sr. van Texel, a canoa e o alerta de inundação.

— Achei que o tempo estava melhorando.

— Não, ele *sabe*. Os gípcios conhecem todos os rios e canais e sabem do estado de todas as represas até Gloucester. Está chegando, sim, e vai ser a maior inundação depois de muito tempo. Ele falou que tinha alguma perturbação na água e no céu, e que ninguém conseguiria perceber, só quem sabe ler os sinais. Isso me fez pensar na senhora e no aletiômetro... Então achei que eu devia avisar por causa disso e por causa de todos esses livros. Quem sabe posso ajudar a levar pro andar de cima.

— Gentileza sua. Mas agora não. Contou para mais alguém sobre o alerta do gípcio?

— Contei pra meu pai e minha mãe. Ah, ele também disse, o gípcio, que conhece a senhora.

— Como era o nome dele?

— Coram van Texel. Ele falou que era para eu dizer Rua Oakley pra senhora, só isso, pra senhora acreditar nele.

— Minha nossa! — exclamou Hannah.

— Onde fica a rua Oakley? Não conheço nenhuma rua chamada assim em Oxford.

— Não, não é em Oxford. Significa… bom, é uma espécie de senha. Ele falou mais alguma coisa? Vamos para a sala, pôr lenha na lareira. Traga seu chá.

Quando Malcolm estava sentado o mais perto do fogo que podia suportar, contou a ela sobre Gerard Bonneville e o que tinha visto no convento da janela do quarto de hóspedes.

Ela ouviu com os olhos arregalados.

— Gerard Bonneville… — disse ela. — Que estranho. Ouvi esse nome ontem. Jantei na faculdade e conversei com um dos convidados, que é advogado. Parece que Bonneville saiu da prisão não faz muito tempo, acho que por agressão ou dano corporal grave, algo assim, e que tinha sido um caso bem famoso, porque a principal testemunha de acusação era a sra. Coulter. Isso mesmo: a mãe de Lyra. Bonneville jurou no banco dos réus que ia se vingar.

— Lyra — disse Malcolm imediatamente. — Ele quer machucar a Lyra. Ou sequestrar.

— Não seria de se estranhar. Ele parece louco.

— Ele falou pra Alice que era pai da Lyra.

— Quem é Alice? Ah, lembrei. Falou, foi?

— Vou contar para as freiras hoje de noite. Elas precisam consertar aquelas venezianas. Vou ajudar o sr. Taphouse.

— Ele ia subir? Tinha uma escada?

— Nós não vimos. Mas fazia sentido que tivesse.

— Elas precisam de mais que venezianas — afirmou Hannah, avivando o fogo. — Se desse para confiar na polícia!

— Vou contar pras freiras de qualquer jeito. A irmã Benedicta é capaz de proteger a Lyra contra qualquer coisa. Dra. Relf, já ouviu falar de alguém machucar o próprio daemon?

— Não alguém bom da cabeça.

— A gente chegou a pensar que foi ele que cortou a perna da hiena.

— É, posso imaginar. Que horror.

Ficaram os dois ali sentados, olhando o fogo.

— Tenho certeza que o sr. van Texel está certo sobre a inundação — Malcolm comentou. — Mesmo que agora não pareça.

— Eu vou tomar providências. A começar pelos livros, como você sugeriu. Se for preciso, fico morando no andar de cima até a água ir embora. E o convento?

— Vou contar pra elas também, mas pras freiras não vai adiantar nada eu falar Rua Oakley.

— Não. Você vai ter de ser muito convincente. E não deve realmente dizer essas palavras para mais ninguém além de mim.

— Ele disse isso.

— Então você ouviu isso de nós dois.

— A senhora já encontrou com ele? Com o sr. van Texel?

— Não, nunca. Agora, Malcolm, se terminou o seu chá, vou pedir pra você ir embora. Preciso sair hoje à noite. Muito obrigada pelo aviso. Vou levar a sério.

— Obrigado pelo chá. Venho no sábado, como sempre.

Hannah se perguntou se Malcolm teria contado aos pais sobre o homem e seu daemon diante do convento. Era o tipo de coisa que preocuparia uma criança sensível, e ela viu que ele estava muito perturbado. Queria saber mais, principalmente sobre o gípcio que conhecia a Rua Oakley. Seria ele próprio um agente? Não era uma hipótese a se descartar.

Seu compromisso daquela noite era misterioso. O problema era que ela não sabia aonde iria. Quando encontrara o professor Papadimitriou uns dias antes, ele lhe explicara como contatá-lo, mas que "se eu quiser contatar você", dissera ele, "você vai ficar sabendo".

Naquela manhã ela recebeu um cartão. Um cartão branco e simples dentro de um envelope também branco, e tudo o que dizia era "Venha jantar esta noite. George Papadimitriou".

Não era exatamente um convite; estava mais para uma ordem. Ela supunha que o jantar seria na faculdade onde ele lecionava e cujo porteiro, segundo ele, era um fofoqueiro, embora, claro, houvesse mais de um porteiro na Jordan; mesmo assim, era intrigante.

Mas, quando estava escolhendo entre seus não muitos vestidos e decidindo que devia passar a impressão de ser séria e discreta, ouviu um barulho da caixa de correio. Seu daemon olhou do patamar para baixo.

— Outro envelope branco — ele informou.

Tudo o que dizia o cartão dentro dele era: "Rua Staverton, 28. 19h".

— Fácil, Jesper — disse ela.

Às 19h01, depois de uma caminhada no frio seco, ela tocou a campainha de uma mansão grande, de aspecto confortável, em uma das ruas um pouco ao norte de Jericó. Havia um jardim frondoso, cerrado de arbustos e árvores, que obstruía a visão da rua. Ela se questionou se aquela era a casa de Papadimitriou: seria interessante ver como aquela figura enigmática vivia. E quem mais estaria ali?

— Não é um convite *social* — murmurou seu daemon. — São negócios.

Quem abriu a porta foi uma mulher simpática, de uns quarenta anos, que parecia norte-africana.

— Dra. Relf, que bom que veio! Meu nome é Yasmin Al-Kaisy. Está frio demais, não acha? Deixe seu casaco aqui na cadeira... Entre.

Havia três homens na sala aquecida. O professor Papadimitriou era um deles, e parecia estar no comando, mas isso ele parecia sempre. Era uma sala grande, de teto baixo, com abajures de nafta nas mesinhas e duas ou três luzes ambáricas comuns ao lado das poltronas. Muitos quadros ornavam as paredes: desenhos, gravuras, uma ou duas aquarelas, todos de alta qualidade, na opinião de Hannah. A mobília não era antiga nem moderna, e parecia extremamente confortável.

Na luz cálida, Papadimitriou avançou para cumprimentar Hannah.

— Permita que, em primeiro lugar, eu apresente nossos anfitriões: dr. Adnan Al-Kaisy e a sra. Yasmin Al-Kaisy — ele falou.

Hannah sorriu para a mulher que tinha aberto a porta, agora parada junto à mesa de drinques, e apertou a mão do homem. Ele era alto, magro, moreno, com olhos brilhantes e um bigode preto curto; seu daemon era algum tipo de raposa do deserto.

— Este é lorde Nugent — continuou Papadimitriou. — E esta é nossa convidada, a dra. Hannah Relf.

Hannah nunca tinha visto nenhum deles antes, mas Malcolm teria reconhecido os três, pois eram os homens que haviam estado na Truta e perguntado sobre o convento.

— O que vai beber, dra. Relf? — perguntou Al-Kaisy.

— Vinho, por favor. Vinho branco.

— Vamos jantar logo — sugeriu Papadimitriou. — Não quero perder tempo nenhum. Para os nossos propósitos desta noite, Hannah, isto é a Rua Oakley. Lorde Nugent é o diretor, e Adnan o vice. Todo mundo aqui faz parte da Rua Oakley e conhece você. O que temos que fazer é explicar uma situação complicada e depois pedir que você faça uma coisa.

— Entendo — afirmou ela. — Então, ouvirei com grande interesse.

— Vamos para a mesa? — perguntou o dr. Al-Kaisy. — Assim podemos conversar sem nos interromper para mudar de lugar.

— Muito boa ideia — disse Papadimitriou.

— Por aqui — falou a sra. Al-Kaisy, conduzindo-os a uma sala de jantar menor. A mesa estava servida com frios e saladas, de forma que ninguém precisaria buscar e trazer comida da cozinha. — Sei que é uma noite fria — continuou a sra. Al-Kaisy —, mas assim é mais rápido, e alguns de nós precisam pegar o trem. Por favor, sirvam-se.

— Como somos a Rua Oakley — disse Papadimitriou —, sugiro que lorde Nugent fale primeiro. Hannah, você com certeza sabe que ele foi lorde chanceler.

— Mas aqui eu sou o diretor da Rua Oakley — afirmou lorde Nugent. Ele era alto, muito magro, com a voz grave. Seu daemon-lêmure se esticou em uma cadeira vazia ao seu lado enquanto ele continuava: — Dra. Relf, estamos contando com suas leituras do aletiômetro já há dois anos. Somos gratos. A senhora deve saber que há outros aletiometristas trabalhando para nós.

— Bom, não, não sabia disso — respondeu Hannah. — Eu sei muito pouco.

— Os leitores de Uppsala e de Bolonha também estão fornecendo seus conselhos especializados. O instrumento de Genebra está nas mãos do Magisterium, e a equipe de Paris é simpática à causa deles. O aletiômetro de Oxford é o único outro de que temos notícia.

— Já que somos agora a Rua Oakley — disse Hannah —, gostaria de perguntar o seguinte: existe outro agente da Rua Oakley entre os leitores de Oxford?

— Não, não existe. Os outros leitores de Oxford são catedráticos honestos, com sólidas razões acadêmicas para usarem o instrumento.

— A menos que um deles seja agente do Magisterium — complementou Yasmin Al-Kaisy.

Ela não sorriu, mas lorde Nugent sim.

— A menos que seja isso, claro — ele concordou. — Até o momento, as coisas têm mantido certo equilíbrio. Mas, na semana passada, a leitora de Bolonha foi assassinada, e roubaram seu aletiômetro. Só podemos presumir que ele logo estaria a caminho de Genebra.

— *Estaria* a caminho?

— Um dos nossos agentes, muito alerta, conseguiu lidar com o assassino e capturar o instrumento. Está naquela caixa, embaixo do abajur.

Hannah se virou para olhar. Em uma mesa lateral, debaixo de um abajur de nafta, havia uma surrada caixa de madeira, sem dúvida do tamanho certo para conter o instrumento que ela conhecia. Sentiu vontade de se levantar imediatamente e examinar aquele ali, e Papadimitriou percebeu.

— Pode ver o instrumento depois do jantar — disse ele. — No nosso entender não foi danificado depois dessas aventuras, mas a senhora vai poder nos dizer com certeza.

Ela ficou sem ar. Em vez de confiar na própria voz, tomou um gole de vinho e olhou de volta para lorde Nugent.

— O que nós gostaríamos, dra. Relf — ele retomou —, é que concorde com uma proposta. Terá um custo, então a senhora precisará pensar a respeito. E evidentemente responderemos qualquer dúvida que tenha. É o seguinte: ficaríamos muito contentes se deixasse de lado seu trabalho acadêmico e lesse o aletiômetro para nós com exclusividade. Poderia usar este instrumento. Ele ficaria sob seus cuidados. Claro, ninguém mais pode saber. Deve nos contar quais problemas isso acarretaria para a senhora e, evidentemente, a decisão é inteiramente sua, mas primeiro vou pedir a Adnan que diga uma palavra sobre os antecedentes e por que isso é importante.

— Antes que faça isso, dr. Al-Kaisy — disse Hannah —, gostaria de fazer uma pergunta. Talvez já fosse responder, mas em todo caso, aqui vai. Lorde Nugent acabou de se referir ao Magisterium de um modo que deixou claro que se trata de um inimigo, e eu sei que o Tribunal Consistorial de Disciplina tem sido responsável por várias... humm... atividades inamistosas, como matar o pobre homem que era o meu insulano. E existe uma repulsiva organização chamada Liga de Santo Alexander, que vem envenenando as relações entre crianças e seus professores em várias escolas. Acredito que todos esses fatos estejam conectados, e fico satisfeita em combatê-los. Mas quem somos *nós*? Rua Oakley é parte de quê? Qual é a causa que venho apoiando com meu trabalho para a Rua Oakley? Parece inevitavelmente ingênuo e estúpido quando eu falo nesses termos, mas venho trabalhando... venho trabalhando às cegas pelos últimos anos. Eu *presumi* que estava do lado certo. Como alguém pode ser tão ignorante? Bom, eu pude. Achei bem fácil. Espero ter deixado tudo claro, dr. Al-Kaisy. Mas talvez o senhor fosse fazer isso de qualquer modo.

— Eu esperava que sim — respondeu ele —, mas agora terei que tomar um cuidado extra. — Seu daemon, a raposa do deserto, mudou para o outro lado da cadeira, de onde poderia olhar para Hannah, e se acomodou. — Rua Oakley é uma agência secreta do governo. Fomos criados com o propósito expresso de frustrar o trabalho das agências que a senhora mencionou, além de diversas outras. Começamos as atividades em 1933, pouco antes da Guerra Suíça, quando parecia provável que a Britânia fosse derrotada pelas forças armadas do Magisterium. No fim das contas, não participamos do conflito, e parte do crédito por nossa sobrevivência pertence ao Departamento de Inquérito Especial, que mais tarde passou a ser conhecido informalmente como Rua Oakley. Seu propósito é, em primeiro lugar, defender a democracia deste país. Depois, defender os princípios de liberdade de pensamento e expressão. Devo dizer que temos sorte com nossa monarquia. O rei Richard foi um forte apoiador de nossas atividades; o diretor da Rua Oakley é sempre um conselheiro pessoal, e o velho rei tem um interesse apaixonado no que fazemos e por que fazemos. O rei Michael parecia ter muito menos... Mas o atual rei parece manter os mesmos interesses do avô e tem sido muito útil de maneiras que não foram dadas a público.

— O que o Parlamento sabe sobre a Rua Oakley?

— Muito pouco. Nossas atividades são custeadas, não muito bem, pelo fundo geral de defesa, por meio do Gabinete. Existe um grupo de membros do Parlamento, deputados do governo, que é apaixonadamente a favor do Magisterium, e tenho certeza de que a senhora sabe o nome de alguns deles. Eles desconfiam que exista algo como a Rua Oakley e adorariam expor tal fato e nos destruir, pôr um ponto final em tudo o que fazemos. Trata-se de um paradoxo profundo e incômodo, que não deve ter escapado à sua atenção: só podemos defender a democracia sendo não democráticos. Todo serviço secreto enfrenta esse paradoxo. Alguns mais à vontade com isso do que outros.

— É — concordou Hannah. — É um paradoxo. E é incômodo. Voltando por um momento ao instrumento de Bolonha: posso presumir que ele de fato pertença à Universidade de Bolonha?

— Pertencia — respondeu lorde Nugent.

— Decerto ainda pertence? Legalmente? Moralmente?

— Eu diria que, assim como o paradoxo democrático citado por Adnan, este é outro problema ético. O conselho administrativo da universidade está agora nas mãos de uma facção pró-Genebra. Nossa leitora estava trabalhando para nós em segredo, assim como a senhora, e desconfiamos que ela tenha sido descoberta e morta por ordem dessa mesma facção. Descobriram o que ela estava fazendo, e a assassinaram por causa disso. Se nosso agente não tivesse conseguido interferir de imediato, esse instrumento estaria agora em Genebra, ajudando nossos inimigos — explicou lorde Nugent.

— Minha nossa — disse Hannah. Ela tomou um gole de vinho e olhou claramente os outros quatro: Nugent, esguio e misterioso; Yasmin Al-Kaisy, elegante e ao mesmo tempo calorosamente interessada; o simpático Adnan Al-Kaisy, com seus olhos escuros; e Papadimitriou, impassível, curioso, ardente.

— Então, no momento, o instrumento de Bolonha conta como espólio de guerra — continuou o dr. Al-Kaisy, depois de uma pausa.

— E *é* uma guerra? Estamos em guerra? — Hannah perguntou. — Uma guerra secreta?

— Estamos, sim — confirmou Nugent. — E estamos convidando você a assumir um papel de maior destaque. Temos plena consciência de todas as implicações...

— Implicações...

— Sobre segurança e coisas assim. Afinal, a última pessoa a fazer o que gostaríamos que a senhora agora faça foi assassinada. Claro, percebemos isso tão claramente como a senhora. A posição dela era consideravelmente mais exposta do que a sua será, no entanto. Ela se encontrava no que era efetivamente uma fortaleza inimiga. Podemos garantir que seja protegida.

— E precisam de mim para fazer isso... em dedicação exclusiva?

— Relembre aos meus colegas o que a senhora faz no momento — pediu Papadimitriou.

A sra. Al-Kaisy estava servindo a cada um deles uma tigela de vidro com um perfumado sorvete.

— Obrigada — agradeceu Hannah. — Isto parece delicioso. Bem, eu faço duas coisas. No pouco tempo que tenho com o aletiômetro da Bodleiana, deveria estar trabalhando, assim como outros membros do grupo, em um dos âmbitos simbólicos do instrumento. Meu símbolo particular é a ampulheta. Somos doze no grupo, cada um de nós pega um dos trinta e seis símbolos para estudar e nos reunimos regularmente para comparar anotações, manter contato etc. Tenho cinco horas semanais com o instrumento.

"Isso é o que faço na superfície, por assim dizer. Oficialmente. Mas, como sabem, trabalho também para a Rua Oakley. Quando eles... digo, os senhores... me mandam uma pergunta específica para responder, trabalho usando o tempo das minhas cinco horas. Mas, se eu não fizer nenhum avanço em minha pesquisa oficial, específica, serei convidada a deixar o grupo e permitir que outra pessoa fique com meu tempo de aletiômetro. No momento, eu sou uma das mais lentas, por causa do serviço que presto para os senhores. E isso é... é irritante."

— Posso imaginar — disse Al-Kaisy. — Mas, nesse caso, digo, se é tida como lenta, não será surpresa se, vamos supor, você voluntariamente desistir de suas cinco horas com o aletiômetro da Bodleiana...

— ...E disser que estava difícil demais, o senhor sugere, e desistir da minha pesquisa? — Hannah largou a colher do lado da tigela. — Bom, não, seria *possível*. E a humilhação... bom, sem dúvida eu dou conta dela. Mas eu tenho uma *carreira*...

Ela pegou a colher de novo, mas a largou outra vez. Olhou para Papadimitriou.

— Professor, *o senhor* sabe o que isso significa! — ela disse. Jesper, expressando sua indignação, se arrepiou inteiro. — Está me pedindo para fazer uma coisa que levou à morte a última pessoa que lidou com isso. Ao mesmo tempo, gostaria que eu sabotasse minha carreira parecendo desistir de uma pesquisa porque é difícil demais para mim. É... Bom, as duas coisas juntas... São impertinentes, não acham?

Papadimitriou empurrou seu sorvete, intacto, para o lado.

— É, tem razão — ele concordou. — A guerra exige que muita gente faça coisas pouco pertinentes. Não se iluda, nós *estamos* em guerra. Hannah, ninguém mais pode fazer isso. Conheço todo o grupo do aletiômetro de Oxford. Francamente, bem, secretamente, venho acompanhando os relatórios do grupo. Seus colegas são zelosos, bem informados, habilidosos, mas a única que trabalha com o grau de verdadeiro insight dos símbolos é você. Pode ser a mais lenta; mas é de longe a melhor. Não se preocupe com sua carreira.

Claro, Hanna imediatamente ficou envergonhada. Não conseguia pensar em nada para dizer. Comeu uma colherada de sorvete.

— Quanto ao perigo — disse lorde Nugent —, não vou negar. Se descobrirem o que você está fazendo, principalmente que está com o instrumento de Bolonha, vai correr certo risco. Vou providenciar para que alguém esteja vigilante. Estávamos vigiando a leitora de Bolonha, razão pela qual pudemos solucionar a questão tão depressa quando... Quando já era tarde demais, claro. Mas lá nós fomos negligentes. Não seremos mais. Você não vai notar a proteção, mas estará lá.

— E pode ter certeza — complementou o dr. Al-Kaisy — de que estará dando uma grande contribuição para o progresso desta guerra, esta guerra secreta. A senhora sabe quem é o inimigo, então sabe o que estamos combatendo. Pense no que está em jogo. O direito de falar e pensar com liberdade, de realizar pesquisas sobre qualquer assunto sob a luz do sol, tudo seria destruído. Vale a pena lutar por isso, não acha?

— Claro que sim — respondeu Hannah, com ardor. — Não precisa me convencer de uma coisa tão óbvia. No que mais eu acreditaria? *Claro* que acredito nisso! — Ela empurrou seu sorvete.

— Nós sabemos muito bem — Nugent falou. — E, evidentemente, a posição em que colocamos você é profundamente incômoda. Por que não terminamos nossa deliciosa sobremesa e em seguida você analisa o instrumento de Bolonha? Estou muito interessado em saber o que acha dele.

— Quantos aletiômetros existem? — perguntou Yasmin Al-Kaisy. — Acho que eu devia saber, mas não sei.

Papadimitriou falou por Hannah, que pegou de volta seu sorvete e comeu uma colherada.

— Cinco, pelo que sabemos. Há rumores de um sexto, mas...

— Por que não podemos construir outro?

— Hannah pode nos explicar melhor, mas acho que o problema é a liga metálica com a qual são feitos os ponteiros; mas o instrumento em si é apenas uma parte da questão. Cada um forma uma unidade com seu leitor. Quando se trata do funcionamento, nenhum é completo sem o outro.

— Que é exatamente um dos mistérios que precisamos resolver — completou o dr. Al-Kaisy.

Lorde Nugent deixou a mesa e logo depois voltou trazendo para Hannah a pequena caixa com cantos desgastados. Parecia ser feita de pau-rosa; uma figura pintada na tampa era identificável apenas como um brasão de armas.

Ela ergueu a tampa e olhou o aletiômetro atentamente antes de tirá-lo de seu ninho de veludo marrom e colocá-lo em cima da toalha branca da mesa. Era mais profundo que o instrumento da Bodleiana, mas a carcaça dourada estava igualmente gasta pelo manuseio e brilhava à luz das lâmpadas com a mesma intensidade e ardor. Os trinta e seis símbolos dispostos em seus lugares em torno do mostrador eram pintados com maior simplicidade, apenas em esmalte branco e preto, sem as cores brilhantes sobre o marfim, como era o da Bodleiana; pareciam menos decorativos e mais essenciais. Por trás dos ponteiros e da agulha, uma gravura do sol com resplendores ocupava o centro do mostrador.

Hannah sentiu as mãos deslizando por ele como se acariciasse o rosto de um amante. O aletiômetro da Bodleiana era bonito, ornado, e sua sensação com ele era de grande respeito, até mesmo assombro. Este era artesanal, mas combinava com ela de alguma forma impossível de expressar. O instrumento recebeu as mãos dela como se tivessem sido as únicas mãos que, ao longo de séculos, desgastaram a carcaça dourada e abrandaram os dentes das engrenagens. Assim que ela o sentiu, quis ficar sozinha com ele, quis passar horas e dias em sua companhia, quis nunca estar mais longe do que a distância de um braço.

Ela deixou a mente entrar no estado de atenção relaxada em que conseguia sentir as primeiras dez ou doze camadas de significado debaixo de cada símbolo. Depois virou o primeiro pino para o bebê, cuja uma das funções era representar o inquiridor. O segundo ela virou para a colmeia, neste caso representando trabalho produtivo. O terceiro foi direcionado para a maçã, travando seu significado em sua mente no nível que representava uma pergunta geral de qualquer tipo. Com os livros, poderia fazer a pergunta com mais precisão, mas agora isto ia ter de servir: devia aceitar o desafio ou não?

Imediatamente a agulha começou a girar e girar, e Hannah contou seis voltas até ela parar com firmeza na marionete. O sexto nível do âmbito da marionete, em uma leitura simples como aquela, significava uma afirmação: sim, devia.

Ela ergueu os olhos, respirou fundo e piscou ao sair de seu ligeiro transe. Todos os olhos a observavam.

— Sim, vou aceitar — afirmou.

Não havia como esconder o alívio e o prazer que surgiram no rosto de todos. Até Papadimitriou sorriu, como um menino pequeno que ganhou um presente. O que ela não contou foi que suas mãos, ao tocarem no instrumento, sentiram-se instantaneamente em casa e funcionando de um jeito que nunca tinha ocorrido com o aletiômetro de Oxford.

E, quase no mesmo instante, ela viu o problema.

— Só que… — começou.

— O quê? — perguntou Papadimitriou.

— Só posso fazer o que faço com o aletiômetro da Bodleiana porque a biblioteca tem todos os livros para lidar com as camadas mais profundas dos âmbitos simbólicos. De memória, posso trabalhar mais ou menos até a profundidade de doze camadas, não muito mais que isso. Se vou deixar o grupo, perco o acesso aos livros, e sem os livros não sirvo para os senhores.

Os outros olharam para Papadimitriou. De algum lugar, vinha um aroma de café.

Papadimitriou disse:

— Aparentemente, isso representa mesmo um problema. Mas livros são mais fáceis de copiar do que aletiômetros. Vou me encarregar pessoalmente de conseguir tantos quantos precisar.

— Se vier à tona que você está no mercado em busca desses livros — disse Yasmin Al-Kaisy —, as pessoas vão juntar dois e dois. Um aletiômetro desaparecido aqui, um catedrático procurando com empenho adquirir certos livros ali…

— Não será um *aqui* — corrigiu Papadimitriou. — Serão vários *alis* diferentes. Não se preocupe.

— Podemos espalhar papéis verdes — sugeriu Nugent, aceitando uma xícara de café da sra. Al-Kaisy.

— Papel verde?

— Significa boato. No começo da Rua Oakley, planos como esses eram sempre esboçados em um papel verde. Ainda usamos o termo. Podemos dar a entender que encontramos o instrumento desaparecido. Ou que conseguimos criar outro, ou vários. Papel verde às vezes é muito útil.

— Sei, entendo — disse Hannah. — Posso ser prática outra vez?

— Por favor.

— Vou precisar de um rendimento. Se eu voltar a dar aulas, o que evidentemente posso fazer, vai sobrar pouco tempo para trabalhar para a Rua Oakley.

— Deixe isso comigo — respondeu lorde Nugent. — Um tio que você não conhecia muito bem, uma herança, algo assim. Não temos muito dinheiro, mas podemos impedir que você passe fome.

— Espero que sim — comentou Hannah.

Ela se deu conta de que suas mãos não tinham largado o aletiômetro desde que o tocaram pela primeira vez. Constrangida, ela o soltou e tomou seu café.

— Providências práticas — disse Yasmin Al-Kaisy. — Mais providências práticas. Você tem um cofre em casa?

— Não — ela falou, e não conseguiu conter um ligeiro riso na voz. — Não tenho nada valioso.

— Agora tem. Vamos providenciar um novo aparelho doméstico... um aquecedor central a gás, algo assim, a ser entregue e instalado dentro de dois ou três dias. Não vai ser um aquecedor, vai ser um cofre. Por favor, mantenha o aletiômetro dentro dele quando não estiver usando.

— Claro. — Ela pensou: *melhor que seja no andar de cima, no caso de uma inundação.* Isso a fez lembrar do alerta de Malcolm, e ela complementou: — Lorde Nugent, existe um agente da Rua Oakley chamado Coram van Texel?

— Não — ele disse.

Ela pensou: *Interessante. Um deles deve estar mentindo, e eu acho que é Nugent. De qualquer forma, posso perguntar para o aletiômetro.*

— Ou um homem chamado Gerard Bonneville? Ele tem alguma coisa a ver com esta atividade? — ela insistiu.

— Bonneville, o físico?

— Ele era físico? Eu não sabia. Ele tem um daemon-hiena com uma pata a menos.

— Era um importante pesquisador do assunto Rusakov. Pó, esse tipo de coisa. Depois perdeu o rumo e foi preso por um crime sexual, acho. Como ficou sabendo dele?

— Parece que ele está em Oxford. Ele esteve na estalagem do pai de Malcolm. Malcolm falou sobre ele outro dia. Mais uma coisa: como vamos entrar em contato uns com os outros? Do mesmo jeito que antes?

— Não — respondeu Papadimitriou. — Você e eu vamos ter que fazer alguma combinação para nos encontrarmos regularmente. Em sua nova posição de catedrática independente, digamos, vai pedir meu conselho sobre um livro que pretende escrever. Nos encontramos para discutir sua pesquisa. Algo assim. O que vai fazer esta sexta-feira à tarde?

— Eu estaria trabalhando em casa.

— Vá para a Jordan às três horas.

— Certo.

— E eu me pergunto se poderia começar um serviço imediatamente — disse Nugent.

— Acredito que sim — disse ela. — Agora que eu tenho isto aqui.

— É sobre a criança no convento. Por alguma razão que não entendemos, ela é muito importante para o outro lado. Pode fazer perguntas gerais ou precisa ser uma pergunta particular muito focada?

— As duas coisas, mas, quanto mais focada, mais tempo leva.

— Faça uma pergunta geral então. Precisamos desesperadamente saber por que a criança é importante. Se conseguir formular uma pergunta que dê uma resposta a isso, seria muito útil.

— Farei o melhor possível.

— Mais uma coisa — Nugent continuou. — Seu jovem amigo, o menino da estalagem... Matthew, não?

— Malcolm Polstead.

— Malcolm. Não vamos colocar o menino em perigo, mas ele pode ser valioso de muitas maneiras. Mantenha contato com ele. Fale apenas o que achar que ele manterá em segredo. Descubra tudo o que puder.

Algo havia acontecido. O clima da sala mudara, bem de repente. Havia um ar de... ela não conseguia entender... alguma coisa lhe dizia que os outros sabiam de algo que ela não sabia e não queriam olhar para ela. Não podiam ser as palavras de lorde Nugent, que eram inócuas; ou ela estava deixando escapar alguma coisa?

O momento passou. As pessoas se levantaram, pegaram seus casacos, despediram-se e pronunciaram agradecimentos. Hannah guardou o aletiômetro em sua caixa de pau-rosa dentro de uma sacola de compras de algodão e foi para casa.

— Jesper, o que aconteceu? — ela perguntou assim que viraram na rua Woodstock.

— Eles sabiam que lorde Nugent estava insinuando alguma coisa por trás do que realmente falou, e eles não gostaram.

— Bom, até aí eu também cheguei. Mas eu queria saber o que foi.

14. DAMA COM MACACO

No dia seguinte, Malcolm encontrou as freiras ocupadas, preparando a Festa de Santa Escolástica. Não era de fato uma *festa*, como a irmã Fenella já havia explicado a um decepcionado Malcolm em ocasiões anteriores: era um dia de celebração. Isso mais significava longos rituais no oratório do que mesas bem cheias no refeitório.

No entanto, claro que ninguém esperava que Lyra cantasse e rezasse com as irmãs, e era igualmente evidente que ela não podia ser deixada sozinha enquanto os hinos, salmos e preces subiam para o infinito. Por isso, a irmã Fenella estava dispensada do dever de louvar a santa morta, tendo sido incumbida de cuidar da bebê enquanto preparava a janta.

Malcolm entrou na cozinha no momento em que a velha senhora estava pondo o guisado de carneiro no forno. Pantalaimon, o daemon da bebê, deu um chilreado agudo, e Malcolm chegou mais perto para Asta poder se empoleirar na beira do berço e se transformar em todas as aves que conhecia, uma depois da outra, fazendo Lyra e seu daemon morrerem de rir, como se fosse a coisa mais engraçada do mundo.

— Não vemos você há um ou dois dias, Malcolm — observou irmã Fenella. — O que anda fazendo?

— Um monte de coisas. Irmã Fenella, será que a irmã Benedicta pode falar comigo depois da reza?

— Não por muito tempo, meu bem. Hoje é um dia movimentado. Posso falar para ela alguma coisa em seu nome?

— Bom... Tenho que dar um alerta pra ela, mas posso alertar a senhora também, porque é pra todas.

— Ah, nossa. Alerta para nós sobre o quê?

Ela sentou no banquinho e puxou para si o repolho mais próximo em cima da mesa. Malcolm observou suas mãos e a velha faca a picar sem pressa, separando as folhas externas e o miolo para o caldo, depois pegando outro repolho.

— A senhora sabe que o rio anda alto, né? — ele perguntou. — Bom, todo mundo acha que vai baixar agora que parou de chover, mas a chuva vai voltar e o rio vai subir e inundar mais do que em muitos anos.

— É mesmo?

— É. Um gípcio que me contou. E eles conhecem o rio, os gípcios, conhecem todas as águas da Inglaterra. Eu só queria garantir que a irmã Benedicta soubesse pra poder deixar tudo em segurança, principalmente a Lyra. Porque o convento está na parte baixa desta margem. Falei com o meu pai, e ele disse que as senhoras podem ir todas ficar na Truta, só que é provável que o lugar não seja muito sagrado.

Ela riu e bateu as velhas mãos vermelhas.

— Contei pra outras pessoas — Malcolm continuou —, mas acho que ninguém acreditou. Queria que tivesse uns barcos aqui. Se pudessem flutuar, a enchente não seria um problema, mas...

— Nós seríamos todas levadas embora — completou a irmã Fenella. — Mas não se preocupe. Tivemos uma grande inundação em... ah, cinquenta anos atrás... eu era noviça. O pomar inteiro ficou debaixo d'água, inundado, e o andar térreo tinha quase dez centímetros de água. Eu achei aquilo maravilhosamente emocionante, mas as freiras mais velhas ficaram aflitas, então eu não falei nada. Claro que naquela época eu não tinha responsabilidades. Mas a água logo baixou. Então eu não ficaria muito preocupada, Malcolm. Muita coisa já aconteceu antes, e nós continuamos aqui, pela graça de Deus.

— Tinha mais uma coisa que eu queria falar com a irmã Benedicta — disse Malcolm. — Mas quem sabe não é melhorar esperar até amanhã. O sr. Taphouse está aqui hoje?

— Não vi. E não ouvi também.

— Ah... Eu ia falar uma coisa com ele também. Talvez eu pudesse ir na casa dele, mas não sei onde ele mora.

— Eu também não.

— Então, vou ver só a irmã Benedicta mesmo. Quando termina a reza?

A longa oração terminou em vinte minutos, o que deixou as freiras com uma hora para recreação e exercícios, ou para fazer o trabalho no jardim, ou os bordados antes de sentar para comer. Malcolm resolveu passar o tempo ensinando Lyra a falar.

— Então, Lyra, veja, eu sou o Malcolm. É fácil de falar. Vamos lá, tente. Malcolm.

Ela olhou solenemente para ele. Pantalaimon se transformou em uma toupeira, se enfiou debaixo dos cobertores de Lyra, fazendo Asta rir.

— Não, não dê risada — disse Malcolm. — Tente, Lyra. Mal-colm.

Ela franziu a testa e babou.

— Bom, você vai acabar pegando o jeito — ele disse, enxugando sua face com um pano de pratos. — Experimente falar Asta, vamos. As-ta.

Ela olhou para ele com cautela e não disse absolutamente nada.

— Bom, mas ela está muito adiantada pra idade dela — ele observou. — Muito inteligente o daemon dela ser uma toupeira. Como eles sabem o que é uma toupeira?

— É um mistério — respondeu a velha freira. — Só o bom Deus sabe a resposta para isso, mas não é surpresa nenhuma, porque afinal de contas ele criou tudo.

— Eu me lembro de ter sido toupeira — disse Geraint, o velho daemon dela, que normalmente não falava nada, só olhava tudo com a cabeça de lado. — Quando eu tinha medo, virava uma toupeira.

— Como você *sabia* como era uma toupeira? — Malcolm perguntou.

— Você simplesmente se sente uma toupeira — disse Asta.

— Hum — disse Malcolm. — Olha, ele está saindo!

A cabeça de Pan, não mais uma toupeira, mas agora um coelho, emergiu dos cobertores, prudentemente ainda muito próximo de Lyra, mas bastante curioso.

— Vou te dizer uma coisa, Lyra — disse Malcolm —, você pode ensinar o Pan a dizer Malcolm.

A bebê e o daemon conversaram com atenção. Então Asta se transformou em macaco, plantou bananeira e ambos deram risada.

— É, mesmo sem saber falar, você sabe rir — considerou Malcolm. — Acho que vai aprender logo. E irmã Fenella? Consegue falar isso? Ir-mã Fe-nel-la?

A menininha virou a cabeça para a irmã Fenella e abriu um amplo sorriso feliz, seu daemon se transformou em um tordo e chilreou com prazer.

— Ela é inteligente mesmo — observou Malcolm. Estava muito admirado.

Nesse momento, ele ouviu conversas no corredor, e a porta da cozinha se abriu para a irmã Benedicta entrar.

— Ah! Malcolm! Eu queria falar com você. Que bom que está aqui. Tudo bem, irmã?

Ela queria dizer *tudo bem com Lyra?*, mas não ouviu de fato a resposta. Outra freira, a irmã Katarina, ia ficar de olho na bebê enquanto a irmã Fenella fazia suas orações em particular no oratório — ou foi o que Malcolm concluiu. A irmã Katarina era jovem e bonita, com grandes olhos escuros, mas estava nervosa e deixava Lyra nervosa também. A bebê só ficava realmente feliz com a irmã Fenella.

— Venha comigo, Malcolm — a irmã Benedicta chamou. — Uma conversa rápida.

Não parecia que ele estivesse encrencado. Não era esse tipo de chamado.

— Eu também queria falar uma coisa com a senhora, irmã — ele anunciou quando ela fechou a porta ao entrarem.

— Daqui um minuto. Sabe o homem de quem você me falou? O com o daemon de três patas?

— Eu vi ele na outra noite — disse Malcolm. — Eu estava procurando alguma coisa nos quartos de cima da minha casa e...

Ele descreveu o que tinha visto. Ela ouviu atenta, de testa franzida.

— Uma veneziana quebrada? Não, não estava quebrada. Alguém esqueceu de fechar. Mas não importa. Eu vi o que ele fez com o daemon dele: esse homem é evidentemente um doente mental, Malcolm. O que eu queria dizer para você era para ficar longe dele. Se cruzar com ele em algum lugar, vá na direção oposta. Não converse com ele. Sei como você é simpático com todo mundo, e isso é uma virtude, mas tem que ter juízo também, o que é outra virtude. Esse homem não é capaz de ter juízo, coitado, e as obsessões dele podem prejudicar outras pessoas, assim como prejudicaram o daemon dele. Agora, o que você queria me dizer? Era sobre ele?

— Uma parte. A outra parte é que vai ter uma enchente. Um gípcio me contou.

— Ah, bobagem! O tempo mudou. A primavera vai chegar antes que a gente perceba. Graças ao bom Deus aquela chuva toda acabou agora.

— Mas ele explicou...

— Uma porção de coisas que os gípcios dizem é superstição, Malcolm. Escute educadamente, porém, mais uma vez: use seu juízo. Todas as previsões do Departamento de Meteorologia dizem a mesma coisa: a chuva pesada passou e não há perigo de inundação.

— Mas os gípcios *conhecem* os rios e o tempo...

— Muito obrigada por trazer o alerta dele. Mas acho que vamos ficar em segurança. Agora, mais alguma coisa?

— O sr. Taphouse está bem?

— Está um pouco indisposto. Agora que as venezianas estão colocadas, falei para ele descansar uns dias. Agora vá, Malcolm. Lembre o que eu disse sobre aquele homem.

Era muito difícil discutir com ela. Não que ele quisesse discutir; o que ele queria era tentar alertar, como o sr. van Texel havia pedido que fizesse.

Naquela noite, Malcolm teve outro sonho com cachorros selvagens. Ou talvez fosse o mesmo sonho: uma matilha de cachorros selvagens, todos os tipos de cachorros, correndo a uma velocidade furiosa, dessa vez por uma planície nua, caçando para matar alguma coisa que ele não conseguia ver. E ele estava adorando. Era assustador e excitante ao mesmo tempo. Acordou suando e ofegante, abraçado com força a Asta que, claro, tinha sonhado a mesma coisa. Ainda estava pensando nisso quando, muito mais tarde, se levantaram para ir à escola.

Como não teve sucesso alertando as freiras sobre a inundação, Malcolm tentou com os professores. Obteve a mesma resposta. Era bobagem, superstição, os gípcios não sabiam de nada; ou estavam aprontando alguma coisa, ou querendo apenas conquistar confiança.

— Não sei, não — Malcolm disse a Robbie, Eric e Tom no pátio. — Tem gente que simplesmente *não quer* ser avisada.

— Bom, é que não parece provável, essa enchente — refletiu Robbie.

— O rio ainda está alto — afirmou Tom, que era um fiel seguidor de qualquer coisa que Malcolm dissesse. — Não ia precisar muito mais chuva pra…

— Meu pai diz que não se pode acreditar em nada que os gípcios falam — anunciou Eric. — Eles estão sempre tramando alguma coisa em segredo.

— O quê? — perguntou Robbie.

— Eles têm planos secretos que ninguém conhece.

— Não diga besteira — disse Malcolm. — Que plano secreto pode ser esse?

— Não sei — respondeu Eric, se justificando. — Por isso que é secreto.

— Você parou de usar seu emblema da Liga — observou Robbie. — Aposto que tem algum plano secreto por trás disso.

Em resposta, Eric ergueu a mão lentamente para a lapela de seu blazer e a virou com o indicador e o polegar. Embaixo dela estava a pequena lamparina de esmalte da Liga de Santo Alexander.

— Por que está escondendo? — Malcolm perguntou.

— Quem chegou no nível dois usa desse jeito — respondeu Eric. — Tem alguns de nós na escola, mas não muitos.

— Se usar do lado de fora, as pessoas ao menos vão saber que você é da Liga — disse Robbie. — Mas escondido é desleal.

— Por quê? — Eric indagou, realmente perplexo.

— Porque, se você vê alguém usando o emblema, pode simplesmente não falar nada que possa te denunciar — explicou Malcolm. — Mas se as pessoas escondem, você pode ter problemas sem saber por quê.

— O que é esse segundo nível, afinal? — Robbie perguntou.

— Não posso contar.

— Mas aposto que vai contar — afirmou Malcolm. — Aposto que vai contar antes do fim da semana.

— Não vou — disse Eric.

— Vai, sim — Robbie e Tom falaram juntos.

Eric se afastou, ofendido.

A influência da Liga havia se estabilizado desde suas primeiras ações bem-sucedidas. O sr. Hawkins, o vice-diretor, que de imediato havia feito concessões à Liga, foi confirmado como sucessor do antigo diretor, que desaparecera. Eric disse que ele estava em um campo de treinamento especial, mas como sempre, não acreditaram totalmente nele, de forma que ninguém sabia ao certo. Alguns professores, que haviam protestado ou sido convidados a sair, retornaram, amuados ou punidos; outros desapareceram e foram substituídos. A autoridade real da escola era exercida pelo nunca realmente identificado, nunca realmente descrito, nunca realmente admitido grupo de alunos mais velhos, que eram os primeiros e mais influentes membros da Liga. Eles se reuniam com o sr. Hawkins todos os dias, e suas decisões ou ordens eram anunciadas na assembleia do dia seguinte. De alguma maneira, estava implícito que qualquer uma dessas proclamações era a palavra direta de Deus, portanto, desobedecê-la ou protestar era blasfêmia. Muitos alunos tiveram problemas antes de entenderem isso. Agora, porém, essa compreensão era generalizada.

Os alunos desse grupo semissecreto eram auxiliados e orientados por dois ou três adultos, que eram, especulava-se, governadores especiais. Eles nunca falavam na assembleia, nunca davam nenhuma aula, dificilmente dirigiam a palavra a algum aluno; patrulhavam os corredores tomando notas, eram tratados de forma especialmente obsequiosa pelos funcionários, mas nenhuma criança era informada de seus nomes ou sobre as funções que desempenhavam. Ficava subentendido.

Cerca de metade da escola havia se filiado à Liga; desses, alguns haviam abandonado; da outra metade, alguns cederam e se filiaram. Até então, a mulher que viera falar com eles a primeira vez nunca mais fora vista, e absolutamente nada era comentado nos jornais. Podia-se passar muito tempo na escola e nunca ouvir qualquer menção à Liga; mas, mesmo assim, sua existência era do conhecimento de todos. Era como se sempre tivesse existido, como se fosse estranho uma escola *não* estar impregnada por aquele miasma um pouco fascinante, um pouco assustador. As aulas continuavam normalmente, embora agora todas começassem com uma oração. Os quadros que ficavam nos corredores e classes, sobretudo reproduções de pinturas famosas ou de cenas históricas, tinham sido removidos e substituídos por pôsteres com citações bíblicas em cores bastante assustadoras. Poucos alunos eram abertamente maus, havia menos brigas no pátio, por exemplo, mas todo mundo parecia mais culpado.

*

No sábado, Malcolm levou *La Belle Sauvage* para sua primeira viagem extensa desde que o sr. van Texel a trouxera de volta. Era exatamente como o gípcio dissera: a pequena embarcação estava mais rija, mais controlável e muito mais deslizante do que jamais estivera. Malcolm estava deliciado; sentia-se capaz de remar por muitos quilômetros sem se cansar e atracar em qualquer lugar de forma mais ou menos invisível; em termos gerais, conseguia dominar a água de um jeito novo.

— Quando a gente precisar de um barco grande — ele disse a Asta, que estava em forma de martim-pescador, pousado na amurada a seu lado —, vamos naquele construtor de barcos gípcio e ele faz um pra nós.

— Como a gente encontra ele? E quanto vai custar?

— Não sei. Podemos perguntar pro sr. van Texel.

— E como a gente descobre onde ele está?

— Também não sei. Eu acho que ele é um espião — disse Malcolm, depois de um momento. — Quer dizer, Rua Oakley...

Asta não respondeu. Ela observava um peixinho. Agora, os dois deslizavam pelo canal, que estava alto, porém mais calmo que o rio. Malcolm percebeu a ansiedade que seu daemon sentia para cair na água e pegar aquele peixe. Silenciosamente ele a estimulou a ir; mas ela se conteve.

Amarraram a canoa no lugar de sempre, e um fabricante de velas prometeu ficar de olho nela. Logo estavam na rua Cranham.

— O que é aquilo? — Asta perguntou assim que dobraram a esquina.

Um grandioso veículo a gás estava estacionado na frente da casa da dra. Relf. Malcolm parou para olhar.

— Ela está com visita — disse Asta, agora uma gralha.

— Talvez seja melhor esperar.

— Não quer saber quem é?

— Mais ou menos. Mas não quero atrapalhar.

— Eles que estão atrapalhando a gente — argumentou Asta. — Ela está nos esperando. A gente sempre vem a essa hora.

— Não, eu estou achando...

Era a grandiosidade do veículo que o incomodava. Não combinava com o que ele conhecia sobre a dra. Relf. Mas Asta tinha razão: estavam sendo esperados, afinal.

— Bom, só precisamos ser educados e ficar de olhos abertos — ele disse. — Como espiões de verdade.

— Nós *somos* espiões de verdade — corrigiu Asta.

Havia um motorista descansando fora do carro, com um cachimbo curto na boca. Ele olhou os dois sem curiosidade quando Malcolm bateu na porta.

A dra. Relf abriu parecendo um pouco incomodada.

— Podemos voltar depois, se... — Malcolm começou a dizer, mas ela sacudiu a cabeça com firmeza.

— Não, Malcolm, pode entrar — disse ela.

— Mas tome cuidado — Jesper murmurou, em uma voz audível apenas a eles.

E a dra. Relf falou, mais alto:

— Minha visita já está indo embora.

Malcolm passou por cima dos sacos de areia e Asta se transformou em um tordo, depois voltou a ser uma gralha. Malcolm estava completamente conectado à incerteza dela, mas pensou *fique assim* quando ela estava com suas penas pretas. O menino assumiu uma expressão agradável, branda e neutra, que chegava perto de ser invisível.

E fez bem de agir assim. Na sala, a dra. Relf falou:

— Sra. Coulter, este é meu pupilo, Malcolm. Malcolm, cumprimente a sra. Coulter.

O nome da mulher atingiu Malcolm como um tiro. *Esta é a mãe de Lyra*. Era a mulher mais linda que ele já tinha visto: jovem, cabelos dourados, rosto doce. Estava vestida de seda cinza e usava um perfume que era o mais ligeiro toque de uma fragrância que expressava o calor e o sol do Sul. Ela sorriu para ele com tamanha simpatia que ele se lembrou daquele estranho momento com Gerard Bonneville. E aquela era a mulher que não queria saber da própria filha! Só que não era para ele saber disso, e nada o faria admitir que sabia alguma coisa sobre a bebê.

— Olá, Malcolm — disse ela, estendendo a mão para ele apertar. — E o que a dra. Relf está ensinando para você?

— A história das ideias — respondeu Malcolm, impassível.

— Você não poderia ter professora melhor.

O daemon dela era desconcertante. Um macaco de pelo longo e dourado que, se tinha alguma expressão em seus olhos pretos, era insondável. Estava sentado absolutamente imóvel no encosto da poltrona, e Asta, que por gentileza normalmente voaria até ele para dar bom-dia, se sentiu repelida, assustada, e continuou no ombro de Malcolm.

— A senhora também é catedrática, sra. Coulter? — Malcolm perguntou.

— Amadora apenas. Como você encontrou uma professora como a dra. Relf?

— Encontrei um livro que ela tinha perdido e devolvi. Agora, eu pego livros dela emprestados e a gente conversa sobre eles — explicou, naquela espécie de tom neutro e polido que usava com os clientes da Truta que não conhecia muito bem. Esperava que ela não perguntasse onde ele morava, no caso de saber onde estava Lyra e ligar os pontos. Mas não tinham dito que ela não se interessava pela filha? Talvez ela não soubesse e não se importasse.

— E onde você mora? — ela perguntou.

— Em Sta. Ebbe — disse ele, citando um bairro do sul da cidade e surpreso consigo mesmo por falar com tanta calma.

O macaco dourado se mexeu, mas não disse nada.

— E o que você quer fazer quando crescer?

Todo mundo perguntava aquilo, mas por alguma razão ele esperava dela algo mais interessante.

— Não sei com certeza. Talvez trabalhe com barcos ou com trens.

— Acredito que a história das ideias vai ser muito útil, então — ela afirmou, com um suave sorriso.

Era sarcasmo. Ele não gostou, então pensou em deixá-la desconcertada.

— Sra. Coulter, outro dia encontrei alguém que era amigo da senhora.

Asta viu os olhos de Jesper se arregalarem. A sra. Coulter sorriu de novo, mas de um jeito diferente.

— Quem seria? — perguntou.

— Não sei o nome. Ele foi lá no nosso *bar*. Estava falando da senhora. O daemon dele era uma hiena de três patas.

Aquilo foi um choque horrível para ela. Malcolm percebeu, Asta percebeu, a dra. Relf e Jesper perceberam, mas a única coisa que aconteceu foi o macaco dourado se inclinar e pôr ambas as patas nos ombros da sra. Coulter. Imediatamente o leve rosado sumiu das faces dela.

— Que coisa extraordinária — ela disse no tom mais calmo do mundo. — Tenho certeza de que não conheço ninguém assim. E que *bar* era esse?

— O Brasão do Escrivão — respondeu Malcolm, com a certeza de que não havia nenhum *bar* com esse nome em lugar nenhum da cidade.

— E o que ele disse?

— Só que era seu amigo e ia encontrar com a senhora logo. Acho que pouca gente acreditou mesmo nele, porque nunca tinha ido lá e ninguém sabia quem ele era.

— E você passa muito tempo conversando com estranhos em um bar?

Seu rosto tinha recuperado a cor, mas, onde antes havia um ligeiro rubor, havia agora duas pequenas manchas fortes em cada lado.

— Não, eu só ajudo de noite — Malcolm falou com seu tom mais imparcial. — Escuto muita gente falando todo tipo de coisas. Se ele voltar, posso dizer que estive com a senhora e que a senhora não sabe quem ele é?

— Melhor não dizer nada. Melhor não dar ouvidos a bobagem também. Tenho certeza de que a dra. Relf concorda.

Malcolm olhou para a dra. Relf, que estava ouvindo e tinha os olhos muito abertos. Mas ela piscou, se recuperou e disse:

— Posso ajudar em mais alguma coisa, sra. Coulter?

— Por enquanto, não — respondeu a sra. Coulter. O macaco dourado tinha ido sentar em seu colo e encostou o rosto no cabelo dela, como se cochichasse. Ela acariciou seu pelo mecanicamente, e ele se virou para dirigir aqueles olhos insondáveis diretamente para Malcolm. O menino o encarou com calma, embora não se sentisse nada calmo: se aquele macaco tinha um nome, devia ser "Malícia", ele pensou.

A sra. Coulter, ainda com seu daemon no colo, se levantou, sussurrando alguma coisa para ele. Depois estendeu a mão para a dra. Relf.

— Muita gentileza sua ter me recebido sem eu avisar — disse ela, e virou-se para Malcolm. — Até logo, Malcolm — foi tudo o que disse. Não se ofereceu para apertar a mão dele.

A dra. Relf a acompanhou até a porta, ajudou a sra. Coulter a vestir o pesado casaco de pele e saiu com ela. Malcolm viu pela janela o motorista se pôr de pé e se movimentar mostrando solicitude.

— Então, por que disse aquilo? — perguntou a dra. Relf quando o grande carro foi embora.

— Não queria contar pra ela onde eu moro.

— Mas o homem com o daemon-hiena! Por que cargas d'água...

— Queria ver o que acontecia.

— Malcolm, foi muito imprudente da sua parte.

— Sei. Mas não confio nela. Queria mexer com ela um pouco e achei que aquilo ia funcionar.

— E funcionou. Mas ele falou *mesmo* alguma coisa sobre ela? Ele falou que era amigo dela?

Malcolm contou o que Alice tinha falado de Bonneville.

— Eu só pensei que, se ela queria fazer algum mal pra Lyra, podia ficar um pouco assustada.

— *Eu* fiquei assustada — afirmou a dra. Relf. — Preciso de uma xícara de chá. Venha para a cozinha.

— O que ela veio fazer aqui? — Malcolm perguntou, sentando no banco da cozinha.

— Bom, veio perguntar sobre a Lyra.

— É mesmo? O que a senhora falou pra ela?

— Foi estranho. Parecia que ela achava que eu tinha alguma ligação com a criança. Como tenho, acho, indiretamente, através de você. Foi... — ela parou, segurando a chaleira como se de repente tivesse tido uma ideia. — É. Foi como se ela tivesse descoberto isso com um aletiômetro. Curioso! É exatamente o tipo de informação parcial que a pessoa consegue quando está com pressa, ou quando não é um leitor experiente. Era claro que ela estava muito interessada em saber onde está a criança, e alguma coisa revelou a ela que eu poderia saber.

— Mas a senhora não...

— Claro que não. Claro que não! Ela começou a perguntar sobre o grupo de aletiômetro de Oxford, sobre... todo tipo de coisas. Mas polidamente, como se não estivesse interessada de fato. Depois começou a perguntar sobre uma criança que estava em Oxford ou perto de Oxford, como se fosse uma coisa interessante, mas pouco importante, só que evidentemente era. Jesper estava observando o daemon dela, e ele estava agarrado no encosto da poltrona…

Ao colocar a chaleira no fogão e pegar a caixa de chá, ela estava pensando intensamente. Malcolm notou e não disse nada.

Ela não falou até estarem sentados junto à lareira. E então respirou fundo e falou:

— Malcolm, eu agora vou assumir um risco e contar para você algumas coisas que não deveria. Você guarda segredo sobre elas? Entende como são importantes?

— Bom, é claro.

— É, claro que sim. Detesto colocar você em risco, e não sei se é mais perigoso você saber essas coisas ou não saber.

— Provável que não saber.

— É, é o que eu acho. Bom, o fato é que eu saí do grupo do aletiômetro.

— Por quê?

— Me ofereceram a chance de fazer outra coisa. Trabalhar com outro aletiômetro, um instrumento que será meu.

— Achei que não tinha muitos.

— Esse ficou liberado, inesperadamente.

— Que sorte.

— Não sei. Pode ser. Acho que era uma das coisas que a sra. Coulter estava tentando descobrir… Quer dizer, se estava comigo.

— Então ela é uma espiã?

— Eu acho que sim. Para o outro lado.

— A senhora escondeu dela? Quer dizer, escondeu que está fazendo isso?

— Espero que sim. Aquele daemon… Impossível dizer qualquer coisa sobre aquela cara.

— Ele ficou um pouco chocado quando falei do Gerard Bonneville.

— Ficou, sim. E ela ficou muito chocada. Ainda não tenho certeza se você devia ter feito isso.

— Se eu não fizesse a gente não ia saber.

— Saber o quê?

— Que ela conhece ele. Ah, lembra quando eu contei da veneziana quebrada da janela do convento, quando a gente viu ele batendo no daemon dele?

— Lembro.

— Então, não estava quebrada. A irmã Benedicta disse que alguém esqueceu de fechar.

— E ele estava tentando subir na escada…

— Se fosse no térreo, ele tinha conseguido fácil…

— Interessante. Imagino que alguém pode ter deixado a janela aberta de propósito.

— É isso que nós estamos pensando — confirmou Malcolm. — Mas não sei quem ia fazer isso.

A dra. Relf pôs a xícara de chá em cima da lareira.

— Malcolm, você não vai contar para ninguém essa história do aletiômetro, vai?

— De jeito nenhum — ele respondeu, surpreso por ela perguntar.

— Achei mesmo que não. Mas é um segredo *mortal*.

— Claro que não vou contar — ele repetiu.

Malcolm comeu um biscoito. Ela foi até a janela.

— Mas, dra. Relf, posso perguntar o que a senhora está fazendo com o aletiômetro novo? É a mesma coisa que fazia com o grupo?

— Não, não é. As pessoas que me deram o instrumento querem que eu pergunte sobre Lyra, entre outras coisas.

— O que eles querem saber sobre ela?

— Ela é importante de algum jeito que eles não entendem. E querem que eu investigue também algumas perguntas sobre o Pó.

Ela estava de costas para ele, e Malcolm sentiu que ela não estava gostando de responder tantas perguntas, mas tinha que fazer mais uma.

— Pó? Que tipo de pó?

— Pó com P maiúsculo. É alguma coisa misteriosa, uma espécie de partícula, de força, alguma coisa… Normalmente seria uma coisa para teólogos experimentais pesquisarem, mas tem mais coisa por trás. Eles acham que o aletiômetro pode ser capaz de revelar…

— Esse *eles* é a Rua Oakley?

Ela se virou. O céu ficou escuro atrás dela, e a única luz da sala vinha do fogo na lareira, e desse modo ele não conseguia ver sua expressão.

— É, sim — ela confirmou, com relutância. — Mas isso não deve ser mencionado, não esqueça.

— Não. Tudo bem. Não vou perguntar mais nada.

Ela se voltou para a janela.

— Parece que o gípcio tinha razão e vai chover de novo — ela observou. — Vamos terminar logo, senão você vai ficar encharcado. Venha e escolha dois livros.

Ele sentia que ela estava preocupada e, como não queria demorar para não incomodar, pegou depressa uma história de suspense, um livro sobre a China e se despediu.

Assim que o cofre foi instalado e o rompimento com o grupo de estudos foi realizado, Hannah perguntou ao professor Papadimitriou sobre aquele estranho momento no fim do jantar, quando ninguém conseguia olhar para ela, quando o clima mudou tão de repente.

Papadimitriou explicou. Aparentemente, a Rua Oakley e outros serviços secretos tinham de recorrer a chantagens, com o objetivo de convencer um agente do outro lado a trabalhar para eles. Estavam visando um agente no momento, por exemplo, que se interessava sexualmente por meninos novos.

Assim que ele contou isso, ela percebeu a armadilha em que havia caído e deu um grito de aflição.

— Não! Malcolm não!

— Hannah...

— Não vou fazer isso! Querem que eu ofereça o menino, não sei, como uma *tentação*? E depois? Vocês entram na sala de repente e pegam o homem em flagrante? Ou pior? Instalam uma câmera secreta e tiram *fotogramas*? Querem que eu ponha o Malcolm numa situação dessas? Que desprezível! Nugent me disse que não haveria risco para o menino... e eu *acreditei*. Meu Deus, que idiota!

— Hannah, ele não estaria correndo nenhum perigo. Seria tão rápido que ele nem ia se dar conta do que estava acontecendo. Garantiríamos isso. Ele é valioso demais para arriscar.

— Não vou deixar isso acontecer. Nunca. Prefiro devolver o aletiômetro e esquecer que tive alguma coisa a ver com...

— Ora, isso seria...

— E o senhor esperou até eu estar *comprometida* para me contar. Bom, agora vejo com que tipo de coisa me comprometi.

— Volte quando estiver mais calma — foi tudo o que ele disse.

Mas não, ela faria qualquer coisa para impedir que acontecesse uma coisa daquelas com Malcolm. E ela também viu lorde Nugent sob uma nova luz: sob o charme e a simpatia aristocrática, ele era impiedoso. Tudo o que podia fazer era consultar o aletiômetro e captar o sentido que conseguisse dos movimentos e pausas da agulha prateada.

Naquela noite, a chuva começou para valer.

15. O GALPÃO DOS VASOS

Quando Malcolm foi ao convento naquela noite para ver se o sr. Taphouse estava melhor, encontrou a oficina escura e trancada; mas ao chegar à cozinha teve uma surpresa, pois era Alice que estava preparando a massa.

— Ah — foi o que ele conseguiu dizer, porque não pôde pensar em mais nada.

Ela parecia desdenhosa, como sempre, e continuou calada.

— Olá, Malcolm — disse irmã Fenella.

A velha freira estava sentada junto ao fogão, embalando o berço de Lyra, e não parecia nada bem.

— Alice está nos ajudando um pouco — a freira continuou, a voz fraca e sem fôlego.

— Ah, certo — respondeu ele. — Como está a Lyra?

— Dormindo profundamente. Venha ver.

O rosto de Lyra estava apertado contra o pelo de seu daemon-gatinho, mas não por muito tempo, pois, assim que Asta voou para o ninho, Pantalaimon acordou e tossiu com força. Lyra acordou, claro, e começou a berrar com todo o fôlego de seus pequenos pulmões.

— Tudo bem, Lyra — Malcolm falou —, você sabe quem somos nós. Que escândalo! Acho que dá pra escutar você lá do outro lado do rio e dentro da Truta.

Asta se transformou em um pequeno gato, saltou para o ninho, evitando tocar em Lyra. Pegou Pan, o daemon-gatinho, e lhe deu uma pequena sacudida. Ele ficou tão perplexo que Lyra parou de chorar imediatamente ao ver o que estava acontecendo. Isso fez Malcolm rir, e Lyra riu também, os olhos brilhantes de lágrimas.

Malcolm ficou encantado por obter esse efeito. Alice veio olhar.

— Que namoradeira — Alice comentou e voltou para a massa de pão.

— Ah, não — respondeu irmã Fenella —, ela conhece Malcolm, não é, meu doce? Nós conhecemos Malcolm e Asta, não é?

— Posso pegar ela no colo? — Malcolm pediu.

— Já está quase na hora da mamadeira dela... pode, pegue. Consegue carregar?

— Fácil — respondeu Malcolm. Enquanto Asta brincava de luta com o gatinho, ele se curvou e ergueu a bebê. Estava acostumada agora e não gritou alarmada como tinha feito assim que Malcolm chegou. Ele puxou um banquinho com o pé e pôs Lyra sentada em seu joelho, ao lado da irmã Fenella. A bebê olhou tudo em torno, então sua mão encontrou a boca, e lá se foi um polegar para dentro.

— Ela está com tanta fome que está comendo ela mesma — observou Malcolm.

A irmã Fenella estava mexendo uma panela de leite no fogão e testou a temperatura com o dedo mínimo.

— Pronto, está no ponto — disse. — Malcolm, meu bem, pode encher a mamadeira para mim?

Malcolm passou Lyra para ela e despejou o leite com muito cuidado dentro da mamadeira limpa. Queria contar a Alice o que acontecera aquela tarde com a sra. Coulter, mas não podia falar enquanto irmã Fenella estivesse presente. De qualquer forma, a garota era tão altiva e fria que ele não achava fácil falar nada com ela.

Quando a mamadeira estava pronta, irmã Fenella acomodou Lyra na curva do braço e se recostou para alimentá-la. Malcolm ficou aflito; a velha freira estava delicada e gentil como sempre, mas seu rosto estava cinzento, e os olhos avermelhados e cansados.

— Vim ver se o sr. Taphouse estava melhor — ele disse, sentando-se de novo no banquinho.

— Faz alguns dias que ele não aparece. Espero que esteja bem. Tenho certeza de que o sr. Taphouse nos informaria se estivesse indisposto.

— Talvez ele tenha tirado uma folga. Mas ele fez todas as venezianas, não fez?

— Ah, é um carpinteiro maravilhoso.

— Se precisar que faça mais alguma coisa, eu faço.

Alice deu uma breve risada. Malcolm resolveu ignorá-la.

Durante algum tempo, os únicos sons que se ouviam na cozinha eram as batidas ritmadas das mãos de Alice na massa, o crepitar abafado das chamas no fogão, o satisfeito sugar de Lyra no bico de borracha e um outro som que Malcolm não conseguiu identificar até se dar conta de que era o tênue esforço da respiração de irmã Fenella. Os olhos da velha freira estavam fechados, as sobrancelhas juntas em um leve franzir.

Então Malcolm viu a mamadeira escapar da mão dela, muito lentamente, e o braço que segurava Lyra tombar, ainda mais devagar. Dessa forma, ele teve tempo de gritar "Alice!" e pegar a bebê antes que a irmã Fenella caísse dentro da lareira.

Lyra gritou protestando, mas Malcolm a pegou com segurança e a mamadeira também. Em um momento, Alice segurou a irmã Fenella pelos ombros e a pôs delicadamente na vertical, mas a velha freira estava inconsciente. Seu daemon esquilo, Geraint, estava desmaiado em seu peito.

— O que a gente... — Alice falou.

— Segure pra ela não cair de novo que eu vou chamar...

— Isso, isso... vá...

Malcolm se levantou com Lyra. O movimento foi interessante o bastante para fazer a criança parar de gritar, mas Malcolm enfiou a mamadeira em sua boca mesmo assim. Com Asta em forma de gato no chão, levando o gatinho Pan na boca e acompanhando bem de perto, ele partiu pelo corredor em direção à sala de irmã Benedicta.

Que estava vazia, claro. Ele olhou em torno, como se ela pudesse estar se escondendo, e sacudiu a cabeça.

— Ela não está aqui, Lyra — disse. — Nunca está quando a gente precisa dela, não é?

Ele saiu e viu uma figura esguia mais adiante no corredor.

— Irmã Katarina? — chamou.

A jovem freira se voltou. Pareceu mais sobressaltada do que Malcolm esperava.

— O quê? O que foi?

— A irmã Fenella desmaiou e nós precisamos de ajuda... ela estava dando a mamadeira para Lyra e...

— Ah! Ah, meu deus! O que...

— Chame a irmã Benedicta e depois venha ajudar na cozinha.

— Sim! Sim! Claro! — Ela se virou e saiu depressa, chamando a irmã Benedicta.

— Era a irmã Katarina, Lyra — informou Malcolm. — Ela vai encontrar a irmã Benedicta. Continue mamando, mocinha, e não se preocupe. Nós vamos voltar pra cozinha agora. Muito frio aqui, né?

Alice tinha colocado a irmã Fenella de volta em sua poltrona, mas a velha freira não havia acordado, a respiração ruidosa e difícil.

— Pneumonia — sentenciou Alice, ainda segurando a freira na vertical. — Foi assim que a minha vó ficou quando teve.

— Ela morreu?

— Acabou morrendo, mas não disso. Nossa, precisa trocar ela.

Estava olhando para Lyra, que continuava decidida a acabar com a mamadeira. — Eu não sei fazer isso — Malcolm afirmou.

— Claro.

— Só porque nunca me mostraram como faz.

— *Se precisar que faça mais alguma coisa, eu faço* — ela arremedou.

— Ninguém ia chamar um carpinteiro pra fazer *isso* — Malcolm observou. — Tem mais leite na panela?

— Tem, um pouco. Segure ela... pronto, me dê a menina. Eu faço isso. Você põe o leite.

— Sabe fazer coisas de bebê?

— Tenho duas irmãs pequenas. Claro que sei.

Ela parecia mesmo carregar Lyra de um jeito firme e competente. Quando deu tapinhas nas costas da bebê, veio um grande arroto, assustando seu pequeno daemon, que se transformou em um filhote de peru. Malcolm pôs a panela no fogão para aquecer por um momento.

— Não deixe esquentar muito — Alice avisou.

— Não, não. Eu vi como ela fez.

O dedo mínimo de Malcolm não estava muito limpo, então ele deu uma chupada nele antes, e depois colocou dentro da panela até o leite estar quente o bastante. Então o despejou na mamadeira. Ergueu irmã Fenella na vertical outra vez e pôs uma almofada debaixo de sua cabeça, no momento em que irmã Benedicta e irmã Katarina entraram.

— Cuide da bebê — ordenou irmã Benedicta, e irmã Katarina tentou pegar Lyra, mas Alice resistiu.

— Ela está bem comigo agora — disse. — Fico com ela até terminar.

— Ah... se tem certeza...

Alice a encarou. Malcolm conhecia aquele olhar e queria saber o efeito que teria sobre outra pessoa. Irmã Katarina desviou os olhos, nervosa, e até empurrou o banco um pouco mais para Alice sentar. O daemon-pug da freira se escondeu entre suas pernas.

Irmã Benedicta estava cuidando de irmã Fenella. Passou uns sais debaixo do nariz da velha freira, o que a fez se contrair e gemer, mas ela não acordou.

— Quer que eu vá chamar o médico? — Malcolm se ofereceu.

— Obrigada, Malcolm, mas não vamos precisar dele hoje — disse irmã Benedicta. — Essa coitada precisa de descanso mais que de qualquer outra coisa. Vamos levar irmã Fenella para a cama. Muito bem, vocês dois. Alice, entregue Lyra para a irmã Katarina agora. Melhor você voltar para a massa de pão. Malcolm, isso é tudo por hoje, obrigada. Vá para sua casa.

— Se precisar de alguma coisa...

— Sim, eu peço imediatamente. Boa noite.

Ela estava preocupada com irmã Fenella, e ele também. Mas não haveria por que se preocupar com Lyra, pensou.

Como o dia seguinte era domingo, de manhã Malcolm teve tempo de equipar a canoa com suprimentos de emergência, para se prevenir, como Asta sempre dizia. O mais importante era a sua pequena caixa de ferramentas, mas ele pegara também uma velha lata de biscoitos da cozinha com uma variedade de coisas dentro. Pensou em incluir alguns materiais de primeiros socorros, mas percebeu que não tinha nenhum, embora fosse bom arrumar, algum dia.

Quando terminou, Alice chegou para suas duas horas de trabalho na cozinha no turno do almoço. Assim que estavam a sós, Alice perguntou:

— Viu a irmã Fenella hoje de manhã?

— Não. Mas se elas precisassem de um médico teriam me chamado.

Não falaram nada enquanto a sra. Polstead estava na cozinha, como se tivessem combinado manter segredo, embora não houvesse necessidade. Malcolm havia contado a seus pais o que acontecera, e eles ficaram tão surpresos quanto Malcolm tinha ficado ao saber que Alice estava trabalhando na cozinha do convento.

— Se ela sabe fazer pão, posso dar mais umas horas de emprego pra ela — comentou sua mãe.

— Ela é uma caixinha de surpresas — observou o pai.

Quando seus pais saíram de novo, Malcolm e Alice começaram imediatamente a falar.

— Sabe aquilo que você contou... — começou Malcolm.

— Aquela outra freira... — Alice falou ao mesmo tempo e completou: — Tudo bem, você primeiro.

— Sabe aquilo que você contou, que o Gerard Bonneville disse que era o pai da Lyra?

— Você não contou isso pra ninguém, né?

— Escute só.

Malcolm falou a Alice sobre sua visita à dra. Relf, contando que tinha encontrado a sra. Coulter lá e o que tinha dito a ela.

— Você não contou que ele disse que era...

— Não, claro que não. Só que ele disse que conhecia ela. Bastou isso. Ela ficou bem chocada. Então tenho certeza que é verdade, ela sabia muito bem quem ele era.

— E o que ela estava fazendo lá?

— Perguntou pra dra. Relf onde estava a Lyra.

— Ela contou?

— A dra. Relf? Não! Nunca que ela contava. — Ele ia acrescentar "ela é uma espiã", mas se conteve. Não devia falar nada a respeito disso, mas como estava ficando cada vez mais fácil conversar com Alice, ele precisava tomar cuidado. Continuou: — A dra. Relf disse que não sabia. Ela ficou surpresa. A sra. Coulter deve ter ido falar com ela por causa do aletiômetro.

— O que é isso?

Ele começou a explicar, e então sua mãe voltou. Pareceria estranho interromper a fala, então ele terminou de contar sobre o aletiômetro e o que o instrumento fazia. A mãe parou para ouvir.

— É isso que você vai fazer em Jericó? — ela perguntou.

— Não. Isso é o que ela faz na Biblioteca Bodleiana.

— Vivendo e aprendendo. Escuta, Alice, você gostaria de trabalhar mais umas horas aqui na cozinha? Quer dizer, não lavando, mas cozinhando?

— Não sei — Alice hesitou. — Pode ser.

— Bom, depois que olhar na sua agenda tão ocupada, me informe.

— Estou trabalhando na cozinha do convento agora. Podem precisar mais de mim, agora que a irmã Fenella está doente.

— Veja o que consegue fazer. Tem trabalho aqui, se quiser.

— Tudo bem — Alice respondeu, sem olhar para nada além da cuba de água quente onde lavava os pratos.

A mãe de Malcolm bufou inflando as bochechas, revirou os olhos e foi para a despensa.

— Você ia falar da irmã Katarina? — perguntou Malcolm.

— É. Foi ela que deixou a veneziana aberta. Fez isso pra ele.

— Sério?

— É, claro que é. Não acredita em mim?

— Acredito, sim. Mas como *ela* conhece ele?

— Vou te mostrar — Alice respondeu, sem falar mais nada.

Mas antes que Malcolm saísse, o daemon dela falou com Asta, dessa vez os dois como gatos. Isso nunca tinha acontecido antes e Malcolm ficou surpreso, mas simplesmente esperou os dois daemons terminarem a breve conversa e saiu.

— O que ele disse? — perguntou, sussurrando para Asta quando entraram no bar.

— Ele disse que a gente deve ir pra cozinha do convento por volta das oito horas. Só isso. Não falou o porquê.

Oito horas era a hora de Completas, como Malcolm sabia. Todas as irmãs estariam no oratório para as preces finais do dia, exceto irmã Fenella, ele supunha, e irmã Katarina, se fosse ela quem estava cuidando de Lyra.

E a chuva havia chegado com fúria. Não caía em gotas, mas em cortinas. O solo escorria com ela, de forma que não se via nada sólido: apenas campos de água muito fria correndo. Com a desculpa de ter lição de casa, Malcolm subiu às sete e meia. Depois, desceu na ponta dos pés, mesmo sabendo que ninguém iria ouvi-lo debaixo daquele trovejante tamborilar no telhado, nas portas e janelas.

No depósito, ele colocou botas altas, capa impermeável e chapéu de marinheiro. Foi para o galpão e armou o toldo de seda carbonífera em *La Belle Sauvage*. Apenas por precaução, pensou.

Depois, inclinado contra o vento, com Asta apertada contra seu peito, ele abriu caminho pela ponte, observando a água que corria. Lembrou-se que Coram van Texel dissera que tinha alguma perturbação na água e no céu, e que ninguém conseguia perceber... Protegeu os olhos com as mãos e olhou para cima. Quase imediatamente o clarão de um raio o ofuscou, como uma inscrição do céu em sua aurora particular. O estrondo do trovão em seus ouvidos foi tamanho que ele ficou tonto e quase caiu, agarrando o parapeito de pedra, alarmado.

Asta disse:

— *Irado, seu carro fundas nuvens fomenta...*

E Malcolm completou o verso:

— *... escuro o seu rumo nas asas da tormenta.*

Ele estava tão exposto ali que se sentiu genuinamente amedrontado, e correu para o outro lado, para o abrigo das paredes do convento. Do oratório, vinha um som de canto muito tênue.

Ele bateu na porta da cozinha com uma pedra para se fazer ouvir melhor, e um momento depois Alice abriu a porta e saiu, enrolando um fino casaco nos ombros. A chuva despencou sobre ela de uma vez, colando seu cabelo nas faces.

— Sabe o galpão dos vasos? — ela perguntou, baixo.

— Do convento?

— Claro, idiota. Tem uma porta no canto esquerdo. Tem luz lá dentro. Pode entrar na porta vizinha e olhar. Vá e veja.

Tinham que ficar muito próximos para conversar, e o hálito dela era quente contra o rosto dele.

— Mas o que...

— Só vá. Não posso ficar aqui fora. Estou cuidando da Lyra.

— Mas onde está a irmã Kat...

Ela sacudiu a cabeça. Seu daemon, Ben, e Asta estavam sussurrando com urgência. Quando Alice abriu a porta, Ben saltou para seus braços, em forma de furão. Malcolm deixou Asta saltar para seu ombro e a porta tornou a se fechar. Estavam sozinhos.

— O que ele falou? — Malcolm perguntou, pela segunda vez naquele dia.

— Que temos que tomar cuidado e não fazer barulho. Nenhum barulho.

Malcolm assentiu e Asta deslizou para dentro de sua capa, se retorcendo para conseguir olhar para fora debaixo do queixo dele. Contornaram a parede do convento, se distanciando da ponte e indo na direção do pomar, onde, sob a luz do luar, lorde Asriel tinha passeado com sua filha. Malcolm precisava prestar atenção em onde pisava, tão intensa caía a chuva, e sentia contra as botas uma forte corrente de água, vinda do rio. Estaria transbordando das margens? Não dava para ver, mas devia ser isso.

Chegaram à horta da cozinha, e Asta observou:

— Aquele galpão… o último… tem uma luz lá, como ela disse.

De fato, se enxugasse os olhos e os protegesse com a mão por alguns segundos, conseguiria distinguir uma fraca luz tremulando atrás da janela. Ficava do lado externo do convento.

Ele sabia como eram os galpões, pois muitas vezes ajudara a irmã Martha no jardim. Os últimos dois eram, na verdade, um galpão só com uma fina parede divisória. Cada porta tinha apenas um trinco simples de ferro. A irmã Martha as deixava destrancadas de propósito: não havia ferramentas que valessem a pena roubar, dizia ela, e dava muito menos trabalho não ter que lidar com uma chave o tempo todo.

Tomando grande cuidado com o trinco, Malcolm abriu a porta do galpão vizinho ao que estava iluminado. Asta já havia se transformado em coruja para enxergar melhor, pois irmã Martha usava esse galpão para guardar vasos de flores, e se Malcolm derrubasse uma pilha, faria um barulho que nem a chuva conseguiria encobrir.

Foi na ponta dos pés, no escuro, que na verdade não era totalmente escuro: a tábua que separava aquele galpão do outro havia empenado em alguns pontos, deixando passar a suave luminosidade amarela de uma vela que oscilava à forte corrente de ar. O telhado de zinco ressoava debaixo da chuva; era como estar dentro de um grande tambor que podia ceder a qualquer minuto debaixo do louco ataque do tamboreiro.

Malcolm passou delicadamente por cima dos vasos de plantas e apoiou as mãos na tábua da parede. Escutando com atenção, julgou ter ouvido uma voz, duas vozes e então, repentinamente sufocada, aquela hedionda risada cacarejada. Bonneville estava ali, a apenas alguns metros. Asta se transformou em mariposa e, quando pousou perto de outra fresta na parede, Malcolm sentiu um choque quando ela viu uma coisa. Chegou mais perto, espiou pela fresta e viu Gerard Bonneville e irmã Katarina em um abraço desajeitado. Ela estava inclinada para trás contra uma pilha de sacos vazios, as pernas nuas brilhando à luz da vela; a hiena lambia seu daemon-pug, que estava deitado de costas, se retorcendo de prazer...

Malcolm deu um passo para trás, mas com cuidado. Sua mente estava calma o suficiente para fazer isso, mas só para isso. Ele se afastou da parede e se sentou em um caixote, no outro extremo do galpão.

— Você viu? — Asta sussurrou.

— Era pra ela estar tomando conta da...

— Por isso que ele está com ela! Quer que ela entregue a Lyra pra ele!

Malcolm sentiu o interior da cabeça girando como folhas ao vento. Não conseguia pensar com firmeza ou clareza sobre nada.

— O que vamos fazer? — Asta perguntou.

— Se a gente contar pra irmã Benedicta, ela não vai acreditar. Ela ia perguntar pra irmã Katarina, e ela ia dizer que isso nunca aconteceu, que a gente está inventando...

— Ela sabe que a irmã Katarina deixou a veneziana aberta.

— E sabe que Bonneville está por perto. Mas nunca ia acreditar numa coisa destas. E não tem nenhuma prova.

— Não ainda — sugeriu Asta.

— Como assim?

— A gente sabe como as pessoas fazem bebês, não sabe?

— Ah. Ah! Então...

— É isso que eles estão fazendo, e se ela ficar grávida vai ser uma boa prova até pra irmã Benedicta.

— Mas não uma prova de que foi *ele* — argumentou Malcolm.

— É. Não.

— E ele pode já ter ido embora.

— Com a Lyra.

— Você acha que é *ela* que ele quer?

— Claro. Você não acha?

A ideia era horrível.

— Acho, sim — concordou Malcolm. — Você tem razão. Ele quer a Lyra. Só não entendo por quê.

— Não interessa por quê. Vingança. Ele pode querer matar ela, ou fazer ela de refém. Pra pedir resgate.

A voz da freira emitiu um longo gemido agudo, de alguma emoção que Malcolm não entendeu. Ressoou através da parede, acima da chuva, acima do vento. Ele pensou no grito dela voando pelo céu da noite e fazendo a lua virar o rosto, e as corujas estremecerem em seu voo.

Descobriu que estava com os punhos cerrados.

— Bom, nós temos que... — ele disse.

— É, temos que... — Asta repetiu. — Temos que fazer alguma coisa.

— Imagine se a gente não faz nada e ele pega a Lyra.

Uma grave risada masculina veio em seguida. Não era nada parecida com a da hiena, nem como a risada de algo engraçado, mas como um jorro de satisfação.

— É ele! — disse Asta.

— Se a gente contar pra irmã Benedicta, é provável que ela ache que os dois erraram, mas só vai poder castigar a irmã Katarina. Não pode castigar ele — Malcolm observou.

— Isso se ela acreditar em nós. Mas ela pode não acreditar.

— É crime, o que eles estão fazendo?

— Se ela não queria, aí eu acho que é crime.

— Mas eu acho que ela quer.

— É, eu também. Então a polícia não pode fazer nada com ele, mesmo que acreditassem na gente, mesmo que pegassem ele, mesmo que, mesmo que...

— Mas até dar um castigo pra ele não é tão importante como garantir que a Lyra esteja em segurança. Isso é o mais importante.

— Eu acho que sim...

Um estrépito surdo e trovejante se fez ouvir, vindo da direção do convento. No começo não era como um barulho, mas um movimento de terra, e até os vasos de flores tremeram e se entrechocaram, alguns caindo. O troar continuou, fazendo o chão tremer.

A irmã Katarina gritou:

— Não! Não! Me solte… por favor… eu tenho que ir…

A voz profunda de Bonneville murmurou alguma coisa.

— Está bom… eu prometo… mas eu *tenho que*…

De repente, Malcolm deu um pulo, pensando *Lyra!* Ele voou porta afora, batendo-a com força contra a parede de madeira, e correu para o convento. Ignorava as cortinas de água que caíam, a chuva correndo pelo caminho, a voz do homem atrás dele e o louco "Haaa! Ha! Haaa!" que a hiena gritava.

Asta corria em forma de galgo a seu lado. Quando chegaram ao convento e dobraram a esquina, Malcolm se deu conta de que a água por onde corriam estava mais alta e mais rápida, e que a luz da portaria tinha se apagado…

… porque a portaria não estava mais lá. No lugar, havia uma pilha de pedras, tábuas, azulejos, telhas; um entulho tremulamente iluminado pela luz de dentro do prédio. Enquanto Malcolm olhava, parado, em choque, uma onda se quebrou sobre a pilha de entulho: o rio tinha transbordado. Quando a corrente chegou a ele, bateu em seus joelhos e quase o derrubou.

— Alice! — Malcolm gritou.

Atrás dele, a irmã Katarina deu um berro de terror.

— A cozinha! — Asta bradou, e Malcolm lutou para chegar à entrada da cozinha. A água batia na parte de baixo dela e quando Malcolm a abriu, encontrou o local já inundado: a brasa do fogão chiando, fumegando, o chão alagado.

E lá estava o berço de Lyra, flutuando, literalmente embalado pela água, e Alice caída, tonta, sobre a mesa da cozinha, quase coberta por uma pilha de estuque e vigas do teto…

— Alice! — ele exclamou. Ela se mexeu, gemendo, mas tentou se levantar depressa demais e caiu de lado outra vez.

Malcolm tirou Lyra do berço, Asta correndo atrás para cuidar de Pan. Depois, o menino pegou os cobertores e enrolou a bebê neles. Tudo o que conseguia enxergar era o fulgor alaranjado do fogão. Será que pegara todos os cobertores? Será que ela estava bem aquecida?

Alice estava se apoiando na parede, tentando se levantar. De repente, foi jogada de lado quando Bonneville irrompeu na cozinha, escancarando a porta contra a água no batente. Ao ver Malcolm, o homem saltou na direção dele, com um rosnado tão vil que soava pior que seu daemon...

Malcolm apertou Lyra ao peito... ela chorava de medo...

E então Alice, que havia caído atrás de Bonneville, bateu na cabeça dele com uma cadeira. O homem caiu para a frente, esguichando água. Ele agarrou a mesa, mas não conseguiu se segurar. Tudo o que conseguiu foi fazer a mesa virar e caiu pesadamente ao lado dela. Alice ergueu a cadeira de novo e o golpeou outra vez.

— Rápido! Rápido! — ela gritou. Malcolm tentou correr pela água, mas só conseguiu avançar com horrível lentidão enquanto as mãos, os braços e depois a cabeça ensanguentada de Bonneville emergiam acima da mesa. O homem escorregou, caiu de novo, emergiu outra vez. A lateral de sua cabeça era uma máscara de sangue.

— Malcolm! — Alice gritou.

Ele saltou para a porta, apertando Lyra. A bebê gritava, furiosa, chutando e sacudindo os pequenos punhos.

— Me dá essa... — o homem rosnou e escorregou de novo. Malcolm saiu pela porta, correndo com Alice em direção à ponte. A água os fazia avançar tão devagar que aquilo era pior que um pesadelo.

Nenhum sinal da irmã Katarina, nenhum sinal das outras freiras... teriam todas morrido afogadas? Ou soterradas na portaria? O único outro ser vivo era o ensanguentado Bonneville e seu daemon manco, que saíram cambaleantes pela porta da cozinha, atrás deles...

Mas não havia quase nenhuma luz para ver qualquer coisa, e o ar estava cheio de água forte, esmagadora. Por instinto e memória, Malcolm cambaleou pelo caminho, chamando:

— Alice! Alice!

Os dois se chocaram e quase caíram.

— Segura minha mão! Não solta! — ele gritou.

Ligados por suas mãos frias, eles abriram caminho à força pela inundação e subiram a ponte. Uma luz ainda brilhava na Truta e revelava que o parapeito e a metade da ponte tinha desaparecido.

— Cuidado! — ela gritou.

— Não solta!

Eles se arrastaram de lado pela parte que restava da ponte e sentiram que ela tremia e ribombava debaixo de seus pés. Lyra tinha parado de chorar; chupava o polegar e estava bem contente no abraço forte de Malcolm, interessada em tudo.

— Vai ceder... a ponte... — Alice gritou. — Ele está lá! Corre! — exclamou ao olhar para trás.

— Como foi que ele conseguiu...

— Vamos logo!

Cambalearam pela escada que levava ao terraço da Truta e descobriram que precisariam voltar: o rio estava correndo ali na altura da cintura: em algum momento eles seriam derrubados e arrastados.

— Onde? Por onde? — Alice gritou.

— Pelo outro lado... talvez a porta...

Malcolm não sabia o que dizer, e atrás dele, bem perto, ouviu aquele "Haa! Ha! Haaa!" apavorante. Ali, sob a luz da lâmpada pendurada na porta da estalagem, estava o rosto de Bonneville, lavado de água e de sangue. Alice pegou uma pedra solta do parapeito, do tamanho de seu punho, e atirou direto em cima dele, que mais uma vez caiu no chão.

— Rápido! Rápido! — Malcolm gritou e os conduziu às pressas pela ladeira em direção ao outro lado da estalagem, onde ficava a porta da frente e onde eles estariam em segurança.

Mas a porta estava trancada.

Ah, claro, ele pensou, *eles acham que estou no meu quarto...*

— Mamãe! Papai! — ele berrou, mas o vento, a chuva e as torrentes do rio levavam embora sua voz como um pedaço de papel.

Agarrando Lyra com um braço e segurando a mão de Alice com a outra mão, ele cambaleou ao longo da parede do bar para chegar à porta dos fundos. Trancada também.

Ele entregou Lyra para Alice, pegou uma pedra grande para martelar na porta. Mas o rugir da água e o bater das árvores ao vento eram fortes demais: ele mal conseguiu ouvir as próprias batidas. Bateu e bateu na porta, até não conseguir mais segurar a pedra. Nenhuma resposta. Bonneville estava perto, em algum lugar, e eles não podiam ficar parados, esperando que o homem os encontrasse.

— Venha — disse ele, e Alice o acompanhou correndo pelo jardim. Foram para o depósito, o galpão onde sua canoa ficava guardada. Através da tênue luz que vinha da janela do patamar e atravessava a chuva, eles viram um pavão afogado, preso em um arbusto.

No abrigo, encontraram *La Belle Sauvage* pousada confortavelmente debaixo da cobertura de seda carbonífera.

— Suba. Sente aqui e pegue a Lyra. *Não se mexa* — ele pediu, empurrando o suficiente do toldo para Alice enxergar a proa e saber onde pisar e onde sentar. Ela segurava Lyra com as mãos firmes, então Malcolm fechou o toldo e embarcou também. Havia tanta água correndo sobre a relva que ele tinha quase certeza de que ia funcionar e, de fato, *La Belle Sauvage* já estava puxando a corda de amarra, como se sentisse o que Malcolm queria.

Um rápido puxão e o nó se soltou. Malcolm pegou um remo e usou para mantê-la ereta quando começou a se mover, primeiro lentamente, depois mais e mais depressa, pela ladeira de relva na direção do rio.

O rio estava subindo para encontrá-los e de repente o pequeno barco se libertou da relva e foi lançado para a frente.

Só podiam ir em uma direção. *La Belle Sauvage* corria como um dardo sobre as águas enlouquecidas, descendo para Port Meadow, na direção da vasta planície de água que assolava Oxford, na direção do que houvesse à frente.

16. A FARMÁCIA

Malcolm não conseguia ver quase nada, exceto a profunda escuridão do céu e a chuva fustigante, pois o toldo obstruía tudo à frente. Além disso, a lona também pegava o vento e fazia a canoa guinar para a direita e a esquerda, de forma que seria difícil conseguir fixar a visão em qualquer coisa. Durante alguns minutos, ele achou que tinha cometido um erro tremendo ao embarcar na canoa e teve a certeza de que iam morrer afogados; mas o que mais podia ser feito? Bonneville os pegaria, roubaria Lyra e mataria a bebê...

Ele se concentrou em manter o pequeno barco o mais equilibrado possível, guiando, não remando. A força da enchente os arrastava sem qualquer esforço, mas ele não fazia ideia de onde estavam ou contra o que poderiam se chocar a qualquer momento: uma árvore, uma ponte, uma casa... Malcolm tentou afastar o pensamento.

Também havia outro problema. Ele estava sentado na popa e, para conseguir manter o remo na água, precisava deixar sua parte da canoa sem a cobertura da lona. Por conta disso, a chuva incessante estava enchendo o barco tão depressa que seus pés já estavam submersos.

— Assim que encontrarmos alguma coisa sólida, vamos amarrar a canoa — gritou para Alice. — E tiramos a água de dentro.

— Tudo bem — foi só o que ela respondeu.

Ele se inclinou para a direita, tentando enxergar algo por fora do toldo, tentando manter a aba do chapéu de marinheiro longe dos olhos, tentando discernir alguma coisa na agitação das trevas. Viu algo grande, alto, escuro passar: uma árvore? De cima do último arco da canoa, Asta, transformada em coruja, tentava enxergar algo à frente, mas os grandes pingos de chuva em seus olhos abertos não deixavam ver quase nada.

Então, de repente, ela gritou:

— Esquerda! Esquerda!

Malcolm afundou o remo na água e remou com toda a força, até que uma árvore baixa raspou o toldo de um lado a outro e quase arrancou seu chapéu da cabeça.

— Mais árvores! — gritou o daemon de novo.

Malcolm continuou remando com toda a força, impulsionando a canoa desesperadamente contra a corrente. *La Belle Sauvage* girou, batendo e raspando contra galhos e ramos. Um galho cheio de espinhos roçou o rosto do menino, que gritou e assustou Lyra, fazendo a bebê chorar.

— O que foi? — Alice perguntou.

— Nada. Tá tudo bem, Lyra — ele respondeu, embora seus olhos estivessem cheios de lágrimas de dor e ele mal conseguisse pensar.

Mesmo assim Malcolm manteve o domínio do remo, até que encontrou um galho pesado, roçando o arco onde Asta estava empoleirada. Agarrou o galho e segurou a canoa contra ele.

Jogou o remo no chão e com a mão livre tateou em busca da amarra. Ao encontrá-la, jogou-a por cima do galho e deu um nó de bolina com os dedos frios e molhados.

— Debaixo dos seus pés, em algum lugar, tem um balde de lona — gritou, e enquanto Alice procurava, ele puxou o toldo por cima do último arco e fixou nos prendedores, deixando apenas um fecho aberto.

— Tá aqui — ela sinalizou, estendendo o balde. Lyra continuava gritando.

Ele pegou o balde e começou a tirar a água de dentro da canoa, esvaziando pelo lado onde o toldo ainda estava aberto. Não levou muito tempo. Então se deu conta de que suas botas também estavam cheias de água e fez um esforço para tirá-las e virá-las. Exausto, amarrou a lona e se recostou. Deixou Asta cuidar dos arranhados de seu rosto com sua língua macia e limpa de filhote de cachorro. Ardia mais ainda, mas ele tentou não gemer.

Ao menos, com o toldo em cima do barco, não estava mais naquela chuva brutal. Ela martelava a seda carbonífera, mas não passava nem uma gota.

— Debaixo do seu banco tem uma lata — ele apontou. — Está lacrada com fita, então não deve ter entrado água. Se passar para mim, eu abro. Tem biscoitos dentro.

Alice procurou em torno e encontrou a lata. Ele cutucou a fita até encontrar a ponta e abriu. Estava perfeitamente seca. E ele havia esquecido: pusera ali dentro seu canivete do Exército Suíço e uma pequena lanterna ambárica! Acendeu a luz, ofuscado pelo brilho. E isso fez Lyra parar de chorar.

— Dê um biscoito pra ela chupar — ele disse.

Alice pegou dois, um para ela e um para Lyra que, depois de sacudi-lo, cheia de dúvidas, encontrou a boca e começou a sugá-lo com imenso prazer.

Malcolm viu algo com o canto dos olhos... ou estava *dentro* de seu olho? Uma pequena mancha branca no fundo da canoa. E então, sem o menor aviso, aquilo se transformou no anel de luz outra vez, brilhando, tremeluzindo, flutuando no escuro à sua frente. Ele piscou e sacudiu a cabeça: não era um bom momento para anéis cintilantes; mas a coisa não ia embora. Flutuava no ar, cintilando e girando, piscando e virando.

— O que foi? — Alice perguntou. Ela devia ter sentido que ele sacudira a cabeça ou sentira que ele havia se distraído. Ou talvez conseguisse enxergar um pouco no escuro.

— Alguma coisa no meu olho. Tenho que ficar parado.

— Tira com uma ponta do lenço — ela sugeriu.

Malcolm ficou imóvel no molhado desconforto e tentou manter a calma. Realmente estava sentindo algo, o tipo de coisa que Asta havia descrito aquela noite, quando a luz apareceu durante sua lição de geografia, como uma espécie de sereno flutuar incorpóreo, em um espaço que era imenso ou mesmo infinito em todas as direções. O anel cintilante ficou maior, como antes, e também como antes ele não podia fazer nada, paralisado enquanto a luz avançava e avançava, se expandido até preencher toda a circunferência de sua visão. Mas não ficou com medo em nenhum momento: não era alarmante; de certa forma, era até reconfortante, aquela calma flutuação oceânica. Era sua aurora, lhe dizendo que ele ainda fazia parte da grande ordem das coisas, e que isso nunca mudaria.

Ele deixou o fenômeno seguir seu curso e voltou a si, exausto, como se a experiência tivesse sido cansativa e exigente. Piscou e sacudiu a cabeça. Mas a pequena mancha branca ainda estava ali no fundo do barco. Ele se abaixou e encontrou um cartão, do tipo que damas e cavalheiros usavam com seus nomes impressos. Seus olhos ainda estavam perturbados demais para lê-lo. Sem dizer uma palavra a Alice, ele guardou o cartão no bolso da camisa.

E, assim que voltou à consciência no pequeno espaço fechado debaixo do toldo, compreendeu bem o que Alice percebera antes: que Lyra precisava ser trocada. Bem, não havia absolutamente nada que pudessem fazer agora.

— O que a gente vai fazer? — Alice perguntou.

— Ficar acordado, essa é a primeira coisa. Se a água baixar enquanto a canoa estiver amarrada no galho, nós vamos cair e deixar a canoa pendurada no alto da árvore.

— É, seria uma grande idiotice.

Lyra estava cantarolando, ou falando alguma coisa a Pantalaimon, ou simplesmente expressando prazer pelo biscoito molhado.

— Pelo menos ela se contenta com pouco — disse Malcolm.

— Ela vai precisar de uma troca logo. Senão vai ficar com assadura.

— Vai ter que esperar até a gente conseguir ver onde está indo. E até conseguir água quente pra lavar ela. Assim que amanhecer vamos ver se dá pra remar de volta pra casa.

— Ele ainda vai estar por lá — ela observou.

Isso era o menos importante, Malcolm pensou. A força da enchente podia impedir que voltassem de qualquer forma; podiam ser arrastados por todo o canal Oxford até... onde?

— Bom, a gente procura uma casa, uma loja, algum lugar onde dê pra conseguir... o que ela precisa — ele disse.

— É — Alice respondeu. — Tudo bem.

— Tem um cobertor aí embaixo, se estiver com frio. Enrole em vocês duas.

Ela se remexeu mais e encontrou.

— Tá encharcado — ela informou.

— Pelo menos protege do vento.

— Você vai ficar acordado?

— Vou. De vigia. Vou tentar, pelo menos.

— Certo. Me acorde quando não aguentar mais.

Ele apagou a lanterna. A canoa certamente não tinha sido feita para que dormissem nela. E, mesmo que ele quisesse se deitar, ainda havia uns três centímetros de água gelada no fundo que ele não conseguia tirar com o balde; e mesmo que estivesse seco, não havia onde encostar a cabeça, além do assento de madeira; e mesmo que, mesmo que, como Asta tinha dito antes.

De fato, havia muita coisa de que reclamar. Mas Alice não reclamou nenhuma vez. Ele ficou impressionado e prometeu não dizer nem uma palavra sobre a dor nos arranhões que os espinhos haviam feito em seu rosto.

Sentiu que ela se acomodava na outra ponta da canoa. Graças ao biscoito, Lyra tinha parado de chorar e estava dormindo nos braços de Alice, que por sua vez havia se recostado dentro dos arcos. Com os joelhos em cima do banco da frente, seu corpo e suas pernas formavam um berço para Lyra. Seu daemon espremeu-se junto a ela.

Asta se transformou em um furão e se enrolou no pescoço de Malcolm.

— Onde acha que nós estamos? — sussurrou.

— Em algum lugar perto de Port Meadow. Tem aquele oratório à direita com um bosque...

— Não é nada perto do rio.

— Acho que não tem mais rio. Isto aqui é muito mais alto. Tem água por todo lado.

— Pode baixar depressa.

— Ainda não. A chuva continua forte.

— É... Você acha que a gente vai ser arrastado?

— Não. Conseguimos atracar no escuro, não conseguimos? De manhã, assim que der pra enxergar, a gente acha o caminho de volta. Vai ser fácil.

— Mas a água continua correndo depressa.

— Então nós vamos continuar amarrados aqui até parar.

— Não dá. A gente precisa encontrar coisas limpas pra Lyra.

Asta se calou uns minutos, mas Malcolm sabia que ela não tinha adormecido; dava para sentir que ela estava pensando.

— E se não parar nunca? — sussurrou o daemon.

— O gípcio não falou que ia ser assim. Só avisou que ia ter enchente.

— Mas a *impressão* é que vai continuar pra sempre.

— Não tem tanta água no mundo pra isso. Vai acabar parando, e o sol aparece. Toda enchente para no fim e abaixa.

— Dessa vez pode ser diferente.

— Não vai ser.

— O que tem no cartão? — ela perguntou depois de um momento. — Aquele que você pegou do fundo.

— Ah, é…

Ele tirou o cartão de dentro do bolso, acendeu novamente a lanterna e, protegendo a luz com a mão para não incomodar Alice, leu:

Lorde Asriel
October House
Chelsea
Londres

No verso, estavam escritas as palavras: *Com toda minha gratidão. Se precisar de ajuda a qualquer momento, é só pedir. Asriel.*

Uma ideia, cintilante, tremulante, estrelada de brilho, o dominou. Imediatamente, Asta sabia o que era e sussurrou:

— Não conta pra Alice.

A ideia era: seguir o caminho da inundação, descer até o Tâmisa, encontrar lorde Asriel e levar a bebê para ele. Era quase como se lorde Asriel tivesse pago a reforma de *La Belle Sauvage* para isso, como se ele soubesse que viria uma enchente e tivesse preparado o barco para sua filha; quase como se a fiel canoa tivesse passado a mensagem para Malcolm. Ele foi sentindo a ideia ficar mais e mais acolhedora.

E concordaram sem palavras: *Não contar para Alice. Não ainda*. Ele enfiou o cartão de volta no bolso e apagou a lanterna.

A chuva batia na lona com a mesma fúria de quando haviam partido. Se algo havia mudado, ele pensou, tocando cautelosamente a amarra, era a canoa, que estava mais alta na árvore do que no momento em que a prenderam ali. Ainda pior que cair se a água baixasse seria ser puxado para baixo se ela subisse.

De qualquer forma, o nó de bolina era bom, e ele poderia desmanchá-lo no escuro, se precisasse.

— Mas o nó direito alceado — sussurrou — ia ser melhor ainda. Bastava uma puxada…

— Você devia ter praticado — Asta sussurrou de volta.

Mais alguns minutos de silêncio. Ele sentiu a cabeça pendendo e se ajeitou ereto.

— Não durma — disse o daemon.

— Não estou com sono.

— Está, sim.

Malcolm achou ter respondido, mas só deu conta de si quando o rosto arranhado bateu na amurada. Tinha escorregado pouco a pouco até estar quase na horizontal.

— Por que não me acordou? — sussurrou para Asta.

— Eu também dormi.

Ele se ergueu com esforço, piscou, bocejou e esfregou o olho esquerdo, onde a pele não estava tão arranhada como no outro lado.

— Tudo bem? — perguntou Alice, com voz baixa.

— Tudo. Eu só escorreguei pro lado.

— Achei que ia ficar acordado.

— Eu estava acordado. Só escorreguei.

— Sei.

Ele se acomodou ereto outra vez e conferiu o galho. O barco parecia não ter subido nem baixado, mas a chuva ainda martelava o toldo.

— Tá com frio? — perguntou ele.

— Sim. E você?

— Um pouco. A gente precisa de mais cobertores.

— Secos. E travesseiros ou alguma coisa assim. Tá muito desconfortável.

— De manhã a gente arruma. Vou tentar remar de volta pra casa quando der pra enxergar onde estamos — ele informou. — Mas antes vamos conseguir as coisas pra Lyra.

Calaram-se um minuto. Então ela disse:

— E se a gente não conseguir voltar?

— A gente consegue.

— É o que você acha.

— Bom, não é longe...

— Essa água tem muita correnteza. Não dá pra remar contra.

— Então a gente fica amarrado aqui até parar.

— Mas ela precisa...

— Nós não estamos no meio do nada. Tem muitas lojas e coisas do outro lado de Port Meadow. Assim que der pra enxergar, de manhã, a gente segue pra lá.

— Seus pais vão ficar preocupados.

— Não dá pra fazer nada agora. E os seus?

— Não tenho pai. Só mãe e minhas irmãs.

— Não sei nem onde você mora.

— Em Wolvercote. Ela vai pensar que eu morri afogada.

— As freiras também. Vão pensar que a Lyra foi levada...

— E foi.

— Você entendeu o que eu disse.

— Se é que alguma delas sobreviveu.

Mais um ou dois minutos passaram. Malcolm ouviu o daemon de Alice sussurrar algo para ela e ouviu que ela sussurrou de volta.

Ela então perguntou:

— Você foi até o galpão dos vasos como eu falei?

Malcolm sentiu que ficou vermelho e agradeceu por estar escuro.

— Fui. Ele estava lá com a irmã Katarina.

— O que eles estavam fazendo?

— Eu... não dava pra ver direito.

— Eu sei o que eles estavam fazendo. Desgraçado. Queria matar ele, sabe, o Bonneville, quando bati nele.

— Por quê?

— Porque ele tinha sido legal comigo. Você não vai entender.

— Não entendo mesmo. Mas, se você matasse ele, eu não ia contar pra ninguém.

— Acha que ele tá mesmo atrás da Lyra?

— Bom, foi *você* que me disse isso.

— Acha que ele *pode* ser o pai da Lyra?

— Não. Eu falei com o pai da Lyra. O pai de verdade.

— Quando?

Ele contou para ela sobre o estranho episódio noturno no jardim do convento e que emprestara a canoa a lorde Asriel. Ela não zombou dele, sem acreditar na história, como ele achou que ia fazer.

— *O quê* ele fez com ela?

— Já falei. Andou com ela pra lá e pra cá, cochichando.

Eles próprios estavam praticamente cochichando, falando o mais baixo possível debaixo da chuva. Alice permaneceu calada por um minuto ou dois. Então, perguntou:

— Você ouviu o que ele estava dizendo?

— Não. Eu fiquei vigiando o muro do convento.

— Mas parecia que ele amava ela?

— Ah, com certeza.

Passou mais um minuto.

— Se não der pra voltar — disse ela —, se a gente for arrastado, bem no...

— O quê?

— O que a gente vai fazer com ela?

— Acho que... acho que a gente tenta levar ela até a Faculdade Jordan — sugeriu Malcolm.

— Por quê?

— Por causa do santuário escolástico.

— O que é isso?

Ele explicou o melhor possível.

— Você acha que vão aceitar ela lá? Ela não é catedrática nem nada.

— Acho que, se alguém pede santuário, eles têm que dar.

— E como vão cuidar de uma bebê? Aquelas faculdades lá só têm velho. Não iam saber o que fazer.

— Talvez paguem pra alguém cuidar. Talvez escrevam pro lorde Asriel e ele paga, ou então ele vem e ele mesmo leva ela.

— Então onde é essa faculdade? — Alice perguntou.

— Na rua Turl. Bem no centro da cidade.

— Como você sabe essa história de santuário?

— A dra. Relf me contou — ele disse, explicando que ela havia deixado um livro na Truta, com o endereço dela, e ele fora devolver. Não contou nem uma palavra sobre a bolota ou sobre espiões. Falar com Alice no escuro era bem mais fácil. Ele desfiou a história, embora já tivesse contado antes, achando que ia ajudar a mantê-la acordada, sem se dar conta nem por um momento de que essa era a intenção dela com ele.

— Onde você disse que ela mora?

— Em Jericó. Rua Cranham. Deve estar debaixo d'água agora, o andar de baixo pelo menos. Espero que ela tenha feito o que eu falei e levado os livros para cima.

Se de manhã a água de Port Meadow estivesse calma e parada como uma grande lagoa, se o sol saísse, cintilante e refletindo na água, e todos os prédios de Oxford brilhassem sob o céu azul como se tivessem acabado de ser pintados, seria fácil atravessar até o centro da cidade e encontrar a Faculdade Jordan, ele pensou. E que delícia seria remar até lá, deslizar pelas ruas transformadas em canais e atracar nas janelas do primeiro andar, apreciar a estranha vista e os estranhos reflexos. No caminho encontrariam algum lugar que tivesse as coisas de que Lyra precisava, que agora também incluíam leite, pois ela não havia comido nada além de um biscoito desde que ele a pegara dos braços da irmã Fenella. Quanto tempo já fazia? E ela precisava de alguma coisa limpa onde mamar, porque a água em que flutuavam estaria cheia de sujeira misturada e animais mortos. Os fantasmas de todos os animais gritavam debaixo d'água. Ele podia ouvi-los agora: "Ha! Haa! Haaa!".

Alice estava chutando seu tornozelo.

— Malcolm! — ela sussurrou ferozmente. — Malcolm!

— O quê? Estou acordado... O que é isso? É ele?

— *Quieto!*

Ele se concentrou para ouvir. Aquela risada horrenda era inconfundível, mas onde estava? A chuva não tinha parado, o vento ainda gemia e uivava nos ramos nus a toda a volta, mas no caos daqueles sons naturais Malcolm conseguia ouvir algo diferente e regular: o bater de remos, o ranger de suportes de remo não lubrificados e aquela risada de hiena por cima de tudo. Era como se ela estivesse caçoando do próprio Bonneville, caçoando da enchente, caçoando de Malcolm e de seus esforços para manter segura a pequena canoa.

Então, ouviram a voz de Bonneville:

— Cala a boca, sua idiota... cala essa boca maluca... voz nojenta... arranque a sua outra perna, vá... morde aí... cala a boca! Pare com esse barulho!

O som se aproximava mais e mais. A mão de Malcolm encontrou o canivete do Exército Suíço e o abriu silenciosamente. Ia esfaquear o daemon primeiro e o homem depois. O remo estava ali a seus pés, se o girasse com força podia derrubar o daemon na água, e aí o homem estaria impotente... mas ele podia agarrar o remo antes que Malcolm conseguisse...

Os sons diminuíram.

Malcolm ouviu Alice soltar o ar como se tivesse prendido a respiração. Lyra se mexeu e, ainda dormindo, deu um pequeno gemido que Alice abafou imediatamente. Claro que Malcolm não conseguia ver nada, mas parecia que Alice tinha posto a mão sobre a boca da bebê, e em seguida ouviu um som de contentamento da criança. Mas era um som tão baixo que só alguém na própria canoa poderia ter escutado, Malcolm pensou.

— Ele já foi? — Alice sussurrou.

— Acho que sim — ele sussurrou de volta.

— Ele tinha alguma luz?

— Não vi nenhuma.

— Está remando assim no escuro?

— Bom, ele é louco.

— Mas não viu a gente.

— Ele não vai deixar a gente em paz — Malcolm falou depois de um minuto.

— Mas também não vai pegar a menina — Alice respondeu, de imediato.

— Não.

Ele ouviu atento. Nada de remo, nem de voz, nem de risada demoníaca. O barco de Bonneville estava na mesma direção da enchente, rio abaixo. Mas, com tudo debaixo d'água e todo tipo de redemoinhos e súbitas correntes que poderiam nascer no escuro, quem sabia onde ele poderia terminar? Malcolm desejava o amanhecer com cada partícula do seu corpo.

— Pegue — Alice sussurrou. Ele se inclinou, encontrou a mão dela e pegou o biscoito que ela estava estendendo.

Mordiscou devagar, e só dava outra mordida quando tinha engolido o último farelo da anterior. O açúcar aos poucos circulou por seu organismo, fazendo com que ele se sentisse um pouco mais forte. Pelo que lembrava, tinha ali um pacote inteiro: o suficiente para durar algum tempo ainda.

Mas sua exaustão era um rival muito forte para o açúcar. Pouco a pouco ele baixou mais a cabeça, Alice não disse nada e Lyra continuou em seu sono; e logo os três dormiam profundamente.

*

Malcolm acordou quando uma tênue luz cinzenta penetrou no toldo. Ele sentia muito frio e tremia tanto que chegava a sacudir a canoa. Ao menos o tamborilar da chuva tinha parado, e ao menos a canoa ainda estava ao nível da água.

Ele soltou cuidadosamente a parte mais próxima do toldo e ergueu o suficiente para olhar para fora. Através dos galhos nus, viu uma vasta extensão de água cinza, correndo da esquerda para a direita do que tinha sido Port Meadow: podia ver as torres da cidade adiante. Nada mais além de água: nenhum solo, nenhuma margem, nenhuma ponte. E tudo corria com uma força poderosa, quase em silêncio, certamente irresistível. Não havia possibilidade de remar contra a corrente e voltar para casa.

Conferiu o galho, o nó da amarra e a árvore. A canoa estava bastante bem instalada, de fato; a sorte estivera do lado deles, ou pelo menos um pouco da sorte. Estavam entre as copas de um grupo de árvores que cercava a torre de um velho oratório: era exatamente onde ele pensara que estavam, embora tudo parecesse diferente do alto de uma árvore. Não conseguia se lembrar do nome do lugar, mas ficava na metade do caminho de Port Meadow em direção ao sul. A força maior da inundação se quebrava ali, abafada pelas árvores, razão pela qual a canoa não havia se soltado e sido arrastada.

Mas precisavam sair logo. Malcolm olhou aquela imensidão e seu coração fraquejou; seu barquinho em toda aquela força de água... Rios calmos, águas paradas e canais rasos eram uma coisa. Aquilo era completamente diferente.

Mas tinha que ser feito. Malcolm estimou a distância entre eles e os telhados de Oxford, do outro lado do campo, e avaliou até onde conseguiria levar sua canoa através da força da correnteza... A cidade estava bem longe, com toda aquela água entre eles.

Ele se levantou, enrolou um pedaço da lona e encontrou o remo. Seu movimento fez o barco oscilar e acordou Alice, que estava deitada com Lyra sobre o peito, o cobertor encharcado em torno de ambas. A criança ainda estava dormindo.

— O que está fazendo? — ela sussurrou.

— Quanto mais cedo a gente for, mais cedo a gente tira ela daqui. Pelo menos parou de chover.

— Está horrível — ela disse, erguendo a lona e olhando para fora. — Você não pode remar nisso aí. Onde nós estamos?

— Na direção de Binsey, mais ou menos.

— Aí fora está parecendo a droga do oceano Germânico.

— Não é tão grande assim. E vai ficar bem mais fácil quando a gente estiver no meio dos prédios.

— Se você diz — ela falou, baixando a lona de novo.

— Como está a Lyra?

— Encharcada e fedendo.

— Bom, melhor a gente ir, então. Não tem por que esperar até o raiar do sol. — Ele esticou a mão para desfazer o nó. Estava mais próximo do galho do que quando havia sido amarrado, então a água devia estar mais alta.

— O que eu faço? — Alice perguntou.

— Fique sentada o mais quieta possível. Vai balançar um pouco, mas se você ficar com medo e se apavorar vai ser dez vezes pior. Só fique quieta.

Ele podia sentir o desprezo nos olhos dela, mas Alice não falou nada e se acomodou. A correnteza havia feito o nó de bolina se apertar durante a noite, mas Malcolm conseguiu desamarrar, mexendo a corda para a frente e para trás. Esse era o lado bom do nó de bolina: sempre dava para desfazê-lo. Mas um nó direito alceado teria sido mais rápido, ele pensou de novo. Bem, da próxima vez.

Assim que a amarra se soltou, a canoa começou a oscilar para longe das árvores. Imediatamente, Malcolm se arrependeu de não ter afastado um pedaço maior da lona: ele mal conseguia enxergar à frente.

— Vou soltar o toldo — anunciou. — Não tudo. Só o tanto que dê pra eu ver em frente.

— Você devia ter...

— Eu sei.

Ela se calou. Malcolm se sentiu grato àqueles artesãos gípcios que tinham feito os fechos, porque eles se soltaram com grande facilidade. Alice puxou o toldo de seda carbonífera, e ele conseguiu enxergar muito melhor.

Ele pegou o remo e tentou deslocar a canoa para o espaço aberto. Imediatamente a corrente a pegou e a fez girar, de forma que a popa ficou na frente, e Malcolm compreendeu seu erro. Mas não havia tempo para insegurança; ele mergulhou o remo na água até o barco estar virado para o lado certo. E teve de admitir que Alice havia feito o que ele pedira sem dizer nem uma palavra. Então, através da amplidão da correnteza, Malcolm tentou encontrar um rumo, sem, porém, conseguir quase nenhum progresso. Podia ver os telhados de Jericó, o campanário de são Barnabé, os grandes prédios clássicos da Fell Press, as torres e os pináculos do centro de Oxford, mas estavam muito distantes e inalcançáveis; a enchente tinha os próprios planos de onde a canoa devia ir.

Tudo bem: precisava se concentrar em manter o barco firme e torcer para evitar galhos submersos.

Na verdade, a ideia de atingir alguma coisa abaixo da superfície era tão terrível que Malcolm a tirou da cabeça imediatamente. A canoa girou à frente, com menos resistência à água do que um graveto. A enchente os levava inevitavelmente para a cidade, mas não de um jeito tranquilo ou fácil, pois os prédios quebravam a correnteza e faziam a água se agitar e ondular com turbulência. Malcolm não conseguia manter a canoa estável: tudo o que podia fazer era impedir que virasse e esperar que encontrassem um trecho de água mais calma perto da rua Broad e da Faculdade Jordan. A ideia de ir até Londres parecia uma fantasia da noite: Faculdade Jordan, santuário e segurança... essas eram as prioridades agora.

A grande corrente vinda de Port Meadow tinha forçado a passagem pela rede de ruas estreitas de Jericó e passava pelo largo bulevar de são Giles, tendo se juntado a correntes ainda mais poderosas que vinham das ruas Banbury e Woodstock. E agora Malcolm e Alice viam outras pessoas lutando contra a inundação; algumas tentando desesperadamente manter a cabeça acima da água ao serem arrastadas; algumas em pequenas embarcações, gôndolas ou botes, tentando resgatar os que corriam risco de se afogar; alguns agarrados às árvores do cemitério de sta. Maria Magdalena; alguns ajudados através das janelas abertas das faculdades Balliol ou St. John. Gritos de desespero, brados de encorajamento, e o som de um barco a motor roncando por uma rua lateral; tudo se misturava ao estrépito da água contra os velhos prédios de pedra e, antes que Malcolm conseguisse aprontar a canoa para virar na rua Broad, *La Belle Sauvage* foi quase alagada pela turbulência e por pouco não afundou.

Alice deu um grito alarmado. Malcolm enfiou o remo na água com toda força e manteve a pequena embarcação firme, mas por isso acabou por perder a entrada na rua Broad. Antes que pudesse fazer qualquer coisa, já estavam no Mercado de Milho.

— Rua Ship! — gritou Asta como falcão.

— Eu sei... estou tentando... — Malcolm gritou de volta. Forçou a canoa na direção da torre de são Michael Northgate, na esquina da ruazinha que levava diretamente à Jordan.

Mas o caminho estava obstruído. Parte da torre tinha caído, e a enchente batia e espumava na grande pilha de pedras na entrada da rua. O único jeito era seguir em frente outra vez e esperar conseguir dobrar na rua Market. Mas isso também não deu certo: uma grande carroça que transportava vegetais para o Mercado Coberto tinha virado e se espatifado contra a loja da esquina. Caixas de repolhos e cebolas boiavam na água, e o cavalo que puxava a carroça estava morto, afogado, entre os varões. Não havia passagem por ali também.

Impiedosa, a enchente os levava para o cruzamento em Carfax, onde mais uma vez Malcolm tentou fazer a canoa virar à esquerda para a rua High, na esperança de entrar na rua Turl e chegar à Jordan por ali. Mas o barquinho não tinha mais autonomia que uma rolha. A enchente os lançou através da junção para dentro da santo Aldate, onde o declive da rua fazia a água correr ainda mais depressa.

— Não vai funcionar — Alice gritou.

Malcolm ouvia Lyra chorando, não com um som agudo de medo, mas uma nota firme de protesto contra o frio, a umidade e o incessante movimento da canoa.

— Logo a gente encontra um lugar e consegue parar, pra Lyra — ele gritou de volta.

Ao redor deles, os prédios tinham janelas quebradas ou paredes ruídas, portas arrebentadas e árvores arrancadas e levadas pela água. Alguém em um barco a motor estava tentando manobrar para uma janela de primeiro andar, onde uma mulher de cabelo grisalho com roupa de dormir gritava por socorro, seu daemon-terrier latindo loucamente. A ponte Folly tinha sido inteiramente arrastada, e o Tâmisa não era mais um rio, e sim um mar inchado de turbulência cinzenta varrendo à direita e à esquerda, ameaçando subjugar inteiramente *La Belle Sauvage*; mas Malcolm teve tempo de se preparar, afundou o remo com ainda mais força que antes e conseguiu mantê-la no curso da terra plana mais à frente.

Era um bairro de ruas suburbanas e pequenas lojas, e não demorou para Asta, com seus olhos de falcão, e Ben, voando junto dela, acima da canoa, gritarem:

— Esquerda! Esquerda!

Dessa vez não havia nada para impedi-los, e Malcolm levou a canoa para uma rua lateral, para longe da enchente principal, onde tudo estava um pouco mais sossegado.

— Vou levar a gente pra perto daquela cruz verde — ele avisou. — É uma farmácia. Veja se consegue agarrar... a cruz está num suporte...

Alice endireitou o corpo, sentada, mudou Lyra para o outro lado e esticou o braço para fazer o que ele pediu. Não estavam indo muito depressa ali e não foi difícil agarrar o suporte e manter o barco imóvel contra o edifício. Malcolm se inclinou e analisou atentamente como o suporte estava preso à parede.

— Parece firme?

— Não tá solto, se é isso o que você quer saber.

— Certo, pode soltar, eu pego e amarro a gente.

Ela soltou. A canoa deslizou por baixo da cruz verde, e Malcolm pegou o suporte. Amarrou com um nó de bolina outra vez, só para garantir, pois era o que seus dedos sabiam fazer e no qual ele confiava. Estavam bem perto de uma janela do primeiro andar.

— Vou quebrar o vidro — disse ele. — Cobre o rosto dela.

Bateu o remo e o vidro caiu para o lado de dentro com um ruído que teria soado forte em circunstâncias normais, mas que mal deu para ouvir por causa do barulho da água. Ele achou que normalmente se sentiria culpado por isso, mas ficaria muito mais culpado se deixasse Lyra do lado de fora, no frio e na umidade.

— Vou entrar — ele disse.

Mas ela falou:

— Não! Espere!

Ele olhou para ela, intrigado.

— Primeiro quebre todo o vidro, senão vai ficar todo machucado — ela explicou.

Ele viu o sentido daquilo e foi quebrando todos os cacos da moldura para dentro da sala.

— Está vazia — ele observou. — Nem móveis nem nada.

— Devem ter chamado a companhia de mudanças quando souberam que vinha uma enchente — ela ironizou.

Ele ficou contente de vê-la sendo sarcástica. Soava como ela mesma outra vez.

Quando a moldura estava sem vidro nenhum, Malcolm se pôs de pé com cuidado, apoiou ambas as mãos nela, passou uma perna para dentro, depois a outra, e estava no interior da casa.

— Me passe a Lyra — pediu.

Alice tinha que ir para o meio da canoa, o que era difícil, e Lyra se retorcendo e berrando também não ajudava nada. Mas, depois de uns minutos, enquanto Asta em forma de falcão carregava o filhote de andorinha Pan, Alice ergueu a criança envolta no cobertor e Malcolm a levou para dentro da sala vazia.

— Nossa! Você está cheirando como um pasto, Lyra! — ele exclamou. — Um fedor campeão, isso sim. Bom, nós já vamos limpar você.

— *Nós* — Alice repetiu, agora dentro da sala com ele. — Gostei desse *nós*. Você vá amarrar cordas, qualquer coisa. Eu que vou limpar ela.

— É uma farmácia mesmo — observou Malcolm. — Mas eu queria era que vendessem comida. Olha, tem um depósito aqui.

Era como uma sala do tesouro. No depósito havia todo o necessário para os cuidados com Lyra, remédios de todos os tipos, até biscoitos e vários tipos de suco.

— Precisamos de água quente — Alice respondeu, nada impressionada.

— Ainda deve ter em algum tanque. Eu vou dar uma olhada — afirmou Malcolm ao ver um pequeno banheiro, repentinamente tomando consciência de que precisava muito se aliviar. Descobriu que a descarga funcionava, as torneiras tinham água e havia até um fiozinho de água morna. Ele correu para contar a Alice.

— Certo — disse ela. — Agora vá e encontre fraldas, daquelas descartáveis. A gente dá um banho nela e troca a fralda primeiro, depois dá comida. Se achar um jeito de ferver a água, melhor. E não beba.

Na sala vazia havia lenha, gravetos e papel na lareira. Malcolm procurou uma panela ou alguma outra coisa para ferver a água, bendizendo o proprietário precavido que tinha equipado tão bem sua loja. Sem dúvida havia todo tipo de utensílio doméstico no andar de baixo, mas a água da enchente tinha subido até pouco abaixo do degrau mais alto da escada e não havia como chegar lá; e que sorte eles guardarem seus produtos no segundo andar, em vez de no porão. E havia até uma pequena cozinha, com um fogão a gás, que não funcionava, e uma chaleira.

Ele pegou seu canivete e raspou a pederneira muitas e muitas vezes, produzindo uma chuva de fagulhas em todas elas, mas o papel se recusou a acender na lareira.

— O que você tá fazendo? — Alice perguntou, e jogou para ele uma caixa de fósforos. — Idiota.

Ele suspirou, riscou um fósforo e logo o fogo estava brilhando. Encheu a chaleira na torneira de água fria e pôs sobre as chamas.

Lyra estava gritando enquanto Alice a lavava e punha uma fralda seca, mas era um grito de raiva generalizada, mais que de desconforto. Seu pequeno daemon, que estivera na forma de um rato muito despenteado, se transformou em um pequeno buldogue e se juntou à confusão até o daemon-galgo de Alice pegá-lo e dar nele uma sacudida que assustou e calou a criança, ressentida.

— Melhor assim — Alice observou. — Agora fique quieta. Daqui a um minuto vou te dar a mamadeira, quando esse menino ferver a água.

Ela carregou Lyra, foi à pequena cozinha e a deitou na bancada da pia enquanto Malcolm cuidava das chamas. Ele precisou embrulhar as mãos no cobertor molhado para não se queimar com a chaleira, pois não havia onde pendurá-la sobre o fogo.

— Pelo menos está secando o cobertor — ele disse a Asta.

— E se o dono da farmácia chegar? — perguntou seu daemon.

— Ninguém ia pensar que a gente ficaria sem trocar e sem dar de mamar pra uma bebezinha. A não ser o Bonneville.

— *Era* ele de noite, não era?

— Era. Ele deve estar louco. Louco de verdade.

— Nós vamos mesmo levar a menina até...

— Sshh. — Ele olhou em torno, mas Alice ainda estava na outra sala, lavando Lyra. — Vamos — ele sussurrou. — Temos que ir, agora.

— Então por que não vai contar pra Alice? — sussurrou o daemon de volta.

— Porque ela não vai querer ir. Ela ia ficar pra trás, ou entregar a gente, ou alguma outra coisa. *E* levar a Lyra.

O fogo pegou com força, e o calor nas mãos e no rosto fez Malcolm perceber ainda mais o quanto estava frio e encharcado no resto do corpo. Estava se mexendo, incomodado, quando Alice falou atrás dele.

— Cadê a água?

— Ah... quase fervendo.

— Melhor ferver uns minutos. Pra matar os germes. Depois deixar esfriar. Acho que vai demorar um pouco pra poder misturar o leite em pó.

— Como ela está?

— Está cheirando melhor. Mas a coitadinha está com o bumbum todo assado.

— Deve ter algum creme, alguma coisa...

— É, tem sim. Que bom que aqui é uma farmácia, não uma ferraria. Não derrame a água.

A água estava fervendo e sua mão parecia tostada.

— Pode pegar água fria pra mim? — ele pediu. — Preciso molhar o cobertor outra vez. Minha mão está queimando.

Alice saiu e voltou com uma jarra. Despejou a água cuidadosamente no cobertor, e no mesmo instante a mão dele piorou, ainda mais machucada. Afastou a chaleira e olhou em torno.

— O que foi?

— Vou procurar uma coisa melhor pra segurar a chaleira.

Mas nem precisou procurar muito longe. Na pequena pilha de lenha ao lado da lareira havia um pedaço de pau que, encostado contra a lareira, tinha a altura certa para nele pendurar a chaleira, metade em cima, metade fora do fogo.

— Se cair...

— Eu sei — respondeu ele. — Fique aí e vigie um minuto.

Ele se levantou e foi olhar Lyra, que estava confortavelmente deitada sobre o soalho, com um biscoito na mão. Asta lambeu a cabeça do cachorrinho Pantalaimon e Lyra respondeu com uma série de gorgolejos.

No depósito ao lado, Malcolm encontrou o que estava procurando: um lápis. Na parede do patamar da escada, escreveu: "Malcolm Polstead, da Estalagem A Truta em Godstow, pagará por qualquer dano e pelo que foi usado".

Depois, encontrou uma pilha de toalhas novas e as levou até a janela quebrada, onde se debruçou e enxugou o interior da canoa.

— Vamos tentar deixar você seca agora — disse à bebê.

A chuva tinha cessado, mas o ar estava saturado, e o vento soprava respingos da enchente. O nível não tinha baixado nada.

— Bom, nós estamos aqui faz só meia hora — observou Asta.

— Queria esconder um pouco a canoa. Se o Bonneville passar pelo fim da rua, vai ver imediatamente.

— Mas ele nunca viu a canoa de dia — ela observou. — Estava um breu de escuro. Pra ele podia ser uma gôndola.

— Humm — Malcolm fez, amarrando o toldo inteiro.

— Olha, Malcolm — Alice chamou. — Vem cá.

— O quê? — perguntou ele, voltando para dentro da janela.

— Sente nesse banquinho e fique parado — ela pediu.

— Por quê?

Ela havia tirado a panela do fogo, portanto devia ter fervido. Estava com uma flanela úmida em uma mão e com a outra foi virando a cabeça dele, não bruscamente, mas com firmeza, enquanto limpava seu rosto. Assim que ela começou a passar a flanela, ele entendeu por quê.

— Ai!

— Fique quieto. Você está horrível, todo arranhado. Além disso, pode pegar germes. Fique quieto!

Ele aguentou a ardência e ficou calado. Quando ela terminou de limpar o sangue seco, passou em seu rosto um creme antisséptico.

— Pare de se retorcer. Não pode estar doendo tanto assim.

Doía, sim, mas ele nunca sonharia confessar. Rilhou os dentes e suportou.

— Pronto — ela disse. — Não sei se não precisa de um ou dois esparadrapos...

— Ia descolar tudo.

— Faça como quiser. Agora deixe o banquinho pra mim, tenho que dar a mamadeira pra Lyra.

Ela testou a temperatura da água do mesmo jeito que a irmã Fenella fizera, depois espalhou o leite em pó e mexeu bem.

— Me dê a mamadeira.

Malcolm passou para ela a mamadeira e o bico de borracha.

— Tem que esterilizar mesmo tudo — ela informou.

Ele foi pegar a bebê. Pan agora era um pardal, então Asta virou uma ave também, dessa vez um verdilhão.

— Acabou seu biscoito? — ele perguntou a Lyra. — Então não vai querer o leite. Eu que vou beber.

Ela estava toda assanhada, como diria a mãe dele. Malcolm a entregou a Alice e foi de novo para a janela, porque a lembrança da mãe lhe trouxe súbitas e desamparadas lágrimas aos olhos.

— O que foi? — Alice perguntou, desconfiada.

— Está ardendo.

Ele se debruçou na janela, tentando ver algum sinal de movimento nos outros prédios, mas não havia nenhum. As janelas estavam fechadas ou abertas, mas não havia luzes acesas e nenhum som a não ser o avanço e o correr das águas.

Malcolm então viu alguma coisa se mexendo. Asta viu primeiro, soltou um pequeno arfar, fugiu para seu peito como gatinho, e então ele viu também. Vinha boiando pela rua na direção deles, batendo na fachada das casas, amortecido e mole, meio submerso. Era o corpo de uma mulher, de barriga para baixo na água, afogada e morta.

— O que a gente devia fazer? — Asta sussurrou.

— Não dá pra fazer nada.

— Eu falei devia. É diferente.

— Acho que... a gente *devia* tirar ela da água e deitar no chão. Tratar ela com algum respeito. Não sei. Mas se o dono da farmácia voltar e encontrar uma mulher morta na loja dele...

Durante alguns momentos, parecia que a pobre morta estava tentando se alojar entre a fachada da farmácia e a canoa. Malcolm detestaria ter que pegar o remo e empurrá-la, mas por fim a correnteza a levou rua abaixo. Malcolm e Asta pararam de olhar: parecia falta de respeito.

— O que acontece com o daemon quando a pessoa morre? — Asta sussurrou.

— Não sei... vai ver que o daemon dela era pequeno, como um passarinho, e estava no bolso dela, coisa assim...

— Pode ser que tenha ficado pra trás.

Mas aquilo era horrível demais para se pensar. Olharam de volta para a mulher morta, agora a certa distância, e tentaram pensar em outra coisa.

— Estoque — disse Malcolm. — A gente tem que pegar tudo o que der e encher a canoa.

— Por quê? — Alice perguntou. Ela estava parada bem atrás dele; havia dado uma pausa a Lyra. Ele não notara que ela estava ali.

— No caso da gente não conseguir voltar — respondeu Malcolm, calmo. — Você viu como a enchente está forte. No caso da gente ser arrastado pra onde não tem mais lojas, nem casas, nem nada.

— Ou a gente podia ficar aqui.

— Se a gente fizer isso, o Bonneville nos encontra.

Ela pensou.

— É — concordou. — Pode ser. — Deu tapinhas nas costas de Lyra e a menina soltou um arroto alto. — Pra que ele quer ela, afinal?

— Provável que queira matar. Vingança.

— De quê?

— Dos pais dela. Não sei. De qualquer jeito...

— O quê?

— Essa história de santuário... É provável que a gente não consiga deixar a Lyra na Faculdade Jordan, mesmo que chegasse lá, porque tem que falar alguma coisa em latim e eu não sei o que é. Então, talvez...

Alice olhou para ele atentamente. Algo havia mudado.

— Que foi? — ele perguntou.

— Você não queria parar na Jordan coisa nenhuma, não é?

— Claro que queria...

— Não queria, não. Dá pra ler isso na sua cara feito um livro aberto, filho da mãe.

De repente, ela estendeu a mão e arrancou o cartãozinho branco do bolso de sua camisa. Leu de ambos os lados, seu rosto franziu de raiva, e jogou o cartão no chão.

Então deu um chute forte na perna dele. Não podia fazer mais nada com a bebê nos braços, e Lyra agora estava percebendo sua raiva, assustada. Malcolm se pôs fora do alcance.

— Você tá imaginando...

— Não estou, não! É isso o que você *quer*, não é? Hã? Eu vi você olhando isso aí na canoa quando achou que eu estava dormindo. E queria me levar junto com você pra cuidar dela. Seu porquinho de merda. E eu caí nessa.

Ela o chutou de novo e de novo e seu daemon rosnou, tentando alcançar Asta, que se transformou em um pássaro com toda facilidade e voou para fora do alcance. Alice estava com o rosto pálido, os olhos azuis arregalados de fúria. Malcolm simplesmente recuou e pegou o banquinho.

— E o que vai fazer com isso, hein? Bater na minha cabeça? Quero ver você tentar. Eu acabo com você, se tentar uma coisa dessas. Ponho a Lyra no chão e quebro os seus braços. Quero ver você remar sua bendita canoa então... Calma, calma, bebezinha. Não chore agora. A Alice só perdeu a paciência com esse pedaço de esgoto aí, não com você, meu amor. Ponha esse banquinho onde estava, seu rato do lixo. Ainda não terminei de dar a mamadeira dela. E ponha mais lenha na lareira. Depois, fique bem longe de mim.

Malcolm fez o que ela mandou. Quando ela se sentou e pôs a mamadeira de volta na boca de Lyra, ele disse:

— Pense no que aconteceu ontem de noite. A gente não teve escolha. Não dava pra fazer outra coisa. Tivemos que ir pra Truta... encontramos as portas trancadas porque eles acharam que eu estava seguro no meu quarto... não ouviram as batidas na porta... não tinha nenhum outro lugar pra ir, nenhum jeito de ficar em segurança. Só tinha a canoa. A gente tinha que pegar a canoa e...

— Cala a boca. Pare de falar, droga. Preciso pensar no que fazer agora.

— Não dá pra ficar aqui. Ele vai encontrar a gente.

— Cala a boca!

Alguma coisa estava escorrendo da testa dele para dentro do olho direito. Era sangue: os arranhões se abriram. Ele enxugou com o lenço que, como todo o resto, ainda estava úmido e se retirou para o depósito.

— Ela ia acabar descobrindo — Asta sussurrou.

— É, mas…

— E nós sabemos que ela é brava.

— Humm.

O fato era que ambos estavam abalados. A fúria de Alice era mais difícil de encarar do que a mulher morta na água, mais difícil do que pensar em Gerard Bonneville.

Malcolm olhou as estantes, mas não conseguia ver nada. Não conseguia pensar em equipar a canoa, nem em mais nada; sua mente estava rodando como a enchente.

— Nós precisamos explicar — ele falou baixo a Asta.

— Acha que ela vai escutar?

— Pelo menos, se ela estiver com a Lyra no colo…

Encontrou uma garrafa de suco de laranja e abriu a tampa.

— Pra que isso? — Alice vociferou quando ele ofereceu a ela.

— Café da manhã.

— Enfie no rabo.

— Escute um pouco. Deixe eu explicar.

Em troca ela o encarou com fúria, mas não disse nada.

— A Lyra está em perigo em qualquer lugar, qualquer lugar de Oxford, pelo menos — ele continuou. — Mesmo que o convento esteja inteiro e as freiras todas vivas, tem pelo menos dois tipos de gente querendo pegar a Lyra. Um é o Bonneville. Não sei o que ele tá aprontando, mas ele quer ela, e ele é violento, é louco. Bate no próprio daemon. Acho que foi ele que quebrou a perna que a hiena perdeu. A gente não pode deixar ele pegar a Lyra. Depois tem o…

— Departamento de Proteção à Criança — completou Asta.

— Departamento de Proteção à Criança. Você ouviu quando eu estava falando disso com a minha mãe. E o seu daemon…

— Ah, é — disse Alice. — Filhos da mãe.

— Mas tem o santuário escolástico, certo? Como eu te disse ontem de noite.

— Ah, sei. *Se* for verdade. E *se* a gente conseguir voltar até a Faculdade Jordan com a enchente desse jeito. Nunca que iam deixar a gente entrar. Então essa ideia já era.

— Mas tem o lorde Asriel. Pai da Lyra. Você lembra, eu contei… Ele é contra o TDC. E é claro que ama a menina, isso é óbvio. Então, pensei que a gente podia levar a bebê pra ele, porque ninguém mais vai poder proteger ela. O Departamento de Proteção à Criança vai voltar no convento, e as freiras vão estar todas ocupadas limpando e reformando, não vão poder cuidar dela direito, nem a irmã Benedicta. E aí tem o Bonneville... Ele... bom, ele é raivoso. Está descontrolado. Pode pegar a bebê a qualquer hora. E a irmã Katarina, ela entregava a Lyra pra ele...

Alice ponderou isso e então disse:

— E seus pais? Por que eles não podem cuidar dela?

— Eles são ocupados com a estalagem. E o TCD pode aparecer de novo. Sabe o sr. Boatwright? George Boatwright?

— Que é que tem ele?

— Foram lá uma noite e tentaram prender ele. Ele tentou enfrentar quando ninguém mais enfrentou. Não tem como escapar do TCD. Se quisessem revistar a estalagem de cima a baixo, poderiam fazer isso, e ninguém ia conseguir impedir. E depois tem a Liga de Santo Alexander. Alguém podia contar pro filho que a Lyra estava lá, e o filho podia ser membro da Liga e entregar ela.

— Humm — Alice ponderou. Deixou a mamadeira e ergueu Lyra para fazê-la arrotar. — Bom, tem a mãe dela.

— Ela tá do lado do TCD. Ela que *fundou* a Liga de Santo Alexander.

Alice se levantou e andou devagar de um lado para outro. Pantalaimon, como filhote de andorinha, começou a gorjear uma conversa e Lyra participou, assim como Asta. O daemon de Alice, em forma de um mastim junto à lareira, abriu um olho. Malcolm não disse nada, ficou calado. Por fim, Alice se virou e disse:

— Como você vai encontrar ele então, esse lorde Asriel?

Malcolm pegou o cartão.

— Este é o endereço dele — mostrou. — Foi isso que me deu a ideia. Seja como for, os gípcios vão saber. Se a gente encontrar algum gípcio. Além disso, ele é um homem famoso. Não vai ser difícil de encontrar.

Alice bufou.

— Você é um palerma — ela disse.

— Não sei o que é isso.

— Se olhe no espelho que você descobre.

Ele não disse nada, pois achou mais seguro ficar calado. Alice foi à janela e olhou para fora brevemente.

— Me dê um desses cobertores — disse ela.

Ele encontrou um, abriu e pôs em torno dos ombros dela.

— Por que você não me contou? — ela perguntou.

— Porque tudo aconteceu muito depressa.

— Mas você estava planejando isso. As coisas que já tinha na canoa.

— Não estava pensando em ir embora, não ainda. Eu não sabia que a enchente ia chegar tão rápido. E, se soubesse, provavelmente eu ia levar a irmã Fenella, porque eu não ia poder cuidar da bebê e remar ao...

— *Irmã Fenella?* Do que eu te chamei? Palerma, não foi? Você é a porcaria de um idiota.

— Bom, alguém...

— Sempre foi pra ser eu. Não tem mais ninguém.

— Então por que você me chutou?

— Porque você não me *contou*. Ou melhor, não me *perguntou*.

— Só pensei nisso de noite, quando a gente estava amarrado naquela árvore.

Ela voltou à lareira e pôs um pedaço de lenha.

— Então, qual é o plano?

— Continuar corrente abaixo. Ficar longe de Bonneville. Descobrir como chegar até o lorde Asriel.

Ele teve que enxugar o sangue do olho outra vez e depois limpou a mão na calça, que agora estava quase seca.

— Senta e segura a Lyra — ela disse. — Vou pôr um curativo aí, mesmo que você não queira. Senão vou ficar maluca, vendo esse sangue cair no seu olho o tempo todo.

Ela o fez com mais delicadeza que antes. Em seguida, entregou a ele o pacote de curativos e o tubo de creme antisséptico.

— Pode começar botando isto na canoa. Mais cobertores e mais travesseiros, se tiverem algum. Estava gelado demais ontem de noite. E um monte de fraldas descartáveis. E fósforos. E aquela panela. E todos os biscoitos...

Ela continuou falando sem pausa, fazendo uma lista de tantas coisas que era capaz de a canoa afundar com tudo aquilo. Em resposta, Malcolm balançava a cabeça para tudo, muito sério.

— Bom, então vá em frente — ela disse.

E ele começou. Pegou as coisas na ordem que considerava importantes, ou seja, travesseiros e cobertores foram primeiro, depois fraldas, leite em pó e outras coisas para Lyra. Alice parecia não estar disposta a ajudar, e ele não ousou pedir. Por isso, a cada carga ele tinha que se debruçar da janela, puxar a canoa para perto, deixar as coisas dentro, depois saltar para a parte interna e organizar os itens do melhor jeito possível. Pôs uma pilha de cobertores na proa, para Alice sentar em cima e para protegê-la da friagem da água abaixo do casco, e dois travesseiros para ela se encostar.

— Ela é muito estranha — Asta comentou em um sussurro quando estavam do lado de fora. — Podia ter choramingado e gemido durante a noite inteira, mas não disse nada.

— Eu preferia que não tivesse me chutado.

— Mas ela cuidou dos arranhões...

— Sshh!

Malcolm percebeu um movimento no fim da rua e então viu com mais clareza: era um bote com dois homens, mas nenhum deles era Bonneville. Um estava remando, para que o outro pudesse olhar à frente. Assim que este viu Malcolm na canoa, falou alguma coisa para o remador, que se virou para olhar.

— Ei! — um deles gritou. — O que é que você tá fazendo?

Malcolm não respondeu. Em vez disso, chamou pela janela:

— Alice, traz a Lyra aqui.

— Por quê? — ela perguntou, mas ele tinha se virado.

O bote estava muito mais perto: o homem remava depressa. Quando estavam próximos o suficiente para Malcolm não precisar mais gritar, ele disse:

— Nós estamos cuidando de um bebê. Tivemos que entrar aqui porque ela estava gelada.

Alice apareceu ao lado dele e viu os homens, tão próximos que podiam estender o braço e pegar a canoa.

— O que vocês querem? — ela perguntou. Estava com Lyra no colo; a menina quase dormindo.

— Só conferindo para ver se está tudo bem, se ninguém está fazendo o que não deve — respondeu o homem que não estava remando.

— Tem um bebê aí? — perguntou o remador.

— É minha irmã — afirmou Alice. — Nossa casa ia cair quando veio a enchente então a gente fugiu na canoa. Mas ficamos na água a noite inteira e ela estava com muito frio, tivemos que parar e encontrar um lugar pra trocar e dar comida pra ela. Se tivesse alguém aqui a gente tinha pedido, mas a casa está vazia.

— O que estão pondo no barco? — o outro homem perguntou a Malcolm.

— Cobertores e travesseiros. Vamos tentar voltar pra casa, porque nossos pais estão preocupados. Mas no caso da gente ter que passar outra noite no barco...

— Por que não ficam aí mesmo?

— Por causa dos nossos pais — Alice respondeu. — Não ouviu? Eles estão preocupados. A gente precisa tentar voltar o mais depressa que der.

— Pra onde?

— O senhor é polícia, por acaso? Não tem nada a ver com isso.

— Sandra, eles só estão cuidando do lugar — disse Malcolm. — Nós moramos em Wolvercote. Na noite passada a enchente arrastou a gente pra Port Meadow. A gente ia tentar voltar pela cidade, mas no caso de encalhar de novo...

— Como é seu nome?

— Richard Parsons. E minha irmã é Sandra. E a bebê é Ellie.

— Onde seus pais estavam ontem de noite?

— Nossa avó ficou doente ontem. Eles foram visitar ela, e enquanto estavam lá veio a enchente.

O remador manejava os remos para manter o barco parado na água. Ele disse ao outro homem:

— Deixa eles. É gente boa.

— Sabe que é roubo o que você tá fazendo? — o homem perguntou. — Que é saque?

— Não é *saque*, não — interpelou Alice, mas Malcolm a interrompeu.

— Estamos levando só o que a gente precisa pra sobreviver e alimentar a bebê. E assim que a enchente baixar, meu pai vem e paga o que a gente pegou.

— Se seguirem pela cidade — disse o remador — e encontrarem a Prefeitura, sabe onde é? Santo Aldate?

Malcolm fez que sim com a cabeça.

— Tem um posto de emergência lá. Está cheio de gente desabrigada pela enchente e um monte de ajudantes. Vão encontrar lá tudo que precisarem.

— Obrigado — disse Malcolm. — Vamos fazer isso. Muito obrigado.

Os homens assentiram e começaram a remar embora.

— *Sandra* — Alice falou com profundo desprezo. — Não podia pensar em nada melhor, não?

— Não — respondeu Malcolm.

E dez minutos depois estavam remando de novo, Sandra-Alice abrigada e aquecida na proa, Lyra limpa, seca e alimentada, dormindo profundamente em seu colo. *La Belle Sauvage* estava mais pesada na água do que quando Malcolm levara irmã Benedicta ao depósito de encomendas, mas deslizava com toda a sua nova dinâmica, respondendo às remadas como um poderoso corcel ao toque das rédeas de seu cavaleiro. *Bem*, Malcolm pensou, *podia ter sido tudo muito pior.* Ainda estavam vivos e rumando para o Sul.

17. A TORRE DOS PEREGRINOS

Mais ou menos na mesma hora, George Papadimitriou estava parado à janela de seus aposentos no alto da Torre dos Peregrinos, o ponto mais alto da Faculdade Jordan. Olhava a vastidão das águas que cercavam a torre e lambiam as janelas dos outros prédios da faculdade. Mesmo no quadrilátero fechado, o vento chicoteava dando borrifadas. O céu estava pesado, prometendo ainda mais chuva, e a sala tão fria que, apesar do fogo na lareira, ele usava um pesado sobretudo.

— Quando você acha que devemos esperar a chegada dele? — perguntou.

— Nesta enchente... — respondeu lorde Nugent, juntando-se a ele à janela. — Não sei. Mas ele é muito esperto.

Nugent tinha chegado a Oxford na noite anterior, uma ou duas horas antes de a enchente atacar a cidade. A Rua Oakley soube que Lyra estava em perigo e ele queria garantir os arranjos de sua segurança. Ele teria ido ao convento já na mesma manhã, apesar da enchente, mas havia recebido uma carta codificada de Coram van Texel, de Uppsala, informando sobre a chegada de um viajante do extremo Norte chamado Bud Schlesinger. O viajante era nativo da Nova Dinamarca e agente da Rua Oakley por treino e por identificação com a causa. Havia ido ao Norte para descobrir tudo o que pudesse sobre os conhecimentos que as feiticeiras tinham de Lyra, porque parecia que a fonte de muito do que se dizia a respeito da menina provinha delas. As feiticeiras eram um grande poder naquela latitude, e as alianças que faziam eram custosas, porém valiosas. Nugent queria conquistar o apoio delas, mas estava mais empenhado em evitar que o outro lado o conquistasse.

— Acredito que todos os barcos que existem tenham sido requisitados pelas autoridades — afirmou Papadimitriou. — O objetivo é manter a ordem civil acima de qualquer outra coisa.

— Ah, mas ele vai chegar. Enquanto isso, eu vou... Espere um pouco. Aquela lá embaixo não é Hannah Relf?

Papadimitriou olhou para o quadrilátero inundado, onde uma figura esguia vestindo capa impermeável caminhava, com a água pela cintura, na direção da torre. Ela olhou brevemente para o alto, levantando o chapéu de marinheiro amarelo, e os dois homens a reconheceram de imediato. Papadimitriou acenou, mas ela não o viu e continuou avançando pela água.

— Vou descer para recebê-la — disse Papadimitriou.

Ele desceu correndo a escada íngreme e a encontrou no primeiro patamar, ofegante, a desabotoar a capa impermeável. Seu pequeno daemon ajudava com os botões.

— Deixe-me ajudar — ele pediu. — Meu Deus. O que é isso que está usando?

— Um macacão impermeável de pescar salmão — ela respondeu. — Nunca pensei que fosse precisar dele aqui.

— Bom, isso conta como uma revelação. Nunca imaginaria você com uma vara de pescar nas mãos — ele comentou, segurando sua capa. O macacão chegava até seu peito e parecia resistente.

— Não é meu. Era do meu irmão, que desistiu de pescar quando se feriu: não é nada fácil usar macacão de borracha tendo uma prótese de perna. Se eu sentar no degrau talvez o senhor possa...

Ele desceu um ou dois degraus e puxou com força. Ela estava completamente vestida por baixo, e aquilo devia ser extremamente desconfortável.

— Bom, que sorte a sua — ele disse.

— O senhor está muito ocupado? Não quero interromper nada, mas...

— Não vai. Não se preocupe.

— Achei que devia vir trazer uma notícia importante.

— Tom Nugent está aqui. Guarde o fôlego para subir a escada e nos contar quando chegar lá.

Os daemons dos dois subiram na frente, conversando tranquilamente. Papadimitriou estava preocupado com Hannah: ela respirava pesado e tinha o rosto afogueado.

— Você não veio a pé todo esse trajeto, veio? — ele perguntou. Em seguida: — Desculpe. Não precisa falar. Vá com calma. Sem pressa.

— Implorei uma carona com um vizinho num barco a motor — ela respondeu quando eles chegaram ao alto. — Acho que ninguém conseguiria andar tudo isso. Viu como a água está correndo depressa em são Giles?

Nugent abriu a porta ao ouvir suas vozes e disse:

— Dra. Relf, que valente. Venha e sente perto da lareira, deixe eu servir um conhaque do George.

— Obrigada — ela falou. — Não precisa. Não vou ficar mais do que o necessário.

— Vai ficar até estar aquecida e seca — afirmou Papadimitriou. — De qualquer forma, seria bom conhecer Schlesinger.

Agradecendo, ela pegou o cálice das mãos de lorde Nugent e bebeu.

— Quem é Schlesinger?

— Um agente da Rua Oakley que tem algo para nos contar, esperamos.

— Vim porque aconteceu uma coisa no convento — disse ela. — Tarde da noite, ontem. Eu soube graças a um vizinho, o homem que tem o barco. Ele me levou para ver o que estava acontecendo e saber se estava tudo bem com Malcolm. Mas está tudo tão... Para começar, a portaria e várias outras partes do prédio principal desabaram. A ponte que vai para a estalagem também. Sete freiras morreram afogadas, e duas estão desaparecidas. E a criança... Bom, está igualmente desaparecida. Mas tem uma coisa: Malcolm, o menino, os senhores lembram, também não foi encontrado. A canoa *e* a menina que estava ajudando a cuidar da bebê no convento também sumiram. É a única coisa que está dando alguma esperança aos pais dele.

— Acham que ele pode ter... o quê? Resgatado a criança com a canoa?

— Em resumo, sim. Ele gostava muito da bebê, estava muito interessado nela e em tudo o que dizia respeito a ela. Então... Bom, era isso que eu tinha para contar, na realidade.

— Quem é a menina?

— Alice Parslow. Quinze anos. Ela ajuda na estalagem e tinha começado a trabalhar no convento. Mas uma outra coisa pode ter alguma importância no...

— Espere um pouco. Eles têm *certeza* de que a criança foi levada e que não está soterrada debaixo das ruínas do prédio?

— Sim, eles têm certeza, pois quando a portaria caiu ela estava em um berço de madeira na cozinha, aos cuidados da menina, Alice. O berço ainda estava lá, mas todos os cobertores haviam sumido. E tem uma outra coisa: um homem havia aparecido na Truta uma noite… Malcolm já tinha me falado dele algumas vezes. Mencionei isso quando nos encontramos na casa do dr. Al-Kaisy, mas os senhores me deram tantas informações que não perguntei mais nada. O nome dele é Gerard Bonneville. Ele tem um daemon-hiena que perdeu uma pata…

Nugent se inclinou para a frente.

Papadimitriou perguntou:

— Onde é que ele entra na história? O que ele estava fazendo?

— Não sei se é importante ou não — respondeu Hannah —, mas Malcolm tinha medo desse homem por causa do comportamento do daemon dele. No dia do jantar do dr. Al-Kaisy, Malcolm me contou que tinha visto Bonneville tentando entrar no convento domingo à noite… Ah, e a menina, Alice, tinha conversado com ele, com Bonneville, e contou que ele havia lhe dito que era pai da bebê, de Lyra. Os senhores sabem alguma coisa sobre ele?

— Na verdade, sabemos — afirmou Nugent — e estamos interessados nele faz algum tempo. É um cientista… uma autoridade em partículas elementares. Ou era. Em Paris, coordenou um grupo de pesquisa sobre o campo Rusakov, aquela teoria sobre a consciência que deixa o Magisterium tão agitado. Ele escreveu um artigo defendendo que deve existir uma partícula associada ao campo e fez a extraordinária afirmação de que o Pó poder ser essa partícula. O principal dessa história, pelo que posso entender, é que tudo é material, mas que a matéria em si é consciência. E não há necessidade de se discutir o espírito. Podem perceber por que o Magisterium quer que ele se cale. Ele era… bom, era uma mente brilhante. E está envolvido com isso, com Lyra?

— Mas ele estava na prisão — comentou Papadimitriou. — Não houve um julgamento? Algum crime sexual?

— Foi a derrocada dele. Ou parte dela. Ele foi processado por um crime envolvendo várias moças. Acho que Marisa Coulter estava envolvida de algum modo, talvez tenha sido testemunha contra ele? Vamos procurar os detalhes. E ele diz que é pai de Lyra?

— Foi o que eu soube pelo Malcolm, que ouviu isso da menina, Alice — Hannah respondeu. — E a sra. Coulter conhece Bonneville.

— Como você sabe? — Nugent perguntou.

— Ela foi à minha casa.

— O quê? Quando?

Hannah contou o que tinha acontecido naquela tarde e como Malcolm tinha conversado com a sra. Coulter e desviado das perguntas dela.

— Ficou muito claro que ela conhecia esse Bonneville, mas não admitiu. Ela queria saber onde estava a criança. Não contou que era filha dela, muito menos quem era o pai. Foi uma conversa absolutamente estranha... Não tem alguém aí fora?

Assim que ela perguntou isso, bateram na porta. Papadimitriou a abriu e apertou calorosamente a mão do homem que entrou.

— Bud! Você conseguiu! — exclamou. — Muito bem!

Nugent se levantou para lhe dar as boas-vindas. Schlesinger era um homem de trinta e poucos anos, magro, com cabelo loiro cortado muito curto e uma expressão viva, alerta. Seu daemon era uma coruja pequena. Seu casaco parecia completamente molhado.

— Olá — ele disse, ao ver Hannah. — Estou interrompendo alguma coisa?

— Não, acho que eu é que estou — respondeu ela. — Vou embora agora.

— Não, dra. Relf, fique — pediu Nugent. — Isto é importante. Bud, Hannah é uma de nós. Ela sabe de tudo e nos deu algumas informações valiosas. Olhe, você está encharcado. Chegue perto da lareira.

Schlesinger apertou a mão de Hannah e disse:

— Prazer em conhecê-la. O que estavam discutindo? Perdi a melhor parte?

Enquanto Schlesinger tirava o casaco e se sentava perto do fogo, Nugent explicava a situação, e Hannah ouvia com admiração profissional. *Nota dez para esse resumo*, ela pensou: ele mencionava todos os fatos, relacionando-os corretamente com todo o resto, nenhuma palavra redundante, clareza total.

Enquanto lorde Nugent falava, Papadimitriou preparou um bule de café.

— Então era disso que estávamos falando — concluiu Nugent. — Agora, o que você trouxe para nós?

Schlesinger deu um gole no café e falou:

— Muita coisa. Primeiro, a criança, Lyra. Não há dúvida de que é filha de Coulter e Asriel. Ninguém mais envolvido. Ouvimos boatos de uma profecia sobre a criança e sabemos que o Magisterium está profundamente interessado nela, então fui ao Norte para descobrir mais. As feiticeiras da região de Enara ouviram vozes na aurora, é assim que elas dizem: acredito que seja uma metáfora. As vozes diziam que a menina estava destinada a pôr um fim no destino. Isso é tudo. Elas não sabiam o que isso queria dizer, e com toda certeza eu também não sei. Pode ser uma coisa boa, pode ser ruim. E a condição principal é que ela precisa fazer isso, porém sem saber que está fazendo. De qualquer forma, o Magisterium ouviu falar dessa profecia, através dos seus contatos com as feiticeiras, e imediatamente partiu em busca da criança. Foi quando nos demos conta de que algo importante estava acontecendo e começamos a procurar um lugar para esconder a bebê.

— Certo — disse Nugent —, continue.

— Agora uma segunda coisa: Gerard Bonneville. Nos conhecemos um pouco em Paris e ouvi dizer que ele havia vindo para o Norte, então me informei discretamente com as pessoas da universidade que eu conhecia. Ele esteve na prisão por um crime sexual, seja qual for, e acabou de ser solto. Foi demitido de seu posto acadêmico, impedido de ter acesso às instalações do laboratório e da assistência técnica, das bibliotecas, de tudo o que um físico precisa. Ninguém dá emprego a ele. Ele sempre foi uma pessoa difícil para se trabalhar em equipe: exigente, obsessivo. E aquele daemon era simplesmente muito desagradável... Três patas, é? Mas tinha todas as patas da última vez em que vi Bonneville. Acho que Coram van Texel deve saber alguma coisa a respeito. Estive com Coram na Suécia, acho que ele contou a vocês.

Ao ouvir o nome de Coram van Texel, Hannah olhou para lorde Nugent, que devolveu seu olhar mansamente impassível.

— Mas Bonneville achou um jeito de recuperar o prestígio — Schlesinger continuou. — Ele sabia da profecia das feiticeiras e pensou que se conseguisse pegar a criança, poderia fazer uma troca com o Magisterium: me devolvam meu laboratório, toda a ajuda de que preciso e vocês podem ficar com a criança, fazer com ela o que quiserem. Então é isso o que ele está querendo, e por quê. Nós sabemos onde ele está agora? Qual foi a última notícia que tiveram dele?

— É uma suposição — respondeu Papadimitriou —, mas é provável que esteja perseguindo o menino e a menina que estão cuidando de Lyra. Eles têm um barco, uma canoa, acho, e Hannah acredita que tenham escapado nela. Mas Hannah, para onde eles iriam? O que estariam procurando?

— Então — disse Hannah —, faz alguns dias que Malcolm me perguntou sobre a lei do santuário, porque tinha ouvido uma das freiras falar disso e me perguntou se as faculdades ainda ofereciam santuário a catedráticos. Eu disse, então, que a Jordan costumava ter uma espécie de santuário...

— Ainda temos — confirmou Papadimitriou. — O santuário escolástico precisa ser solicitado diretamente ao próprio Reitor. Há uma fórmula em latim...

— Então, tenho certeza de que Malcolm ia tentar trazer a bebê para cá — continuou Hannah. — Mas nós todos vimos como a enchente está correndo pela cidade. Acho que uma canoa não conseguiria avançar muito nesse tipo de correnteza. Devem ter ido para onde a correnteza levou.

— Além disso, uma bebê não é um catedrático — acrescentou Papadimitriou. — Não funcionaria.

— Mas *se* ela recebesse santuário escolástico, até que ponto estaria protegida?

— Plenamente. A lei já foi testada nos tribunais, e sempre considerada incontestável. Mas, como eu digo...

— Eu sei — disse Schlesinger, endireitando o corpo de repente, entusiasmado —, isso faz sentido com uma outra coisa que ouvi no Norte. Eu estava perguntando sobre uma criança... não falei que era menina, falei apenas criança: *existe uma profecia sobre uma criança?* E uma feiticeira... como era mesmo o nome dela? Tilda Vasara, Rainha Tilda Vasara... ela me disse que tinha ouvido uma profecia sobre um menino, então eu ouvi assim, por educação, mas estava mesmo interessado era no que ela teria a contar sobre uma menina. E ela contou que vozes na aurora haviam falado sobre um menino que precisava transportar um tesouro para um lugar seguro.

Bom, eu não tinha nenhum interesse num menino, então esqueci completamente o assunto até vocês começarem a falar de um lugar seguro. Santuário. Esse seu menino é quem poderia estar fazendo isso?

— Claro! — exclamou Hannah. — É exatamente assim que ele pensaria. É intensamente romântico.

— Mas, em todo caso, ele não trouxe a menina para cá — observou Papadimitriou —, então temos que concluir que se estava tentando vir para cá, fracassou, e foram levados pela correnteza. O que ele pensaria em seguida?

Hannah percebeu que os três homens olhavam intensamente para ela, como se achassem que sabia a resposta. Bem, talvez soubesse.

— Lorde Asriel — disse ela. — Naquela noite que lorde Asriel foi ao convento e viu a bebê, Malcolm emprestou a canoa para ele, que ficou muito impressionado com a atitude. Malcolm pode acreditar que Asriel representa segurança para Lyra. Ele tentaria levar a bebê para ele.

— Ele saberia onde encontrar lorde Asriel? — perguntou Papadimitriou.

— Não sei. Acho que em Londres... mas não, não faço ideia.

— De qualquer modo — disse Schlesinger —, estive com Asriel brevemente em Chelsea ontem à noite. Ele está de partida para o Norte outra vez. Mesmo que o seu Malcolm consiga chegar lá, Asriel pode já ter ido embora.

— A menos que a enchente impeça — argumentou Nugent, levantando-se. Ele de repente parecia mais jovem, cheio de determinação e energia. — Então está tudo esclarecido. Sabemos o que precisamos fazer: precisamos sair na enchente e encontrar as crianças antes de Bonneville. Bud, como você veio para cá?

— Aluguei um barco a motor bem rápido. Acho que o dono ainda está por aqui: disse que ia tentar encontrar algum trabalho em Oxford.

— Encontre esse homem e vá — ordenou Nugent. — George, você conhece os gípcios. Use os seus contatos. Encontre dois barcos, um para você e um para mim. O Magisterium estará procurando Lyra também. O TCD tem uma porção de barcos; estarão todos concentrados nisso. Hannah, deixe tudo de lado e use o aletiômetro para encontrar esses dois.

— Como entro em contato com os senhores? — Hannah perguntou.

— Não entre — respondeu lorde Nugent. — Independentemente de termos sucesso ou não, você estará escrevendo a história em seu devido momento. Vá para casa, mantenha-se seca e em segurança e observe o aletiômetro. Vou encontrar um jeito de mantermos contato.

18. LORDE ASSASSINO

Malcolm nunca tinha imaginado que seria possível que um rio inteiro — para não falar em uma área rural inteira — desaparecesse debaixo de uma enchente. Era difícil imaginar de onde tinha vindo aquela quantidade colossal de água. A certo ponto, ainda de manhã, ele pôs a mão para fora da borda e pegou um pouco de água para provar, achando que seria salgada, como se o Canal Bristol estivesse sendo despejado a caminho de Londres. Mas não era salgada; o gosto não era muito bom, mas não era água do mar.

— Se você estivesse remando pra Londres e o rio estivesse normal, sem enchente, quanto tempo acha que levava? — perguntou Alice.

Desde que tinham deixado a farmácia, duas horas antes, era a primeira vez que ela falava.

— Não sei. É quase uns cem quilômetros, quem sabe mais, porque o rio dá voltas, tem curvas. Mas se pensar que a correnteza...

— Bom, quanto tempo então?

— Uns dias?

A expressão de Alice demonstrou desgosto.

— Mas vai ser mais rápido — Malcolm continuou —, por causa da corrente. Olha como a gente está passando depressa por essas árvores.

O topo de um morro se erguia da água, coroado com um grupo de árvores, sobretudo carvalhos, cujos galhos nus pareciam tristonhos contra o céu cinzento. Mas *La Belle Sauvage* estava indo depressa; em um minuto tinham passado, e o morro ficara para trás.

— Então não vai demorar tanto assim — ele concluiu. — Talvez demore um dia.

Alice ficou calada e se abaixou para arrumar as cobertas de Lyra. A bebê estava deitada entre seus pés, tão bem embrulhada que Malcolm só conseguia enxergar o alto da cabeça da menina e a brilhante borboleta Pantalaimon pousada em seu cabelo.

— Ela está bem? — ele perguntou.

— Parece que sim.

Asta estava muito curiosa com Pan. Ela notara antes que Pan podia se transformar durante o sono de Lyra, mesmo quando o próprio daemon dormia. Tinha uma teoria: quando ele era uma borboleta, era porque Lyra estava sonhando; mas Malcolm não acreditava nisso. Claro, nenhum dos dois fazia a menor ideia do que acontecia quando eles próprios estavam dormindo. Eles sabiam que Asta podia dormir como uma criatura e acordar como outra, mas nenhum dos dois se lembrava de nada sobre a mudança. Era o tipo de coisa que ele gostaria de mencionar a Alice, mas a possibilidade de seu eterno desprezo o desanimava.

— Aposto que *é* um sonho — sugeriu Asta.

— Quem é aquele? — Alice perguntou, firme.

Ela estava apontando para trás do ombro de Malcolm, olhando ao longe. Ele se virou e viu, pouco discernível no ar cinzento e úmido, um homem em um bote remando com força na direção deles.

— Não dá pra ver com certeza — disse Malcolm. — Pode ser...

— É *ele*! — ela exclamou. — Aquele daemon está na frente. Vá mais depressa.

Malcolm percebeu que o bote onde Bonneville estava era uma embarcação desajeitada, de jeito nenhum tão rápida e manejável na água como *La Belle Sauvage*. Mas o homem tinha músculos de adulto e manejava os remos com determinação.

Então Malcolm fincou o remo e impulsionou a canoa para a frente. Mas não conseguiu fazer isso por muito tempo, pois seus ombros e braços, todo o tórax e a cintura estavam doendo.

— O que ele está fazendo? Onde ele está? — Malcolm perguntou.

— Está ficando para trás. Não dá pra ver... está atrás daquele morro... continue remando!

— Estou indo o mais depressa que eu posso. Mas vou ter que parar logo. Além disso...

A mudança de ritmo acordara Lyra, que começou a chorar baixinho. Precisavam alimentá-la sem muita demora, e isso significava amarrar a canoa, fazer um fogo, esquentar a panela. E, antes disso, encontrar um lugar para se esconder.

Malcolm olhou ao redor, enquanto remava o melhor possível. Estavam em um vale largo, provavelmente muito acima do leito do rio, com uma encosta arborizada se erguendo da água à esquerda, e à direita uma grande casa que tinha o formato clássico e cor branca, no seio de um morro verde no qual havia mais árvores. Os dois lados estavam a certa distância; era provável que o homem no bote os visse muito antes de chegarem a um esconderijo.

— Vamos praquela casa — Alice orientou.

Malcolm também achou que era a melhor alternativa, então remou a canoa o mais depressa possível naquela direção. Ao se aproximarem, ele viu uma fina coluna de fumaça subir de uma das muitas chaminés e depois se dissipar.

— Tem gente aí — ele observou.

— Ótimo — foi tudo que ela disse.

— Se tiver gente perto — explicou Asta —, é menos provável que ele...

— E se ele já estiver aí, se for um deles? — Malcolm perguntou.

— Mas era ele naquele barco lá atrás — disse ela. — Não era?

— Talvez. Estava longe demais pra ver.

Malcolm estava se dando conta do quanto estava cansado. Não fazia ideia de havia quanto tempo estava remando, mas diminuiu a velocidade, chegando na casa. Sentia mais e mais fome, cansaço e frio. Mal conseguia manter a cabeça ereta.

À frente deles, um gramado íngreme se erguia diretamente da enchente e levava com suavidade até a fachada branca da casa, onde ficavam as colunas e o frontão. Alguém se movimentava atrás das colunas, mas a luz estava baixa demais para se ver algo além do movimento. A fumaça subia da chaminé em alguma parte dos fundos.

Malcolm levou a canoa para pousar na grama da encosta.

— Então, quê que a gente faz agora? — Alice perguntou.

A inclinação era suave, e a margem ficava a uma distância mais alta do que a canoa conseguia alcançar.

— Tire o sapato e a meia — disse Malcolm, arrancando as botas. — Vamos tirar a canoa da água. Vai ser fácil escorregar ela pela grama.

Da casa veio um grito. Um homem saiu entre as colunas e gesticulou para que fossem embora. Gritou de novo, mas não conseguiam ouvir o que ele dizia.

— Melhor você ir e falar pra ele que a gente tem que dar mamadeira pra bebê e descansar um pouco — disse Malcolm.

— Por que eu?

— Porque ele vai ouvir mais você do que eu.

Eles tiraram a canoa da água e, contrariada, Alice seguiu pelo gramado na direção do homem, que estava gritando de novo.

Enquanto isso, Malcolm puxou a canoa para longe da água, para dentro de uma moita esgarçada à beira do gramado, e caiu deitado dentro dela. Disse para Lyra:

— Acho que você está acordando, não é? Tem gente que tá muito bem. Vida boa, essa de bebezinho.

Ela não estava contente. Malcolm a tirou da canoa e a aconchegou no colo, ignorando o cheiro que queria dizer que ela precisava ser trocada, ignorando o pesado céu cinzento, o vento frio e o homem distante no bote, que estava visível outra vez. Apertou a bebezinha contra o peito e timidamente beijou sua testa.

— Eu vou cuidar pra não acontecer nada com você — disse ele. — Olhe lá, Alice está falando com o homem. Já, já ela leva você lá, acende a lareira e esquenta o leite. Claro que, se a sua mãe estivesse aqui... Você nunca teve mãe, né? Te encontraram em algum lugar. O lorde chanceler te encontrou debaixo de uma moita e pensou, *benzadeus, não posso cuidar de um bebê, melhor levar pras irmãs em Godstow*. Então foi a irmã Fenella que cuidou de você. Aposto que você se lembra dela. Era uma velhinha muito boa, não era? E aí veio a inundação e a gente teve de te levar com *La Belle Sauvage*, para você não correr perigo. Não sei se você vai se lembrar de tudo isso. Provável que não. Eu não me lembro nada de quando era bebê. Olhe, a Alice vem vindo. Vamos ver o que ela diz.

— Ele falou que a gente não pode ficar muito — ela disse. — Falei que precisamos acender um fogo pra dar mamadeira pra bebê e que a gente não quer mesmo ficar. Acho que tem alguma coisa esquisita rolando aí. Ele tinha uma cara estranha.

— Tinha mais alguém lá? — Malcolm perguntou, se levantando.

— Não. Pelo menos não vi ninguém.

— Leve a Lyra que eu vou esconder melhor a canoa — pediu ele, entregando a bebê. Seus braços estavam tremendo de fadiga.

Depois de esconder a canoa, ele recolheu as coisas que precisavam para Lyra e foi para a casa. A grande porta estava aberta atrás das colunas, com o homem parado ao lado: um sujeito de cara amarrada vestido com roupas rústicas, cujo daemon-mastim não saía de perto, observando sem se mexer.

— Vocês não vão ficar muito — sentenciou o homem.

— Não muito, não — Malcolm concordou. E identificou uma coisa: o homem estava um pouco bêbado. Malcolm sabia muito sobre bêbados. — Linda casa — disse.

— Pode ser. Não é sua.

— É sua?

— Agora é.

— Comprou ou lutou por ela?

— Tá me gozando, é?

O daemon-mastim rosnou.

— Não — Malcolm respondeu, tranquilo. — É que com a enchente mudou tudo, e eu acho que era natural o senhor ter lutado pela casa. Agora está tudo diferente. E se o senhor lutou por ela, ela agora é sua, não tem dúvida.

Ele olhou o gramado na direção da inundação turva. No entardecer pesado não conseguia ver nem sinal do bote a remo.

— É igual um castelo — continuou. — Dá pro senhor defender fácil, se atacarem.

— Quem que vai atacar?

— Ninguém. Só estou falando. O senhor escolheu bem.

O homem se virou e seguiu a direção de seu olhar sobre a água.

— Tem nome, esta casa aqui? — Malcolm perguntou.

— Por quê?

— Parece importante. Parece uma mansão, um palácio, uma coisa assim. O senhor podia botar seu nome nela.

O homem deu um ronco. Podia ter sido uma risada.

— Podia botar uma placa na beira da água — disse Malcolm. — Escrito

"Entrada proibida. Invasores serão processados". O senhor tem todo o direito. Igual aquele homem lá naquele bote. — Agora podiam ver o bote, ainda um tanto distante, mas chegando com regularidade na direção deles.

— O que é que tem ele?

— Nada, até ele atracar e tirar esta casa do senhor.

— Conhece ele?

— Acho que sei quem é. E é provável que tente fazer isso.

— Eu tenho uma espingarda.

— Bom, ele não ia ter coragem de atracar se o senhor ameaçar com uma arma.

O homem pareceu pensar a respeito.

— Tenho que defender minha propriedade — refletiu.

— Claro que tem. Tem todo o direito.

— Mas quem é esse?

— Se é quem eu estou pensando, o nome dele é Bonneville. Não faz muito tempo que saiu da prisão.

O daemon-mastim, acompanhando o olhar do homem, rosnou.

— Ele está atrás de você?

— Está. Seguindo a gente desde Oxford.

— O que ele quer?

— Ele quer a bebê.

— É filha dele então? — A visão borrada do homem focou no rosto de Malcolm.

— Não. Ela é nossa irmã. Ele quer ela, só.

— E fugir!

— Acho que sim — Malcolm confirmou.

— Filho da mãe.

O homem no bote estava chegando perto, claramente na direção do gramado, e agora Malcolm não tinha dúvida de quem era.

— Melhor eu entrar pra ele não me ver — disse. — Não vai criar nenhuma confusão com o senhor. A gente vai embora assim que der.

— Não se preocupe, filho — garantiu o homem. — Como é seu nome?

Malcolm teve que pensar.

— Richard — respondeu. — E minha irmã é Sandra, a bebê é Ellie.

— Entre. Fique longe. Deixa ele comigo.

— Obrigado — disse Malcolm, e deslizou para dentro.

O homem entrou também e pegou uma espingarda de um armário na sala que dava para o hall.

— Tome cuidado — Malcolm alertou. — Ele pode ser perigoso.

— *Eu* sou perigoso.

O homem saiu com passo incerto. Malcolm olhou em torno. O hall era decorado com sancas, gabinetes de madeiras refinados, cascos de tartaruga ornados com ouro, estátuas de mármore. A imensa chaminé, no entanto, estava rachada, e a lareira vazia. Alice devia ter encontrado fogo em outro lugar.

Temeroso de chamar por ela, caminhou depressa de sala em sala, atento para escutar algum possível som de tiro; mas não veio do lado de fora nenhum som a não ser o vento e o correr da água.

Encontrou Alice na cozinha. Havia um fogo aceso no fogão de ferro, e Lyra estava recém-trocada no centro de uma grande mesa de pinho.

— O que ele falou? — Alice perguntou.

— Disse que a gente pode ficar e fazer o que precisar. E ele tem uma espingarda, vai defender a casa contra o Bonneville.

— Ele está vindo? *Era* ele no barco, não era?

— Era.

A água estava fervendo na panela desde que Malcolm entrara. Alice a tirou do fogo para esfriar. Malcolm pegou o biscoito que tinha caído da mão de Lyra e deu a ela outra vez. Ela gorgolejou em agradecimento.

— Se ela derruba o biscoito você tem que dizer pra ela onde está — ele falou para Pantalaimon, que imediatamente se transformou em um mico e olhou para ele com olhos enormes, imóvel e calado.

— Alice, olha o Pan — Malcolm falou.

Ela deu uma olhada rápida, sem interesse.

— Como ele sabe se transformar num desses? — Malcolm se questionou. — Não podem ter visto *nunca* um desses, seja lá o que for. Como ele sabe…

— O que nós vamos fazer se o Bonneville passar pelo homem? — Alice perguntou, a voz dura, aguda.

— A gente se esconde. Depois sai correndo e foge.

O rosto dela mostrou o que achava daquilo.

— Vá lá descobrir como está — ela ordenou. — E não deixe ele te ver.

Malcolm saiu e seguiu pé ante pé, do corredor até o hall. Escondido na sombra ao lado da porta, tentou com atenção ouvir algo. Como não escutou nada, olhou em torno, cautelosamente. O hall estava vazio. E agora?

Não havia nenhum som além do vento e da água, nenhuma voz, e certamente nenhum tiro. Eles podiam estar conversando à beira da água, ele pensou, e, mantendo-se colado à parede, deslizou silenciosamente pelo piso de mármore até as grandes janelas.

Mas Asta, em forma de mariposa, chegou primeiro. Malcolm sentiu um choque horrível quando seu daemon viu algo lá fora e caiu da cortina.

O homem da casa estava caído no gramado, com a cabeça e os braços dentro da água, imóvel, ao lado do bote de Bonneville. Não havia sinal de Bonneville, nem da espingarda.

Alarmado, Malcolm foi descuidadamente até a janela, olhou para fora à direita e à esquerda. O único movimento que havia era o balançar do bote, amarrado a uma vara que Bonneville fincara no gramado mole, e o oscilar da parte superior do corpo do homem caído. A luz estava cinza e fraca demais para ter certeza, mas Malcolm achou ter visto uma faixa vermelha escorrendo do pescoço do homem.

Ele se apertou contra o vidro, tentando olhar para o ponto onde escondera *La Belle Sauvage*. Pelo que podia perceber, a moita estava inalterada.

Qual armário o homem tinha aberto para pegar a arma? Naquela sala do outro lado do grande hall...

Mas Malcolm não sabia como carregar e atirar com uma arma, mesmo que...

Correu de volta para a cozinha. Alice estava colocando o leite na mamadeira de Lyra.

— O que foi?

— Ssh. Bonneville matou o homem e pegou a arma. Não consigo ver ele em lugar nenhum.

— Que arma? — ela perguntou, realmente alarmada.

— Ele tinha uma espingarda. Eu falei. Ia defender a casa. E agora o Bonneville pegou e matou o sujeito. Ele está lá caído na água...

Malcolm olhava em torno, quase ofegante de medo. Viu um aro de ferro na madeira de uma porta de alçapão e, em pânico, a abriu de imediato. Um lance de escada levava a uma profunda escuridão.

— Velas... na estante ali... — Alice falou, carregando Lyra e a mamadeira, olhando em volta para ver se alguma coisa podia entregar a presença deles, mas havia coisas demais para pegar.

Malcolm correu para a estante, encontrou uma caixa de fósforos.

— Você desce primeiro. Eu fecho a porta do alçapão quando passar — ele orientou.

Alice entrou com cuidado no escuro. Lyra se contorcia, inquieta, e Pantalaimon piava como um passarinho assustado. Asta voou até ele, pousou no cobertor de Lyra e fez sons de ninar.

Malcolm estava batalhando com a porta do alçapão. Havia uma alça de corda pelo lado de dentro, mas as dobradiças estavam emperradas e a porta era muito pesada. Por fim, ele conseguiu puxá-la e a baixou o mais silenciosamente possível.

A pressão de estar longe de seu daemon começava a se fazer sentir. Suas mãos tremiam, o coração batia acelerado, doloroso.

— Não se afaste muito — sussurrou para Alice.

— Por quê...

— Daemon.

Ela entendeu de imediato e deu um passo para trás, encostando ligeiramente nele, que tentava riscar um fósforo. Malcolm acendeu uma vela e Asta voou de volta para ele, já que a pequena chama foi suficiente para distrair Lyra. À luz da vela, Alice desceu cautelosamente para o piso do porão.

— Tudo bem, Lyra, quietinha, menina — ela sussurrou e se acomodou no frio chão de terra, encostada à parede. Um som de sugar veio quase imediatamente, e o daemon de Alice, em forma de corvo, pousou ao lado de Pan, que era um pintinho. O ansioso piar do pequeno daemon cessou.

Malcolm sentou no último degrau, olhando em volta. Era um depósito de vegetais, sacos de arroz e outras coisas semelhantes: bem seco, mas extremamente frio. Um arco baixo levava a um segundo porão.

— Ele só precisa — Alice falou, trêmula — é arrastar alguma coisa pesada pra cima da porta do alçapão e...

— Não pense nisso. Não adianta nada pensar assim. Daqui a um minuto, eu vou pra lá desse arco ver onde vai dar. Pode ser que tenha outra entrada.

— Por quê?

— Porque é no porão que guardam vinho. Quando mandam o mordomo descer pra buscar alguma garrafa de clarete ou qualquer coisa, ele não vai se apertar em uma porta de alçapão e tropeçar pela escada como a gente fez. Deve ter uma escada de verdade em algum lugar...

— Ssh!

Ele ficou sentado imóvel, tenso, alarmado, tentando não deixar o medo dominá-lo. Passos tranquilos soaram no piso acima. Pararam no extremo da cozinha, houve uma pausa, e atravessaram a cozinha de novo. Os passos pararam outra vez, perto da porta do alçapão.

Nada aconteceu por um minuto. Depois, ouviram o barulho de uma cadeira de madeira sendo puxada para longe da mesa, só isso; mas não sabiam dizer se Bonneville a tinha posto em cima da porta do alçapão ou se simplesmente a arrastara e fora embora.

Mais um minuto se passou, depois outro.

Com o máximo cuidado, Malcolm se levantou e pisou no chão de terra. Pôs a vela acesa perto de Alice, enfiada no solo para se manter ereta em segurança, e na ponta dos pés passou pelo arco baixo, para a outra parte do porão. Uma vez lá, acendeu outra vela. Era um segundo depósito, mas de móveis fora de uso, não de comida, então ele olhou em torno rapidamente e foi para o arco seguinte.

No outro extremo desse espaço, havia uma pesada porta de madeira com grandes dobradiças de ferro e uma fechadura do tamanho de um livro grande. Não havia chave pendurada por perto, e ele não sabia se a porta estava trancada, mesmo olhando bem de perto.

Então uma voz soou do outro lado. Era Bonneville. Asta, em forma de lêmure sobre seu ombro, quase desmaiou; Malcolm a pegou no colo e a aninhou.

— Bom, Malcolm — disse Bonneville, a voz baixa e confiante. — Cá estamos nós, um de cada lado de uma porta trancada, e nenhum dos dois tem a chave. Eu, pelo menos, não tenho, e acho que você também não, porque teria destrancado a porta e saído, não teria? O que ia ser bem infeliz pra você.

Malcolm quase derrubou a vela. Seu coração batia como as asas de um pássaro capturado, e Asta mudou rapidamente de lêmure para borboleta, depois para corvo, antes de voltar a ser lêmure de novo, enrolada no ombro de Malcolm, os olhos enormes fixos na fechadura.

— Não diga nem uma palavra — murmurou no ouvido de Malcolm.

— Ah, eu sei que está aí — disse Bonneville. — Estou vendo a luz da sua vela. Vi você no terraço falando com o falecido anfitrião. Por sinal, sabia que isto aqui é uma ilha? Se acontecer um acidente com a sua canoa você vai ficar isolado. Que tal?

Malcolm permaneceu calado.

— Sei que é você, porque só pode ser você — Bonneville continuou. Estava falando baixo, em um tom confidente, a voz alta apenas o bastante para atravessar a porta. — Não poderia ser mais ninguém. Aquela menina está amamentando a bebê... não ia ficar passeando com uma vela. E eu sei que você está me ouvindo. Não vai demorar muito para nos vermos cara a cara. Você agora não me escapa. A propósito, dá pra você ver as duas?

— Ver quem? — Malcolm se arrependeu assim que falou. — Não tem ninguém aqui, só eu — continuou.

— Ah, nem pense numa coisa dessas, Malcolm. Você nunca está sozinho.

— É, tem o meu daemon.

— Não estou falando dele. É óbvio que você e ele são o mesmo ser. Estou falando de alguém além de você.

— Quem então?

— Nem sei por onde começar. Em primeiro lugar, existem espíritos no ar e na terra. Quando você aprende a ver os espíritos, entende que o mundo está cheio deles. E então, em lugares do mal como este aqui, tem todo tipo de fantasmas da noite. Sabe o que acontecia aqui, Malcolm?

— Não — respondeu Malcolm, que não queria saber de nada.

— Era aqui que lorde Murdstone trazia as vítimas dele — disse Bonneville, aproximando-se mais da porta e falando em tom confidencial. — Já ouviu esse nome? Chamavam de o Lorde Assassino. E não faz muito tempo.

O coração de Malcolm batia dolorosamente.

— Ele... — Não conseguia falar com clareza. — Ele era o dono desta casa?

— Ele podia fazer o que quisesse aqui — continuou a voz lenta e sombria do outro lado da porta. — Não tinha ninguém para impedir. Ele trazia crianças para cá, para desmembrar.

— Pra... quê? — Malcolm só conseguiu sussurrar.

— Cortar em pedacinhos enquanto elas ainda estavam vivas. Esse era o prazer especial dele. E naturalmente a horrível agonia dessas crianças era grande demais para desaparecer para sempre depois que elas acabavam morrendo. Ficou impregnada nas pedras das paredes. Pairando no ar. Não tem vento limpo soprando nesses porões, Malcolm. O ar que você está respirando agora foi o último ar dos pulmões daquelas crianças torturadas.

— Não quero ouvir mais nada — afirmou Malcolm.

— Tem razão. Eu também não ia querer. Ia querer tapar os ouvidos e desejar que tudo sumisse. Mas não tem como escapar, Malcolm. Eles estão todos aí agora, os espíritos daquela agonia. Sentindo o seu medo, se juntando em volta de você para lambê-lo. Daqui a pouco vai começar a ouvir as vozes deles, uma espécie de pequeno sussurro desesperado, e aí vai começar a ver todos eles.

Malcolm já estava quase desmaiando. Acreditava em tudo o que Bonneville estava dizendo; aquilo tudo soava tão possível que inevitável e imediatamente ele acreditou.

Então, uma pequena corrente de ar encontrou a chama da vela e a fez oscilar por um momento. Ele olhou para ela e instantaneamente em sua visão surgiu um pequeno grão de luz flutuante em movimento: a semente de sua aurora. Um diminuto pulsar de alívio e esperança começou a fluir por sua mente.

— O senhor está errado sobre a bebê — disse, e se surpreendeu ao ver como sua voz estava firme.

— Errado? Como?

— Acha que é sua filha, mas não é.

— Ah, você também está errado sobre ela.

— Não estou, não. Ela é filha de lorde Asriel e da sra. Coulter.

— Está enganado se pensa que estou interessado nela. Posso estar interessado na Alice.

Asta sussurrou:

— Não deixe ele fazer a gente falar sobre o que ele quer.

Malcolm assentiu. O daemon tinha razão. Seu coração batia acelerado. Ele então se lembrou da mensagem dentro da bolota de madeira e disse:

— Sr. Bonneville, o que é o campo Rusakov?

— O que você sabe a respeito disso?

— Nada. Por isso estou perguntando.

— Por que não pergunta para a dra. Hannah Relf?

Aquilo foi uma surpresa. Ele tinha que responder depressa.

— Eu perguntei, mas não é um assunto que ela sabe. Ela sabe muita coisa é sobre a história das ideias.

— É bem a cara dela, sem dúvida. Por que você está interessado no campo Rusakov?

O anel cintilante estava crescendo, como sempre. Agora parecia uma pequena serpente de pedras preciosas se torcendo e retorcendo só para ele. Malcolm continuou, firme:

— Porque a gente sabe como o campo gravitacional tem a ver com a força da gravidade, e o campo magnético tem a ver com essa força, então o campo Rusakov tem a ver com qual força?

— Ninguém sabe.

— Tem alguma coisa a ver com o Princípio de Incerteza?

Bonneville ficou calado alguns momentos. Então disse:

— Nossa, nossa, mas você é uma criança persistente! Se estivesse no seu lugar, eu ia querer saber de uma coisa bem diferente.

— Bom, eu quero saber de uma porção de coisas, mas na ordem certa. O campo Rusakov é o mais importante, porque tem a ver com o Pó...

Malcolm ouviu um pequeno ruído atrás dele e virou-se para ver: era Alice, segurando a vela, passando pelo arco. Ele pôs o dedo nos lábios e articulou a boca em um exagerado "Bonneville" silencioso, apontando para a porta. Gesticulou: volte, volte!

Ela arregalou os olhos e ficou imóvel.

Malcolm se virou. Bonneville estava falando:

— ... porque tem coisas que podemos explicar para um aluno de escola elementar, e outras que depressa ficam fora do seu alcance. Essa é uma delas. Precisa ao menos um universitário para entender teologia experimental antes do campo Rusakov fazer o menor sentido para você. Não adianta nem começar.

Malcolm olhou em torno em silêncio e viu que Alice havia se afastado.

— Mas mesmo assim... — Malcolm respondeu, voltando.

— Por que você virou para trás?

— Achei que tinha ouvido alguma coisa.

— Aquela menina? Alice? Era ela?

— Não, não era. Só tem eu aqui.

— Achei que tínhamos desistido dessa ideia, Malcolm. Aquelas crianças mortas... contei o que ele fazia com os daemons delas? Era muito engenhoso...

Malcolm se afastou, segurando a vela com as duas mãos e voltou pelo porão. Apesar de seu sucesso em distrair o homem e apesar de sua aurora, que agora cintilava no limiar de sua visão, o local ainda pulsava com horrores quase visíveis. Ele tateou com os pés, procurando manter o equilíbrio e conservar a vela acesa, e o tempo todo a voz de Bonneville soava através da porta, enquanto Malcolm repetia para si mesmo: "Não é verdade! Não é verdade!".

Finalmente ele chegou ao outro porão. Alice e Lyra tinham sumido. Ele quase tropeçou na escada e, se equilibrando, começou a subir, em silêncio, cuidadoso, devagar.

Chegou à porta do alçapão e parou: podia escutar alguma coisa? O impulso de abri-la e correr pra fora, para o ar, era quase incontrolável, mas ele se forçou a ouvir. Nada. Nenhuma voz, nenhum passo, nada a não ser as batidas de seu coração.

Ele pôs as costas contra a porta do alçapão, empurrou e ela subiu, sem esforço, com facilidade. Uma brisa apagou a vela, mas tudo bem, havia luz entrando pelas janelas da cozinha, ele podia ver a mesa, as paredes, e ainda havia uma luminosidade no fogo. Em um momento saiu, baixou a porta do alçapão rápida e silenciosamente, e então, antes de correr para a porta e para a parte externa, parou.

Aquilo era uma cozinha e, se as cozinheiras dali fossem parecidas com sua mãe ou irmã Fenella, haveria uma gaveta com facas. Ele tateou em torno da mesa, encontrou uma maçaneta, puxou e ali estava: um punhado de facas cegas de cabo de madeira, todas prontas para uso. Ele tateou os cabos, até encontrar uma que não era grande demais para esconder, e cuja lâmina terminava em ponta e não era arredondada.

Malcolm a prendeu no cinto, nas costas, e seguiu em direção à porta e ao ar limpo e frio lá de fora.

Na última luz cinzenta do dia, viu Alice correndo pelo gramado, com muita pressa, carregando Lyra em seus braços. O bote de Bonneville ainda estava amarrado, mas o corpo do outro homem tinha ido embora flutuando, e não havia sinal do próprio Bonneville.

Ele correu para o bote de Bonneville, puxou a vara onde estava amarrado e começou a empurrar o bote para a correnteza.

Mas parou: debaixo do banco, avistou uma mochila. Ele pensou de imediato: se tivermos isso, podemos barganhar com ele; então a pegou e a ergueu. Era pesada. Pôs na grama e empurrou o barco para longe da terra.

Agarrou a mochila e correu na direção de Alice. Ela pusera Lyra no gramado e estava puxando *La Belle Sauvage* para fora dos arbustos, então Malcolm jogou a mochila na canoa e juntou-se a ela.

Mas não tinha conseguido puxar nem um metro quando ouviram atrás deles o "Haaa haa! Haaa!" daquele daemon abominável. Viraram-se para topar com Bonneville saltando da entrada da casa, espingarda debaixo do braço, o daemon mancando e se arrastando a seu lado, como se estivesse em uma guia invisível.

Imediatamente Malcolm largou a canoa e carregou Lyra. Alice virou-se para ver o que estava acontecendo e exclamou:

— Ah, meu Deus! Não!

Não daria tempo de levar a canoa para a água e, mesmo que desse, o homem tinha a arma. Embora seu rosto fosse indistinto no escuro que se aproximava, cada linha de seu corpo parecia revelar que ele achava ter vencido.

Parou a poucos passos e passou a arma para a mão esquerda. *Seria canhoto?* Malcolm não conseguia lembrar, e amaldiçoou seu descuido em não notar isso.

— Bom, é melhor entregar a criança para mim — Bonneville afirmou. — Você agora não tem nenhuma esperança de escapar.

— Por que o senhor quer a criança? — Malcolm perguntou, segurando Lyra ainda mais apertada ao peito.

— Porque ele é um pervertido desgraçado — Alice respondeu.

Bonneville riu suavemente.

O coração de Malcolm batia tão forte que doía. Sentiu Alice tensa a seu lado. Estava desesperado para manter Bonneville olhando para eles, porque o homem ainda não notara que seu bote tinha ido embora.

— O que o senhor estava dizendo lá, na frente da porta, não era verdade.

Malcolm estava com Lyra no braço esquerdo, apertada ao peito; Asta, em forma de rato, sussurrava para ela e Pan. Malcolm tateou atrás de si com a mão direita, tentando achar a faca. Mas os músculos de seu braço tremiam tanto que ele ficou com medo de derrubar a faca antes de conseguir usá-la. E, de qualquer forma, pretendia mesmo apunhalar o homem? Nunca havia machucado intencionalmente nem uma mosca, e as únicas brigas em que se metera foram corpo a corpo, de recreio. Mesmo quando jogara o menino no rio por ter pintado um S no lugar do V de *Sauvage*, ele apenas o empurrara.

— Como você poderia saber a verdade? — Bonneville perguntou.

Malcolm respondeu:

— Sua voz fica diferente quando fala alguma coisa que não é verdade.

— Ah, você acredita nisso? Deve acreditar também que a última coisa que a pessoa vê fica impressa na retina.

Malcolm encontrou o punho da faca e disse:

— Não, não acredito nisso. Mas o que vai fazer com ela?

— É minha filha. Quero que tenha uma boa educação.

— Não é, não. Vai ter que nos dar uma razão melhor.

— Tudo bem então. Vou assar e comer essa criança. Faz ideia de como é delicioso...

Alice cuspiu nele.

— Ah, Alice — Bonneville falou. — Você e eu podíamos ser tão amigos. Talvez até mais que amigos. Como chegamos perto disso, você e eu! Mas veja como isto aqui ficou entre nós. Não devíamos deixar uma coisa tão pequena estragar uma bela possibilidade.

Malcolm tirou a faca do cinto. Alice viu o que ele estava fazendo, apesar de estar ficando cada vez mais escuro, e chegou mais perto.

— O senhor ainda não contou a verdade — disse Malcolm, deslocando a posição de Lyra.

Bonneville deu um passo à frente. Malcolm afastou Lyra do peito, como se fosse entregá-la ao homem, e Bonneville estendeu o braço direito para pegá-la.

No segundo em que estava bem próximo, Malcolm girou a mão direita e cravou a faca com toda a força na coxa de Bonneville. Era a parte dele mais próxima. O homem urrou de dor e cambaleou para um lado, derrubando a espingarda para segurar a perna. Seu daemon uivou e deu um salto à frente, escorregou e caiu. Malcolm virou-se depressa para pôr Lyra no chão e...

... e então houve uma explosão tão forte que os derrubou.

Com a cabeça tinindo, ele se levantou e viu Alice segurando a arma. Bonneville estava gemendo, oscilando para a frente e para trás no gramado, agarrando a coxa, que sangrava intensamente. E seu daemon esperneava, uivando, gritando, absolutamente incapaz de se levantar: a única pata dianteira havia sido estraçalhada de forma irrecuperável.

— Pegue a Lyra! — Malcolm gritou para Alice e se esforçou para agarrar a amarra da canoa e arrastá-la pela grama até a beira da água.

Atrás dele, Bonneville gritava, incoerente, tentando se arrastar pelo chão atrás da criança. Alice jogou a espingarda no escuro das árvores e pegou Lyra, que havia caído com Malcolm. Bonneville tentou alcançá-la quando chegou perto, mas ela escapou com facilidade e pulou por cima da hiena que se torcia e retorcia, depois caía de novo, tentando se erguer sobre uma pata que nem existia mais.

Era horrível de se ver, e Malcolm teve que fechar os olhos, mas logo Alice estava subindo na canoa, com Lyra firme em seus braços. Ele empurrou a grama, dando impulso à embarcação, e a bondosa canoa obedeceu de imediato, levando-os à frente para o seio da enchente.

19. SR. BOATWRIGHT

Nuvens pesadas pairavam ao alto, mas por trás delas a lua estava quase cheia e emprestava uma tênue luminosidade a todo o céu.

Lyra estava acordada, feliz, gorgolejando com o balanço do barco. Os braços e ombros duros de Malcolm começaram a se soltar, e a canoa ganhou boa velocidade na água escura. Alice olhava atenta, por sobre os ombros de Malcolm, a casa que desaparecia atrás deles. Mesmo na penumbra, Malcolm enxergava seu rosto, duro, ansioso, zangado, e viu que ela se curvou para ajeitar os cobertores de Lyra e acariciar seu rosto.

— Quer um biscoito? — ela perguntou de maneira delicada.

Ele achou que Alice estava falando com Lyra. Então ela olhou para ele.

— O que foi? Acorde — disse ela.

— Ah. Eu. Quero, por favor, gostaria de um biscoito. Pra falar a verdade, eu gostaria de um bom prato de bife e torta de rim. E uma limonada. E...

— Quieto — ela interrompeu. — Bobagem falar assim. O que a gente tem é biscoito. Quer um ou não quer?

— Quero.

Ela se inclinou e deu a ele um punhado de enroladinhos de figo. Ele comeu em pequenas mordidas, demorando o máximo possível para mastigar e engolir.

— Está vendo ele? — Malcolm perguntou, depois de cinco minutos.

— Não dá pra ver nem a casa. Aposto que agora ficamos livres dele.

— Mas ele é louco. Gente louca nunca sabe quando desistir.

— Você deve ser louco então.

Ele não sabia o que responder a isso. Remava, embora a força da enchente fosse tamanha que tudo o que precisava fazer era manter o rumo e conservar a proa para a frente.

— Ele deve estar morto agora — Alice falou.

— Eu tava pensando nisso. Ele sangrou muito.

— Acho que tinha uma artéria ali, na perna dele. E aquele daemon…

— Esse não vive, com certeza. Não conseguia se mexer, nenhum dos dois conseguia.

— Melhor a gente torcer pra *terem* morrido mesmo.

As nuvens no céu se abriam de quando em quando e deixavam passar o brilho do luar, tão intenso que Malcolm tinha quase que proteger os olhos. Sentada ereta, Alice vigiava ainda mais ferozmente a água atrás deles, enquanto Malcolm olhava à frente, à direita e à esquerda, procurando algum lugar para atracar e descansar. Apenas tocos isolados de árvores nuas, porém, se projetavam acima da correnteza. Ele sentia que havia passado da exaustão para um estado de transe, no qual durante minutos seu corpo dormente remava, vigiava e guiava sem nenhuma influência de sua mente errante.

Exceto por algum minúsculo zumbir de inseto que vinha e sumia, o único som que se ouvia era o vento acima da água. A enchente devia estar gerando pestilência, Malcolm pensou.

— Melhor tomar cuidado pra não deixar nem mosquito nem nada chegar perto de Lyra — ele observou.

— Que mosquito? Está frio demais.

— Estou ouvindo um.

— Isso não é mosquito — disse ela, parecendo desdenhar, e apontou com a cabeça para algo atrás dele.

Ele se virou. As nuvens volumosas tinham se afastado umas das outras, e a lua brilhava sobre a vastidão de água; e em todo aquele amplo vazio havia uma única coisa a se movimentar com determinação: uma lancha a motor muito atrás deles. Malcolm conseguiu vê-la, pois a lancha tinha um holofote de busca na proa e com rapidez se aproximava mais a cada minuto.

— Será que é ele? — Malcolm perguntou.

— Não pode ser. É muito grande. Ele nunca ia ter um barco a motor.

— Ainda não viram a gente.

— Como você sabe?

— Porque estão virando o holofote pra tudo quanto é lado. Se quisessem pegar a gente, estariam vindo muito mais depressa. A gente tem de se esconder porque vão nos ver se chegarem mais perto.

Ele curvou as costas para remar mais forte, muito embora cada osso e cada músculo de seu corpo doessem e ele quisesse chorar de fadiga. Ia detestar chorar na frente de Lyra; para ela, ele era grande e forte, e ela ficaria assustada se o visse assustado, ou pelo menos era o que pensava.

Então cerrou os dentes e mergulhou o remo na água com os músculos tremendo, tentando ignorar o zumbido do motor, que já não era intermitente, e sim constante, e ficava cada vez mais alto.

A correnteza os levava para uma área de morros e florestas, morros que pareciam mais próximos que antes e florestas que em parte estavam nuas, em parte verdes. As nuvens deslizaram na frente da lua outra vez e tudo escureceu

— Não estou vendo eles — Alice falou. — Devem ter ido atrás daquela floresta... Não, estão lá.

— Muito longe, você acha?

— Vão alcançar a gente em cinco minutos.

— Então vou parar.

— Por quê?

— Na água, eles podem virar a canoa. Na terra, a gente tem chance.

— Chance de *quê*?

— Chance de não morrer, talvez.

De fato, ele estava apavorado, a tal ponto que mal conseguia fazer a canoa se mover, com medo de o remo cair. Havia uma encosta arborizada à esquerda, com árvores escuras e algo que na penumbra parecia um barranco de pedra, embora provavelmente fosse o telhado de uma casa grande. De qualquer forma, ele se dirigiu para lá e então a lua saiu outra vez.

Não era um telhado, mas simplesmente um pedaço de terra plana na frente da floresta. Malcolm levou *La Belle Sauvage* para o solo macio e Alice, carregando Lyra, desceu quase em um único movimento. Malcolm saltou e se virou para olhar a lancha.

Alice, com Lyra no colo, afastara-se mais acima na encosta, mas o espaço aberto não era muito grande: carvalhos de galhos fechados com folhas pontudas ocupavam todos os lados. Ela se agarrava à bebê e olhava temerosa para a lancha, mudando inconscientemente o peso de um pé para outro, tremendo, respirando depressa, com um pequeno gemido na garganta.

Malcolm nunca tinha achado tão difícil se mexer; todos os músculos tremiam. Ele olhou as árvores copadas e os pinheiros escuros, mais escuros que o céu. A lua brilhava com uma força que parecia impiedosa, mas não conseguia penetrar o dossel de folhas. Ele puxava e puxava *La Belle Sauvage* pelo solo rochoso e para a sombra das árvores, no momento em que o holofote apareceu atrás de um bosque cerrado a umas centenas de metros e virou para eles.

— Não se mexa — disse Malcolm. — Fique absolutamente imóvel.

— Acha que eu sou burra? — Alice perguntou, mas *sotto voce*.

A luz estava brilhando diretamente em cima deles, forte, ofuscante. Malcolm fechou os olhos e se manteve parado como uma estátua. Ouvia Alice sussurrando desesperada para Lyra se aquietar. Então a luz se afastou e a lancha passou.

Quando se foi, o medo que Malcolm vinha sentindo desde que apunhalara Bonneville voltou, fazendo-o se curvar para a frente e vomitar.

— Não se preocupe — Alice falou. — Daqui a pouco vai se sentir melhor.

— Vou?

— É. Você vai ver.

Malcolm nunca tinha ouvido aquele tom na voz dela antes, nem esperara por isso. Lyra estava choramingando, então ele limpou a boca e procurou a lanterna na canoa. Acendeu-a e movimentou para distrair Lyra, que parou de chorar e estendeu as mãos para pegar.

— Não, não pode pegar — ele disse. — Vou encontrar um pouco de lenha e vamos fazer uma fogueira. Você vai gostar. Quando a gente esquentar, vai poder...

Não sabia como continuar a frase. Nunca se sentira tão amedrontado. Mas por quê? O perigo havia passado.

— Alice, você está com medo?

— Estou. Mas não muito. Se estivesse sozinha, ia estar. Mas não tanto com nós dois juntos...

Malcolm subiu a pequena encosta em direção à floresta. As árvores eram tão próximas e fechadas que ele mal tinha força para passar entre elas e, quando conseguia, as folhas arranhavam suas mãos e cabeça; mas era um alívio. Qualquer atividade era um alívio. Havia galhos secos suficientes no solo, além de gravetos, e em pouco tempo ele conseguiu recolher uma braçada.

Mas, quando saiu do meio das árvores, encontrou Alice de pé, desesperada.

— O que foi?

— Eles estão voltando...

Ela apontou. Na direção de onde eles tinham vindo, era possível avistar uma luz na água — o holofote. Embora ainda estivesse a certa distância, o barco tinha a aparência de algo oficial, polícia ou TCD: estava procurando alguma coisa ou alguém. Vinha não depressa, mas implacável, e conseguiria vê-los muito em breve.

E então ouviram um farfalhar entre as folhas; os ramos se abriram, um homem apareceu.

— Malcolm! — ele exclamou. — Esconda seu barco mais pra dentro das árvores. Traga a bebê aqui fora das vistas. É o TCD que vem lá. Venha!

— Sr. Boatwright? — Malcolm perguntou, absolutamente perplexo.

— Sou eu, sim. Agora depressa.

Enquanto Alice corria com Lyra para a proteção das árvores, Malcolm desamarrou *La Belle Sauvage*. Com a ajuda de George Boatwright, puxou a canoa encosta acima, para debaixo de uns ramos baixos, tirou de dentro a mochila de Bonneville e virou a canoa emborcada, para o caso de chover de novo.

Enquanto isso, o barco com o holofote se aproximava.

— Como sabe que é o TCD? — ele sussurrou.

— Estão patrulhando. Não se preocupe. Se ficar parado e quieto eles não param.

— A bebê...

— Uma gotinha de vinho e ela aquieta — respondeu Boatwright, entregando algo a Alice.

Malcolm olhou em torno. Não havia ninguém para se ver além de Boatwright e uma porção de sombras, mas então a lua sumiu de novo e as sombras se dissolveram em uma escuridão mais profunda. O barco se aproximava com seu holofote.

— Cadê a Alice? — Malcolm sussurrou para Asta.

Quase inaudível, seu daemon murmurou:

— Mais pra dentro. Dando uma bebida pra Lyra.

Os homens do barco viram alguma coisa que os interessou. O holofote estava virando para a encosta e depois iluminou diretamente as árvores. Malcolm sentiu que cada centímetro dele estava visível.

— Fique parado e eles não enxergam nada — George Boatwright murmurou no escuro.

Uma voz no barco disse:

— São pegadas?

— Onde? — perguntou outra.

— Na grama. Ali, olhe.

O holofote girou. Vozes tornaram a falar, mais baixo.

— Eles vão... — Malcolm começou a sussurrar, mas a mão de Boatwright, com forte cheiro de cigarro, tapou sua boca.

— ... não se preocupe com isso — disse uma das vozes. — Vamos.

A luz se afastou, o barulho do motor aumentou e o barco foi embora calmamente. Um minuto depois, tinha sumido na enchente.

Boatwright tirou a mão. Malcolm mal podia falar. Tremia da cabeça aos pés. Cambaleou e Boatwright o apoiou.

— Quando foi que você comeu e dormiu pela última vez, hein? — perguntou.

— Não lembro.

— Então é isso. Venha aqui comigo e coma um pouco de ensopado. Ó, sua mãe ia ficar orgulhosa do ensopado que a gente faz na caverna. Quer que eu leve isso?

A mochila era pesada, mas Malcolm sacudiu a cabeça e recusou a ajuda, se dando conta de que gestos sutis se perdiam no escuro. Fez um esforço para passar os braços pelas alças e Boatwright o ajudou. Alguns passos à frente, havia uma pequena clareira onde Alice estava sentada em um tronco caído com Lyra, dormindo profundamente, no colo. Ela lhe dera colheradas de vinho.

Quando viu Malcolm, Alice se levantou imediatamente e foi para o lado dele, com Lyra apertada no colo.

— Olha, segura a Lyra, preciso fazer xixi... — Enfiou a criança nos braços dele e correu para o mato.

Tremendo ou não, Malcolm segurou a bebê o mais firme possível e ouviu sua respiração satisfeita.

— A gente devia ter te dado vinho antes — disse a ela. — Está dormindo feito um bebê.

— Cinco minutos de caminhada, rapaz. Quer pegar mais alguma coisa da canoa? — Boatwright perguntou.

— É seguro?

— É invisível, filho. Não dá pra ser mais seguro que isso.

— Bom. Então... tem as coisas da bebê. A Alice sabe onde estão.

Ela voltava nesse momento, ajeitando a saia; tendo ouvido o que eles diziam, recolheu uma braçada de itens: um travesseiro, cobertores, a panela, um pacote de fraldas, uma caixa de leite em pó... Mas estava tremendo tanto quanto Malcolm.

— Coloque esse cobertor aberto no chão — disse Boatwright. Assim que ela atendeu ao seu pedido, ele colocou tudo no centro, juntou as quatro pontas do cobertor e jogou a trouxa nos ombros. — Agora venham comigo.

— Tudo bem você carregar a menina? — Alice sussurrou.

— Um pouquinho, sim. Ela está dormindo bem.

— A gente devia ter tentado o vinho antes...

— Foi o que eu pensei.

— Não sei que efeito vai ter na barriga dela — disse Alice. — Olhe aqui, deixe que eu levo ela. Você está com essa mochila. Onde é que arrumou isso afinal? É dele?

— É — disse Malcolm. — Do barco dele.

Ele ficou contente de entregar a criança, pois a mochila já era pesada. Não tinha a mínima ideia do motivo de tê-la pegado, a não ser para servir como barganha. Talvez não precisassem dela agora. Bonneville tinha sido um espião; a mochila podia conter provas disso. Ele gostaria de entregá-la à dra. Relf.

Mas isso lhe dava um nó na garganta. A simples lembrança daquelas tardes agradáveis naquela casa quente, conversando sobre livros, ouvindo a história das ideias! E talvez ele tivesse que ser um fugitivo pelo resto da vida, um fora da lei como o sr. Boatwright. Estava tudo muito bem com a enchente, quando tudo estava de cabeça para baixo, mas quando a água baixasse e a rotina voltasse ao normal... Bem, na verdade, nada mais seria normal e seguro, nunca mais.

Depois de alguns minutos de caminhada, chegaram a uma clareira maior, em frente a um rochedo que subia direto do chão. A lua aparecera de novo, e sob sua luz prateada viram a entrada de uma caverna que se escondia atrás do mato. A fumaça de uma fogueira subia no ar, com vários cheiros agradáveis de carne e molho, e o som de vozes abafadas.

O sr. Boatwright ergueu uma pesada cortina de lona e a manteve aberta para Malcolm e Alice. Assim que eles entraram, toda conversa cessou. À luz de uma lanterna, viram meia dúzia de pessoas, homens e mulheres, e duas crianças, sentados no chão ou em caixotes, comendo em pratos de lata. Ao lado do fogo, uma mulher grande que Malcolm reconheceu como a sra. Boatwright.

Ela viu Alice antes e perguntou:

— Alice Parslow? É você, não é? Conheço a sua mãe. E você é o Malcolm Polstead da Truta... Benzadeus. O que é que tá acontecendo, George?

George Boatwright respondeu:

— Sobreviventes da enchente, eles.

— Pode me chamar de Audrey. — A mulher se apresentou, se levantando. — E o que é isso aqui? Ele? Ela?

— Ela — respondeu Malcolm. — Lyra.

— É. Tá precisando de fralda limpa. Tem água quente aqui. Tem comida pra ela? Eu tenho leite em pó... ah, vocês têm. Tá bom então. Vou botar a panela pra ferver enquanto você troca e limpa ela. Depois vocês dois podem comer um pouco. Vieram de barco desde Oxford? Devem de tá morto de cansado. Precisam comer, depois dormir.

— Onde nós estamos? — Malcolm perguntou.

— Em algum lugar no rio Chilterns. Só sei isso. Tranquilo por enquanto. Esse outro pessoal é que nem nós, mesma posição, mesmo tipo de coisa, mas não pergunte muito, é falta de educação.

— Tudo bem — Alice assentiu.

— Obrigado — disse Malcolm, se dirigindo para um canto da caverna com Alice, longe das pessoas que estavam comendo.

Audrey Boatwright trouxe uma lanterna e a pendurou. Na luz cálida, Alice tirou a roupa encharcada de Lyra, e entregou o pacote malcheiroso para Malcolm.

— A roupa dela e tudo está... — ele disse.

— Vamos lavar e pendurar numa moita, algo assim. Eu enrolo ela no cobertor por enquanto e visto direito quando voltar na canoa. Tem mais um conjunto de roupa seca e só.

Malcolm pegou o pacote molhado e cuidadosamente separou o que era para jogar fora e o que era para lavar. Olhou em torno, perguntando-se sobre o que fariam com o lixo e viu um menino mais ou menos da sua idade olhando para ele.

— Quer saber onde joga? — o menino perguntou. — Vem cá, eu mostro. Como é seu nome?

— Malcolm. E o seu?

— Andrew. É sua irmã?

— Quem, a Alice? Não...

— A bebê...

— Ah. A gente só está cuidando dela por causa da enchente.

— Vocês são de onde?

— Oxford. E você?

— Wallingford. Olha, pode jogar isso aqui no fosso.

O menino parecia estar querendo ajudar, mas Malcolm não estava com vontade de conversar. Só queria dormir. Mesmo assim, para não fazer inimigos, deixou que o menino o guiasse de volta para a caverna e trocasse uma ou duas palavras.

— Você está com seus pais?

— Não. Só minha tia.

— A enchente pegou vocês?

— Foi. Uma porção de gente na nossa rua morreu afogada. Nunca teve enchente igual acho que desde o tempo do Noé.

— É, pode ser mesmo. Mas não vai durar muito, eu acho que não.

— Quarenta dias e quarenta noites.

— É o que você calcula? Ah... sei — disse Malcolm, lembrando as lições da Bíblia.

— Como é o nome da bebê?

— Lyra.

— Lyra... E quem é a menina grande? Você disse que o nome dela é Alice?

— É só uma amiga. Obrigado por me mostrar o fosso. Boa noite.

— Ah, boa noite — respondeu Andrew, sentindo-se um pouco frustrado.

Alice estava sentada debaixo da lanterna, dando mamadeira para Lyra. Parecia exausta. Audrey Boatwright se aproximou com dois pratos de lata cheios de ensopado e batatas, soltando fumaça de quente.

— Me dê ela aqui — disse. — Eu termino de dar de mamar. Precisam comer, vocês dois.

Alice entregou a criança sem dizer nada e começou a comer, como Malcolm já estava fazendo. Ele nunca sentira tanta fome, e nunca sentira tamanha satisfação em comer, nem mesmo na cozinha de sua mãe.

Ao terminar o ensopado, quase imediatamente sentiu os olhos fecharem. Mas conseguiu se esforçar o suficiente para pegar Lyra do colo de Audrey, que estava dando tapinhas nas costas da bebê, e levá-la para onde Alice já estava se acomodando, no chão.

— Aqui, ó — disse a sra. Boatwright, entregando a ele um pacote de cobertores e sacos de lona rústicos cheios de palha. Com o seu último ato acordado, Malcolm os ajeitou lado a lado e então, com Lyra entre eles, deitou-se ao lado de Alice e imediatamente caiu no sono mais profundo de sua vida.

E foi Lyra quem os acordou quando a acinzentada luz de um úmido amanhecer penetrou na caverna. Asta, sonolenta, beliscou a orelha de Malcolm, e ele acordou como alguém que luta para voltar à superfície em um lago de láudano, onde as maiores delícias estão lá no fundo e mais acima não há nada além de frio, medo e obrigações.

Lyra estava chorando, e Asta tentava consolar Pan, mas o pequeno furão se recusava a ser consolado e se afundava em torno do pescoço de Lyra, irritando ainda mais a menina. De olhos pesados, Malcolm fez um esforço para acordar e ninar a bebê suavemente de um lado para outro. Também não adiantou, então ele a pegou no colo.

— Você produziu muito durante a noite — ele sussurrou —, nunca vi fonte maior de esterco! Vamos ver se eu consigo fazer a troca de guarda eu mesmo. Pelo visto, Alice ainda está dormindo.

Lyra ficou um pouco mais feliz nos braços dele, mas não muito, mais choramingando do que chorando de verdade. Pan colocou a cabeça para fora e Asta lambeu seu nariz.

— O que está fazendo? — Alice resmungou, e imediatamente seu daemon acordou e ronronou baixinho.

— Tudo bem — disse Malcolm. — Vou trocar a fralda dela, só isso.

— Você não sabe — Alice falou, se sentando. — Vai fazer tudo errado.

— É provável — concordou Malcolm, com certo alívio.

— Que horas são?

— Está amanhecendo.

Conversavam em sussurros; nenhum deles queria acordar os outros. Alice ajeitou um cobertor nos ombros, engatinhou até a fogueira e pôs mais lenha no monte de cinzas, mexendo até fazer algumas brasas avivarem. Depois, colocou a panela para esquentar, usando a água que estava em um recipiente perto. Audrey tinha informado que quem usasse a água tinha que encher de novo na fonte lá fora, de modo que ela cuidou de fazer isso enquanto esperava a água esquentar.

Enquanto isso, Malcolm andava de um lado para outro com Lyra. Foram até a entrada da caverna e olharam a chuva, pesada, incessante, caindo reta pelo ar encharcado. Olharam para dentro, onde as pessoas dormiam de ambos os lados; algumas sozinhas, outras abraçadas. Havia mais gente do que tinham notado na noite anterior; talvez já estivessem dormindo, talvez tivessem chegado depois. Podiam estar caçando. Se a enchente empurrara cervos e faisões, além de pessoas, para terras acima de seus esconderijos e ninhos, haveria muitos deles para caçar.

Ele sussurrou tudo isso para Lyra, ninando a bebê de um lado para outro enquanto caminhava. A certo ponto, Asta sussurrou:

— Olha o Pan.

Ele olhou, enquanto o pequeno daemon, em forma de gatinho, afiava sem querer as pequenas garras na pele da mão de Malcolm. Malcolm ficou perplexo, tímido, sentindo-se privilegiado. Isso significava que o grande tabu de não tocar o daemon de outra pessoa não era instintivo, mas aprendido. Ele sentiu uma onda de amor pela criança e seu daemon, o que não fez nenhuma diferença para eles, pois Lyra continuou choramingando e Pantalaimon logo se afastou da mão de Malcolm e se transformou em um sapo.

E então o medo voltou. O que tinham feito com Bonneville… quando os homens do barco do TCD encontrassem o daemon com a pata estraçalhada e o homem com a coxa ferida, teriam mais uma razão para caçar Malcolm e Alice. A faca ainda estaria enfiada na perna do homem? Bonneville estaria mesmo morto? Ele não conseguia lembrar. Tudo acontecera com a velocidade de um pesadelo.

— Pronto — Alice falou baixinho, atrás dele. Malcolm quase deu um pulo de susto, mas ela não riu. Parecia saber exatamente o que ele estava pensando, e parecia ela própria pensar a mesma coisa. O olhar que trocaram na entrada da caverna antes de voltarem para perto do fogo foi algo que Malcolm jamais esqueceu: era profundo, complexo e cúmplice; tocava todas as partes dele, corpo, daemon, espírito.

Ele se ajoelhou ao lado de Alice e, quanto ela lavava e secava Lyra, ele e Asta tentavam distrair a bebê.

— Dá pra ver que ela está pensando, mesmo não sabendo nenhuma palavra — ele observou.

— Não aqui na parte de baixo — Alice respondeu, lacônica.

Com a luz, que ficava mais intensa, algumas pessoas começaram a se mexer. Malcolm pegou o embrulho para jogar fora e muito silenciosamente tentou ir até o fosso que o menino havia lhe mostrado.

— Não vi ele na caverna — Asta sussurrou.

— Vai ver ele dorme em algum outro lugar.

Encontraram o fosso do lixo e voltaram depressa, pois a chuva estava muito forte. Quando chegaram, Audrey estava carregando Lyra, que parecia bem confortável, embora um tanto hesitante, enquanto Alice preparava o leite.

— Quem é a mãe dela? — Audrey perguntou, se acomodando junto ao fogo.

— Nós não sabemos — respondeu Malcolm. — As freiras estavam cuidando dela em Godstow, então deve ser alguém importante.

— Ah, eu sei quem são essas que você tá falando — disse Audrey. — A irmã Benedicta.

— Isso. Ela é a diretora. Mas era a irmã Fenella que mais cuidava dela.

— O que aconteceu?

— O convento desmoronou com a enchente. Nós conseguimos tirar a menina a tempo. Aí fomos arrastados.

— Então vocês não sabem quem é a família dela?

— Não — disse Malcolm. Ele estava melhorando com as mentiras.

Audrey entregou a criança a Alice, que estava com a mamadeira pronta. Um pouco afastado, o sr. Boatwright se levantou, se espreguiçou e saiu da caverna. Outros estavam se mexendo.

— Quem é todo mundo? — Malcolm perguntou. — Todos da sua família?

— Tem meu filho, Simon, a esposa dele e dois meninos pequenos. Os outros são... só os outros.

— Tem um menino chamado Andrew. Conversei com ele ontem de noite.

— É. Sobrinho da Doris Whicher. Aquela lá é a Doris, perto da pedra grande. Eles vieram lá de Wallingford. Nossa, ela tá com fome, né? — comentou, admirada, observando Lyra mamar com avidez.

Doris Whicher ainda estava dormindo. Não havia sinal de Andrew.

— Acho que não vamos ficar muito — disse Malcolm. — Só até a chuva parar.

— Fiquem o quanto precisarem. Aqui estão em segurança. Ninguém conhece este lugar. Tem gente aqui sendo perseguida, com motivos pra tomar cuidado, e a gente ainda não perdeu ninguém.

O sr. Boatwright voltou da chuva trazendo um frango morto.

— Sabe depenar um frango, Malcolm? — perguntou.

Malcolm sabia, pois já tinha visto a irmã Fenella fazer isso, além de já ter ajudado sua mãe, uma ou duas vezes, a depenar um na cozinha da estalagem. Por isso ele pegou a ave, um exemplar magro, e se pôs a trabalhar, enquanto o sr. Boatwright sentava e avivava o fogo antes de acender o cachimbo.

— O que foi que falaram depois que eu sumi, hein? — ele perguntou. — Alguém adivinhou pra onde eu tinha ido?

— Não — respondeu Malcolm. — Disseram que o senhor foi a única pessoa que conseguiu escapar do TCD. Os funcionários voltaram no dia seguinte e fizeram um monte de perguntas, mas ninguém falou nada, a não ser um ou dois que disseram que o senhor tinha poderes de magia escura, tipo ficar invisível, e o TCD não ia conseguir encontrar o senhor nunca.

O sr. Boatwright riu tanto que teve que largar o cachimbo.

— Ouviu isso, Audrey? — ele arquejou. — Invisível!

— Queria que você também fosse inaudível às vezes — ela disse.

— Falando sério — ele continuou —, eu estava preparado pra uma coisa assim. A gente tem que ter uma rota de fuga, esteja onde estiver. Sempre uma rota de fuga. Quando chega a hora, não pode hesitar nem um segundo. Né, Audrey? A gente tinha nossa rota de fuga e pegamos ela na mesma noite que os filhos da mãe foram na Truta.

— Vieram direto pra cá?

— Mais ou menos. Tem uns atalhos ocultos, uns abrigos escondidos, tudo pela floresta, tudo atravessando Oxfordshire, Gloucestershire, Berkshire e mais adiante. Dá pra ir de Bristol até Londres por esses atalhos secretos e ninguém nunca vai saber por onde você foi.

— E o que aconteceu quando veio a enchente?

— Ah, a enchente mudou tudo. De começo, deu vantagem pra eles, porque eles têm muito mais barcos e homens. Mas o que gente fez foi só subir pro alto. Esse lugar aqui, onde a gente tá, é o ponto mais alto de Berkshire.

— Mas isso não deixa mais fácil de encontrar, se eles têm menos área pra caçar a pessoa?

— Não, porque tem mais via de escape — respondeu George Boatwright —, mais água em volta, entende? Mais rotas na água. A gente conhece tudo quanto é atalho, rota rasa e rota profunda. Pode sempre escapar e eles nunca vão pegar a gente. E a água tá do nosso lado, não do deles.

— Não entendo — disse Malcolm, virando a galinha.

— As criaturas da água, Malcolm. Não falo de peixe, nem dos ratos d'água, falo dos velhos deuses. O Velho Pai Tâmisa, eu vi ele umas vezes, com a coroa, as algas, o tridente. Ele tá do nosso lado. Os desgraçados do TCD, nunca que vão vencer o Velho Pai Tâmisa. E tem outros seres também. Tem um homem com a gente aqui, ele viu uma sereia perto de Henley. O mar tava tão alto que ela foi parar no rio, longe da costa mesmo, e esse sujeito, ele jurou pra mim que se vê a sereia de novo, ele vai embora com ela. Bom, dois dias depois ele desapareceu, então é capaz de ter feito isso mesmo. Pelo menos, eu acredito.

— Se esse aí era o Tom Simms — comentou Audrey —, acho mais provável que ele estava bêbado e a sereia era um golfinho.

— Não era golfinho. Ele falou com ela, não falou? E ela respondeu. Tinha a voz mais doce que a de um rouxinol, ele falou. Aposto dez a um que ele agora tá vivendo com ela no oceano Germânico.

— Deve de estar gelado, se estiver lá — retrucou Audrey. — Pronto, me dê aqui esse frango. Eu termino.

Malcolm tinha feito um bom trabalho, pensou, mas estava contente que ela assumisse. Suas mãos estavam amortecidas de frio e não conseguiam puxar as penas menores.

— Pegue um pouco de pão pra você naquela lata ali — Audrey apontou. — Tem queijo na lata do lado.

Eram latas de lixo, de aço galvanizado. Na primeira, havia três pães e meio, todos dormidos, pesados e duros, e uma faca para cortá-los. Malcolm cortou uma fatia grossa para ele, outra para Alice, e um pedaço de queijo para acompanhar, enquanto Doris Whicher acordava ali perto e olhava em torno com olhos sonolentos.

— Andrew? — ela falou. — Cadê o Andrew?

— Não vi ele agora de manhã — disse Malcolm.

Ela rolou e se sentou com um denso cheiro de bebida.

— Onde que ele foi?

— Falei com ele ontem de noite.

— E quem é você?

— Malcolm Polstead — ele respondeu. Não havia razão para dar um nome falso, já que o sr. Boatwright sabia exatamente quem ele era.

Doris Whicher resmungou e deitou de novo, enquanto Malcolm levava o pão e o queijo para Alice. Audrey Boatwright estava carregando Lyra, dando tapinhas nas suas costas, e Lyra retribuiu com um encantador ruído de pum. Malcolm sentou para mastigar sua refeição e constatou que aquela tarefa era difícil, mas seu estômago agradeceu o esforço de seus dentes.

E então, assim que se sentiu capaz de sentar e relaxar, sentiu voltar a constatação, a lembrança que ele vinha evitando: tinham matado Bonneville, ele e Alice eram ambos assassinos. A terrível palavra estava gravada em sua mente, como se uma prensa a tivesse marcado com tinta vermelha em uma folha de papel. Asta se transformou em mariposa e voou do ombro dele para o daemon de Alice, e Ben inclinou a cabeça para escutar o que Asta sussurrava. A sra. Boatwright ia de um lado para outro, mostrando Lyra para os que estavam acordando, e alguma outra pessoa estava preparando o frango, removendo as vísceras, cortando os pedaços, polvilhando com farinha. Se era aquilo que ia ser servido a todo mundo na caverna, Malcolm pensou, tentando se distrair, não haveria muita coisa no prato de ninguém.

Alice chegou mais perto, se aproximando para sussurrar uma coisa.

— Esse homem, o senhor ...

— Sr. Boatwright.

— Você confia nele?

— Eu... acho que sim. Confio.

— Porque a gente não devia ficar muito mais tempo aqui.

— Eu também acho. E tem um menino...

Ele contou a ela sobre Andrew. Ela franziu a testa.

— E ele não está aqui agora?

— Não. Estou um pouco preocupado.

Nesse momento, a tia de Andrew cambaleou até a fogueira e se sentou pesadamente. Alice a encarou, mas Doris Whicher não notou; estava curtindo uma ressaca. O cheiro de bebida era tão forte que Malcolm pensou que ela devia respirar com cuidado perto do fogo; o daemon-corvo dela ficava caindo e se levantando.

Ela então olhou para Malcolm e disse:

— Quem estava me perguntando do Andrew? Foi você?

— Fui eu. Não sabia onde ele estava.

— Por que você quer saber?

— Porque a gente estava conversando ontem de noite, ele disse uma coisa interessante e eu ia perguntar mais alguma coisa pra ele.

— É aquela maldita Liga?

Todos os nervos do corpo de Malcolm se retesaram, acordados.

— A Liga de Santo Alexander? Ele é membro?

— É, o filho da mãe. Se eu falar pra ele...

Malcolm se levantou imediatamente. Alice, vendo sua urgência, o acompanhou.

— Nós temos que ir embora — ele interrompeu. — Agora.

Alice correu até Audrey Boatwright, que estava conversando com outra mulher perto da entrada da caverna, aninhando Lyra confortavelmente ao peito. Malcolm olhou em torno e viu George Boatwright entortando uns gravetos para fazer uma armadilha.

— Sr. Boatwright... desculpe incomodar... mas nós precisamos ir embora imediatamente... pode mostrar um caminho par...

— Não se preocupe com aquele barco do TCD — disse Boatwright, confidencialmente. — O mais provável é que...

— Não, não são eles. A gente tem que levar a Lyra embora antes que...

Mas vozes alteradas surgiram atrás dele. Ele se virou depressa e viu Alice tentando passar por entre a sra. Boatwright e um homem de uniforme escuro. Ao lado, outros três outros homens estavam alinhados de forma a impedir que qualquer pessoa conseguisse sair da caverna. E à espreita, atrás deles, meio envergonhado, meio orgulhoso, estava Andrew.

Malcolm correu para ajudar Alice, que estava tentando arrancar Lyra dos braços de Audrey Boatwright. Mas um dos homens agarrou Alice pelo pescoço e começou a gritar. Malcolm gritou também, sem saber o que estava dizendo. Audrey, protegendo Lyra, virou-se para entrar na caverna; o sr. Boatwright tentou ajudá-la, enquanto Lyra gritava assustada. A certo momento, Malcolm alcançou a sra. Boatwright e pôs as mãos na bebê. Começou a erguê-la, mas poucos instantes depois sentiu um golpe forte em sua cabeça e caiu semiconsciente no chão. Alice mordia os braços que a seguravam, chutando com ambos os pés, aos berros.

Malcolm, tonto, fraco e quase totalmente desnorteado, se pôs de joelhos. Em meio ao tumulto de vozes, uma gritava por ele com perfeita clareza — a voz de Lyra —, e ele gritou de volta:

— Lyra! Lyra! Estou indo!

Mas um grande peso caiu sobre ele e o derrubou outra vez. Era Audrey Boatwright, que tinha perdido Lyra e fora jogada no chão por um dos homens. Malcolm lutou para sair de baixo do corpo dela, mas era muito difícil, porque ela estava lutando também. Ele conseguiu ficar de joelhos outra vez e viu Alice caída imóvel no chão, assim como George Boatwright. Alguém estava chorando e gritando, mas não era Lyra; era alguém ao longe, uma voz de mulher, incoerente de raiva e desamparo. Audrey Boatwright começou a chorar ao ver seu marido inconsciente a seu lado.

Os homens de uniforme escuro tinham ido embora e levado Lyra com eles.

20. AS IRMÃS DA SAGRADA OBEDIÊNCIA

Malcolm tentou dar um passo, mas a caverna toda parecia estar girando. Perdeu o equilíbrio, recobrou-se, então caiu completamente e quase vomitou. Asta sussurrava, rouca:

— Foi a pancada na cabeça. Não se levante ainda, deite, fique quieto.

Mas ele estava tomado por um frenesi de medo e raiva, e batalhou para se pôr em pé.

Lá estava Andrew, sorrindo nervoso, mas havia também uma satisfação justiceira em sua expressão. Ele ergueu as mãos para se defender. Malcolm as afastou e bateu forte em seu rosto, fazendo o menino cair, gritando:

— Tia! Tia!

— O que você fez? — disse ela, mas Malcolm não sabia se ela estava falando com ele ou com Andrew. Talvez nem ela mesma soubesse.

Malcolm deu um chute no menino, que rolou pelo chão, encolhendo-se em posição fetal.

— Quem eram aqueles homens? — Malcolm gritou. — Pra onde eles foram?

— Não é da sua... aai! — Andrew gritou quando Malcolm o chutou de novo.

Doris Whicher por fim se deu conta do que estava acontecendo e afastou Malcolm.

— Quem eram eles? — Malcolm rosnou, lutando contra os braços gordos e o fedor de álcool. — Pra onde vão levar a Lyra?

Andrew tinha rolado para fora de alcance e tentava se levantar, exagerando na reação aos golpes que Malcolm lhe acertara: gemia, mancava, tocava o rosto com dedos delicados.

— Acho que você quebrou meu queixo...

Malcolm pisou no pé de Doris e logo viu Alice estapeando e arranhando o menino também. Depois ela se virou para agarrar os braços trêmulos da tia, que tentavam segurar Malcolm. Ele se desvencilhou e correu para encurralar Andrew contra a parede rochosa da caverna. O daemon-rato do menino guinchava e gritava escondido atrás de seus pés.

— Não! Não me bate!

— Só me diga quem eram eles.

— O TCD!

— Mentiroso! O uniforme era diferente. Quem eram?

— Não sei! Achei que eram o TCD...

— Onde encontrou eles?

Nessa altura, os outros adultos tinham se reunido para assistir e encorajar um lado ou outro. Alguns ainda estavam dormindo quando os homens chegaram, e foi preciso que lhes explicassem o que havia acontecido. George Boatwright continuava desmaiado, e Audrey, ajoelhada a seu lado, chamava ansiosamente seu nome. A caverna estava cheia de confusão.

Andrew estava chorando. Malcolm virou as costas, enojado, e caiu de joelhos. Asta, em forma de gato, saltou em cima do daemon-rato de Andrew e o jogou no chão. Além disso, Ben, todo arrepiado, também rosnava para o menino com a ferocidade de um buldogue.

Mas Alice puxou o braço de Malcolm e o ajudou a se levantar, e por um momento ele deixou os daemons de lado.

— Escute — disse ela —, escute esse homem.

O homem, de cabelo escuro, era pequeno, nervoso. Seu daemon era uma raposa.

— Já vi esse uniforme antes — falou o homem. — Não é o TCD. O nome é algo como Segurança do Espírito Santo, uma coisa assim. Eles protegem lugares religiosos, seminários, conventos, escolas, essas coisas assim. Devem ter vindo de Wallingford, do convento de lá.

— Um convento? — Malcolm perguntou. — De monges ou freiras?

— Freiras — disse uma mulher que Malcolm não conseguiu ver. — As Irmãs da Sagrada Obediência.

— Como você sabe? — o homem perguntou.

— Eu trabalhava pra elas — a mulher respondeu, saindo da sombra e indo para a luz cinzenta perto da entrada da caverna. — Pras irmãs. Fazia limpeza, cuidava das galinhas e das cabras.

— Onde fica? Onde é esse lugar? — Malcolm perguntou.

— Em Wallingford — ela disse. — Não tem como errar. Uns prédios grandes de pedra branca.

— E quem são elas? O que elas fazem? — Alice indagou, o rosto pálido, os olhos fuzilando.

— Elas rezam. Dão aula. Cuidam de criança. Não sei... São bravas.

— Bravas? Como? — Malcolm questionou.

— Duras. Muito duras, cruéis. Eu não aguentei, então saí.

— Eu vi esses guardas pegando um menino que tinha fugido — o homem comentou. — Bateram nele, ali mesmo na rua, até ele desmaiar. Não adianta se meter, eles pode tudo.

— Foi isso que você fez, então? — Malcolm perguntou para Andrew. — Foi e contou para elas sobre nós e a bebê?

Andrew choramingou e enxugou o nariz na manga.

— Fale, menino — ordenou a tia. — Chega dessa choradeira.

— Não quero que ele me bata de novo — respondeu Andrew.

— Não vou bater. Só fala o que você fez.

— Eu sou da Liga. Tinha de fazer o que era certo.

— Esquece a Liga. O que você fez?

— Eu sabia que você não devia de estar cuidando de uma criança que não é sua. Que vocês tinha roubado ela ou sei lá. Então contei pro Departamento de Proteção à Criança. Eles vieram na nossa escola, explicaram que o certo era contar pra eles essas coisa. Não sei nada da Segurança do Espírito Santo, nunca ouvi falar nisso. Foi o Departamento de Proteção à Criança.

— Onde fica?

— No convento.

— O convento não está inundado igual o resto?

— Não, porque fica no alto do morro.

— Quem é a encarregada lá?

— A Madre Superiora.

— Então você foi e falou pra ela, foi?

— O pessoal do Departamento me levou pra falar com ela. Era o certo que eu tinha que fazer — ele disse, tremendo, e começou a chorar.

A tia bateu nele e o menino engoliu os gemidos com uma tosse congestionada.

— O que foi que ela falou, a Madre Superiora? — Malcolm perguntou.

— Ela queria saber quem era a criança e onde a gente estava e tudo. Eu contei tudo que seu sabia. Tinha que contar.

— E depois?

— A gente rezou, ela me deixou dormir um pouco e depois eu trouxe eles aqui.

Diante da hostilidade e do desprezo de quase todos na caverna, Andrew desmoronou, caiu no chão e se encolheu, chorando. Quase todos, pois George Boatwright ainda estava inconsciente, deixando Audrey agora ainda mais assustada. Ajoelhada a seu lado, esfregava a mão dele, acariciava sua cabeça, chamava seu nome e olhava em torno procurando ajuda de alguém ali.

Alice a viu e se ajoelhou para tentar fazer alguma coisa, enquanto Malcolm continuava interrogando Andrew.

— Onde fica esse convento? Qual é a distância?

— Não sei...

— Dá pra ir e voltar caminhando ou tem que ir de barco?

— Não tenho barco.

— Não é longe — interferiu a mulher que trabalhara lá. — É o ponto mais alto. Não tem como errar.

— Tem muita criança lá? — Malcolm perguntou a ela.

— Tem. De toda idade. Desde bebezinho até dezesseis anos, eu acho.

— O que elas fazem? Dão aula, fazem elas trabalharem, o quê?

— Dão aula, sim... Preparam elas pra ser empregados, essas coisa assim.

— Meninos e meninas?

— É. Meninos e meninas. Mas, depois dos dez anos, elas separam.

— E os bebês, ficam separados do resto?

— Tem um berçário só pros bebezinhos, sim.

— Quantos bebês tem lá?

— Ah, meu Deus, não sei... no meu tempo tinha uns quinze, dezesseis.

— Todos órfãos?

— Não. Às vez, se uma criança é muito malcomportada, elas pegam pra criar. E não sai mais até fazer dezesseis anos. Nunca mais vê os pais.

— Quantas crianças no total, então? Bebês e mais velhas?

— Umas cem, quem sabe...

— Elas nunca tentam escapar?

— Pode até escapar uma vez, mas sempre pegam eles, aí eles nunca mais têm coragem de sair de novo.

— Então elas são cruéis, essas freiras?

— Você não ia acreditar no quanto elas podem ser malvadas. Não ia acreditar.

— Você, Andrew — disse Malcolm. — Você já entregou alguma outra criança que foi parar lá?

— Não vou falar — o menino resmungou.

— Fale a verdade, seu bostinha — disse a tia.

— Não, não entreguei!

— Nunca? — Malcolm insistiu.

— Você não tem nad...

A tia lhe deu uma bofetada. A voz do menino subiu em um gemido agudo:

— Tudo bem, pode ser que sim! — ele gritou.

— Seu dedo-duro de merda — disse ela.

— Com quem você fala quando vai entregar alguém? — Malcolm perguntou, tentando desesperadamente manter o foco. A cabeça latejava e ondas de náusea iam e vinham. — Onde você foi ontem de noite? Com quem você falou?

— Com o irmão Peter. Não devia contar pra você.

— Não me interessa se devia ou não. Quem é o irmão Peter e onde você foi encontrar com ele?

— É o diretor do Departamento de Proteção à Criança em Wallingford. Tem uma sala deles no convento.

— E ele te conhecia porque você já tinha falado com ele antes, não é?

Diante disso, Andrew apenas afundou a cabeça nos braços e deu um uivo.

Malcolm escutou algumas vozes atrás dele, algumas excitadas, outras aliviadas, e se virou para olhar. Mas, ao fazer esse movimento, sentiu uma pontada de dor e uma náusea tão brutais que era como se tivesse levado outro golpe. Ficou parado, sabendo que com o menor deslocamento ia se sentir violentamente enjoado.

Alice estava a seu lado e segurou seu braço:

— Segura em mim — disse ela. — E venha para cá.

— Lyra — ele murmurou, obedecendo-a.

— A gente sabe onde ela está, e ela não vai sair de lá. Você agora não pode se mexer, senão vai passar mal. Sente aqui.

A voz dela era calma e delicada, e isso era tão surpreendente que ele se deixou levar e ser cuidado.

— O sr. Boatwright acordou — ela informou. — Está com o coco rachado, igual você, só que pior. A Audrey achou que ele tinha morrido, mas não. Agora fique quieto.

— Olhe aqui — disse uma voz de mulher, e completou —, faça ele dar um gole nisto.

— Obrigada — Alice falou. — Toma, Mal, senta e dá um gole. Mas cuidado que está quente.

Mal! Ela nunca o tinha chamado de Mal. Ninguém nunca o chamara assim. Ele não deixaria mais ninguém além de Alice chamá-lo assim. A bebida estava escaldante e ele só conseguiu tomar um pequeno gole. Tinha gosto de limão, o tipo de remédio para resfriado que sua mãe às vezes lhe dava, mas tinha mais alguma coisa.

— Pus um pouco de gengibre — disse a mulher. — Evita o enjoo. E alivia a dor.

— Obrigado — ele murmurou. Não fazia ideia de como tivera energia para interrogar Andrew um minuto antes.

Tomou mais um pouco da bebida e então adormeceu.

Quando acordou, estava escuro de novo. Malcolm estava aquecido, coberto com algo pesado com cheiro de cachorro. Mexeu-se um pouco e sua cabeça não o castigou por isso, então se mexeu um pouco mais.

— Mal — Alice logo falou a seu lado. — Está tudo bem agora?

— É. Acho que sim — ele respondeu.

— Fique aí. Vou buscar um pouco de pão e queijo.

Alice se levantou, o que significava que estava deitada a seu lado. Ela era cada vez mais surpreendente. Ele ficou deitado, despertou devagar, deixando a memória do dia e da noite anteriores despertarem também, lentamente. Então se lembrou do que acontecera com Lyra e se sentou com um choque convulso. Alice estava oferecendo algo para ele.

— Aqui — disse ela, estendendo um pedaço de pão. — Está duro, mas não tem mofo. Quer um ovo? Posso fritar um ovo, se você quiser.

— Não, obrigado, Alice, tem certeza que nós... — ele sussurrou sem conseguir completar a frase.

— Bonneville? — ela sussurrou. — É. A gente fez isso, sim. Mas fique quieto. Não diga nada. Acabou.

Malcolm tentou morder um pedaço do pão, mas estava tão duro que era um sério desafio a seus dentes, e, portanto, para a dor na cabeça. Mesmo assim, perseverou. Alice apareceu de novo com uma caneca de alguma coisa forte e salgada.

— O que é isso?

— Algum tipo de caldo de carne em cubinho. Não sei. Vai te fazer bem.

— Obrigado — ele disse, e tomou um gole. — Faz tempo que anoiteceu?

— Não. As pessoas estão lá fora caçando ou fazendo outra coisa. Não faz muito tempo que escureceu.

— Cadê o Andrew?

— A tia dele está vigiando. Não vai sair de novo.

— Nós temos que ir... — Ele tentou engolir um pedaço de pão, mas desistiu, mastigou um pouco mais antes de tentar de novo e continuou, rouco: — Temos que resgatar a Lyra.

— É. Eu estava pensando nisso.

— Primeiro, a gente tem que conhecer o convento.

— E saber exatamente o que foi que o Andrew falou da gente — ela complementou.

— Acha que ele alguma vez vai falar a verdade pra gente?

— Eu arranco a verdade dele.

— Não dá pra confiar nele. Vai falar qualquer coisa pra não apanhar.

— Mas eu bato nele mesmo assim.

Ele mastigou outro bocado de pão.

— Eu queria falar com aquela mulher que trabalhou lá — ele disse —, saber onde ficam as coisas, onde fica o berçário, como é que se chega lá, essas coisas todas.

— Vou chamar ela.

Alice se levantou e correu para perto da fogueira, onde um grupo de pessoas estava sentado, bebendo, conversando e mexendo de vez em quando uma grande panela de ensopado.

Malcolm fez um esforço para se sentar um pouco mais ereto e descobriu que, embora a dor de cabeça tivesse passado, várias outras dores, por todo o corpo, ainda exigiam sua atenção. Mastigou mais um pedaço de queijo e se concentrou nisso.

Alice logo voltou acompanhada da mulher que tinha falado antes. O daemon dela era um furão, que estava constantemente em seu ombro, mordiscando.

— É a sra. Simkin — apresentou Alice.

— Olá, sra. Simkin — Malcolm a cumprimentou, tentando engolir o queijo que amaciara com um gole do caldo de carne. — A gente queria saber tudo desse convento.

— Estão pensando em tentar entrar lá e resgatar a menina? — ela perguntou, sentando-se perto. A mão dela sempre subia para acariciar seu daemon muito nervoso.

— Bom, é, sim — respondeu Malcolm. — Nós precisamos ir. Não tem outro jeito.

— Não dá — disse ela. — É como uma fortaleza. Vocês nunca vão conseguir entrar.

— Tá, tudo bem. Mas como é quando a gente *está* lá dentro? Onde as crianças ficam?

— Tem o berçário, onde cuidam dos pequenininhos e onde eles dormem. Fica no andar de cima, perto das celas das freiras.

— *Celas*? — Alice perguntou.

— É assim que elas chamam os quartos — Malcolm explicou. — Pode desenhar uma planta? — ele pediu à mulher.

Mas a mulher ficou tão inquieta e hesitante que Malcolm percebeu que ela não sabia ler nem escrever, e não fazia a menor ideia dos princípios de plantas e mapas de nenhum tipo. Ele ficou envergonhado de ter pedido e continuou depressa:

— Quantos lances de escada tem lá?

— Tem um na frente, grande, e um pequeno nos fundos pras criadas, faxineiras, gente que nem eu. E tem mais outro, que eu nunca vi. Às vezes tem hóspedes, homens também, e não é correto eles se misturarem com as freiras, nem com os criados, então eles têm a escada deles. Mas essa só vai dar nos quartos de hóspedes, e fica separada do resto do lugar.

— Certo. Agora, quando a senhora sobe a escada dos criados, chega aonde no segundo andar?

O daemon da mulher sussurrou para ela. Ela escutou e respondeu:

— Ele só está me lembrando. No primeiro andar, tem um patamarzinho e uma porta que dá pra um corredor onde fica o berçário.

— Mais alguma coisa nesse corredor?

— Tem duas celas, em frente do berçário. As freiras que estão cuidando dos pequenininhos, elas dormem ali.

— Como é o berçário?

— Um quarto grande, com umas... não sei. Pode ser que umas vinte cama e berço.

— Tem tantos bebês assim?

— Nem sempre. No geral, uma ou duas camas ficam vazias pro caso de chegar criança nova.

— Que idade têm as crianças ali?

— Até os quatro anos, acho. Depois, elas mudam pro prédio principal. O berçário fica no bloco da cozinha, bem em cima, no térreo.

— Tem mais alguma coisa além do berçário nesse corredor?

— Tem dois banheiros, do lado direito, antes de chegar no berçário. Ah, e um armário de arejar cobertores e tal.

— E as celas ficam à esquerda?

— Isso.

— Então tem só duas freiras cuidando das crianças?

— Tem mais uma que dorme dentro do berçário mesmo.

O daemon-rato sussurrou de novo.

— Não esqueça — acrescentou a mulher —, elas levantam muito, muito cedo pra rezar.

— Ah, eu sei. Me lembro. Elas faziam isso em Godstow.

Ele pensou que não teriam muito tempo para encontrar Lyra e sair, mesmo que conseguissem entrar. E uma criança nervosa com a presença de estranhos no berçário já seria o suficiente para entregá-los...

Ele perguntou à mulher sobre a disposição das portas e janelas da cozinha e sobre tudo o mais que conseguiu pensar. Quanto mais ouvia, mais difícil parecia e mais desanimado ele ficava.

— Bom, obrigado — ele concluiu. — Foi muito útil.

A mulher balançou a cabeça e voltou para perto do fogo.

— O que a gente vai fazer? — Alice perguntou, baixo.

— Entrar e resgatar a Lyra. Mas vamos supor que tenha vinte crianças, todas da mesma idade, dormindo: como a gente vai saber qual é ela?

— Bom, *eu* reconheço ela. Não dá pra confundir.

— Quando ela está acordada, sim. O Pan reconheceria a Asta, e o Ben também. Mas se ela estiver dormindo… A gente não pode acordar elas.

— Não ia me confundir. Nem você também.

— Tá bom. Que horas são agora? É cedo ou tarde da noite?

— Está escuro, só isso que eu sei.

— Então vamos agora.

— Você está se sentindo bem pra fazer uma coisa dessas?

— Estou. Tô me sentindo muito melhor.

De fato, Malcolm ainda sentia um pouco de dor e tontura, mas a ideia de ficar parado na caverna enquanto Lyra estava presa era horrível demais para suportar. Ele se levantou devagar, deu um ou dois passos na direção da entrada da caverna, avançando com cuidado, sem agitação, silencioso. Alice estava recolhendo as coisas deles e embrulhando no cobertor do mesmo jeito que Boatwright havia feito.

Assim que saíram, ele falou baixinho para ela:

— Aqueles biscoitos que ela gosta, ainda tem na canoa?

— Bom, a gente não trouxe pra cá. Devem estar lá.

— Nós podemos dar um pra ela ficar quieta.

— É, se…

— Fique de olho no Andrew.

— Lembra pra que lado está a canoa?

— Se continuar descendo, a gente acaba chegando lá.

Ao menos era o que ele esperava. Mesmo que George Boatwright tivesse se recuperado por completo — o que provavelmente ainda não havia acontecido —, não seria uma boa ideia pedir que ele os guiasse. Ele ia querer saber aonde estavam indo e o que estavam planejando, e diria para não irem.

Malcolm parou de pensar nisso. Tinha descoberto uma nova capacidade em si mesmo: era capaz de parar de pensar em coisas, se não quisesse pensar nelas. Ao guiar o caminho pelo luar, ele se deu conta de que muitas vezes tinha afastado pensamentos sobre seus pais, sobre como deviam estar sofrendo, se perguntando onde ele estava, se ainda estava vivo, se conseguiria achar o caminho de volta contra a enchente. Fez o mesmo naquele momento. Estava escuro debaixo dos carvalhos de várzea, então não importava se seu rosto ficasse angustiado. Podia impedir aquilo também, dentro de alguns segundos.

— A água está ali — Alice apontou.

— Vamos com cuidado. Pode ter algum outro barco espiando...

Ficaram imóveis à beira do escuro das árvores, observando e escutando. A vastidão de água era clara à frente deles, e o único som era a correnteza contra a relva e os arbustos.

Malcolm estava tentando se lembrar de onde tinha deixado o barco, se era à esquerda ou direita do caminho.

— Lembra onde...

— Está ali ela, olha! — Alice exclamou.

Estava apontando para a esquerda e, assim que ele seguiu a direção de seu olhar, viu também. A canoa mal estava escondida e no entanto parecera invisível um momento antes. O luar era tão claro que tudo debaixo das árvores era captado em uma rede de sombras confusas.

— Você enxerga melhor que eu — ele afirmou.

Malcolm puxou a canoa para a relva, conferiu tudo e a virou de boca para cima. Foi carinhoso com ela, deslizou a mão por todo o casco, conferindo se os suportes estavam firmes, contou os aros que estavam dentro da canoa, certificando-se de que a lona estava dobrada e guardada direitinho. Estava tudo em ordem, e a superfície do casco estava intacta, embora a bela pintura gípcia estivesse um pouco arranhada.

Ele a empurrou para a água e mais uma vez sentiu como se aquela coisa inanimada estivesse alegremente ganhando vida ao encontrar seu elemento.

Segurou a amurada quando Alice entrou e depois entregou a ela a mochila que tinha pegado do falecido Bonneville.

— Minha nossa, que pesada — ela disse. — O que *tem* aqui dentro?

— Não tive tempo de olhar. Assim que a gente pegar a Lyra e encontrar um lugar seguro pra parar, vamos abrir e ver. Pronta?

— Estou, vamos.

Ela enrolou um cobertor nos ombros magros e ficou observando enquanto ele começava a remar. A lua estava brilhante, a água parecia uma lâmina de vidro a correr ligeira. Malcolm se sentiu bem ao remar novamente, apesar das contusões, e procurou com firmeza se direcionar para o centro da enchente. A única sensação de velocidade que tinha era o ar frio contra o rosto e um ocasional tremor do casco quando alguma obstrução submersa levantava uma ligeira onda na água.

Tinha mil apreensões. Se passassem a entrada do convento, nunca conseguiriam voltar contra a força da água. E se chegassem lá e o encontrassem sendo vigiado? Ou se fosse impossível de entrar? E se... E assim por diante. Mas ele pôs todos esses pensamentos de lado.

Seguiam rápido, à luz da lua, que continuava brilhando. Alice olhava constantemente a correnteza, atrás, de um lado, de outro, até o horizonte; mas não via outros barcos nem qualquer sinal de vida. Conversaram pouco. Desde a briga com Bonneville, alguma coisa grande mudara no relacionamento deles, e não era só o fato de ela ter passado a chamá-lo de Mal. Uma muralha de hostilidade havia caído e desaparecido. Eram amigos agora. Era fácil ficarem sentados juntos.

À frente, havia alguma coisa brilhando, no horizonte, mas ainda longe.

— Aquilo lá é uma luz, você acha? — ele perguntou, apontando.

Ela se virou para olhar.

— Pode ser. Mas parece mais alguma coisa só branca, com a lua brilhando nela.

E lá estava de novo: o anel cintilante, sua própria aurora. Tão familiar agora que era quase bem-vinda, apesar da dificuldade que causava para ver as coisas através dela. E, bem no centro da adorável curva celestial que crescia, estava a coisa que Alice mencionara: o grande edifício brilhando branco ao luar.

Estavam indo tão depressa que logo ficou claro que o palpite dela estava certo: um grande edifício, algo como um castelo, emergia da água; mas não era um castelo, pois, em vez de uma grande torre de vigia no centro dele, erguia-se o pináculo de um oratório.

— É ali! — disse Malcolm.

— É imenso — Alice observou.

A construção encontrava-se à esquerda da correnteza que eles seguiam rapidamente. Era construída com uma pedra clara que brilhava quase como neve no fulgor da lua; um grande complexo de paredes, telhados e contrafortes cercava o esguio pináculo; janelas pretas, como buracos nos rochedos brancos planos, refletiam ocasionalmente a lua quando a canoa passou. Era tão claro e tão negro quanto o faiscar do anel cintilante, que estava agora próximo a ponto de ficar quase fora de alcance atrás de Malcolm. O edifício não tinha janelas baixas que desse para escalar, nem porta alguma, nem escadaria. Havia apenas grandes placas verticais de pedra branca, sem nenhuma abertura na superfície lisa que pudessem alcançar a partir de onde estavam, no nível da água. Como uma fortaleza, parecia projetado para repelir qualquer tentativa de invasão.

Malcolm estava retendo a canoa agora, tentando resistir à grande força da correnteza, e *La Belle Sauvage* respondia docemente. Podia quase dançar na água, Malcolm pensou, batendo carinhosamente na amurada.

— Está vendo alguma entrada? — Alice perguntou, baixo.

— Não ainda. Mas de qualquer jeito não vamos pela porta da frente.

— Acho que não... É imenso. E não acaba nunca.

Malcolm estava virando a canoa para bombordo, para dar a volta e ver até onde o edifício se estendia. Ao deixarem para trás a lua e passarem para a grande sombra das paredes, ele sentiu um arrepio, apesar de já estar com bastante frio e a lua não fornecer nenhum calor. Estavam agora fora da corrente principal, e podiam aproximar mais a canoa e olhar os muros gigantescos, para ver se havia alguma entrada; mas parecia impossível.

— O que é isso? — Alice perguntou.

— O quê?

— Escuta.

Ele se imobilizou e ao pé do muro, um pouco adiante, ouviu um som constante de água caindo. Havia ali o que parecia ser uma larga pilastra de pedra, subindo por toda a altura da parede, e no topo continuava em uma porção de chaminés com um forte reflexo da lua nelas. Ele pensou: *deve ter uma cozinha em algum lugar, então pode ser aqui...* E então viu onde a água caía. Era uma abertura quadrada perto do pé do muro, junto à pilastra da chaminé. Ali, uma grade pendia, solta, deixando sair um fluxo de água que formava um arco constante.

— Privadas — disse Alice.

— Não. Acho que não. É uma água bem limpa, olha, e não tem cheiro... Deve ser um ladrão, alguma coisa assim.

Ele remou para a esquina seguinte, devagar e silencioso. Ainda estavam à sombra da lua, mas ele sabia que qualquer coisa que se mexesse atrairia atenção, e não havia arbustos nem caniços entre os quais se esconder: apenas a água nua e a pedra nua. Seria fácil vê-los. Com imenso cuidado ele conduziu a canoa para adiante da esquina do grande edifício e olhou o que devia ser a parte da frente.

Alice estava agarrada à amurada da canoa, observando com toda atenção possível naquela luz enganosa. Malcolm virou o barco de lado, de modo que qualquer um que olhasse daquela direção veria uma silhueta muito menor. Mais ou menos na metade da frente, havia uma larga escadaria, coroada por um pórtico de colunas clássicas sustentando um frontão... Havia um vulto entre as colunas?

Alice estava se virando para olhar para trás. Então sussurrou:

— Tem um homem... dois homens... olha, estão num barco...

Um barco a motor estava amarrado na base da escada, e Alice tinha razão: eram dois homens. Malcolm viu quando eles saíram tranquilamente da linha de colunas, conversando. Estavam fumando e carregavam rifles nos ombros.

Com mais cuidado ainda, Malcolm manobrou a canoa de volta para a esquina e fora de vista.

— Como foi que o cara da caverna chamou esses aí? — ele sussurrou. — Segurança do Espírito Santo... eles protegem conventos, mosteiros e tal... Bom, não dá pra ir por ali. — Ele olhou de novo as chaminés e teve uma ideia. — Aqui deve ser a cozinha, logo atrás desta parede, por causa das chaminés... que nem no convento, sabe? Em Godstow? — De repente, ele estava animado. — Na sala velha que chamavam de área de serviço?

— Nunca fui lá.

— Bom, é muito velha e tinha um ralo antigo... ele sai de uma fonte e corre feito um canal de pedra, atravessa o piso e sai do outro lado... no rio... a irmã Fenella usava às vezes pra jogar a água da lavagem...

— Você acha que isto aqui é uma coisa assim?

— Bom, pode ser. A água é limpa.

— Tem uma droga de uma grade de ferro na frente.

— Olha, pega o remo e segura a canoa perto dela...

Quando ela conseguiu, ele se levantou e agarrou a grade de ferro, que imediatamente se soltou em um chuveiro de pó e estuque, e caiu com um forte ruído entre a canoa e o muro.

— Minha nossa! — ele exclamou, se equilibrando.

— A gente não pode entrar aí!

— Por que não?

— Bom, primeiro porque não vai conseguir sair de novo. Não tem onde amarrar a canoa. E imagine se tiver outra grade do outro lado, onde sai na cozinha, ou na área de serviço, ou seja lá o que for? Além disso, a gente vai ficar ensopado. Está muito frio.

— Eu vou tentar. Você vai ter que ficar aqui com a canoa. Só precisa se manter firme com ela aqui, fique aquecida e me espere.

— Você não pode... — ela começou a dizer, mas mordeu o lábio. — Vai morrer afogado, Mal.

— Se ficar muito difícil, eu volto, e a gente pensa em outra coisa. Fica perto da parede, bem junto da pilastra da chaminé. Eu vou o mais rápido possível.

Ele agarrou a amurada da canoa e pensou: *Cuide dela, Belle Sauvage*.

Então se levantou outra vez e procurou a abertura, segurando na borda de pedra. O fluxo de água não tinha um grande volume, mas era frio e contínuo. Quando ele conseguiu subir, já estava encharcado até a pele. Asta já estava dentro do cano, em forma de lontra, com os dentes na manga da camisa dele, puxando e puxando. Por fim, os dois estavam deitados no fundo do cano, ofegantes, tentando ficar lado a lado na água corrente.

— Levante — disse o daemon. — Pode ir de quatro, a altura dá pra isso...

Malcolm estava com as canelas arranhadas, as unhas quebradas. Cauteloso, ele se ajoelhou e descobriu que, como Asta dissera, havia espaço para engatinhar. O daemon se transformou em algum tipo de fera noturna e se agarrou às costas dele com grandes olhos captando cada lampejo de luz. Não demorou muito, porém, para não restar mais luz alguma, e os dois engatinharam no escuro total. Malcolm se viu começando a ficar muito apavorado. Pensou no imenso peso da pedra acima dele; queria ficar de pé; queria erguer os braços acima da cabeça, queria ter muito mais espaço... Estava quase em pânico, mas Asta sussurrou:

— Não falta muito agora... sério... já vejo a luz da cozinha... um pouquinho mais pra frente...

— Mas e se...

— Nada de "se". Só respire fundo.

— Não consigo parar de tremer...

— Não, vamos em frente. Deve ter um fogo aceso na cozinha a noite inteira. Num lugar grande desses. Vai esquentar num minuto. Só tire essas coisas da cabeça, como a gente aprendeu a fazer. Vamos em frente... é isso aí...

Estava com as mãos e pernas dormentes de frio, mas não a ponto de não sentir muita dor por baixo da dormência.

— Como a gente vai carregar a Lyra por aqui...

— A gente dá um jeito. Tem um jeito... a gente só não descobriu ainda. Não pare...

Depois de mais um minuto de desespero, seus olhos começaram a enxergar algo que ele não havia acreditado ter sido visto pelo daemon: uma luminosidade nas laterais molhadas do túnel.

— Tá vendo? — disse o daemon.

— É... só espero que não tenha...

Uma grade no alto como tinha lá embaixo, ele ia dizer. Mas claro que havia: se alguma coisa caísse no ralo, quem trabalhava na cozinha não ia querer que desaparecesse. Ele quase se desesperou nesse momento. Pesadas barras de ferro escuro, fixas entre ele e a área de serviço, podiam ser vistas na penumbra logo à frente. Não tinha como passar. Ele engoliu um soluço de choro.

— Não, espera! — exclamou Asta. Em forma agora de uma ratazana, ela passou pela grade e a examinou com atenção. — Precisam limpar o ralo de vez em quando... precisam de escovas e coisas pra passar aqui dentro...

Malcolm se controlou. Outro soluço, de frio e ao mesmo tempo de desespero, sacudiu o seu peito, mas ele disse:

— É, tá certo. Quem sabe...

Agarrou as barras, sacudiu e sentiu que se mexeram. Balançavam um pouquinho para um lado e outro.

— Será que tem... em cima...

— Uma dobradiça... tem!

— Então na parte de baixo...

Malcolm passou o braço pela grade, tateou e muito rapidamente encontrou um pino pesado de ferro que passava atravessando as barras logo acima da água, a ponta enfiada em um buraco profundo na pedra. Estava bem lubrificado e deslizou sem nenhum esforço. A grade subiu para a cozinha, e as mãos trêmulas e dormentes de Malcolm conseguiram encontrar um apoio e se segurar com firmeza.

Um momento depois, tinha conseguido entrar no cômodo que, como ele imaginava, era uma área de serviço com pias para lavar e grelhas para secar a louça. Depois do escuro do cano, seus olhos abençoavam a penumbra que permitia enxergar tudo ali. A água corria pelo piso dentro de um canal cercado com tijolos, da mesma maneira como era em Godstow. E o melhor: havia um fogão, fraco, mas aceso; acima dele um varal de toalhas, penduradas ali para secar depois de terem sido lavadas, que aquecia o ambiente. Ele tirou o suéter e a camisa e enrolou uma grande toalha nos ombros. Ficou agachado junto ao fogão, oscilando para a frente e para trás enquanto o frio aos poucos deixava seu corpo.

— Nunca mais vou esquentar — Malcolm falou. — Tremendo desse jeito nunca vou conseguir fazer silêncio naquele berçário procurando a Lyra. Tem certeza que a gente reconhece ela? Bebês são tão parecidos, não são?

— Eu reconheço o Pan, e ele vai me reconhecer.

— Se você acha... Não podemos ficar muito tempo aqui. — Estava pensando em Alice. Devia ser angustiante ficar lá fora, na água, sem lugar para se esconder. Ele pegou a camisa e o suéter, mesmo molhados, e de novo estremeceu violentamente.

— Então vamos — chamou Asta. — Ah, olha! Aquela caixa...

Ela era um gato agora. A caixa para a qual apontava era de madeira, do tipo que transportava maçãs.

— E se... Ah, é! Claro!

Era grande o bastante para colocar Lyra. Se forrasse com toalhas, podia mantê-la seca ao passar pelo cano. Ele puxou algumas toalhas do varal e estendeu dentro da caixa, prontas para receber a menina.

— Então vamos — disse.

Abriu a porta da área de serviço e escutou. Silêncio. Depois, muito no alto e bem distante, um sino grave tocou três vezes. Na ponta dos pés, ele seguiu pelo corredor de pedra, no que esperava ser a direção da escada dos fundos. Havia fracas luzes ambáricas nas paredes, que fora isso eram nuas, caiadas, com portas à esquerda e à direita.

Então o sino tocou de novo, muito mais forte que antes, e ele ouviu um coro cantando, como se a porta de uma capela ou oratório tivesse se aberto. Olhou em torno: não havia onde se esconder. O canto ficou ainda mais forte e então, para seu horror, uma fila de freiras, de mãos unidas e olhos baixos, dobrou uma esquina e veio diretamente em sua direção. Evidentemente, assim como as freiras de Godstow, elas sempre se levantavam durante a noite para cantar e rezar. Mas ele tinha sido pego. Não havia nada a fazer a não ser ficar parado, tremendo e de cabeça baixa.

Alguém parou na frente dele. Ele continuou olhando para o chão, de forma que podia ver as sandálias nos pés da freira e a barra do hábito.

— Quem é você, menino? O que está fazendo?

— Molhei a cama, dona. Irmã. E aí me perdi.

Ele tentou demonstrar pena de si mesmo e não foi nada difícil. Fungou, enxugou o nariz na manga, e no momento seguinte uma sonora bofetada no rosto o jogou cambaleante contra a parede.

— Moleque imundo. Suba para o banheiro e se lave. Depois, pegue um impermeável e um cobertor limpo no armário, e volte para a cama. De manhã decidiremos o seu castigo.

— Desculpe, irmã...

— Pare de choramingar. Faça o que eu mandei e sem barulho.

— Não sei onde é o banheiro...

— Claro que sabe. Suba a escada, siga o corredor. Só não faça barulho.

— Sim, senhora.

Ele arrastou os pés na direção apontada e tentou parecer arrependido.

— Ótimo! Ótimo! — Asta sussurrou em seu ombro. Ela controlou seu desejo natural de se transformar em alguma coisa que morde e ameaça, e continuou como tordo.

— Ótimo pra você. Não foi sua cabeça que levou um tapa. Mas o impermeável vai ser útil. Pra caixa.

— E os cobertores...

Ele encontrou a escada com facilidade. Estava iluminada com uma fraca lâmpada ambárica, como todo o resto até ali, o que o fez se indagar como elas ainda tinham eletricidade.

— Sem dúvida, numa enchente é a primeira coisa que acaba — ele observou.

— Deve ter um gerador.

Os dois mal sussurravam. A escada dava pra um longo corredor todo branco e com um áspero tapete de fibra de coco. A luz era ainda mais fraca. Lembrando-se do que a mulher na caverna havia dito, Malcolm contou as portas: as da esquerda eram as celas das freiras, e as da direita eram os dois banheiros, e depois o berçário.

— Onde fica o armário? — ele sussurrou.

— Ali, entre os banheiros.

Ele abriu a portinha e recebeu uma onda de calor mofado. Havia estantes de cobertores finos dobrados acima de um tanque de água quente.

— Tem os impermeáveis — disse Asta.

Estavam em rolos na prateleira de cima. Ele pegou um, junto com dois cobertores.

— Não dá pra levar mais, não tendo que carregar ela também. Já vai ser bem difícil com isto aqui.

Fechou silenciosamente o armário e então, com Asta em forma de rato, ouviu o mais atentamente possível na porta do berçário. Um leve ronco, que devia ser da freira de plantão, um pequeno bufar e gemer; nada mais.

— Não tem por que esperar — Malcolm sussurrou.

Girou a maçaneta, tentando fazer silêncio, mas o pequeno ruído que fez lhe pareceu como uma colher caindo dentro de um balde; não podia fazer nada. Deslizou para dentro e fechou a porta. Ficou absolutamente imóvel, avaliando o lugar.

O quarto era comprido, com uma fraca lâmpada ambárica em cada ponta. Havia uma fila de berços ao longo de uma parede, e uma de pequenas camas do outro lado, com uma cama de adulto no canto mais próximo.

Nela, dormia uma freira que, conforme ele ouvira do lado de fora, roncava suavemente.

O piso era de um linóleo sem graça, e as paredes eram nuas. Ele pensou no lindo quarto que as irmãs tinham feito para Lyra em Godstow e cerrou os punhos.

— Se concentre — Asta sussurrou. — Ela está num dos berços.

Tantas coisas podiam dar errado que Malcolm mal conseguia afastar o pensamento da cabeça. Na ponta dos pés, foi até o primeiro berço, Asta na forma de alguma ave noturna pousou na beirada e olhou dentro.

Um bebê grande de cabelos pretos: eles sacudiram a cabeça em negativa.

Seguinte: pequeno demais.

Seguinte: cabeça muito redonda.

Seguinte: muito loiro.

Seguinte: muito grande.

Seguinte... e a freira na cama atrás deles gemeu e resmungou no sono. Malcolm ficou absolutamente imóvel e prendeu a respiração. Depois de um momento, a mulher deu um suspiro pesado e silenciou outra vez.

— Vamos — disse Asta.

A criança seguinte era do tamanho e das cores certas, mas não era Lyra. Ele se surpreendeu: no fim era fácil de reconhecer.

Foram para o seguinte e então a maçaneta girou.

Sem pensar, Malcolm voou para a parede oposta e se enfiou embaixo da cama mais próxima, agarrado aos cobertores e impermeável.

Duas vozes conversavam na outra ponta do quarto, baixinho, confidencialmente, e uma delas era a de um homem.

Malcolm já estava gelado, mas foi dominado por um tremor. *Me ajude a parar de tremer!*, ele pensou desesperado, e Asta imediatamente se transformou em furão, se enrolando em seu pescoço.

Passos se aproximaram lentamente. As vozes continuaram murmurando.

— Tem certeza disso? — perguntou a mulher.

— Absoluta. A criança é filha de lorde Asriel.

— Mas como ela foi parar numa caverna na floresta com um bando de invasores e ladrões? Não faz sentido.

— Não sei como, irmã. Só sei disso. Quando a gente mandar alguém interrogar as pessoas, já terão ido embora. Devo confessar que foi...

— Fale baixo, padre.

Os dois pareciam irritados.

— Qual é ela? — perguntou o padre.

Malcolm ergueu a cabeça e viu quando a freira o levou para o sexto berço a partir da ponta onde eles estavam.

O padre ficou olhando para a bebê.

— Vou levar comigo de manhã — ele afirmou.

— Desculpe, padre Joseph, mas não vai, não. Ela agora está sob nossos cuidados e ficará aqui. É a regra da nossa ordem.

— Minha autoridade está acima da sua ordem. De qualquer modo, me parece que a única coisa que uma irmã da Sagrada Obediência tem obrigação de fazer é obedecer. Vou levar a criança de manhã, caso encerrado.

Ele se virou e foi para o fim do quarto, saindo pela porta. Uma ou duas das crianças nas camas murmuraram ou gemeram adormecidas quando ele passou, e a freira na cama da ponta deu um ronco macio e trêmulo, depois virou para o outro lado.

A freira que tinha entrado ficou uns momentos ao lado do berço de Lyra e em seguida, mais devagar, se dirigiu em direção à saída. Malcolm conseguia ver o quarto todo por baixo das camas e, à luz tênue do corredor, viu quando os pés calçados com sandálias debaixo do hábito longo pararam e ela se voltou para olhar. A irmã ficou ali parada algum tempo, e ele pensou: *Será que ela me viu? O que ela vai fazer?*

Mas finalmente ela se virou, saiu e fechou a porta.

Malcolm pensou em Alice, que fielmente aguardava lá fora no frio, isolada de qualquer informação sobre o que estava acontecendo. Que sorte ele e Lyra poderem confiar nela! Mas quanto tempo ela conseguiria esperar lá? Não muito mais. Seu corpo doía de frio.

Devagar, com muito cuidado, ele saiu de baixo da cama. Asta olhava para todos os lados, em forma de gato, com as orelhas em pé. Quando ele se levantou, ela voou para seu ombro como uma corruíra.

— Ela foi embora pelo corredor — sussurrou. — Vamos!

Tremendo muito, Malcolm foi pé ante pé até o berço. Ia pegar o bebê quando Asta falou:

— Não! — Ele recuou, olhou em torno, mas ela disse: — Olha!

O bebê adormecido tinha cachos negros.

— Não é a Lyra — disse, estupidamente. — Mas ela falou...

— Olhe os outros berços!

Ele olhou nos berços de ambos os lados. O da direita estava vazio, mas o da esquerda...

— É ela aqui?

Malcolm estava tão confuso agora que não conseguia nem diferenciar os bebês. *Parecia* Lyra, mas a freira tinha tanta certeza...

Asta, com asas silenciosas, voou até o travesseiro. Baixou a cabeça para o pequeno daemon, que dormia profundamente em volta do pescoço da criança, e o sacudiu de leve. A criança se mexeu e suspirou.

— É ela? — Malcolm perguntou com urgência.

— É. Este é o Pan. Mas tem uma coisa... não sei... tem alguma coisa errada...

Asta ergueu a cabeça do pequeno daemon-furão e, assim que a soltou, a cabeça tombou para o lado.

— Eles deviam ter acordado — observou Malcolm.

— Estão sedados. Sinto um cheiro de alguma coisa doce na boquinha dela.

Isso ao menos facilitava as coisas.

— Tem certeza *absoluta* que é ela?

— Bom, veja você. Você não tem certeza?

A luz era muito fraca, mas quando ele olhou de perto e viu o rosto da bebê, entendeu sem nenhuma dúvida que aquela era a Lyra que ele amava.

— É, é ela. Claro que é. Vamos.

Malcolm estendeu no chão os cobertores e, enquanto Asta delicadamente carregava Pan adormecido, ele se curvou e pegou a bebê, um pouco surpreso com a solidez dela. Ela não se mexeu nem murmurou, profundamente adormecida em seus braços.

Ele a deitou no cobertor e o enrolou em torno dela. Asta, agora um texugo, levava Pan na boca. Seguiram silenciosamente entre a fileira de berços e a fileira de camas, passaram pela freira que dormia na ponta do quarto, roncando baixinho, e abriram a porta.

Silêncio. Sem esperar nem um segundo, Malcolm passou. Asta foi em seguida, então fecharam a porta e seguiram na ponta dos pés para a escada.

Quando iam descer o primeiro degrau, um grande sino soou e o assustou de tal maneira que ele quase derrubou a bebê embrulhada; mas era só o sino da hora. Nada aconteceu. Desceram, atravessaram a cozinha até a área de serviço e encontraram a caixa de madeira no mesmo lugar em que a tinham deixado.

Malcolm deitou Lyra na mesa, forrou a caixa com o impermeável, acomodando a criança e os cobertores dentro dela. Então Asta colocou o pequeno daemon em seu lugar junto ao pescoço de Lyra.

— Pronto? — Malcolm perguntou

— Eu vou primeiro — Asta anunciou.

Malcolm estava tremendo tanto que achou que nunca conseguiria segurar a caixa, mas entrou no cano, de costas para a saída, e puxou a caixa atrás de si. Uma vez dentro, ele pegou a grade e soltou. Não pôde impedir que ela caísse com um forte ruído e desejou tê-la deixado aberta, mas agora já era tarde.

Rastejou de costas pelo cano, gemendo de frio, batendo a cabeça, arranhando os joelhos. Escorregou, caiu, se ergueu de novo, no escuro, até Asta dizer:

— Lá está! Estamos quase chegando!

Ele conseguia ver uma tênue luz brilhando nas paredes molhadas. Sentia o cheiro do ar livre e ouvia o lamber da água.

— Cuidado... não vá depressa demais...

— Ela tá lá?

— Claro que ela tá lá. Alice... Alice... chegue mais perto...

— Demoraram pra burro, hein? — veio a voz dela ali embaixo. — Pronto... me dê um pé... isso... agora o outro...

Ele sentiu o oscilar, o balanço da canoa sob os pés e soltou todo seu peso nela. Mas não sabia o que fazer com a caixa. Mal conseguia raciocinar de exaustão, medo e frio.

— Estou segurando... sem pressa... — Alice afirmou. — Agora pode trazer ela devagar, com cuidado. Sem pressa. Pegou? Calma. Vira pra cá. Peguei... peguei... e ela está dormindo com tudo isso? Que preguiçosa sem-vergonha. Vem cá, meu amor, vem pra Alice. Aqui, Mal, senta aqui e se enrola neste cobertor. Pelo amor de Deus, se aqueça. E come isto aqui... isto... eu trouxe da caverna. Se botar alguma coisa na barriga, vai se aquecer mais depressa.

Ela enfiou um pedaço de pão e banha nas mãos dele, e ele comeu um bocado imediatamente.

— Me passa o remo — Malcolm murmurou. Com outro bocado de pão e banha na boca, os cobertores nos ombros e o remo na mão, ele deu impulso na parede do grande convento branco e levou mais uma vez a fiel canoa para a correnteza da enchente.

21. A ILHA ENCANTADA

Entre remadas e mordidas no pão com banha, Malcolm contou para Alice tudo o que tinha acontecido.

— Então o padre queria levar a Lyra embora e a freira mostrou a criança errada? Será que ela não sabia mesmo qual era a certa? — Alice perguntou.

— Não, acho que ela sabia muito bem. Estava tentando enganar o padre, e ia funcionar. Bom, ainda pode funcionar, pelo menos por um tempo. Até ele descobrir que não era a Lyra. E até as freiras descobrirem que a Lyra de verdade sumiu.

— Mas, pra começar, como ele pode saber que é a filha do lorde Asriel que estava lá?

— Deve ter sido o Andrew. Eu tive que usar nossos nomes de verdade, porque o sr. Boatwright sabia quem eu era, mas devia ter inventado outro nome pra Lyra. Não deve ter muitas Lyras no mundo.

— Você não podia fazer nada. Eu confiei neles também. Menino idiota.

— Mas não entendo o que as freiras iam fazer com a Lyra quando o padre levasse a criança errada. Quer dizer, não vão poder ficar com ela escondida pra sempre. Talvez o que elas iam fazer era pior ainda do que ele ia fazer.

— Mas eu queria ver o que vai acontecer de manhã. Pena a gente não poder salvar todas. Coitadinhas.

Ele comeu todo o pão com banha. Tudo o que queria era deitar e dormir. Sentia estar à beira da morte de tanta vontade de dormir e então, sem que conseguisse impedir, seus olhos se fecharam.

— Quer que eu reme um pouco? — Alice perguntou, e o acordou com um susto. Malcolm quase derrubou o remo. — Você está dormindo faz bastante tempo.

— Não — respondeu ele. — Tudo bem. Mas assim que a gente encontrar um lugar…

— É. Que tal aquele morro lá?

Ela se virou e apontou. Uma colina arborizada se erguia da água, uma pequena ilha, claramente iluminada pela lua baixa. O ar estava morno e havia nele uma maciez, quase um perfume.

Malcolm se dirigiu para lá, ainda mais sonolento, deixando *La Belle Sauvage* descansar suavemente na lateral do morro, fora da corrente principal, onde pequenos giros e redemoinhos faziam a canoa dançar, oscilar, balançar até Alice achar um galho para segurar.

— Um pouquinho mais pra frente… olha… parece que tem uma prainha — disse ela.

Ele empurrou o remo na água e puxou a proa da canoa para cima de uma touceira de relva. A lua brilhava diretamente sobre ela, o que ajudou a encontrar um galho firme para atar a amarra. Então ele se deitou na canoa, fechou os olhos e dormiu.

Deve ter dormido algumas horas. Quando acordou, sentiu como se uma estação inteira tivesse passado, pois fazia calor, e a luz entre as folhas acima era clara e cintilante. Folhas! Não podia haver folhas, não ainda! Ele piscou e esfregou os olhos, mas lá estavam: folhas, e flores também. Teve que erguer a mão para se proteger da luz. Mas ela o venceu: lá estava a luminosidade dentro de seus olhos, girando e cintilando como…

Era como se fosse um velho amigo agora, certamente algum sinal. Malcolm permaneceu parado, duro e dolorido no mesmo lugar onde havia caído e deixou a consciência voltar enquanto o anel cintilante lentamente se expandia e chegava cada vez mais perto, até desaparecer no canto dos olhos.

Alguém estava conversando ali perto. Era Alice. Uma mulher respondia. A voz da mulher era grave e doce. Estavam falando sobre bebês. Estava ouvindo também a voz de Lyra, gorgolejando? Podia ser, ou podia ser o lamber da água, que soava agora como um pequeno riacho, não uma grande enchente. E o canto de pássaros! Ouviu um melro, pardais, uma cotovia, como se, inacreditavelmente, já fosse primavera.

Sentia um cheiro doce: algum tipo de flor. E um cheiro quente… seria café? Ou torradas? Ou ambos? Qualquer um deles seria improvável, os dois, impossível. Aquela fragrância, no entanto, ficava mais forte a cada minuto.

— Acho que ele acordou — disse a voz da mulher.

— Richard? — Alice chamou, baixo.

E ele se pôs em guarda imediatamente.

Ouviu os passos leves se aproximando, depois sentiu a mão dela na dele e então enfim abriu os olhos.

— Richard, venha tomar café — ela disse. — Café! Imagine!

— Onde a gente está? — ele murmurou.

— Não sei, mas esta senhora... Venha. Acorde!

Ele bocejou, se espreguiçou e com esforço se sentou.

— Quanto tempo eu dormi?

— Horas e horas.

— E como está a...

— Ellie? — ela cortou, de imediato. — Está ótima. Está tudo bem.

— E quem... — ele sussurrou.

— Esta senhora, aqui é a casa dela, só isso — ela sussurrou de volta. — Ela é muito legal. Mas...

Malcolm esfregou os olhos e, relutante, saiu da canoa. Tinha dormido tão profundamente que não se lembrava de seus sonhos — só se o episódio do convento branco tivesse sido um sonho, mas parecia improvável, já que trechos dele lhe voltavam à mente.

Ainda pesado e tonto de sono, ele acompanhou Alice (*Não! Como era mesmo o nome dela? Como era? Sandra! Sandra.*) pela encosta até onde Lyra/Ellie estava deitada no gramado. Pan, ao seu lado, ria diante de um bando de grandes borboletas azuis que voejavam e planavam em torno dele. Uma delas podia ser o daemon da mulher.

A mulher...

Era jovem, pelo que Malcolm conseguia avaliar. Talvez tivesse uns vinte anos, era muito bonita, com o sol brilhando nos cabelos dourados e no vestido verde-claro. Estava ajoelhada na grama na frente de Lyra, brincando com ela. Deixava que as pétalas de algum tipo de flor caíssem em seu rosto; abaixava-se para a criança brincar com o colar comprido que usava, mas Lyra não conseguia pegá-lo. Suas mãos o atravessavam como se ele não existisse.

— Moça — Alice falou —, este é o Richard.

A mulher se levantou em um único e elegante movimento.

— Olá, Richard — cumprimentou ela. — Dormiu bem?

— Muito bem, obrigado, moça. É de manhã ou de tarde?

— Fim da manhã. Se Sandra já tiver acabado de beber, você pode tomar uma xícara de café. Quer?

— Claro.

Alice pegou um bule de cobre, que estava pendurado sobre o fogo que crepitava em um círculo de pedras, e encheu a xícara para ele.

— Obrigado. A senhora mora aqui? — ele perguntou.

— Não o tempo todo. Moro quando é bom para mim. Onde você mora?

— Em Oxford. Subindo o rio...

Ela pareceu ouvir com atenção, mas não necessariamente suas palavras. Tudo dela era bonito, delicado, bom, e, no entanto, ele se sentia inquieto.

— E o que vai fazer com a pequena Ellie? — ela perguntou.

— Vamos levar pro pai dela. Em Londres.

— É bem longe — ela comentou, voltando a se sentar e acariciando o cabelo da bebê.

Pan se transformou em borboleta e batalhava para voar com a nuvem de borboletas azuis que batiam as asas em torno dele, encorajando, ajudando, erguendo. Mas ele não conseguia voar para muito longe de Lyra e logo caiu na grama ao lado dela, leve como uma folha. Então se transformou em um camundongo e correu para perto do pescoço dela.

— Ah, é, é sim — respondeu Malcolm.

— Podem descansar aqui o quanto quiserem.

— Obrigado...

Alice estava preparando alguma coisa ao fogo.

— Pronto! — ela exclamou e estendeu para ele um prato com um garfo e dois ovos fritos.

— Ah, obrigado! — ele disse e, de repente, se deu conta de como estava com fome e comeu tudo em um segundo.

Lyra estava rindo. A mulher a carregou e a ergueu bem alto, rindo com ela. Pan, como borboleta de novo, branca e pura, dançava no ar com a nuvem das azuis, dessa vez com sucesso, e Malcolm de repente pensou: *E se o daemon dela for a nuvem inteira de borboletas, e não só uma?*

Isso o fez estremecer.

Alice lhe deu uma fatia de pão. Era fresco, macio, diferente do pão duro como tijolo da caverna, e ele achou que nunca tinha comido coisa melhor.

— Moça — ele chamou, assim que terminou o pão —, como é seu nome?

— Diania — ela respondeu.

— Diana?

— Não, Diania.

— Ah. Sei, hã... A que distância de Londres a gente está?

— Ah, quilômetros e quilômetros.

— Londres está mais perto que Oxford?

— Depende de como você vai. Por estrada, é, sim, provavelmente mais perto. Mas as estradas em Albion estão inundadas agora. Pela água, tudo muda. Pelo ar, acho que estamos exatamente no meio do caminho entre as duas.

Malcolm olhou para Alice. A expressão dela era neutra.

— Pelo ar? — ele perguntou a Diania. — A senhora não tem um zepelim ou um girocóptero, tem?

— Zepelins! Girocópteros! — ela repetiu, rindo. Jogou Lyra no ar e a fez rir também. — Quem precisa de zepelim? Aquelas coisas grandes, barulhentas.

— Mas a senhora não pode... quer dizer...

— Sabe, Richard, só conheço você há meia hora, desde que acordou, mas já deu para perceber que você é um menino de mentalidade excepcionalmente terrena.

— Não sei o que isso significa.

— Literal. Assim é melhor?

Ele não quis contradizê-la, porque afinal ela podia ter razão. Ele ainda tinha um longo caminho a percorrer para conhecer a si mesmo, e ela já era uma adulta.

— É ruim ser isso aí? — ele perguntou, cauteloso.

— Não para um mecânico, por exemplo. Seria uma coisa boa, se você fosse um mecânico.

— Bom, eu não ia achar ruim de ser mecânico.

— Pois então.

Alice observava atenta essa conversa. Uma pequena ruga ocupava sua testa, estava com os olhos semicerrados.

— Vou conferir a canoa — falou Malcolm.

La Belle Sauvage estava ondulando confortavelmente sobre a água que tinha perdido toda a fúria da correnteza dos dias anteriores e agora fluía constante, mais depressa que o Tâmisa em Port Meadow, mas não muito. Parecia ter assentado assim para sempre.

Ele examinou a canoa de ponta a ponta, com calma, deixando as mãos pararem mais onde era preciso; isso acalmou sua inquietação. Estava tudo em ordem, dentro dela tudo seco e em segurança, e podia ver a mochila de Bonneville ainda enfiada debaixo do banco.

A mochila...

Ele a tirou.

— Vai abrir? — Asta perguntou.

— O que você acha?

— Acho que pode ser alguma prova e tal, se tiverem encontrado o corpo dele — sugeriu o daemon.

— Prova de que a gente...

— É. Mas também a gente podia ter pegado em qualquer lugar. Encontrado na margem, alguma coisa assim.

— É. Está bem pesada.

— Pode ter barras de ouro aí dentro. Vamos lá.

Era velha, com uma lona verde, reforços de couro nos cantos e nas beiradas. As fivelas eram feitas de latão fosco. Malcolm as abriu e levantou a aba de cima. A primeira coisa que encontrou foi um suéter de lã azul-marinho, com cheiro de óleo e folha de fumo.

— A gente podia ter usado isso — ele disse.

— Bom, agora sabemos que está aí... Vá em frente.

Ele estendeu a malha na grama e olhou de novo. Havia cinco pastas de papelão desbotado, dobradas ou rasgadas nos cantos, todas cheias de papéis.

— Por isso que era tão pesada — ele observou.

Tirou a primeira pasta e abriu. Os papéis estavam cobertos com uma caligrafia rápida e emaranhada, em tinta preta, difícil de ler; parecia uma espécie de longa discussão sobre matemática, tudo em francês.

— Tem um mapa — Asta afirmou.

Em uma folha de papel havia o que parecia a planta de um edifício. Salas, corredores, portas... As palavras explicativas todas também em francês e em caligrafia diferente. Ele não conseguia entender nada. Havia mais plantas além dessa primeira, que pareciam ser de outros andares do mesmo edifício.

Ele guardou tudo de volta e pegou a pasta seguinte.

— Aqui está em inglês — comentou.

— Ele *era* inglês, não era?

— Bonneville? Acho que podia ser francês. Ei, olha!

A primeira página era datilografada. Uma página de rosto dizia: *Uma análise de algumas implicações filosóficas do campo Rusakov, por Gerard Bonneville, ph.D.*

— O campo Rusakov! — exclamou Malcolm. — A gente tinha razão! Ele sabia o que era!

— E ele é ph.D., olha. Igual a dra. Relf. Temos que levar isso tudo pra ela.

— É — respondeu ele. — Se a gente conseguir...

— O que mais tem na pasta?

Ele folheou. Páginas densamente datilografadas, anotações com equações cheias de sinais que ele nunca tinha visto; não havia como entender aquilo. Ele olhou o parágrafo inicial.

> Desde a descoberta do campo Rusakov e a chocante — mas incontestável — revelação de que a consciência não pode mais ser considerada exclusivamente como uma função do cérebro humano, a pesquisa pela partícula associada ao campo vem sendo conduzida energicamente por diversos pesquisadores e instituições sem, até o momento, qualquer indício de sucesso. Neste trabalho, me proponho a sugerir uma metodologia...

— Vou guardar pra depois — disse Malcolm. — Mas aposto que vai ser interessante.

— E o que mais?

A terceira, a quarta e a quinta pastas também continham apenas papéis indecifráveis. Uma mistura de letras, números e símbolos diferente de todas as línguas que Malcolm já tinha visto.

— Deve ser código — observou. — Aposto que a dra. Relf e a Rua Oakley conseguem entender.

Havia mais alguma coisa no fundo da mochila que também era pesada. Era um pacote envolto em um plástico, depois em um grosso couro macio e então finalmente em um veludo preto. Dentro encontrava-se uma caixa de madeira quadrada, do tamanho da palma da mão de um homem grande, ornada com marchetaria em desenhos exóticos.

— Olha isso! — Malcolm exclamou, admirando a arte. — Deve ter levado anos pra fazer!

— Como que abre? — Asta perguntou, em forma de camundongo.

Ele olhou de todos os lados, mas não viu dobradiças, travas, buracos de fechadura, nenhum jeito de abrir.

— Hummm. Bom, se não tem dobradiça...

— É só correr a tampa? — sugeriu Asta.

Ele tentou, mas descobriu que não.

— Se você fosse um mecânico... — começou o daemon, mas não continuou porque Malcolm lhe deu um piparote para fora da amurada. Mas antes que caísse na água, ela se transformou em borboleta e pousou no cabelo dele.

Ele virou a caixa devagar. Apertou cada pedaço da superfície, procurando um fecho secreto.

— Essa beirada aí — falou o daemon-borboleta. — Que é meio verde.

— O que tem?

— Deslize para o lado.

Ele o fez, bem delicadamente, e então tentou outra vez com um pouco mais de força e sentiu algo se mexer. Um estreito painel que percorria a extensão da caixa deslizou um espaço equivalente à unha de seu polegar.

— Ah! — ele exclamou. — É um começo.

Empurrou de volta, e outra vez para a frente, sentindo se mexer uma parte que revelaria qual seria o próximo movimento. Depois de alguns minutos, descobriu: o lado oposto da caixa deslizava para baixo, pela mesma distância.

— Chegando lá — ele disse.

O primeiro painel deslizou um pouco mais, e depois o outro lado fez o mesmo, e depois o terceiro. Mas foi só isso. Ele podia deslizar os painéis de volta ao ponto de partida e então deslizá-los para fora de novo, mas só se moviam nesses três estágios e a caixa não abria.

Ele olhou de todos os lados, tocou aqui e ali, e então:

— Ah. Achei…

Quando a lateral estava o mais baixo possível, a parte de cima deslizava para fora. Era simples assim.

— Ah! — exclamou Asta. — Isso aí é um…

No leito de veludo negro, repousava um instrumento dourado parecido com um relógio grande ou uma bússola. Era a coisa mais linda que Malcolm e seu daemon já tinham visto na vida. Era exatamente como a dra. Relf havia descrito, porém mais belo do que ele jamais teria imaginado. As trinta e seis imagens em torno do mostrador eram minúsculas e claras; os três ponteiros e a agulha tinham formas delicadas de uma liga de metal cinza-prata, e um sol raiado de ouro tomava o centro do mostrador.

— É isso que é — disse ele, e percebeu que estava sussurrando.

— Esconde. Põe de volta imediatamente — disse o daemon. — Depois você olha quando a gente estiver em algum outro lugar.

— É. É. Tem razão.

Ele estava enfeitiçado pela beleza daquele objeto, mas fez o que o daemon disse: guardou de volta na caixa, embrulhou e enfiou no fundo da mochila.

— Onde será que ele arrumou isso? — Asta sussurrou.

— Roubou. É o que eu acho.

Fechou a mochila outra vez e a guardou onde estava antes, debaixo do banco.

— A dra. Relf disse que eram seis, lembra? — disse ele. — Falou também que um tinha sumido, pois sabiam onde estavam cinco, mas não onde estava o sexto… aposto que é este aqui.

No alto do gramado onde estava a fogueira fazia silêncio, e quando Malcolm voltou, viu o porquê: Lyra estava dormindo na grama, e a mulher fazia alguma coisa com o cabelo de Alice. Alice estava ajoelhada diante dela, virada de costas, enquanto a mulher, curvada sobre ela, habilmente fazia tranças complexas em seu cabelo, intercalando flores. As borboletas ainda estavam ali. Uma ou duas descansavam em cima de Pan adormecido, algumas nos ombros e pescoço da mulher e outras tentavam pousar em Ben, deitado com a cabeça nas patas, junto a Alice. Mas, sempre que pousavam, ele rosnava muito baixinho e grave, e elas voavam de novo.

Alice estava com uma expressão estranha. Envergonhada, mas ao mesmo tempo tímida e encantada, decidida a ficar tão bonita quanto a mulher permitisse. O olhar que dirigiu a Malcolm era quase feroz, como se o desafiasse a dar risada ou revirar os olhos, mas havia um pedido também. Desde que mataram Bonneville, tinham ficado próximos um do outro, provavelmente mais próximos do que Malcolm jamais havia sido de qualquer pessoa. Agora, ela estava mudando para algo diferente daquela menina desleixada de rosto fino com um esgar permanente e a carranca sempre pronta; era sua melhor amiga. Agora, estava ficando quase bonita. Ele se sentiu estranho em relação a isso, e sabia que ela também.

Desviou o olhar.

A mulher estava murmurando alguma coisa para ela, e Malcolm tentou não ouvir. Ele se afastou e se deitou na grama. O dia estava quente, e ele ainda tinha sono. Fechou os olhos.

Alguém o sacudiu pelo ombro. Era Alice.

— Acorde! Mal, nós não podemos ficar aqui. Acorde!

Ela estava sussurrando, mas ele ouvia cada palavra.

— Por que não podemos ficar aqui? — ele sussurrou de volta.

— Vem cá ver o que ela está fazendo.

Ele rolou e esfregou os olhos. Então, sentou-se.

— O quê? Cadê ela?

— Na fogueira. Venha bem quieto. Não faça barulho.

Malcolm se levantou e se sentiu ainda tonto de sono. Ela o segurou antes que caísse.

— Tudo bem com você? — ela perguntou.

— Só tonto. O que ela está fazendo?

— Eu não posso... Você precisa ir ver.

Ela pegou a mão dele e andaram um breve trecho até a fogueira. Estava quase anoitecendo e, pela primeira vez em meses, Malcolm achou que conseguia ver um pôr do sol. O céu estava limpo para o sudoeste, e os raios do sol brilhavam através das árvores, vermelhos, quentes, ofuscantes. Quando seus sentidos voltaram, ele olhou a canoa: ainda estava lá, a mochila embaixo do banco. Alice puxou sua mão; ela não queria parar.

A pequena clareira estava muito iluminada. Bem no meio dela, Diania estava sentada, ombros nus, peito nu, com Lyra mamando vigorosamente em seu seio direito. A mulher ergueu os olhos e deu a eles um sorriso tão estranho que não parecia ser humana

— O que está fazendo? — Malcolm perguntou.

— Ora, alimentando a criança, claro! Dando leite bom para ela. Olha como ela suga!

Olhou para baixo, orgulhosa. O mamilo escorregou da boca de Lyra, e a mulher a levantou ao ombro, dando tapinhas em suas costas. Lyra retribuiu com um arroto e a mulher prontamente a baixou para o outro lado. A boquinha da menina começou a abrir e fechar antes mesmo de encontrar o mamilo. Ela então fechou os olhos e continuou mamando com energia.

Malcolm achou que ela nunca havia sugado a mamadeira daquele jeito. Asta sussurrou:

— Essa mulher está tentando roubar a Lyra.

Malcolm puxou a mão de Alice e juntos se afastaram da pequena clareira e voltaram para a canoa.

— Ela não é boa! — Asta disse, arrebatada.

— Não, não é — concordou o daemon de Alice.

— Não está fazendo nenhum mal pra bebê — argumentou Malcolm, mesmo sabendo que não era verdade.

— Vai fazer a menina ser dela — Alice falou. — Ela não é normal, Mal. Não é humana de verdade. Viu as borboletas? Então, qual que era o daemon dela?

— Acho que todas eram.

— Sei. Onde elas estão agora?

— Eu... não estavam lá.

— Estavam. Estavam todas em cima do Pan. Mal dava pra ver ele. Ela está fazendo alguma mágica, alguma coisa. Sabe as fadas, das histórias? Então, elas pegam crianças humanas.

— Mas não de verdade, né? — perguntou Malcolm. — Só nas histórias.

— Mas em várias histórias, e em músicas também, todas falam que isso acontece. Elas roubam crianças e ninguém nunca mais encontra. É *verdade*.

— Bom, normalmente... — refletiu Malcolm.

— Isto aqui não é *normal*! — Asta interrompeu. — Nada é normal. Tudo mudou depois da enchente.

Asta tinha razão: nada mais era normal.

— Temos que pegar ela de volta — ele disse.

— A gente vai lá e pede — Alice sugeriu. — Aí vamos saber.

— A gente tem que estar pronto pra ir embora imediatamente. Se ficar aqui, ela rouba a Lyra quando a gente dormir.

— É — Alice concordou. — Mas não podemos arrumar nossas coisas com ela olhando. É impossível.

— Eu tenho uma ideia — disse Malcolm.

Asta voou imediatamente do seu ombro e começou a procurar uma pedra do tamanho certo, enquanto ele pegava a mochila da canoa.

— O que você está fazendo? — Alice perguntou. — O que é isso?

Ele abriu a caixa e mostrou a ela o aletiômetro. Ela arregalou os olhos.

— Tem uma aqui — disse Asta um pouquinho afastada —, mas não consigo...

Alice a ajudou a tirar a pedra do chão e lavar na água. Enquanto isso, Malcolm embrulhava o aletiômetro no veludo e no plástico e o guardava de volta no fundo da mochila. Os olhos de Alice tinham um brilho de aprovação quando ele pôs a pedra dentro da caixa.

— Depois eu te explico melhor — ele disse, fechando a caixa.

Com o aletiômetro e a caixa separados dentro da mochila em seu ombro, eles voltaram para a clareira. A mulher ainda estava amamentando Lyra, mas quando chegaram ela tirou a menina do seio. Lyra estava quase dormindo e absolutamente satisfeita.

— Ela nunca mamou leite igual antes — afirmou a mulher.

— Não, muito obrigado por amamentar a bebê — disse Malcolm —, mas nós precisamos ir embora agora.

— Não querem passar mais uma noite?

— Não. Nós precisamos ir. Foi bondade sua deixar a gente ficar, mas está na hora de seguir viagem.

— Bom, se têm que ir, têm que ir.

— E vamos pegar a Ellie agora.

— Não, não vão. Ela é minha.

O coração de Malcolm estava batendo tão forte que ele mal conseguia ficar em pé. A mão de Alice encontrou a dele.

— Nós vamos levar ela — Alice reforçou —, porque ela é nossa. Nós sabemos o que estamos fazendo com ela.

— Ela é minha. Mamou o meu leite. Olhem como está contente no meu colo! Vai ficar comigo.

— Por que acha que pode fazer isso? — Malcolm perguntou.

— Porque eu quero e tenho poder para isso. Se ela soubesse falar, ia dizer que quer ficar também.

— O que vai fazer com ela?

— Criar como uma pessoa do meu povo, claro.

— Mas ela não é do seu povo.

— É, agora que bebeu o meu leite. Não podem mudar isso.

— Mas de que povo a senhora está falando?

— O povo mais antigo que existe. Os primeiros habitantes de Albion. Ela vai ser uma princesa. Vai ser uma de nós.

— Olha — disse Malcolm, girando a mochila para o chão. — Eu ofereço um tesouro no lugar dela.

— Que tipo de tesouro?

— Um tesouro digno de uma rainha. A senhora *é* uma rainha, não é?

— Claro.

— É uma fada?

— Onde está esse tesouro?

Malcolm pegou a caixa.

— Me dê a Ellie para poder olhar direito — Alice falou.

Mas Diania apertou mais a criança e deu a Alice um olhar que a assustou.

— Acha que eu sou idiota? Cada truque que inventarem, eu já vi e ouvi mil vezes antes. Como duas crianças como vocês iam possuir um tesouro? Não faz sentido. Ninguém daria um tesouro para vocês cuidarem.

— Então como é que estamos cuidando de uma bebê? — Alice perguntou.

— Isso é muito mais fácil de explicar — ela respondeu.

Era o momento que Malcolm estava esperando.

— Se conseguir explicar — disse ele —, pode ficar com ela e com o tesouro também.

A mulher olhou para ele e aninhou Lyra mais junto do peito, ninando para um lado e para outro.

— Se eu puder explicar...

— Se conseguir explicar como eu e a Sandra tivemos que cuidar da Ellie, então ela fica com a senhora.

A mulher estava refletindo.

— Quantas chances? — perguntou. — Quero mais de uma.

— Pode ter três chances.

— Três. Tudo bem. Primeira: ela é sua irmã e seus pais morreram. Deixaram a menina para vocês cuidarem.

— Errado — sentenciou Malcolm. — Mais duas chances.

— Tudo bem... Segunda: roubaram a menina do berço e estão levando para vender em Londres.

— Errado também. Só mais uma chance.

— Só uma... só uma... Certo, deixe eu ver. Já sei! Ela estava aos cuidados das freiras quando veio a enchente, e você e Sandra tiraram a menina do berço, puseram na canoa e foram arrastados pela enchente. Tinha um homem perseguindo vocês, e vocês mataram esse homem, depois ela foi levada para as Irmãs da Sagrada Obediência, vocês resgataram a menina e trouxeram aqui.

— Quem?

— Vocês. Richard e Sandra.

— Trouxemos quem?

— Ellie, claro.

— Bom, errou pela terceira vez — disse Malcolm —, porque ela é Alice, não Sandra; eu sou Malcolm, não Richard; e a bebê não é Ellie, é Lyra. A senhora perdeu.

E então a mulher abriu a boca e emitiu um grito tão alto e terrível que Malcolm teve que tapar os ouvidos. Ela abriu os braços, e Lyra teria caído ao chão, se Alice não desse um salto e a pegasse. Com as lágrimas rolando de seus olhos, a mulher pôs as mãos na cabeça e se atirou na grama, soluçando e chorando com tanta dor que encheu de medo o coração de Malcolm.

Mas ele recolheu os cobertores, a lata de biscoitos e estendeu a caixa de madeira.

— Eu prometi um tesouro — disse ele —, e está aqui.

A mulher estava chorando amargamente; todo seu corpo se sacudia com os soluços que a devastavam.

— Aqui — ele repetiu e pôs a caixa na grama.

A mulher rolou de costas, sacudindo a cabeça de um lado para outro.

— Meu bebê! — gritou. — Estão levando embora meu bebê!

— Não, ela não é seu bebê — respondeu Malcolm.

— Esperei mil anos para ter um bebê no meu peito! Ela bebeu o meu leite! Ela é minha!

— Estamos indo embora agora. Olha, seu tesouro está aqui.

Ela se sentou, chorando tanto que mal conseguia se equilibrar. Enquanto uma mão enxugava as lágrimas que corriam pelo rosto, a outra tateava o chão à procura da caixa.

— O que é isto?

— Eu já falei. Um tesouro. Agora estamos indo. Obrigado por deixar a gente ficar um pouco aqui.

A mulher se pôs de joelhos e se jogou aos pés de Alice, agarrando suas pernas. Alice pareceu alarmada e ergueu Lyra para fora de seu alcance.

— *Ele* não entende... não entenderia nunca... como pode um homem entender? Mas você...

— Não — Alice interrompeu.

— Você se olhou no espelho depois que arrumei seu cabelo?

— Olhei...

— E gostou?

— Gostei. Mas...

— Eu podia deixar você bonita. Podia deixar seu rosto tão lindo que todo homem seria seu escravo. Eu podia fazer isso! Tenho esse poder!

Alice mordeu os lábios. Malcolm só olhou para ela, sem ação. De alguma maneira já havia percebido que Alice estava descontente com a própria aparência. Agora ele podia ler no rosto dela uma sucessão de emoções, algumas duras demais para ele conhecer ou nomear. Por fim, instalou-se o desdém meio sarcástico de sempre.

— Você é uma mentirosa — disse ela. — Solte minhas pernas.

A mulher soltou, chorando de novo, mas dessa vez sem esperança. Malcolm sentiu pena dela, de verdade.

Mas o que podiam fazer?

Ele deixou a caixa onde ela poderia alcançar e silenciosamente se afastou. Alice foi com ele, Lyra em silêncio, dormindo em seus braços.

Ele se virou mais uma vez e viu a mulher sentada, virando e revirando a caixa nas mãos.

— O que ela vai fazer quando conseguir abrir? — Alice sussurrou.

— Não vai conseguir nunca.

— Como você sabe?

— Porque ela não é um mecânico.

A canoa estava em segurança, e Malcolm ansioso por ela. Ele a segurou firme para Alice e, quando ela e a bebê se acomodaram na proa, guardando a mochila debaixo do banco, ele subiu, pegou o remo e empurrou *La Belle Sauvage* para longe da ilha encantada.

22. RESINA

No dilúvio de notícias que se seguiu ao dilúvio de água — histórias sobre desabamentos, resgates ousados, afogamentos e desaparecimentos —, a informação de que uma comunidade religiosa próxima a Oxford havia sido devastada pela morte de várias freiras e pela destruição da portaria medieval acabava sendo de menor importância. Muitos outros lugares e comunidades tinham sofrido muito mais. Tentar localizar os fatos relevantes entre o imenso volume de informação não era tarefa fácil para o Tribunal Consistorial de Disciplina ou para a Rua Oakley. Mas, graças a Hannah Relf, a Rua Oakley contava com uma ligeira vantagem e, antes da oposição, teve condições de começar a busca por um menino e uma menina em uma canoa, com um bebê.

No entanto, o TCD estava mais bem equipado. A Rua Oakley tinha três embarcações: o barco que Bud Schlesinger havia alugado de Tilbury e dois estreitos barcos gípcios, com Nugent em um e Papadimitriou em outro. Enquanto isso, o TCD tinha sete, inclusive quatro velozes barcos motorizados. Por outro lado, os gípcios da Rua Oakley tinham guias bem informados e muito experientes em todos os cursos d'água. O TCD não contava com muita coisa além do medo que seus homens causavam ao fazerem perguntas com suas brutalidades de sempre.

Os dois lados partiram então em busca da *La Belle Sauvage* com sua tripulação e passageira; os barcos da Rua Oakley saindo de Oxford, e os do TCD de vários pontos rio abaixo.

Mas o tempo não estava ajudando: a enchente consumia tudo, e a confusão era generalizada. Além disso, lorde Nugent logo se viu questionando se aquele dilúvio era inteiramente natural. Ele e seus companheiros gípcios achavam que a inundação tinha uma fonte mais estranha que o clima, pois começara a gerar ilusões e se comportar de maneira inesperada. A certo ponto, eles perderam de vista absolutamente toda a terra; era como se estivessem no oceano. Em outro ponto, Nugent teve certeza de ter visto um animal parecido com um crocodilo, ao menos tão comprido quanto o barco, a segui-los como uma sombra, sem nunca se revelar inteiramente. Certa noite, também viu luzes misteriosas se movendo abaixo da superfície, e escutou uma orquestra tocando de uma maneira que nenhum deles jamais tinha ouvido.

Não demorou muito para Nugent ouvir seus companheiros gípcios usarem uma expressão para descrever o fenômeno, uma expressão desconhecida para ele. A enchente e todos os seus efeitos estavam sendo chamados de *commonwealth* secreta. Ele perguntou o que isso queria dizer, mas eles não falaram mais nada a respeito.

Então seguiram em frente. E *La Belle Sauvage* continuava a escapar de todos eles.

A enchente corria constante, como um grande rio igual ao Amazonas ou o Nilo. Malcolm havia lido sobre eles: um volume de água inimaginável fluía sem galhos submersos, sem pedras, sem bancos de areia e sem vento ou tempestade para agitar a superfície em ondas.

O sol se pôs, dando lugar à lua. Malcolm e Alice não diziam nada, e Lyra continuava dormindo. Malcolm pensou que Alice também estava dormindo, até que algum tempo se passou. Então, ela cortou o silêncio:

— Está com fome?

— Não.

— Nem eu. Achei que a gente ia estar, assim sem comer nada tantas horas…

— A Lyra também.

— Leite de fada — ela disse. — Imagino que efeito que vai ter… Ela vai virar meio fada.

— Nós comemos comida de fada também.

— Aqueles ovos. É, acho que sim.

Flutuavam sobre a água cintilante de luar, como se estivessem tendo o mesmo sonho.

— Mal — ela chamou.

— O quê?

— Como você sabia o jeito de enganar a fada? Eu estava achando que nunca ia funcionar, mas assim que ela entendeu que tinha errado os nomes…

— Lembrei do Rumpelstiltskin e achei que nomes deviam ser importantes pras fadas, que podia funcionar. Mas se você não tivesse dado aqueles nomes falsos pra começar, a gente não podia nem ter tentado aquilo. — Mais um minuto de silêncio se passou, e Malcolm perguntou: — Alice, nós somos assassinos?

Ela pensou e por fim respondeu:

— Ele pode não estar morto. Não dá pra ter certeza. E a gente não queria matar ele. Não era o plano de jeito nenhum. Foi só pra defender a Lyra. Não é verdade?

— É isso que eu tento pensar. Mas ladrão a gente é, com certeza.

— Por causa da mochila? A gente não podia deixar lá. Alguma outra pessoa podia pegar. E se não fosse aquela caixa… Mal, aquilo foi brilhante. Eu nunca que ia pensar naquilo. Você salvou a gente ali. E tirar a Lyra daquele convento branco imenso…

— Eu ainda me sinto mal.

— Por causa do Bonneville?

— É.

— Acho que… A única coisa que dá pra fazer é…

— Você se sente mal por causa dele?

— Sinto. Mas aí eu penso no que ele fez com a irmã Katarina. E… Eu nunca te contei o que ele falou pra mim, né?

— Quando?

— Aquela primeira noite que encontrei com ele, em Jericó.

— Não…

— Nem o que ele fez.

— O que ele fez?

— Depois de comprar peixe com batatas fritas pra mim, ele me chamou pra dar uma volta no campo. E eu pensei, bom, pode ser legal…

— Era de noite, não era? Por que ele queria dar uma volta?

— Bom, ele… ele queria…

Malcolm de repente se sentiu bobo.

— Ah, claro — disse ele. — Eu... desculpe. É.

— Não tem problema. Nunca teve muitos rapazes querendo fazer aquilo comigo. Parece que eu assustava eles, sei lá. Mas ele era um homem de verdade e eu não resisti. Nós fomos pela rua Walton Well, por cima da ponte, e aí ele me beijou e disse que eu era linda. Foi só isso que ele fez. Eu senti uma porção de coisas, nem consigo te contar, Mal.

Alguma coisa brilhou no rosto dela e, com imensa surpresa, ele viu que corriam lágrimas de seus olhos. A voz dela estava um tanto incerta. Ela continuou:

— Mas eu sempre pensei que, se um dia acontecesse, certo, se um dia acontecesse comigo, então o daemon da outra pessoa ia ser tipo... bonzinho com o meu daemon também. É assim nas histórias. É isso que as pessoas contam. Mas o Ben, ele...

Seu daemon, em forma de galgo, pôs a cabeça debaixo da mão dela. Ela brincou com suas orelhas. Malcolm olhou e não disse nada.

— Aquela hiena desgraçada — ela continuou, e agora estava soluçando —, aquela violenta desgraçada... foi horrível... foi impossível. Ela nunca ia deixar que fosse legal. *Ele* foi, o Bonneville foi legal, ele queria continuar me beijando, mas não podia, não com *ela* rosnando, mordendo e... e mijando. Ela *mijava* como se fosse uma arma...

— Eu vi ela fazer isso — disse Malcolm.

— Então eu falei que não, que não podia, já chega, e aí ele só deu risada e me empurrou. E podia ter sido... eu pensei que ia ser a melhor coisa... E no fim foi só desprezo e ódio. Mas eu fiquei tão magoada, Mal, porque primeiro ele foi tão delicado, tão doce comigo... Falou duas vezes que eu era linda. Ninguém nunca tinha falado isso pra mim, e eu achava que ninguém nunca ia falar.

Ela tirou de um bolso um lenço rasgado e enxugou os olhos.

— E quando aquela mulher-fada penteou meu cabelo com aquelas flores e tudo e me mostrou no espelho, eu pensei... Bom, talvez. Só pensei isso.

— Você é bonita — disse Malcolm. — Bom, eu acho.

Ele tentou soar leal. Ele se sentia leal. Mas Alice deu uma risada curta, amarga, enxugou os olhos de novo e não disse nada.

— Quando eu vi o Bonneville no jardim do convento pela primeira vez

— disse ele —, fiquei morrendo de medo. Ele saiu do escuro, sem falar nada, e aquela hiena foi e mijou no caminho. Mas depois, essa mesma noite, ele foi na Truta, e meu pai atendeu ele. Ele não fez nada de errado, o Bonncvil le, não no bar, mas os outros clientes todos ficaram longe, simplesmente não gostaram dele. Como se já conhecessem. Aí eu cheguei, e ele foi tão simpático que pensei que eu devia estar errado, que tinha visto errado, que ele era legal de verdade. E o tempo todo ele estava atrás da Lyra...

— A irmã Katarina não teve chance — Alice comentou. — Ela não tinha salvação. Ele podia fazer tudo o que quisesse.

— Ele quase fez. Se a enchente não tivesse começado...

— Acha que ele queria mesmo matar a Lyra? — ela perguntou.

— Parece que sim. Não consigo imaginar o que mais ele podia querer. Sequestrar ela, talvez.

— Talvez...

— A gente tinha que proteger ela.

— Claro.

E ele sabia que tinham que fazer isso, que não tinham escolha. Estava absolutamente convencido disso.

— O que era aquela coisa que você tirou da caixa? — Alice perguntou depois de uns minutos.

— Um aletiômetro. Acho que é, pelo menos, nunca vi nenhum. Só foram construídos seis, e sabem onde estão cinco, mas faz anos que estava faltando um. Eu acho que esse é o que estava faltando.

— O que ele queria fazer com isso?

— Vender, quem sabe. Ou talvez ele mesmo tentar ler, mas precisa de anos de treino... Ele podia tentar, tipo, usar pra barganhar. Ele era um espião.

— Como você sabe?

— A papelada na mochila. Tem um monte em código. Vou levar pra dra. Relf, se a gente algum dia conseguir voltar...

— Você acha que a gente pode não voltar?

— Não. Acho que com certeza a gente volta. Isto aqui... que está acontecendo agora, com a enchente e tudo... é assim, tipo um... não sei como dizer. Tipo assim um intervalo. Igual um sonho, e tal.

— Está dentro da nossa cabeça? Não é de verdade?

— Não, isso não. É muito real, sim. Mas só que parece maior do que eu pensava. Tem mais coisas.

Ele queria contar a ela sobre o anel cintilante, mas sabia que, se contasse, o sentido daquilo ia se romper e se perder. Aquilo teria que esperar até ele estar mais seguro de si mesmo.

— Mas nós estamos chegando mais perto de Londres e do lorde Asriel — ele continuou —, e depois a gente volta pra Oxford, pois a enchente já vai ter acabado. E eu vou ver...

Ele ia dizer *minha mãe e meu pai*, mas não conseguiu pronunciar as palavras, porque sentiu um soluço afogando a garganta, depois outro, e as imagens foram vertendo de sua memória: a cozinha da mãe, sua calma presença sardônica, as tortas de carne, a torta de maçã crocante, a fumaça, o calor, seu pai rindo, contando histórias, lendo os resultados do futebol enquanto Malcolm lhe falava de uma teoria, ou de uma descoberta, e ele sentia orgulho do filho. Sem que pudesse impedir, Malcolm começou a chorar como se tivesse o coração partido, como se seu destino fosse vagar para sempre em uma enchente mundial, mais e mais longe de tudo o que era lar, e eles nunca saberiam onde o filho estava.

Um ou dois dias antes, ele preferiria ter o braço direito arrancado do que chorar na frente de Alice. Era como ficar nu na frente dela. Mas estranhamente não se importava agora, porque ela estava chorando também. Entre eles havia o espaço do barco e Lyra adormecida, e ele sentiu que, se não fosse por isso, os dois teriam se abraçado e chorado juntos.

Naquele momento, cada um chorou um pouco; depois, silenciosa e suavemente, as pequenas tempestades se acalmaram. A canoa continuava flutuando, Lyra ainda dormia, e eles ainda não sentiam fome.

No entanto, ainda não viam lugar nenhum para atracar e descansar. Malcolm achava que a enchente devia estar agora em seu ponto mais alto, pois, embora houvesse pequenos grupos de árvores acima da água aqui e ali, não havia terra à vista, nenhuma ilha do tipo em que haviam descansado antes, nenhum monte, nenhum telhado de casa, nenhuma rocha. Eles podiam estar no Amazonas que, Malcolm tinha lido, era largo a ponto de no meio dele não se enxergar nenhuma das duas margens.

Pela primeira vez uma pequena pergunta se formou em sua cabeça: supondo que conseguissem chegar a Londres e que Londres tivesse resistido a essa enchente, seria difícil encontrar lorde Asriel? Inconsequentemente ele afirmara a Alice que seria fácil encontrá-lo; mas seria de fato?

Não ousava fechar os olhos, cansado como estava, por medo de que *La Belle Sauvage* topasse com algum obstáculo perigoso. Mas também não se sentia com vontade de dormir, porque tinha passado a um estado além do sono, como estava além da fome. Talvez dormir na ilha da fada significasse nunca mais precisar dormir.

Lyra continuava dormindo, calma, silenciosa, imóvel.

Passaram mais de uma hora calados quando Malcolm começou a notar um novo movimento na água. Havia uma corrente bem definida na ampla enchente, não em toda ela, mas um fluxo ali dentro, que se deslocava como se tivesse um objetivo. E eles foram levados por esse fluxo.

Essa corrente era um pouco mais rápida do que o grande corpo de água em torno deles, e podia estar correndo daquele jeito fazia algum tempo, sem que eles tivessem percebido. Quando Malcolm se deu conta, porém, o fluxo já havia se transformado em uma espécie de rio separado, dentro do rio maior. Ele se perguntou se deveria tentar remar para fora, de volta para o grande espelho lento da enchente principal, mas quando tentou, descobriu que *La Belle Sauvage* movia a proa quase intencionalmente para seguir a corrente mais rápida. Ao perceber isso, descobriu que ela era forte demais para ele remar contra. Se tivesse dois remos, e se Alice estivesse acordada, poderia tentar. Mas não tinham. Ele descansou o remo nos joelhos e tentou ver para onde estavam indo.

Mas Alice estava acordada.

— O que está acontecendo? — ela perguntou.

— Tem uma correnteza na água. Tudo bem. Está levando a canoa na direção certa.

— Tem certeza? — perguntou ela, endireitando o corpo, não exatamente alarmada, mas curiosa.

— Acho que sim.

A lua estava quase se pondo; era a hora mais escura da noite. Brilhavam umas poucas estrelas e seu reflexo tremeluzia e se quebrava, cintilando prateado na água negra. Malcolm olhou o horizonte em torno, e não viu nada nítido como uma ilha, uma árvore ou um morro. Mas não tinha alguma coisa adiante, uma escuridão mais densa em determinado ponto?

— O que você está olhando? — Alice perguntou.

— Lá bem longe... alguma coisa...

Ela se virou, espiando por cima do ombro.

— É, tem, sim. Vamos direto pra lá? Você não consegue remar pra fora dessa correnteza?

— Eu tentei. É muito forte.

— É uma ilha.

— É... pode ser... Deve ser deserta. Não tem nenhuma luz.

— A gente vai bater nela.

— A corrente vai levar a canoa pra um lado ou pro outro — ele disse, sem muita certeza. Parecia que estavam indo direto para a ilha e, quando chegaram mais perto, Malcolm escutou um som que não o deixou nem um pouco contente. Alice também não gostou.

— É uma cachoeira — ela observou. — Está ouvindo?

— Sim. A gente tem que se segurar firme. Mas ainda falta um bom pedaço...

E faltava, mas chegava cada vez mais perto. Ele tentou de novo remar com força para a direita, o que era mais fácil para seus músculos do que remar para a esquerda. Mas, por mais forte que mergulhasse o remo e mais depressa que trabalhasse, não fazia a menor diferença.

Havia outra coisa no som da cachoeira: parecia estar vindo de dentro do corpo da ilha, do fundo da terra. Ele se amaldiçoou por não ter notado a correnteza antes e por não ter remado enquanto ela ainda estava fraca o suficiente para ele resistir.

— Abaixa a cabeça! — ele gritou quando começaram a se direcionar para o flanco escuro da ilha, de vegetação densa, e a corrente ia ainda mais depressa...

E então houve um choque, uma confusão de galhos baixos e ramos duros, e Malcolm só teve tempo de erguer os braços contra o rosto. Estavam em um túnel, em uma absoluta escuridão. Todo o clamor e estrondo da água corriam e ressoavam nas paredes próximas de suas cabeças.

Ele quase gritou "Segure bem a Lyra!", mas sabia que não precisava dizer isso a Alice. Passou o braço esquerdo por uma das alças da mochila, enfiou o remo firme debaixo dos pés e segurou na amurada com toda a força...

E o som da água caindo estava quase sobre eles, até que chegou. A canoa despencou para a frente violentamente, e Malcolm ficou encharcado de água gelada, tremendo muito... Alice gritou de medo...

— Segure! Segure! — Malcolm berrou.

Mas, surpreendentemente, ouviram a explosão de uma alegre risada. Lyra estava fora de si de alegria. Nada no mundo, nada que ela vira ou ouvira, havia lhe dado tanta alegria como aquele louco mergulho em uma cachoeira, no escuro total.

Ela estava nos braços de Alice... mas Alice estava segura?

Malcolm gritou de novo, sua voz de menino aguda e assustada por cima do rugir da cachoeira:

— Alice... Alice... Alice...

E então, tão de repente como se acendessem uma luz, a canoa saiu da caverna, da catarata e do escuro. Estavam balançando calmamente em um suave riacho que fluía entre margens verdes, à luz de milhares de lanternas brilhantes.

— Alice!

Ela estava caída, inconsciente, com os braços em torno de Lyra; Ben, ao lado dela, absolutamente imóvel.

Com as mãos trêmulas, Malcolm pegou o remo e deslocou a canoa rapidamente para a margem esquerda, onde um gramado liso descia em um ancoradouro. Em poucos instantes ele amarrou o barco. Asta carregou Pan até a margem, enquanto ele erguia Lyra dos braços de Alice, deitando a bebê na grama, onde ela resmungou com prazer.

Então ele se curvou para dentro da canoa e mexeu a cabeça de Alice o mais delicadamente possível. Ela tinha sacudido tanto que sua cabeça batera na amurada, mas não tinha sangrado, e ela já estava se mexendo.

— Ah, Alice! Tá me ouvindo?

Ele a abraçou, desajeitado, e a puxou para trás enquanto ela tentava se sentar.

— Cadê a Lyra? — ela perguntou.

— Na grama. Ela está bem.

— Malandrinha. Achou que era diversão.

— Ainda tá achando.

Com a ajuda dele, Alice cambaleou para fora da canoa e foi para o ancoradouro, Ben a acompanhando cuidadosamente. Asta estava impaciente para ver Pan, e todos foram se sentar ao lado de Lyra, exaustos, tremendo, olhando em torno.

Estavam em um grande jardim, com caminhos e canteiros de flores em imensos gramados de relva macia, que à luz das lanternas tinha um brilho verde. Seriam lanternas? Pareciam grandes flores em todos os ramos de todas as árvores, emanando uma suave luz cálida. Havia tantas árvores que o chão todo estava iluminado, embora no alto não houvesse nada além de um veludo negro, que podia estar a um milhão de quilômetros de distância ou a pouco mais de dois metros.

Os gramados subiam suavemente até um grande palácio, com todas as janelas iluminadas e onde pessoas (pequenas demais para se ver em detalhes àquela distância) se movimentavam como se estivessem em um baile ou em uma recepção importante. Atrás das janelas e ao longo do terraço, elas dançavam, conversavam, passeavam para um lado e outro entre fontes e flores no jardim. Retalhos de uma valsa tocada por uma grande orquestra chegavam aos viajantes na grama, e fragmentos de conversas também podiam-se ouvir, vindo dos convidados que perambulavam.

Na outra margem do riozinho havia... absolutamente nada para se ver. Uma densa neblina cobria tudo além da beira d'água. De vez em quando, a névoa rodopiava e dava indícios de que iria se abrir, mas nunca se abria. Não tinham como dizer se a margem oposta era cultivada, bonita e rica como a do lado deles, ou se era apenas um deserto vazio.

Malcolm e Alice ficaram sentados naquela parte ajardinada do rio, apontando para as maravilhas: uma fonte luminosa, uma árvore carregada de peras douradas; um cardume de peixes das cores do arco-íris subia o rio, se movendo todos de uma vez e virando as cabeças para olhar para eles com seus olhos saltados.

Malcolm se levantou; sentia o corpo duro e dolorido.

— Aonde você vai? — Alice perguntou.

— Só vou tirar a canoa da água. Botar as coisas pra secar.

O fato era que ele estava tonto com toda aquela estranheza e acreditava que cuidar de alguma coisa banal e prática pudesse lhe devolver um pouco de equilíbrio.

Tirou a sacola com as coisas de Lyra e estendeu suas roupas encharcadas nas pranchas do ancoradouro; inspecionou a lata de biscoitos e descobriu que estavam todos quebrados, mas ainda secos; desenrolou a lona de seda carbonífera e a estendeu para secar também. A mochila com sua preciosa carga, que ele levara no ombro, só estava molhada por fora; a lona era grossa o bastante para proteger as pastas com os papéis, e o aletiômetro estava acomodado em seu plástico impermeável.

Ele estendeu tudo cuidadosamente no pequeno píer de madeira e voltou para junto dos outros. Alice estava brincando com Lyra, segurando a bebê na vertical, de modo que seus pés tocavam o chão, e fingia fazê-la andar. A criança ainda estava animada, e Ben, em forma de melro, ajudava Pantalaimon a voar como podia, o que não era alto o bastante para atingir os ramos mais baixos da árvore iluminada.

— O que você quer fazer? — Alice perguntou quando Malcolm voltou.

— Ir olhar essa casa. Vamos ver se alguém lá pode nos dizer onde lorde Asriel mora. Nunca se sabe. Todos eles parecem lordes e ladies.

— Então vamos. Você carrega a Lyra um pouco.

— Pode ser que a gente encontre alguma coisa pra comer também. E alguma coisa pra trocar a Lyra.

Ela era mais leve que a mochila, mas também mais desajeitada; o peso da mochila ficava nos ombros, e carregar Lyra, Malcolm logo lembrou, exigia os dois braços. E ela não estava cheirando muito bem. Alice levava alegremente a mochila e Malcolm seguia ao lado dela com Lyra se retorcendo e reclamando em seus braços.

— Não, você não pode ficar com a Alice o tempo todo — ele disse a ela. — Vai ter que me aguentar. Assim que a gente chegar naquela linda casa ali no alto, está vendo, com todas essas luzes, vamos trocar sua fralda e te dar de mamar. É isso o que você quer? Agora não vai demorar muito...

Mas ia demorar mais do que eles imaginavam. O caminho para o palácio atravessava os jardins, entre as pequenas árvores com luzes, percorria canteiros de rosas, lírios e outras flores, passava por uma fonte com água luminosa e depois por outra com água que cintilava e uma terceira que não espirrava água, mas algo como água de colônia. Depois de tudo isso, os viajantes pareciam não estar nem um metro mais próximos do palácio no monte. Podiam ver cada janela, cada coluna e cada degrau que levava à grande porta aberta e o espaço iluminado lá dentro; podiam ver as pessoas se movendo atrás das altas janelas; podiam até ouvir o som da música como se houvesse um baile em andamento, mas estavam tão longe do palácio quanto estavam ao começar.

— Este caminho deve ser que nem uma daquelas porcarias de labirinto — disse Alice.

— Vamos direto pela grama — sugeriu Malcolm. — Se a gente for direto em frente, não tem como dar errado.

Então tentaram desse jeito. Se chegavam a um caminho, o atravessavam. Se chegavam a uma fonte, contornavam e continuavam em frente. Se chegavam a um canteiro de flores, passavam por dentro dele. E mesmo assim não ficavam mais perto.

— Ah, que saco! — Alice exclamou, jogando a mochila na grama. — Está me deixando maluca.

— Não pode ser real — Malcolm comentou. — Pelo menos, não é normal.

— Vem vindo alguém. Vamos perguntar.

Caminhando na direção deles, vinha um grupo de dois homens e duas mulheres. Malcolm pôs Lyra na grama; ela começou a chorar, então Alice, aflita, a pegou no colo. Malcolm esperou as pessoas chegarem mais perto. Eram jovens e elegantes, trajados para um baile: as mulheres de vestidos longos com seus braços e ombros nus; os homens de traje noturno preto e branco. Cada um levava um cálice na mão. Estavam todos rindo e conversando naquele tom leve e alegre que Malcolm tinha visto em namorados; seus daemons, todos pássaros, voejavam em torno ou pousavam em seus ombros.

— Desculpe — Malcolm interrompeu quando eles se aproximaram —, mas...

Eles o ignoraram e se aproximaram mais. Malcolm se pôs bem na frente deles.

— Desculpe incomodar, mas sabem como nós podemos...

Eles não deram a menor atenção. Era como se ele não existisse a não ser como um obstáculo no caminho. Dois passaram de um lado dele, rindo e conversando, e os outros dois do outro lado. De mãos dadas, murmurando no ouvido um do outro. Asta se transformou em pássaro e voou para conversar com os daemons deles.

— Eles não escutam! Parece que não conseguem enxergar a gente! — disse ela.

— Com licença! Olá! — Malcolm falou ainda mais alto e correu na frente deles de novo. — Nós precisamos saber como chegar naquela casa lá, seja o que for. Podem...

E mais uma vez passaram em torno dele, sem dar atenção. Era exatamente como se ele fosse invisível, inaudível, impalpável. Ele pegou uma pedrinha do caminho e atirou, acertando a nuca de um dos homens. Mas parecia ter sido uma molécula de ar, porque ele sequer notou.

Malcolm olhou para Alice e estendeu as mãos. Ela estava de cara feia.

— Gente grossa besta — ela comentou.

Lyra agora estava chorando de verdade. Malcolm falou:

— Vamos acender um fogo. Assim pelo menos dá pra esquentar água pra ela.

— Cadê a canoa? A gente consegue voltar ou vão aprontar com isso também?

— Está logo ali, olha — ele apontou a uma distância de aproximadamente cinquenta metros. — Andamos tanto e não chegamos a lugar nenhum. Deve ser mágica. Bom, não faz o menor sentido.

Ele descobriu que conseguia voltar para a canoa em poucos passos. De alguma forma, aquilo não era surpreendente. Pegou tudo o que precisava para a criança e voltou para o lado de Alice. Arrancou alguns galhos da árvore mais próxima e quebrou em ramos mais curtos, desfiou as hastes e arrumou da melhor maneira possível, antes de fazer faíscas. O fogo pegou imediatamente. Quebrou os galhos em pedaços mais curtos e foi fácil, como se eles fossem próprios para quebrar do tamanho certo e secos o bastante para queimar, logo que tirados da árvore.

— Parece que não tem problema a gente fazer um fogo. Só não querem que a gente chegue na casa. Vou buscar água.

Ele se dirigiu a uma fonte, que estava mais perto do que imaginava, e encheu a panela com uma água fresca e limpa. Quando estiveram na farmácia, em um momento que parecia muito distante, eles pegaram algumas garrafas de água, e Malcolm as encheu também.

— Tirando essa casa e as pessoas, tudo está a favor — Asta comentou.

Várias pessoas passaram pelo fogo e nenhuma parou para perguntar o que era aquilo ou para pedir que fossem embora. Ele fez a fogueira a poucos metros de um dos caminhos principais, mas, assim como ele, ela parecia invisível. Mais jovens apaixonados, além de homens e mulheres mais velhos, figuras grisalhas com aspecto sério de estadistas, mulheres com jeito de avós e vestidos antiquados, gente de meia-idade cheia de poder e responsabilidade; todos os tipos de convidados passavam para lá e para cá. E não apenas convidados: garçons com bandejas de cálices de vinho ou pratos de canapés moviam-se no meio deles. Malcolm pegou um dos pratos quando o garçom passou e deu para Alice.

— Vou trocar Lyra primeiro — ela informou, com a boca cheia de sanduíche de salmão defumado. — Ela vai ficar mais confortável. Dou a mamadeira depois.

— Precisa de mais água? A que botei na panela vai estar muito quente.

Mas a água estava no ponto exato para lavar a menina. Alice abriu a roupa de Lyra, limpou tudo, e ela secou rápido no ar quente. Depois saiu para procurar um lugar para deixar a fralda suja enquanto Malcolm brincava com a bebê e lhe dava pedacinhos de salmão defumado. Lyra os cuspia e, quando Malcolm riu, ela franziu a testa e fechou a boca com força.

Quando Alice voltou, perguntou:

— Viu alguma lata de lixo por aí?

— Não.

— Nem eu. Mas quando eu quis uma, ela apareceu.

Era mais um mistério. A panela tinha fervido, e a água esfriado o suficiente para a mamadeira de Lyra, então Alice a encheu e começou a amamentá-la. Malcolm saiu caminhando pelo gramado, olhou as arvorezinhas com flores luminosas e ouviu os passarinhos que voavam e cantavam nos galhos, tão lindamente como rouxinóis.

Asta voou para junto deles e logo voltou.

— Foi que nem com você e o pessoal do gramado! — exclamou o daemon. — Esses passarinhos parecem que não me veem!

— Eram novinhos ou grandes já?

— Acho que grandes. Por quê?

— Bom, todo mundo que nós vimos é gente grande.

— Mas é como se fosse alguma grande recepção ou baile, alguma coisa assim. Não ia ter crianças mesmo.

— Mesmo assim — respondeu Malcolm.

Voltaram para perto de Alice.

— Toma aqui, agora você que dá — ela disse.

Ele pegou Lyra, que não teve tempo de reclamar antes que ele pusesse a mamadeira em sua boca outra vez. Alice se esticou na grama. Ben e Asta deitaram também, os dois como cobras, cada um tentando ser mais comprido que o outro.

— Ele nunca brincava antes — Alice falou, baixo, referindo-se a seu daemon.

— Asta está sempre brincando.

— É. Bem que eu... — a voz dela se alterou.

— O quê? — ele perguntou depois de alguns momentos.

Ela olhou para Ben e, ao se certificar de que ele estava completamente ocupado com Asta, disse, baixo:

— Eu queria saber quando eles param de mudar e se definem.

— O que você acha que acontece quando eles param de mudar?

— Como assim?

— Não sei, um dia, eles de repente não conseguem mais mudar ou será que só vão mudando cada vez menos?

— Não sei. Minha mãe disse pra não pensar nisso, que acontece e pronto.

— No que você gostaria que ele se definisse?

— Alguma coisa venenosa — ela disse, decidida.

Ele balançou a cabeça. Mais pessoas passaram, todo tipo de gente, e entre elas havia rostos que ele achava conhecer, que podiam ter sido clientes da Truta, ou pessoas que tinha visto em sonhos. Podiam até ser amigos dele da escola que tinham crescido e estavam agora na meia-idade, o que explicaria o fato de parecerem familiares, mas desconhecidos. E havia um rapaz que parecia tanto com o sr. Taphouse, só que cinquenta anos mais moço, que Malcolm quase deu um pulo para cumprimentá-lo.

Alice estava deitada de lado, vendo todos passarem.

— Você vê alguém que conhece? — ele perguntou.

— Vejo. Achei que eu estava sonhando.

— Também vê conhecidos mais velhos e outros mais jovens do que são?

— Sim. E alguns mortos.

— Mortos?

— Eu vi minha avó.

— Acha que *nós* estamos mortos?

Alice ficou em silêncio um momento e respondeu:

— Espero que não.

— Eu também. O que será que eles estão fazendo aqui? E quem são as outras pessoas, as que a gente não conhece?

— Talvez sejam pessoas que ainda vamos conhecer.

— Ou então... Este pode ser o mundo de onde saiu aquela fada. Vai ver que essa gente é toda igual a ela. Parece um pouco isso.

— É — disse ela. — Parece. É isso mesmo. Só que eles não conseguem ver a gente como ela conseguia...

— Mas ela estava no nosso mundo, então a gente devia ser mais sólido, tipo assim. Provavelmente aqui a gente é invisível pra eles.

— É. Provável. Mas é melhor a gente tomar cuidado mesmo assim. — Ela bocejou e rolou de costas.

Para não ficar de fora, Lyra bocejou também. Pantalaimon tentou virar uma cobra como os outros dois, mas desistiu depois de meio minuto, tornando-se um camundongo e acomodando-se junto ao pescoço de Lyra. Ela adormeceu em um segundo, e assim que Ben assumiu a forma de galgo e se deitou ao lado de Alice, ela também dormiu.

Sem saber por que estava fazendo aquilo, Malcolm se ajoelhou ao lado de Alice adormecida e analisou seu rosto. Ele o conhecia bem, mas nunca tinha olhado atentamente antes, pois ela o teria empurrado. Ele se sentiu um pouco culpado de fazer isso agora, enquanto ela estava inconsciente e Ben acomodado junto dela.

Mas estava muito curioso. A pequena ruga que vivia entre suas sobrancelhas havia desaparecido; era um rosto mais macio sob todos os aspectos; a boca estava relaxada e toda sua expressão parecia complexa e sutil. Havia uma espécie de bondade nela, uma espécie de prazer preguiçoso... eram as palavras que ele encontrara para descrever aquilo. Um vestígio de sorriso de zombaria dormia na pele em torno de seus olhos. Os lábios, finos e apertados quando estava acordada, eram mais soltos e cheios no sono, quase sorridentes como seus olhos adormecidos. A pele também... ou como chamavam as damas: a tez... era fina e sedosa, as faces com um ligeiro rubor, como se ela estivesse com calor, como se estivesse ruborizando em um sonho.

Ele estava perto demais e sentiu que era errado fazer isso. Então se sentou e desviou o olhar. Lyra se mexeu e murmurou. Ele acariciou sua testa e achou que estava quente, como o rosto de Alice. Gostaria de acariciar o rosto de Alice também, mas essa ideia era absolutamente perturbadora. Ele se levantou e andou um pouco até o ancoradouro, onde *La Belle Sauvage* balançava suavemente na água.

Malcolm não sentia o menor sono, e sua mente ainda se detinha inevitavelmente no rosto de Alice e em como seria acariciá-lo ou beijá-lo. Ele afastou essa ideia e tentou pensar em outra coisa.

Então, se ajoelhou para conferir a canoa e teve um choque: três centímetros de água inundavam o fundo. E ele sabia que havia secado tudo.

Soltou a amarra, virou *La Belle Sauvage* na grama, sacudindo para a água sair. Conforme temia, encontrou uma rachadura no casco.

— Quando a gente caiu pela catarata — observou Asta.

— Deve ter sido uma pedra. Droga.

Ele se ajoelhou na grama para olhar mais de perto. Uma das pranchas que formava a cobertura da canoa estava rachada, a tinta em torno arranhada. A rachadura não parecia muito séria, mas Malcolm sabia que a cobertura da canoa flexionava um pouco quando se deslocava e sem dúvida continuaria deixando entrar água enquanto não fosse consertada.

— Do que é que precisa? — Asta perguntou, em forma de gato.

— Outra prancha seria o melhor de tudo. Ou um pedaço de lona e cola. Mas nós não temos nem uma coisa, nem outra.

— A mochila é feita de lona.

— É, sim. Acho que dava pra cortar um pedaço da aba...

Asta estava apontando um grande cedro, uma das poucas árvores coníferas no meio das outras. A certa altura do tronco, bem perto do chão, um galho havia se quebrado, e de sua ferida escorria uma resina dourada.

— Isso serve — disse ele. — Vamos cortar um pedaço de lona.

A aba superior da mochila era bem comprida e podia com toda facilidade ficar sem um pedaço do tamanho certo. Malcolm se questionou se a lona era realmente necessária, pois a impermeabilização seria feita pela resina, mas pensou na água entrando devagar com Alice e Lyra dentro, e nele próprio tentando mais e mais desesperadamente encontrar um local para atracar... Ia consertá-la da melhor maneira possível, como o sr. Taphouse faria. Abriu o canivete e começou a cortar o grosso tecido duro, removendo um pedaço um pouco mais comprido que a rachadura do casco. Era um trabalho árduo.

— Nunca pensei que lona fosse tão dura — ele comentou. — Devia ter afiado o canivete.

Asta, em forma de ave, estava sentada no galho mais alto que podia alcançar, vigiando todo o entorno. Voou para o ombro dele e disse, baixinho:

— Não vamos demorar muito.

— Algum problema?

— Tem alguma coisa que eu não consigo ver. Não é algo errado exatamente, mas... pegue logo a resina e vamos.

Ele cortou os últimos fios da lona e saiu. Asta seguiu um pouco à frente, transformada em falcão, e chegou à árvore antes dele. A resina estava alta demais para alcançar sem precisar subir na árvore, mas ele gostou de montar nela; os galhos maciços, grossos, varrendo a grama, davam a sensação de total segurança. Ele pressionou o pedacinho de lona na resina e o saturou o melhor que podia.

Então olhou para longe da árvore, para os grandes gramados e canteiros de flores, até o terraço e a casa: elegante e confortável, esplêndida e generosa. Pensou que um dia iria para lá por direito e seria bem-vindo, passearia pelos jardins com companheiros alegres, sentindo-se de bem com a vida e com a morte.

Depois, olhou para o outro lado, a margem oposta do pequeno rio. Estava alto o bastante sobre a árvore para enxergar para além da névoa, que só tinha poucos metros de altura, conforme descobriu. O que viu foi desolação: uma vastidão de edifícios desmoronados, casas queimadas, montes de entulho, barracos rústicos feitos de compensado lascado e papel impermeável, rolos de arame farpado enferrujado, poças de água imunda, cuja superfície rebrilhava com os reflexos tóxicos de lixo químico, onde crianças com feridas nos braços e pernas atiravam pedras em um cachorro amarrado a um poste.

Ele não conseguiu evitar um grito. Asta também gritou, flutuando para seu ombro:

— Bonneville! É ele! No terraço... — ela falou.

Ele se virou para olhar. Estava longe demais para ver com nitidez, mas havia uma agitação, e as pessoas corriam em direção a alguém sentado em uma cadeira... um veículo de algum tipo... uma cadeira de rodas...

— O que eles estão fazendo? — perguntou Malcolm.

Ele percebeu a atenção do daemon, como seus olhos brilhantes se lançavam com firmeza e velocidade. Arrancou a lona da resina com dedos trêmulos.

— Estão olhando para cá... apontando pra onde a Alice está, na canoa... estão indo pra escada...

Agora ele conseguia ver com clareza que, no centro dessa atividade, estava Gerard Bonneville, liderando todos ao seu redor. As pessoas começaram a carregar a cadeira e descer pela escada do terraço.

— Pegue isto — disse Malcolm, estendendo a lona. Estava asquerosamente pegajosa. Asta a puxou com o bico e planou junto da árvore enquanto Malcolm descia. Assim que chegou ao chão, ele correu para a canoa o mais depressa possível, e Asta baixou e pôs a lona impregnada de resina no local indicado.

— Isso sozinho resolve? — Asta perguntou.

— Vou pôr umas tachas. Não vai ser fácil... meus dedos estão grudando.

Alice ouviu os dois e abriu os olhos, sonolenta.

— O que é que você está fazendo? — perguntou.

— Consertando uma rachadura. Depois, nós precisamos ir embora depressa. O Bonneville está lá na casa. Olha, dá pra abrir essa caixa de ferramentas pra mim? E me dá uma tachinha dessa lata de folha de fumo. Rápido!

Ela correu e depositou a tachinha pegajosa no canto da lona. Bastou um toque do martelo e ela estava no lugar. Malcolm fez o mesmo com as outras cinco tachinhas que colocou.

— Certo, vamos virar a canoa — disse ele. Enquanto fazia isso, Alice ficou na ponta dos pés para ver o movimento no terraço. Malcolm se viu olhando para as pernas dela, rijas e esguias, a cintura fina, o ligeiro volume dos quadris. Desviou os olhos com um gemido silencioso no peito. O que estava acontecendo com ele? Não havia tempo para pensar nisso. Afastou tudo da cabeça e deslizou o barco para a água. Asta, ainda em forma de falcão, pairava o mais longe possível acima dele e vigiava fixamente o terraço.

— O que eles estão fazendo agora? — Malcolm perguntou, enquanto Alice jogava os cobertores dentro da canoa. Lyra estava acordada e atenta, e Pan zumbia como uma abelha em torno de sua cabeça.

— Estão empurrando Bonneville pelo caminho — respondeu Asta, no ar, lá em cima. — Não dá pra ver exatamente... Tem uma multidão em volta dele agora e mais gente se aproximando...

— O que a gente vai fazer? — Alice perguntou, se acomodando na proa com Lyra no colo.

— A única coisa que dá pra fazer — respondeu Malcolm. — Não dá para subir a cachoeira de volta. A gente precisa ver como é do outro lado. — Ele empurrou a canoa para longe do ancoradouro e observou o remendo de resina com uma febril curiosidade.

La Belle Sauvage deslizava depressa pela água. Malcolm enfiava o remo fundo e com força, enquanto Asta sobrevoava a amurada. Ben, o daemon de Alice, também em forma de ave, voou para a segurança de seu ombro.

— Sshh, querida — Alice falou quando Lyra começou a reclamar. — A gente já, já vai embora. Quietinha agora.

Estavam passando por um trecho do gramado onde não havia árvores e Malcolm se sentiu terrivelmente exposto. Não havia nada entre eles e a casa. Ao olhar para cima, viram que a multidão começava a avançar na direção deles; no centro dessas pessoas havia um pequeno veículo, de onde se podia ouvir uma risada distante: *Haaa ha haaa! Haa haaa!*

— Ah, meu Deus — Alice murmurou.

— Quase lá — disse Malcolm, porque tinham chegado a um grupo de árvores que tampava a visão da casa, deixando o jardim para trás. A vegetação era densa em ambas as margens, e a luz que vinha das árvores-lanterna estava desaparecendo depressa quanto mais se afastavam, de forma que quase tudo à frente estava escuro.

Quase tudo. Havia luz suficiente no ar para Malcolm enxergar diante deles um grande par de portas guarnecidas de ferro, carregadas de antiguidade e envoltas em musgo e trepadeiras, que emergiam do rio como os portões de uma eclusa, impedindo completamente a fuga. Não era possível sair pela água.

23. ANCIANIDADE

Alice não entendeu o porquê de Malcolm ter parado de remar, então se virou para olhar.

— Ahh — gemeu, desesperada.

— Quem sabe a gente consegue abrir. Deve ter um jeito — disse Malcolm. Mas, por mais atentamente que olhasse à direita e à esquerda, não via nada além de arbustos cerrados, algas, galhos baixos de teixo. Tinham deixado para trás a luz das árvores, e o escuro ali parecia ser não apenas ausência de luz, mas uma presença definitiva, algo que os separava da vegetação e da umidade.

Malcolm prestou atenção. Os únicos sons eram da água, pingando, lambendo, escorrendo, e talvez fosse o rio encontrando um jeito de passar pelas falhas dos portões antigos, onde a madeira havia apodrecido. Ou talvez fosse o incessante gotejar das folhas a toda a volta. Não havia nenhum som atrás dos portões.

Ele levou a canoa até bem junto dos portões, se levantou com cuidado para medir o tamanho deles. Eram altos demais: ele não conseguia nem ver, nem alcançar o topo. Também não conseguia ver se eles deslizavam para se abrir, se giravam lentamente contra a resistência da água, ou mesmo se eles se erguiam totalmente para fora dela. Mas o rio continuava fluindo contra os portões, então devia correr por baixo e, se havia algum mecanismo, devia ser controlado da margem.

Ainda em pé, com as mãos na fria e limosa madeira dos portões, Malcolm olhou para a margem direita...

... e o choque que sentiu foi tamanho que o fez recuar, agitando a canoa. Ele quase perdeu o equilíbrio, fazendo Alice dar um grito de alarme.

— O que foi? O que foi? — ela perguntou.

Ela abraçava Lyra com força, tentando enxergar na escuridão, e Malcolm se sentou, tremendo.

— Lá. — Ele apontou para a coisa que tinha visto.

Coisa? Era a cabeça de um homem, uma cabeça imensa emergindo da água entre os caniços. Devia ser um gigante. O cabelo emaranhado de algas parecia ter crescido através de uma coroa enferrujada; a pele era esverdeada, e a barba longa ondulava sobre seu peito e pela água. Estava olhando para eles com um interesse manso e pacífico. Quando se ergueu, viram que na mão esquerda tinha a haste de uma... o que era aquilo? Uma lança? Não, um tridente. Quando olhou para cima, no escuro, Malcolm viu as três pontas de luz brilhando com suavidade.

Ao olhar para o rosto do gigante, pensou ver ali uma centelha de benevolência.

— Meu senhor — começou ele —, nós gostaríamos de atravessar esse portão, se o senhor permitir, pois precisamos escapar de uma pessoa que está nos perseguindo. Pode abrir para nós?

— Ah, não posso fazer isso — respondeu o gigante.

— Mas eles foram feitos para abrir, e a gente precisa passar!

— Bom, não posso fazer isso. Faz mil anos que esse portão não abre. É pra uso só em caso de seca permanente no mundo.

— Mas se a gente pudesse passar... ia levar só dois segundos.

— Não sabe como esse portão é profundo, menino. Podem ser apenas dois segundos pra você, mas não tem número que baste pra calcular quanta água ia passar por aí em dois segundos.

— A enchente não pode ficar pior do que já está. Por favor, moço...

— O que tem aí? É um bebê?

— É. Essa é a princesa Lyra — Alice falou. — Nós estamos levando a menina para o pai dela, o rei, e tem inimigos atrás da gente.

— Rei de onde? Qual rei?

— Rei da Inglaterra.

— Inglaterra?

— Albion — Malcolm inventou, desesperadamente, lembrando-se de uma coisa que a fada tinha dito.

— Ah, Albion — repetiu o gigante. — Por que não disseram antes?

— Pode abrir então?

— Não. Tenho minhas ordem e ponto final.

— Quem deu essas ordens?

— O Velho Pai Tâmisa em pessoa.

Malcolm pensou ter ouvido a risada da hiena e, pelo modo como Alice arregalou os olhos, sabia que ela também havia escutado.

— De qualquer jeito — disse ele —, eu nem devia ter perguntado pro senhor, porque não deve ter força pra isso.

— Como é que é? — perguntou o gigante. — Posso abrir esse portão, sim. Já abri mais de mil vezes.

— E o que ia fazer o senhor abrir de novo?

— Ordens, é isso.

— Bom, acontece — comentou Malcolm, revirando com mão trêmula a mochila — que nós temos estas ordens do embaixador do rei em Oxford, tipo assim, um passaporte, pra gente ter passagem livre. Olha.

Ele pegou uma folha de papel de uma das pastas de papelão e estendeu para o gigante. Estava coberta de fórmulas matemáticas. O gigante ficou olhando.

— Segura mais alto — ele ordenou. — E tá de cabeça pra baixo. Vire do outro lado.

Não estava, mas Malcolm fez o que ele disse. Estava tão próximo que Malcolm sentia o cheiro de sua pele, evocando lama, peixe e alga. O gigante olhou ainda mais perto, mexendo os lábios como se estivesse lendo, e então balançou a cabeça.

— É, tô vendo. Não dá pra negar. Não posso discutir com isso. Deixe eu ver esse bebê.

Malcolm enfiou o papel de volta na mochila, pegou Lyra dos braços de Alice e a ergueu bem alto para que o gigante a visse. Lyra olhou para ele, solene.

— Ahh — comentou o gigante. — Estou vendo que é uma princesa mesmo, Deus a abençoe. Posso segurar?

Ele estendeu sua grande mão esquerda.

— Mal — Alice falou baixinho —, cuidado.

Mas Malcolm confiou nele. Depositou Lyra na palma da enorme mão e ela olhou o gigante com completa confiança; Pantalaimon cantava como um rouxinol.

O gigante beijou o próprio indicador direito e tocou com ele a cabeça de Lyra, antes de devolvê-la, muito delicadamente, a Malcolm.

— Podemos passar agora? — Malcolm perguntou, ouvindo a hiena de novo, ainda mais perto.

— Tudo bem, como você deixou eu carregar a princesa, vou abrir o portão pra você.

— E depois vai fechar de novo e não deixar ninguém passar?

— Só se eles tiverem uma ordem igual a essa que você tem.

— Antes de abrir, pode nos dizer que lugar é aquele lá atrás? Aquele jardim? — Malcolm perguntou.

— Aquele é o lugar aonde as pessoas vão quando se esquecem. Viu a neblina do outro lado?

— Vi, sim. E vi também o que tem atrás dela.

— Aquela neblina esconde tudo aquilo que eles deviam lembrar. Se a neblina for embora, eles vão ter que dar conta das próprias memórias e não vão mais poder ficar no jardim. Agora se afaste um pouco e dê espaço pra mim.

Malcolm entregou Lyra para Alice e afastou a canoa em alguns metros. O gigante bateu o tridente na margem lodosa e respirou fundo antes de mergulhar. Um momento depois, o portão começou a se mover, rangendo, pingando, e devagar, bem devagar, se abriu contra a corrente que fazia a água se agitar e bater. Assim que o vão tinha espaço suficiente para permitir a passagem, Malcolm levou *La Belle Sauvage* à frente e atravessou para o escuro do outro lado. A última coisa que escutaram vindo do jardim, por baixo do chão, foi a risada da hiena ao longe, desaparecendo enquanto os portões se fechavam atrás deles.

Foram necessários cinco minutos remando para que atravessassem o túnel que levava ao mundo exterior. Mas a passagem era escura como breu, de forma que Malcolm precisou ir devagar, sentindo o rumo a cada remada. Por fim, chegaram a uma massa de vegetação pendente e ao cheiro fresco do mundo exterior. Depois de um breve esforço, conseguiram passar para o ar aberto da noite.

— Não entendi — Alice falou.

— O quê?

— Nós *descemos* por aquele túnel com a cachoeira. Foi como chegamos lá, então devia ter que *subir* pra sair. Mas estamos no mesmo nível.

— O que interessa é que nós saímos — afirmou Malcolm.

— É. Acho que sim. E quem era *ele*?

— Não sei. Quem sabe o deus de algum afluente, que nem o Velho Pai Tâmisa é o deus do rio principal. Faz sentido. George Boatwright disse que já viu o Velho Pai Tâmisa.

— De onde você tirou que o pai da Lyra era rei?

— De Albion. Foi uma coisa que a fada disse.

— Que bom que você lembrou.

Malcolm continuou remando sob o luar. A noite estava tranquila e a enchente tão vasta quanto o horizonte. Pouco a pouco, Alice caiu no sono, e ele pensou em ajeitar melhor o cobertor em seus ombros, mas não estava frio.

Depois de aproximadamente meia hora, ele avistou uma ilha; apenas um pedaço de terra baixa e plana, sem árvores nem edifícios, nem rochedos, nem arbustos, nem mesmo grama, ao que parecia. Parou de remar e deixou a canoa flutuar suavemente para lá. Talvez pudesse amarrá-la ali, deitar e descansar, embora parecesse que ficaria terrivelmente exposto. O toldo era ideal para esconder a canoa em meio à vegetação, mas contra aquelas rochas nuas seria visível desde muito longe.

Mas não podia fazer nada em relação a isso. Estava precisando dormir. Levou *La Belle Sauvage* para a margem e encontrou um lugar onde uma pequena faixa de terra nua ficava entre as pedras. Deixou a proa deslizar pelo solo e a canoa parou. Alice e Lyra dormiam profundamente.

Malcolm deixou o remo e saiu da canoa com dificuldade. Só então se lembrou da fissura no casco e do remendo de resina. Com o coração apertado de ansiedade, curvou-se para olhar: estava seco por dentro, como o resto do casco. O remendo resistiu.

— Está seguro — disse uma voz atrás dele.

Malcolm quase caiu de susto. Virou-se imediatamente, pronto para lutar, e então Asta, em forma de gato e morta de medo, saltou para seus braços. Olhando para eles, estava a mulher mais estranha que já haviam visto. Tinha mais ou menos a mesma idade da mãe de Lyra, a julgar por sua aparência ao luar, e usava uma grinalda de flores na cabeça. Seu cabelo era longo e preto, e estava vestida de preto também — ou parcialmente vestida, pois não usava muito mais do que um emaranhado de fitas de seda negra. Ela olhava para ele como se estivesse à sua espera, e Malcolm então se deu conta de que faltava alguma coisa: ela não tinha daemon. No solo, ao lado dela, havia um ramo de pinheiro. Será que o daemon dela podia ter aquela forma? Malcolm sentiu um frio percorrer a espinha.

— Quem é você? — ele perguntou.

— Meu nome é Tilda Vasara. Sou a rainha das feiticeiras da região de Onega.

— Não sei onde fica isso.

— Fica no Norte.

— A senhora não estava aqui um minuto atrás. De onde veio?

— Do céu.

Com o canto dos olhos, ele percebeu um ligeiro movimento e se virou para a canoa. Uma ave branca sussurrava no ouvido de Ben, o daemon de Alice. Era o daemon da feiticeira, afinal.

— Elas agora vão dormir pelo resto da noite — informou Tilda Vasara. — E o pessoal daquele barco não vai ver você.

Ela apontou para além do ombro dele, e naquele exato momento Malcolm viu uma luz diferente se refletir nos olhos dela. Virou para olhar e viu o holofote de um barco que era o mesmo do TCD que quase os pegara antes, ou um semelhante. Vinha avançando diretamente para a ilha, e Malcolm precisou fazer força para se manter imóvel, porque queria se jogar no chão e se esconder atrás de alguma coisa: uma pedra, a canoa, a feiticeira. O barco chegou mais perto, o holofote passando da esquerda para a direita, quase indo se chocar contra a ilha. Mas, no último minuto, virou um pouco para estibordo e passou direto. Durante os instantes em que vinha se aproximando, a luz ficou forte e brilhante, e ele viu o rosto da feiticeira, muito calmo, quase divertido e absolutamente destemido.

— Por que não viram a gente? — ele perguntou quando o barco foi embora.

— Nós podemos ficar invisíveis. A visão deles desliza por cima de nós e de tudo o que está em torno. Vocês estão bem seguros. Eles não enxergam nem esta ilha.

— Sabe quem são?

— Não.

— Querem pegar aquela bebezinha e... não sei o que mais. Talvez matar ela.

A feiticeira olhou para onde ele apontou, para Lyra e Alice adormecidas.

— Ela é a mãe da bebê?

— Não, não — respondeu Malcolm. — Só... a gente só... está cuidando dela. Mas por que o pessoal do barco virou quando chegou perto, se não conseguiram ver a ilha?

— Eles não sabem por quê. Não importa. Já foram embora. Aonde vocês vão?

— Encontrar o pai da bebê.

— Como vão fazer isso?

— Eu tenho o endereço dele, pelo menos. Não sei como vamos encontrar. Mas temos que conseguir.

A ave branca voou para o ombro dela. Era de um tipo que Malcolm não conhecia, com o corpo branco, asas e cabeça pretas.

— Que tipo de ave é o seu daemon? — Asta perguntou.

— Uma andorinha do Ártico — ela respondeu. — Todos os nossos daemons são aves.

— Por que está aqui, tão longe do Norte? — Malcolm indagou.

— Estava procurando uma coisa. Agora que encontrei, posso voltar para casa.

— Ah. Obrigado por me esconder.

O luar brilhava diretamente no rosto dela. Ele achou que era jovem, ou não mais velha que a sra. Coulter, que achava ter trinta anos; seu corpo era esbelto e flexível, não havia rugas nem marcas em seu rosto, o cabelo era farto e preto, sem grisalhos; mas de alguma forma a expressão da feiticeira o fazia pensar que era indescritivelmente antiga, talvez tão velha como o gigante debaixo d'água. Ela parecia calma, até simpática, mas ao mesmo tempo parecia implacável. E ela estava tão curiosa a respeito dele quanto ele a respeito dela. Por alguns momentos, olharam-se nos olhos com absoluta franqueza.

A feiticeira se virou e se abaixou para pegar o ramo de pinheiro no chão a seu lado. Olhou para ele outra vez e mais uma vez ele teve a sensação de perfeita abertura, como se os dois se conhecessem muito bem, como se não houvesse segredos entre eles. Então ela se ergueu no ar, segurando o ramo de pinheiro na mão esquerda, e seu daemon passou rente a Malcolm e Asta como em uma despedida; e foram embora. Durante um longo período ele ficou olhando sua forma escura diminuir e diminuir em direção às estrelas. Depois, não havia nada que revelasse que ela estivera ali.

Ele se agachou ao lado da canoa, puxou o cobertor em torno dos ombros de Alice e o ajeitou em torno da cabeça de Lyra, certificando-se de que ela podia respirar. Pan estava encolhido como uma espécie de esquilo entre as patas de Ben, que era um gato, ambos dormindo profundamente.

— Tá cansada? — ele perguntou a Asta.

— Mais ou menos. Mais que cansada. Pra lá de cansada.

— Eu também.

A ilha era mais ou menos do tamanho de duas quadras de tênis lado a lado, e nenhuma parte se erguia da enchente em uma altura além da cintura de Malcolm. Era absolutamente nua: uma plataforma de pedras amontoadas sem uma folha de grama à vista, nem árvore, nem musgo ou líquen. Podia ser uma parte da lua. Malcolm e Asta a contornaram inteira em pouco mais de um minuto, caminhando devagar.

— Também não vejo nenhuma outra terra — ele disse. — É como se estivéssemos no meio do mar.

— Só que a água ainda está correndo. Ainda é a enchente.

Eles se sentaram em uma pedra e olharam a água passar: parecia uma grande placa negra de vidro, cheia de estrelas, com a lua brilhando acima e abaixo deles.

— Gostei daquela feiticeira — comentou Malcolm. — Acho que nunca mais vamos ver uma. Ela tinha um arco e flecha.

— Quando ela falou que tinha encontrado o que estava procurando, você acha que era a gente?

— Ah, você acha que ela ia viajar tudo isso só pra encontrar a gente? Deve ter coisa mais importante pra fazer. É uma rainha. Queria que ela ficasse mais um pouco. A gente podia perguntar uma porção de coisas.

Ficaram sentados um momento, e gradualmente Malcolm sentiu seus olhos fechando. A noite estava silenciosa, o mundo estava calmo e ele se deu conta de que, apesar do que ele e Asta tinham dito um minuto atrás, ele estava mais cansado que nunca na vida e o que mais queria era perder a consciência.

— Melhor entrar na canoa — sugeriu Asta.

Eles se acomodaram na canoa, depois de conferir se Alice e Lyra estavam seguras e confortáveis; adormeceram em um segundo.

Naquela noite, ele sonhou outra vez com cães ferozes; eram cães selvagens, com focinhos sujos de sangue, orelhas rasgadas e dentes quebrados; olhos loucos, mandíbulas dominadoras e flancos marcados por cicatrizes; eles se jogavam em seus braços, se esfregavam em suas pernas, em um tumulto de fúria canina com Malcolm no núcleo, no centro. Todos se humilhavam diante de Asta em forma de gato; e, assim como antes, ele não sentiu medo, não sentiu nada além de uma selvagem vitalidade e um ilimitado prazer.

24. O MAUSOLÉU

Estavam cansados, estavam com fome, estavam com frio, estavam imundos, e uma sombra os seguia por toda parte. Nuvens pesadas enchiam o céu. Sobre a vastidão de água cinzenta, Malcolm remou o dia seguinte inteiro, com Lyra chorando loucamente e Alice parada, indiferente, na proa. Sempre que viam um morro ou um telhado acima da água, Malcolm parava, atracava, fazia uma fogueira, e um dos dois cuidava de Lyra. Às vezes, Malcolm não sabia se era ele ou Alice que o fazia.

Por toda parte onde iam, algo ia com eles, por trás, pouco além do limite da visão. Era algo que tremulava e desaparecia, depois aparecia de novo quando eles desviavam o olhar. Os dois notavam. Era o único assunto sobre o qual conversavam, e nenhum deles via essa coisa completamente.

— Se fosse de noite — disse Malcolm —, seria um espírito das trevas.

— Mas não. Não é noite.

— Espero que suma quando escurecer.

— Fique quieto. Não quero pensar nisso. Obrigada por me atormentar.

Ela falava como a antiga Alice, a primeira Alice, desdenhosa e amarga. Malcolm esperava que *aquela* Alice tivesse ido embora para sempre, mas ali estava ela de novo, espaçosa, carrancuda, maldosa. De qualquer forma ele não conseguia olhar para ela agora sem uma tensão elétrica em seu corpo que em parte entendia, em parte apreciava, em parte temia. E não podia falar a respeito disso com Asta, pois estavam todos muito próximos na canoa; e em todo caso ele sentia que seu daemon também estava tomado por esse feitiço, fosse o que fosse.

A paisagem estava mudando conforme seguiam na grande enchente em direção a Londres. Cenas de devastação começaram a surgir: as casas desmoronadas, os tetos arrancados, móveis e roupas espalhados por toda parte ou pendurados em arbustos e árvores; e as próprias árvores, despidas de seus ramos e às vezes da casca, secas e mortas contra o céu cinzento; um oratório, a torre caída inteira no chão encharcado, com grandes sinos de bronze espalhados ao lado, suas bocas cheias de lama e folhas.

E a sombra ali o tempo todo, nunca totalmente esquecida, nunca inteiramente vista.

Malcolm tentava pegá-la virando de repente à esquerda ou à direita, mas tudo o que conseguia ver era um movimento rápido que mostrava onde ela estivera um momento antes. Asta vigiava atrás, mas tinha exatamente a mesma experiência: sempre que olhava, ela já havia mudado de lugar.

— Não tinha importância, se fosse simpática — Malcolm sussurrou para o daemon.

Mas não era. A sensação que dava era de estar caçando os três.

Alice, na proa olhando para a popa, era mais consciente do que se passava atrás deles do que Malcolm, e duas ou três vezes durante o dia ela vira outra coisa que a deixara preocupada.

— São eles? — ela perguntou. — É o TCD? É o barco deles?

Malcolm tentou virar para trás e olhar, mas estava tão tenso de remar que o simples ato de girar o corpo doía. Além disso, o cinza pesado do céu e o cinza-escuro da água batida pelo vento dificultavam distinguir qualquer coisa. Por um momento, ele pensou perceber as cores azul-marinho e ocre do TCD, e Asta, transformada em filhote de lobo, soltou um pequeno uivo involuntário, mas o barco, se era ele mesmo, logo desapareceu na névoa escura.

No fim da tarde, as nuvens escureceram e eles ouviram o rolar de trovão. Ia chover.

— Melhor parar no primeiro lugar que a gente encontrar — observou Malcolm. — Dá pra armar o toldo.

— É — Alice concordou, cansada. E depois, alarmada: — Olha. São eles de novo.

Dessa vez, Malcolm virou e viu o facho de luz do holofote brilhando contra o céu pesado, passando da esquerda para a direita.

— Acabaram de acender de novo — Alice falou. — Vão ver a gente em menos de um minuto. Estão chegando depressa.

Malcolm mergulhou o remo na água com braços que tremiam de fadiga. Não fazia sentido tentar ir mais depressa que o barco do TCD: precisavam se esconder, e o único lugar à vista era um morro arborizado, com um espaço de mato alto logo acima da linha d'água. Malcolm foi naquela direção o mais depressa possível. Estava escurecendo rápido, e as primeiras gotas de chuva caíram em sua cabeça e suas mãos.

— Aqui, não — Alice falou. — Detesto este lugar. Não sei o que é, mas é horrível.

— Não tem outro!

— Não. Eu sei. Mas é horrível.

Malcolm levou a canoa para a grama lisa e encharcada debaixo de um teixo, atou a amarrada com urgência no ramo mais próximo e apressadamente fixou os arcos nos suportes. Lyra, ao sentir as gotas de chuva no rosto, acordou e protestou, mas Alice a ignorou. Estava puxando o toldo de seda carbonífera sobre os arcos e prendendo como Malcolm ensinara. Ouviam o som do motor cada vez mais alto e próximo.

Conseguiram instalar o toldo e se sentaram, imóveis, Alice com Lyra apertada no colo, sussurrando baixinho para ela, Malcolm mal ousando respirar. A luz do holofote brilhou através da seda carbonífera fina, iluminando cada canto de seu mundo fechado, e Malcolm imaginou a canoa vista de fora, com uma louca esperança de que a forma verde regular não aparecesse na massa de sombras irregulares. Lyra olhava em torno, solene, e os três daemons estavam encolhidos no banco. O holofote brilhou diretamente em cima deles durante alguns segundos que pareceram minutos, mas depois desviou. O barulho do motor mudou quando o piloto acelerou e seguiu com a enchente. Malcolm mal conseguia escutar o barco debaixo da chuva que martelava o toldo.

Alice abriu os olhos e expirou.

— Queria ter parado em algum outro lugar — disse ela. — Sabe o que é isto aqui?

— O quê?

— É um cemitério. Tem uma daquelas casinhas onde enterram as pessoas.

— Um mausoléu — corrigiu Malcolm. Ele já havia lido a palavra, mas nunca a havia escutado, e por isso a pronunciou rimando com linóleo.

— É isso o quê é? Bom, eu não gosto.

— Nem eu. Mas não tinha nenhum outro lugar. Temos que aguentar firme na canoa e ir embora assim que possível.

Mas a chuva martelava forte no toldo. A menos que quisessem ficar encharcados, além de congelados, precisavam permanecer onde estavam.

— Como faz pra dar de mamar pra ela, então? — Alice perguntou. — Ou limpar? Vai acender fogo dentro do barco?

— Tem que limpar com água fria e...

— Não seja burro. Não dá pra fazer isso. De qualquer jeito, precisa esquentar a mamadeira.

— Qual é o problema? Por que você está brava?

— Por tudo. O que você acha?

Ele deu de ombros. Ele não podia fazer nada. Não queria discutir. Queria que o holofote fosse embora e nunca mais voltasse. Queria conversar sobre aquele jardim subterrâneo e perguntar a ela o que significava; queria contar para ela o que tinha visto atrás do bloco de neblina. Queria contar para ela sobre a feiticeira e os cães selvagens, e discutir sobre o que *eles* significavam. Queria conversar sobre a sensação de estarem sendo perseguidos por uma sombra; queria concluir que não era nada e dar risada disso. Queria que ela o admirasse por ter remendado a rachadura do casco. Queria que ela o chamasse de Mal. Queria que Lyra estivesse aquecida, limpa, feliz e alimentada. Mas nada disso ia acontecer.

A chuva batia na seda carbonífera com mais força a cada minuto. O ruído era tão forte que ele nem notou Lyra chorando até Alice se abaixar e pegá-la no colo. Mesmo zangada com ele, ela era sempre paciente com Lyra, Malcolm pensou.

Talvez houvesse alguns gravetos secos debaixo das árvores. Se saísse agora podia trazer para dentro do barco antes que ficassem molhados demais. Talvez a chuva parasse logo.

Então veio outro estalo de trovão, porém mais distante. Logo depois a chuva parou de cair tão forte e foi cessando, até que os únicos pingos que caíam no toldo vinham dos galhos acima.

Malcolm ergueu a ponta do toldo. Tudo em volta ainda gotejava e o ar estava úmido como uma esponja encharcada, cheio de cheiros de vegetação molhada, apodrecida, de terra cheia de minhocas. Nada além de terra, água, ar, mas tudo o que ele queria era fogo.

— Vou procurar lenha — ele informou.

— Não vá muito longe! — Alice falou, imediatamente alarmada.

— Não. Mas preciso encontrar alguma lenha, se a gente quer fazer fogo.

— Só não suma de vista, tá bom? Pegou a lanterna?

— Peguei. Mas a bateria está quase acabando. Não vou deixar acesa o tempo todo.

A lua ainda estava grande, e as nuvens ralas corriam depois da tempestade, de forma que havia alguma luz do céu; mas debaixo dos teixos estava horrivelmente escuro. Malcolm tropeçou mais de uma vez em túmulos que estavam meio afundados no solo, ou simplesmente escondidos pelo mato alto. Ele não conseguia tirar o olho daquele pequeno edifício de pedra, onde corpos eram deixados sem enterrar, a se decompor.

E tudo estava saturado, fosse de chuva, de orvalho ou dos restos da enchente; tudo o que ele tocava estava pesado, encharcado, podre. Seu coração estava assim também. Jamais conseguiria acender nada daquilo.

Mas, atrás do mausoléu, à luz fraca da lanterna, ele encontrou uma pilha de velhas estacas de cerca. Estavam encharcadas, mas quando quebrou uma no joelho, com grande esforço, descobriu que continuavam secas por dentro. Podia raspar um pouco de fibras dali. E havia também as anotações de Bonneville, cinco volumes delas.

— Nem pense em fazer isso — Asta sussurrou. Ela era um lêmure pendurado em seu ombro, os olhos grandes.

— Iam queimar bem.

Mas sabia que não podia fazer isso, nem que estivessem desesperados.

Recolheu meia dúzia de estacas de cerca e as levou para a frente do mausoléu, onde lhe ocorreu uma ideia. Iluminou a porta com a lanterna: estava fechada com cadeado.

— O que você acha? — sussurrou para Asta. — Madeira seca.

— Morto não vai fazer mal pra gente — ela sussurrou de volta.

O cadeado não parecia muito forte e foi fácil enfiar a ponta de uma estaca atrás dele e puxar com força. A trava estalou e caiu. Bastou um empurrão para a porta se abrir.

Malcolm olhou em torno cautelosamente. O ar tinha cheiro de antigo, de podridão seca, de umidade, mas nada pior que isso. À luz tremulante da lanterna, viram fileiras de estantes, com caixões bem arrumados nelas. As madeiras dos caixões estavam perfeitamente secas, como ele descobriu ao tocar em um deles.

— Desculpe — ele sussurrou para o ocupante do primeiro —, mas preciso do seu caixão. Vão te dar outro, não se preocupe.

A tampa estava aparafusada, mas os parafusos eram de latão, portanto estavam enferrujados. Além disso, Malcolm estava com seu canivete. Poucos minutos depois, tinha tirado a tampa e a quebrado em pedaços compridos. Descobriu que não se incomodava com o esqueleto dentro do caixão, em parte por que já estava esperando por isso, e, de qualquer forma, já tinha visto coisa pior. Devia ter sido uma mulher, ele pensou, porque em torno do pescoço, ou onde a pele do pescoço estivera um dia, havia um colar de ouro, e anéis de ouro enfeitavam ossos de dois dedos.

Malcolm pensou um pouco, depois os removeu com muita delicadeza e os escondeu embaixo do frágil veludo em que o esqueleto estava deitado.

— Pra ninguém roubar — sussurrou. — Desculpe pela tampa, minha senhora, sinto muito mesmo, mas a gente precisa demais dela.

Encostou os pedaços da tampa contra a estante de pedra e, com uma série de chutes, lascou todos. Estavam tão secos como a ocupante do caixão, e perfeitos para queimar.

Ele fechou o mausoléu e pendurou o cadeado no lugar de maneira que, em um rápido olhar, parecesse não ter acontecido nada. Voltou para a canoa, acendeu a lanterna uma vez para ver se Alice estava lá, e então viu a sombra.

Tinha a forma de um homem — Malcolm a viu por apenas um segundo, antes que sumisse, mas a reconheceu de imediato: não era uma sombra. Era Bonneville. Ele estivera de cócoras ao lado da canoa. Não podia ser mais ninguém. O choque foi terrível, e Malcolm imediatamente se sentiu mais vulnerável, sem saber para onde ele tinha ido.

— Você viu... — Malcolm sussurrou.

— Vi! — Asta confirmou.

Ele correu pelo mato pontilhado de túmulos, caiu duas vezes, bateu o joelho. Asta corria atrás dele como gato, parando para ajudar, incentivando-o, olhando para todos os lados.

Alice estava entoando uma canção de ninar. Ela ouviu Malcolm ofegando, caindo ao se aproximar e parar, e chamou:

— Mal?

— É, sou eu...

Ele passou o fraco facho da lanterna pelo toldo, depois em torno dos teixos escuros, dos ramos gotejantes, do solo encharcado.

E claro que não viu nada de sombra, nada de Bonneville.

— Encontrou lenha? — Alice perguntou de dentro da canoa.

— Encontrei. Um pouco. Acho que basta. — Sua voz tremia, não havia como evitar.

— O que foi? — ela perguntou, erguendo o toldo. — Viu alguma coisa?

Ela ficou imediatamente apavorada. Sabia muito bem o que ele tinha visto, e Malcolm percebeu.

— Não. Eu me enganei — respondeu ele.

Olhou em torno mais uma vez, mas era preciso ter coragem: a sombra de Bonneville podia estar escondida no escuro debaixo das árvores, atrás de uma das quatro colunas da entrada do mausoléu ou na forma de alguma coisa pequena, atrás de qualquer uma das lápides. E onde estava o daemon-hiena? Não, só podia ser imaginação dele. Não podiam simplesmente sair remando, pois essa era a única terra que tinham visto. Além disso, estava escuro, o barco do TCD estava lá fora, na água, Lyra precisava de comida e de calor agora. Malcolm respirou fundo e tentou parar de tremer.

— Vou acender uma fogueira aqui — afirmou.

Com o canivete, cortou lascas de uma das madeiras partidas e acendeu um fogo na grama. Suas mãos tinham força apenas para fazer o trabalho, mas o fogo pegou imediatamente, e logo uma das últimas garrafas de água estava esquentando na panelinha.

Ele tentou não tirar os olhos das chamas. O tremular do fogo tornava o escuro em volta ainda mais profundo e fazia cada sombra se mover.

Lyra chorava sem parar, um lamento calmo de infelicidade. Quando Alice a despiu, a bebê simplesmente ficou quieta, sem sequer tentar se mexer. Asta e Ben tentaram consolar Pantalaimon, mas ele se soltou; queria ficar com aquele pequeno ser pálido que só chorava e chorava.

A tampa do caixão queimou bastante e foi o suficiente para aquecer o leite de Lyra, mas nada mais. Assim que Alice a vestiu e amamentou, a última lasca de lenha soltou uma única chama amarela e se apagou. Malcolm espalhou as cinzas com o pé e ficou contente de entrar na canoa. Seus braços doíam, suas costas doíam, seu coração doía; a ideia de partir de novo pela água impiedosa era horrível, mesmo que não houvesse nenhum barco do TCD atrás deles. Corpo, mente e daemon ansiavam pelo sono.

— Ainda sobrou vela? — Alice perguntou.

— Um pedaço, acho.

Na confusão de objetos do cesto que tinham trazido da farmácia, tanto tempo atrás, Malcolm encontrou um pedaço de vela mais ou menos do tamanho de seu polegar. Ele a acendeu, deixou juntar um pouco de cera em torno do pavio, despejou no banco e colou a vela em cima.

Ainda conseguia executar coisas simples do cotidiano. Não tinha perdido a capacidade de viver cada segundo e de apreciar aquela luz amarelada e cálida que enchia a canoa.

Lyra se contorceu nos braços de Alice para olhar a vela. Pôs o polegar na boca e ficou observando solenemente a pequena chama amarela.

— O que você viu? — Alice sussurrou.

— Nada.

— Era ele, não era?

— Podia ser... Não. Só pareceu que era ele por um segundo.

— E depois?

— Depois nada. Não estava mais lá. Não tinha nada.

— A gente devia ter se garantido. Lá pra trás, quando ele quase nos pegou. A gente devia ter acabado com ele de verdade.

— Quando alguém morre... — disse ele.

— O quê?

— O que acontece com o daemon?

— Simplesmente desaparece.

— Não fale nisso! — disse Asta.

Ben, o daemon-terrier de Alice, reforçou:

— É, não falem dessas coisas.

— Então quando tem um fantasma, ou uma assombração — continuou Malcolm, ignorando os dois —, é o daemon da pessoa que morreu?

— Não sei. O corpo de alguém pode andar por aí e fazer coisas quando o daemon morre?

— Não existe gente sem daemon. É impossível, porque...

— Cala a boca! — exclamou Ben.

— ... porque dói demais quando você tenta se separar do daemon.

— Mas eu ouvi dizer que em alguns lugares tem gente sem daemon. Vai ver que é só corpo morto andando por aí. Mas talvez...

— Não! Parem de falar disso! — Asta pediu e se transformou em um terrier igual a Ben, os dois rosnando juntos. Mas a voz dela estava apavorada.

Então Lyra resmungou. Alice se virou para ela.

— Escute, meu amor, você já tomou o leite. Agora tem aqui uma coisa especial, certo? É um saco cheio de gostosuras. — Ela procurou no saco e tirou um pedaço de torrada, que em algum momento tivera um ovo de codorna em cima. — Vá comendo a torrada que eu vou procurar o ovinho. É um ovinho pequenininho. Você vai gostar.

Lyra pegou a torrada com vontade e a levou à boca.

— Você trouxe do jardim? — Malcolm perguntou, estupefato.

— Peguei uma porção de coisas quando os garçons passavam. Eles nem percebiam. Tem pra nós dois e tudo. — Ela se inclinou segurando algo do tamanho da palma da mão de Lyra, marrom e amassado. Era uma miniatura de torta de peixe condimentada.

— Eu acho — ele disse, de boca cheia — que se ela comer bastante torrada e outras coisas, não vai ter tanta importância ficar sem...

Ele ouviu algo lá fora. Mas não era "algo", não era apenas um som abstrato, um som sem sentido. Era a palavra *Alice*, pronunciada de mansinho na voz de Bonneville.

Alice ficou paralisada. Malcolm não conseguiu deixar de olhar para ela imediatamente, da mesma maneira que as crianças em uma sala de aula não conseguiam evitar de olhar para o aluno que acabou de ser chamado pelo professor em um tom que indicava problema e castigo. Ele instintivamente ansiou por uma reação dela, mas se arrependeu na mesma hora: Alice estava aterrorizada. Seu rosto perdera toda a cor, ela arregalava os olhos e mordia o lábio. E Malcolm havia olhado para ela como um aluno que se via fora de perigo. Odiou a si mesmo por isso.

— Você não tem que... — ele sussurrou.

— Cale a boca! Quieto!

Os dois permaneceram sentados como estátuas, fazendo esforço para escutar. Lyra continuava sugando e mascando a torrada, sem notar nada de errado.

E não havia apenas uma voz, um vento passando pelos teixos ou a água lambendo o casco: estava acontecendo alguma coisa de errado com a vela. A chama queimava, estava iluminando, mas havia uma sombra. O holofote tinha voltado.

Alice respirou fundo, levou a mão à boca, mas no mesmo instante a tirou para apertar Lyra no colo e abafar qualquer gritinho da bebê. Malcolm viu claramente a luz fria através do toldo e também podia ouvir o motor do barco. Depois de alguns momentos, o facho desviou deles, mas a luz ainda estava próxima, como se os rastreadores estivessem procurando mais calmamente na margem, onde a água encontrava o cemitério.

— Toma — Alice falou —, pega a Lyra, porque eu vou desmaiar.

Muito cuidadosamente, evitando a vela, ela passou a criança para ele. Lyra foi, bem calma, feliz com sua torrada. Alice estava pálida, mas não parecia a ponto de desmaiar; ele achava que, se ela estivesse mesmo desfalecendo, não seria capaz de dizer isso; simplesmente mergulharia no abandono.

Alice passou para ele a sacola com comida. Malcolm a observava de perto. Não era só a luz que a assustava: tinha ouvido um sussurro chamando por seu nome, na voz de Bonneville. Ela parecia estar à beira do terror. Reclinou-se e de repente virou o corpo para a esquerda, o lado mais próximo da margem. Ela estava tentando ouvir. Malcolm ouvia um sussurro. Os olhos dela ficaram enormes, ainda mais cheios de horror ou repulsa, e ela não parecia ter mais consciência da presença de Malcolm nem de Lyra, só daquele sussurro insistente através da seda carbonífera do seu lado.

— Alice… — Malcolm disse, desesperado para ajudar.

— Quieto!

Ela tapou os ouvidos com as mãos. Ben, em forma de *terrier*, estava no colo dela, as patas dianteiras apoiadas na amurada, atento como ela ao sussurro. Malcolm conseguia ouvir, mas não distinguia as palavras.

Expressões passavam pelo rosto de Alice como sombras de nuvens rápidas em uma manhã de abril; mas essas expressões eram todas de medo, de aversão e de horror. Olhando para ela, Malcolm sentiu que nunca mais veria o sol de uma manhã de primavera outra vez, tão profundas eram a angústia e a repulsa que a menina sentia.

Ela começou a sacudir a cabeça, desesperada, as lágrimas transbordando dos olhos. Automaticamente, Malcolm pegou a sacola e encontrou outro pedaço de torrada para Lyra, que tinha derrubado a primeira.

Então, o toldo tremulou ao lado dela. Ben deu um salto para trás, e um corte apareceu na seda carbonífera, como se uma faca de ponta deslizasse por ela. Uma mão de homem passou pela abertura e agarrou o pescoço de Alice.

Ela tentou gritar, mas o aperto em sua garganta sufocava a voz, e logo a mão se deslocou para sua testa, para seu colo, procurando alguma outra coisa, tateando à esquerda e à direita: tentava encontrar Lyra. Alice gemia, lutando para escapar do toque hediondo. Ben cravou os dentes no pulso do homem, apesar da repulsa que isso devia ter lhe causado. E então, sem encontrar Lyra, a mão de Bonneville agarrou o pequeno daemon e o arrancou pelo rasgo da lona, para o escuro, para longe de Alice.

— Ben! BEN! — Alice gritou, se levantando. Caiu em cima do banco, metade do corpo para fora da canoa e então, cambaleando, foi atrás deles. Malcolm estendeu a mão com a intenção de retê-la, mas ela saiu antes que ele pudesse alcançá-la. O daemon-hiena riu, a poucos metros do ouvido de Malcolm, rasgando a noite com seu "*HAAHAAAAHAAA*!". Sua risada continha uma nota a mais, como um grito de agonia.

Apavorada com o som, Lyra começou a chorar e Malcolm a embalou junto ao peito enquanto chamava:

— Alice! Alice!

Asta, em forma de gato, pôs as patas na amurada e tentou olhar por baixo do toldo, mas Malcolm sabia que ela não ia ver nada. Em forma de mariposa, Pantalaimon voejava para cá e para lá; pousou na mão de Lyra por um momento, voou de novo, chegou perto da chama da vela, fugiu amedrontada e pousou no cabelo úmido da bebê.

Da direção do mausoléu, veio um grito agudo, atormentado. Não era exatamente um grito, mas um protesto desesperado. Malcolm sentiu o coração apertado, e logo ouvia apenas o som de Lyra chorando em seus braços, a água correndo e o suave soluço ganido de Asta, agora um cachorrinho, se encolhendo junto dele.

Ainda sou muito novo pra isto!, Malcolm pensou, quase em voz alta.

Ele apertou mais a criança, e enrolou nela o cobertor antes de colocá-la entre os travesseiros. Culpa, raiva e medo lutavam dentro dele. Pensou que nunca estivera tão alerta em toda a vida; pensou que nunca mais iria dormir; pensou que aquela era a pior noite da sua vida.

Sua cabeça estava cheia de trovões. Parecia que seu crânio ia rachar.

— Asta... — sussurrou, sem ar. — Preciso ir atrás da Alice... mas a Lyra... não posso deixar ela aqui...

— Pode ir! — disse Asta. — Vá, sim! Eu fico... não vou sair de perto dela...

— Vai doer tanto...

— Mas a gente tem que enfrentar... eu fico tomando conta dela... não vou me mexer... prometo.

Dos olhos dele transbordavam lágrimas quentes. Ele beijou Lyra muitas e muitas vezes, depois apertou o filhotinho Asta ao peito, ao rosto, aos lábios. Colocou seu daemon ao lado da criança, e Asta se transformou em um filhote de leopardo, tão bonito que ele deu um soluço de amor.

Malcolm se levantou com cuidado, muito delicadamente, para a canoa não balançar nem um centímetro. Pegou o remo e saiu.

Imediatamente começou a dor profunda da separação, e ele ouviu um gemido abafado de dentro da canoa atrás dele. Era como lutar para subir uma encosta íngreme com os pulmões pedindo ar e o coração batendo contra as costelas, mas era pior, pois dentro da dor havia algo que a tornava mais intensa, mais profunda, mais venenosa: a culpa horrível de magoar tanto sua querida Asta. O daemon tremia de amor e dor, e era muito valente; os olhos o acompanhavam com enorme devoção enquanto Malcolm, lenta e mortalmente, se afastava, como se a estivesse deixando para sempre. Mas tinha que ir. Ele se forçou a continuar através da dor que sabia estar dilacerando o leopardo impiedosamente; arrastou-se para fora da pequena canoa e subiu a encosta até o mausoléu escuro, pois algo estava fazendo alguma coisa com Alice, e ela estava gritando enlouquecida em protesto.

E o daemon-hiena, sem as duas patas dianteiras, estava meio deitado, meio erguido na grama, com Ben em suas terríveis mandíbulas. Ben se retorcia, chutava, mordia, uivava, e as mandíbulas e os dentes monstruosos do daemon de Bonneville se fechavam sobre seu pequeno corpo lentamente, voluptuosamente, em êxtase.

Então a lua saiu. Ali estava Bonneville, plenamente visível, as mãos agarrando os pulsos de Alice, prendendo a menina na escada. A luz fria cintilava nos olhos da hiena, em Bonneville e nas lágrimas das faces de Alice. Era a pior coisa que Malcolm tinha visto na vida e, dilacerado, ele ignorou a dor, avançou, cambaleando pela grama escorregadia, ergueu o remo e o bateu nas costas do homem, mas sem força, sem nenhuma força.

Bonneville se virou, viu Malcolm e deu uma risada alta. Alice, chorando, tentou empurrar o homem, mas ele a derrubou com força, fazendo-a gritar. Malcolm tentou bater nele mais uma vez. A lua brilhava na grama enlameada, no musgo das lápides, no mausoléu em ruínas, nos vultos em seu hediondo abraço entre as colunas.

Malcolm sentiu crescer dentro dele algo que não conseguia combater nem controlar. Era como uma matilha de cães selvagens, rosnando, uivando, mordendo, correndo para ele com as orelhas rasgadas, os olhos cegos, os focinhos ensanguentados.

E estavam todos em torno dele, através dele. Malcolm girou o remo de novo e bateu no ombro da hiena.

— Ahh! — gritou Bonneville, caindo de mau jeito.

A hiena uivou. Malcolm bateu nela de novo, ela se desequilibrou e caiu de lado, as patas de trás escorregando na grama, o peito e o pescoço sustentando todo seu peso enquanto esmagava o pequeno Ben. Mais um golpe do remo e Ben caiu de suas presas. O daemon manquejou para Alice, mas Bonneville o viu e lhe deu um chute que o fez rolar pela grama.

Alice gritou de dor. Os cães uivavam e rosnavam, e Malcolm girou o remo de novo e atingiu Bonneville com força na nuca.

— Me diga! — Malcolm vociferou, embora não conseguisse terminar o comando. Tentou conter os cães com o remo, mas eles atacaram de novo e Malcolm bateu no homem mais uma vez, fazendo o sujeito cair estendido e soltar o ar em um longo gemido.

Malcolm se virou para os cães imaginários. Sentia os próprios olhos lançando fogo. Mas sabia também, naquela fração de segundo, que sem os cães ele se veria cedendo lugar à piedade, e só com a ajuda deles podia punir a figura que havia machucado Alice. Mas, se não os contivesse, nunca saberia o que Bonneville podia lhe dizer e também não sabia o que perguntar; se detivesse os cães por um minuto a mais, eles iriam embora, levando com eles toda aquela força. Malcolm pensou tudo isso em menos de um segundo.

Ele se voltou para a figura moribunda. Os cães uivavam. Malcolm girou o remo outra vez e atingiu o braço que se erguera em defesa. Nunca tinha batido em nada com tanta força. A figura girou:

— Vá, me mate, seu merdinha! Paz, finalmente.

Os cães atacaram de novo, e o homem recuou antes mesmo que Malcolm se mexesse. O menino sabia que, se batesse outra vez, acabaria o matando. E naquele tempo todo sentia uma enorme tristeza pela dor terrível da separação, que o exauria e esgotava, e pela noção de seu valente daemon abandonado tomando conta da bebezinha.

— O que é o campo Rusakov? — ele conseguiu perguntar. — Por que é tão importante?

— Pó... — Foi a última palavra de Bonneville, pouco mais que sussurro.

Os cães avançavam, sem liderança. Malcolm pensou em Alice, na fada arrumando seu cabelo, nas bochechas ruborizadas durante o sono, pensou na sensação de carregar a bebê Lyra. Os cachorros sentiram sua emoção, voltaram-se e avançaram mais uma vez, através de Malcolm, e ele ergueu o remo e bateu de novo e de novo, até a figura de Bonneville ficar imóvel e o gemido cessar. Agora tudo era silêncio. O daemon-hiena havia desaparecido, e Malcolm estava parado sobre o corpo do homem, cujo desejo por Alice se recusara a permitir que morresse.

Os braços de Malcolm, fortalecidos depois de dias remando, agora doíam de exaustão. O simples peso do remo era demais. Ele o deixou cair. Os cães tinham ido embora. Ele se sentou de repente, encostado a uma das colunas. O corpo de Bonneville estava metade dentro, metade fora do ofuscante luar. Um fio de sangue corria lento, indo se juntar às poças de chuva que restavam nos degraus.

Alice estava de olhos fechados, tremendo. Havia sangue em seu rosto, sangue escorrendo por sua perna, sangue em suas unhas. Ela limpou a boca e ficou deitada na pedra fria, parecendo um pássaro ferido. Ben era um camundongo amedrontado em seu pescoço.

— Alice — ele sussurrou.

— Cadê Asta? — ela balbuciou entre os lábios feridos. — Como…

— Está cuidando da Lyra. Tivemos de nos sep... separar…

— Ah, Mal — ela disse, só isso, e ele sentiu que toda a dor tinha valido a pena.

Ele enxugou o próprio rosto e disse, trêmulo:

— A gente tem que arrastar ele pra água.

— É. Certo. Vá devagar…

Malcolm se ergueu doloridamente e se curvou para pegar os pés do homem. Começou a puxar. Alice fez um esforço para se levantar e ajudou, puxando uma manga. O corpo era pesado, mas não oferecia resistência, sem nem mesmo se prender nas lápides afundadas.

Chegaram à beira d'água, onde a enchente corria com força. O barco do TCD com seu holofote tinha ido embora. Rolaram o homem de qualquer jeito para baixo até que a correnteza o levou, e então pararam, apoiados um no outro, olhando a forma escura, mais escura na água escura, deslizar embora com a enchente até desaparecer.

A vela ainda brilhava na canoa. Encontraram Lyra dormindo profundamente e Asta, no limite de suas forças, deitada ao lado dela. Malcolm ergueu seu daemon e a abraçou com força, ambos chorando.

Alice entrou na canoa e se deitou, ainda tremendo, enquanto Ben a lambia sem parar, limpando todo o sangue que havia. Então ela puxou um cobertor sobre eles dois, virou de lado e fechou os olhos.

Malcolm carregou Lyra e se deitou com ela nos braços, Asta e Pan no meio deles, todos enrolados em cobertores. A última coisa que ele fez foi apertar com os dedos o pavio para apagar a vela. E adormeceu imediatamente.

25. UM PORTO SEGURO

Nesse momento a enchente estava em seu ponto mais alto. Por todo o Sul da Inglaterra, casas e cidades haviam sido devastadas, grandes edifícios arrasados, gados das fazendas afogados. Quanto às pessoas, o número de mortos e desaparecidos era, por ora, incontável. As autoridades, tanto locais como nacionais, gastaram cada centavo de seus tesouros e cada segundo de seu tempo na tarefa exclusiva de lidar com o caos.

Entre todas as outras atividades, desesperadas e urgentes como eram, os dois lados que estavam em busca de Malcolm e Lyra avançavam com determinação pela correnteza na direção da capital. Seguiam boatos, que eram muitos; ignoravam todos os apelos de ajuda das pessoas isoladas em todos os cantos; só tinham olhos para um menino e uma menina com uma bebê, em uma canoa, e por um homem com um daemon de três patas.

Assim como lorde Nugent, George Papadimitriou vivenciava a sensação de estranheza e irrealidade que a enchente causava. O dono do barco em que ele estava viajando contou que, na tradição gípcia, condições meteorológicas extremas tinham seus próprios estados de espírito, assim como condições calmas.

— Como uma condição meteorológica pode ter estado de espírito? — perguntou Papadimitriou.

O gípcio respondeu:

— Acha que o clima está só *lá fora*? O clima está *aqui dentro* também. — E tocou a cabeça.

— Então você quer dizer que o estado de espírito da meteorologia é apenas o *nosso* estado de espírito?

— Nada é *apenas* uma coisa — o gípcio respondeu, e depois não falou mais nada.

Eles seguiam com a correnteza, conversando com todo mundo que encontravam, perguntando sobre uma canoa com um menino e uma menina. Sim, tinham sido vistos no dia anterior, mas não, não era uma canoa, era um bote com um motor externo. Sim, algumas pessoas os viram, mas eles estavam mortos no barco, ou eram assombrações da água, ou estavam armados. E mais e mais coisas: eram espíritos, dava azar falar sobre eles, tinham vindo do mundo das fadas. Papadimitriou acatava toda essa bobagem com séria atenção. O TCD provavelmente estava ouvindo os mesmos boatos em sua busca: o problema era não julgar a veracidade dos fatos, mas avaliar a provável reação de cada lado em relação a eles. Nugent e Schlesinger enfrentavam exatamente o mesmo problema.

E estavam chegando cada vez mais perto de Londres.

A luz da manhã, tão fria e impiedosa quanto podia ser, despertou Malcolm mais cedo do que ele gostaria. Com todos os músculos doloridos e a mente sofrendo quando imagens da noite anterior lhe voltavam, ele fez um esforço para se sentar e recobrar a lucidez.

Alice estava dormindo, assim como Lyra, quieta e aquecida nos braços dele. Queria não ter despertado; sabia que teria de acordá-las e gostaria de deixá-las dormir. Espiou por baixo do toldo. O cemitério parecia ainda pior do que à noite, quando ao menos o luar lhe atribuía uma coerência prateada. Na luz cruel da manhã, parecia esquálido, negligenciado com seu mato crescido, e havia algo pior: a escada para o pequeno mausoléu estava manchada de sangue, muito sangue.

Durante um momento, Malcolm sentiu náusea, fechou os olhos e permaneceu imóvel. Então a sensação passou. Mexendo-se muito devagar para não acordar Lyra, ele a pôs entre os cobertores e saiu da canoa, tremendo na grama enlameada, com Asta nos braços. Com o daemon agora tão próximo, ele se sentia mais abalado, mais triste, mais culpado, muito mais velho. Ela colou a cara de gato no pescoço dele. Também sentira a dor quando se separaram; talvez um dia pudessem falar do assunto; mas agora ele se sentia ainda cheio de tristeza e remorso por tê-la abandonado. Se fosse como a dele, a dor que o daemon sentia era tão profunda que parecia habitar cada átomo de seu corpo.

— Não dava pra fazer outra coisa — o daemon sussurrou.

— A gente precisava se separar.

— É verdade. Precisava mesmo.

Será que ele podia lavar o sangue? A escada algum dia ficaria limpa de novo? Seu corpo vacilou.

— Mal? Cadê você?

A voz de Alice estava fraca. Ele se curvou para olhar dentro do barco e viu o rosto dela enevoado de sono e ainda sujo de sangue. Entrou no barco, pegou uma das toalhas amassadas e a umedeceu na grama. Alice a aceitou em silêncio e limpou os olhos e as faces.

Então, muito dolorosamente, tremendo, os dentes batendo, ela também saiu e pegou Lyra de dentro da canoa.

A bebê precisava urgentemente ser trocada. Estava fraca também; em vez do balbuciar vivo de sempre, ela resmungou, infeliz, com Pantalaimon em forma de camundongo, deitado e indisposto em seu pescoço.

— O rosto dela tá vermelho — observou Malcolm.

— Deve ter pegado um resfriado. E só tem mais uma fralda. Acho que não dá pra ir muito longe.

— Bom...

— Precisa fazer um fogo, Mal. Precisamos lavar ela e dar mamadeira.

— Vou buscar mais lenha.

Ele procurou o remo, com a intenção de lavar o sangue dele primeiro, e descobriu uma catástrofe.

— Ah, meu Deus!

— O que foi?

O remo estava quebrado. O que ele fizera à noite havia partido a haste. A pá e o punho ainda estavam mais ou menos no lugar; qualquer esforço, no entanto, o menor impulso que fosse dado na água, e ele quebraria totalmente. Malcolm o girou nas mãos, com um desânimo que nem sabia expressar.

— Mal? O que foi? Ah, meu Deus, o que aconteceu?

— O remo quebrou. Se usar, ele vai partir. Eu queria... queria não... queria só não ter... — Estava quase chorando.

— Não dá pra remendar?

— *Daria* pra remendar se eu tivesse uma oficina e as ferramentas.

Ela estava olhando em torno.

— Primeiro vamos fazer o que não dá pra esperar — disse ela. — Precisa acender um fogo.

— Podia queimar isto aqui — ele disse, amargurado.

— Não. Não diga isso. Arranje madeira. *Tente* acender um fogo, Mal. É importante mesmo.

Ele olhou a criança inquieta nos braços dela, o daemon infeliz aninhado em seu pescoço, os olhos semicerrados; parecia doente e fraco.

Ele pôs o remo dentro da canoa.

— Não toque nisso — pediu. — Se partir de uma vez, vai ser mais difícil de remendar. Vou encontrar alguma coisa pra queimar.

Com passos lentos e relutantes ele subiu ao mausoléu, evitando o sangue ainda úmido, e abriu a porta. Olhou respeitosamente o caixão que tinha aberto na noite anterior e murmurou:

— Bom dia, e perdão mais uma vez, senhoras e senhores. Só estou fazendo isso porque preciso de verdade.

Mais uma tampa de caixão, mais um esqueleto para se desculpar, mais uma fogueira a acender. Minutos depois, a panela estava aquecendo quase a última porção de água e ele foi procurar na pilha de estacas alguma coisa para consertar o remo.

O problema não era encontrar alguma coisa à qual amarrar, era encontrar algo *com que* amarrar. Barbante, cordel, qualquer tipo de fio. Mas não havia nada assim em parte alguma. O melhor que conseguiu encontrar foi um pedaço de arame enferrujado.

Ele o puxou da pilha de estacas de cerca, arrancando-o daqueles pedaços nos quais estava grampeado, e começou a trabalhar no remo. O arame era duro e teimoso, e ele não conseguia amarrar muito forte, mas era o jeito: era tudo o que tinha. E havia o suficiente para dar várias voltas; mesmo que a pá se quebrasse totalmente, ainda continuaria presa em uma rede de arame.

Suas mãos estavam cortadas, arranhadas e cobertas de ferrugem vermelho-sangue. Ele foi lavá-las na água da enchente e percebeu que a canoa não estava mais boiando, e sim repousando sobre a relva.

— A água está baixando — ele disse.

— Já estava na hora.

Ele estava impaciente para ir embora, assim como Alice; quando Lyra mamou todo o leite que podia, eles voltaram à canoa, se acomodaram o melhor possível e empurraram o barco mais uma vez para a correnteza.

O resto do dia foi entediante, debaixo de um frio céu cinzento, mas pelo cálculo de Malcolm eles percorreram uma boa distância. A água estava baixando, e as terras por onde passavam iam se tornando mais urbanas; havia casas à direita e à esquerda, ruas e lojas, e até mesmo pessoas se deslocando, circulando dentro d'água nas ruas.

Podia sentir o remo solto e frouxo, mas afinal não era preciso fazer força contra a corrente. Ele o usava principalmente para guiar a canoa e se mantinha o mais perto possível da margem para não correr perigo. Ele e Alice olhavam interessados os lugares por onde passavam, porque ambos estavam cientes, mesmo sem falar nada a respeito, do estado em que Lyra se encontrava.

— Por ali! — Alice falou de repente, apontando para uma rua de pequenas lojas em ângulo reto com a correnteza. Foi difícil fazer a canoa girar e voltar; todos os nervos dos braços de Malcolm pareciam estar conscientes do exato esforço que estavam pondo no remo; mas finalmente ele os levou em segurança para aquele alagado que antes havia sido uma rua, e deslizou ao longo das vitrines das lojas.

— Olha! — Alice apontou para uma farmácia.

Estava fechada e escura, claro, mas podiam ver alguém se movimentando dentro. Malcolm esperava que não fosse um saqueador. Ele levou a canoa para perto da porta e bateu no vidro.

— Levanta a Lyra pra ele poder ver — Alice falou.

O homem de dentro veio até a porta e olhou. Uma cara não antipática, Malcolm pensou, mas ansiosa e preocupada.

— Precisamos de remédio! — ele gritou, apontando para Lyra, pálida e indolente nos braços de Alice.

O homem olhou para ela e assentiu com a cabeça. Gesticulou indicando a entrada pelos fundos. Uma viela entre sua loja e a casa vizinha levava a uma porta aberta. A água dentro da loja estava tão alta quanto fora, até as coxas de Malcolm, como ele descobriu ao descer e amarrar a canoa em um cano. Estava tão frio que seu coração acelerou.

— É melhor você vir junto — ele falou para Alice. — Pode explicar o que a gente precisa.

Respirando ofegante por causa do frio, ele pegou Lyra no colo para Alice descer da canoa e continuou segurando a bebê quando entraram na loja.

— Espero que as coisas que a gente precisa não estejam nas prateleiras de baixo — ele comentou.

O homem os recebeu dentro de um pequeno cômodo.

— O que houve? — ele perguntou, não grosseiramente.

— É a nossa irmãzinha — respondeu Malcolm. — Está doente. A enchente arrastou a gente e agora estamos tentando cuidar dela. Mas...

O homem puxou o cobertor para ver o rosto de Lyra e tocou as costas dos dedos em sua testa.

— Qual a idade dela? — perguntou.

— Oito meses — Alice respondeu. — O leite em pó acabou agora e não temos mais nada pra dar pra ela. E precisa de fraldas, as descartáveis. Tudo o que uma bebê precisa, na verdade. E remédio.

— Aonde estão indo?

— Desde que a enchente arrastou a gente, ainda não conseguimos voltar pra casa, que é em Oxford — Malcolm explicou —, então estamos tentando chegar em Chelsea, onde mora o pai dela.

— Ela é sua irmã?

— É. Ela é a Ellie, eu sou Richard, e esta é a Sandra.

— Que lugar em Chelsea?

O homem parecia nervoso, como se estivesse tentando escutar alguma outra coisa além da resposta de Malcolm.

— Rua March — Alice respondeu antes que Malcolm pudesse falar. — O senhor pode nos dar algumas das coisas que a gente precisa? Não temos dinheiro pra pagar. Por favor. A gente está muito preocupado com ela.

O homem tinha mais ou menos a idade do pai de Malcolm. Parecia ser pai também.

— Vamos ver o que podemos encontrar — disse em voz alta, como se estivesse tentando se animar.

Seguiram pela água até a frente da loja, onde encontraram um caos de frascos, tubos, caixas de papelão já moles, tudo flutuando.

— Não sei se um dia vamos nos recuperar disso — comentou o homem.

— A quantidade de estoque estragado… Agora, em primeiro lugar dê para ela uma colher disto aqui. — Ele pegou de uma estante alta um pequeno frasco de remédio e uma colher.

— O que é? — Malcolm perguntou.

— Vai fazer ela se sentir melhor. Uma colher de duas em duas horas. Como estão os dentes dela? Já começaram a nascer?

— Tem dois — falou Alice. — E acho que a gengiva está inchada. Devem ter outros chegando.

— Deixe ela mascar um desses aqui — indicou o farmacêutico, pegando uma caixa de torradas de uma estante pouco acima de onde a água havia chegado. — O que mais?

— Leite em pó.

— Ah, claro. Sorte de vocês também. Tem aqui.

— É diferente do que a gente tinha. Será que é a mesma coisa?

— São todos feitos do mesmo jeito. Como você esquenta a água?

— Numa fogueira. Tem uma panela. É assim que a gente esquenta a água pra lavar ela também.

— Muito práticos. Estou impressionado. Mais alguma coisa?

— Fraldas?

— Ah, claro. Estão na prateleira de baixo, então nada disso serve. Vou ver se tem alguma lá atrás.

Malcolm estava despejando o remédio na colher.

— Pode levantar a Lyra? — pediu para Alice. E sussurrou: — Tem mais alguém aqui. Ele saiu pra falar com a pessoa.

— Espero que tenha um gosto bom, senão ela cospe tudo — Alice falou, e murmurou de volta. — Eu vi a mulher. Ela está se escondendo.

— Vamos lá, Lyra — disse Malcolm. — Fica sentadinha agora. Vamos, meu amor. Abra a boca.

Ele pôs uma gota do líquido rosado nos lábios dela. Lyra acordou e começou a reclamar, depois sentiu o gosto estranho e estalou os lábios.

— Gostoso? Mais uma gota — falou Malcolm.

Alice estava olhando atentamente os reflexos no vidro de um armário de remédios.

— Estou vendo os dois. Ele está cochichando com ela… E ela tá saindo — murmurou. — Filhos da mãe. Melhor a gente ir embora depressa.

O farmacêutico voltou.

— Aqui está. Achei que tinham sobrado uns pacotes. Mais alguma coisa que vocês precisem?

— Posso levar um rolo de esparadrapo desses? — Malcolm perguntou.

— Pra você é melhor pegar curativos individuais, não?

— Preciso remendar uma coisa.

— Pode pegar, então.

— É muita bondade sua, meu senhor. Muito obrigado.

— O que *vocês* vão comer?

— Nós temos uns biscoitos e umas coisas — Malcolm respondeu tão impaciente quanto Alice estava para sair dali.

— Deixe eu ir até o vizinho, vou ver se consigo alguma coisa da mercearia. Tenho certeza que ele não vai se importar. Esperem um minuto. Melhor ainda, subam, saiam da água, se aqueçam um pouco.

— Muito obrigado, mas nós precisamos ir embora — Alice falou.

— Ah, não, fiquem aqui dentro, fora do frio com a pequena um pouquinho. Vocês todos parecem que estão precisando descansar.

— Não, obrigado — disse Malcolm. — Nós vamos. Muito obrigado por essas coisas. Nós não queremos esperar.

O farmacêutico tentou continuar insistindo, mas eles saíram, entraram na canoa, frios e molhados como estavam, e partiram imediatamente.

— Ele estava tentando segurar a gente enquanto a mulher ia chamar a polícia — Alice informou, baixo, vigiando o homem por cima do ombro de Malcolm enquanto ele remava para a corrente principal. — Ou o TCD.

Assim que se viram livres, Malcolm tirou o arame enferrujado e enrolou o esparadrapo o mais apertado possível no remo. Era melhor que o arame, mas pouco resistente. Não ia durar, mas talvez não tivessem que viajar muito mais. Ele disse isso a Alice.

— Vamos ver — ela respondeu.

Ao longo dos séculos, os engenheiros e construtores da Corporação de Londres tinham conseguido fazer o fluxo de saída do rio e o fluxo de entrada da maré se encontrarem com relativa tranquilidade. Rio acima, até Teddington, o nível da água subia quando a maré chegava e descia quando a maré ia embora de novo. O movimento, no entanto, era notado somente pelos pesqueiros e pelos donos de embarcações que viviam na água e usavam as docas da cidade.

Mas a enchente havia mudado tudo. Duas vezes por dia a maré subia o estuário: uma grande massa de água da inundação encontrava o mar e tentava forçá-lo a voltar; e até a maré mudar e vazar de novo, as duas vastas massas de água em conflito se agitavam e ondulavam em uma louca confusão.

Todo tipo de navegação, exceto as mais urgentes, haviam cessado provisoriamente. Algumas barcaças e gôndolas estavam fortemente atracadas aos ancoradouros, embora muitas vezes elas se soltassem e fossem levadas rio abaixo ou rio acima, se chocando contra as margens, as docas, cais ou píeres das grandes pontes, ou naufragavam na correnteza e eram levadas para o mar e perdidas.

Diversas pontes estavam severamente abaladas. Só a Ponte da Torre e a Ponte de Westminster resistiam inteiramente. A Blackfriars, a Battersea e a Southwark haviam desmoronado, o entulho delas colaborava para criar o redemoinho onde as águas se encontravam. No pequeno barco a motor que havia alugado, Bud Schlesinger praticamente cavalgava a água violenta, percorrendo com os olhos o caos em torno e tentando acalmar os medos do dono do barco.

— Tem muito lixo na água! — o homem gritou. — É perigoso! Pode quebrar o casco!

— Pra que lado fica Chelsea? — Schlesinger perguntou da proa, onde estava encostado tentando proteger os olhos da chuva.

— Mais pra frente — respondeu o dono. — Temos que atracar e amarrar. Isto é loucura.

— Não ainda. Chelsea é na margem esquerda ou direita?

— Esquerda! — o dono gritou de volta, seguido de uma lista de palavrões. O barco avançava. Até onde Schlesinger conseguia enxergar, as margens de ambos os lados estavam debaixo de alguns metros de água, e à direita um grande parque submerso se expandia além de uma fileira de grandes árvores nuas; à esquerda, uma sucessão de casas imponentes e elegantes prédios residenciais se erguiam silenciosos e desertos.

— Diminua um pouco — Bud gritou, avançando da torre de comando para a popa. — Já ouviu falar de uma Mansão Outubro?

— É um prédio branco e grande, mais adiante... *O que esse idiota está fazendo?*

Um barco poderoso com casco azul-marinho e ocre avançara, atrapalhando-os a estibordo. Um marujo com um gancho longo se debruçou e tentou atingir Schlesinger, mas ele recuou, fazendo com que o golpe passasse na sua frente. O homem quase perdeu o equilíbrio, mas segurou na amurada e girou o gancho em outra tentativa. Schlesinger pegou seu revólver e atirou acima do barco, e por pura sorte atingiu o gancho, que caiu da mão do homem.

— Não pode fazer isso! — berrou o dono do barco de Bud, se afastando com brutalidade. O barco maior arremeteu à frente, mas encontrou alguma obstrução na água e recuou. Bud podia ver o timoneiro lutando com o leme, tentando fazer o barco virar a estibordo, mas claramente alguma coisa impedia o giro. O motor soltou um som agudo, o barco perdeu velocidade e poucos segundos depois estava chafurdando sem rumo atrás deles.

— Que desgraçados dos infernos... — o timoneiro de Bud estava quase descontrolando. — Viu as cores deles? Sabe quem são?

— TCD — respondeu Bud. — Temos de chegar à Mansão Outubro antes deles.

— Loucura! — O daemon-cão *keeshond* de Bud estava encolhido ao lado de suas pernas, tremendo.

O homem sacudiu a cabeça, mas aumentou a velocidade em um nó. Bud enxugou a chuva dos olhos e olhou ao redor; havia muitas formas para distinguir no meio da chuva e da confusão na água, e era impossível dizer qual delas podia ser uma canoa com um menino, uma menina e um bebê.

Quase um quilômetro adiante no rio, o barco de lorde Nugent encostou no ancoradouro ao pé de um vasto gramado que levava a um edifício branco de estilo clássico. O ancoradouro estava abaixo da superfície, permitindo apenas o contato com o casco do barco. Não havia onde atracar; mas em um segundo Nugent saltou pela beirada, com a água gelada pela cintura, e vadeou, tentando manter o equilíbrio contra a forte correnteza. Seguia na direção do que parecia uma grande casa de barcos, à esquerda do gramado;

a fachada, aberta para o rio inchado, brilhava à luz de lâmpadas ambáricas. Podiam-se ouvir sons lá dentro, audíveis mesmo por cima da tempestade e da fúria da água: marteladas, furadeira, um guincho parecido com uma turbina.

Com a água pelo joelho, Nugent chegou e agarrou a alça da porta, que ficava para o lado seco. Abriu e entrou. Sob a luz forte de refletores, sem dúvida alimentados pelo gerador que rugia do lado de fora, seis homens trabalhavam em um barco longo e esguio. Nugent não conseguia ver o que estavam fazendo: só tinha olhos para o homem acocorado no convés da proa, usando um ferro de solda.

— Asriel! — ele chamou, e correu pelo deque temporário na direção do barco.

Lorde Asriel ergueu a máscara de proteção e se levantou, perplexo.

— Nugent? É você? O que está fazendo aqui?

— Esse barco está pronto para ir para a água?

— Está, mas...

— Se quer salvar sua filha, lance o barco imediatamente. Eu vou com você e explico. Não perca nem um segundo.

Enquanto *La Belle Sauvage* flutuava mais e mais depressa para Londres, a maré estava atingindo seu pico, e as consequências para a pequena canoa foram sérias. Batendo para cá e para lá e passando por ondas e contracorrentes violentas, Malcolm manteve o curso da melhor maneira que pôde, mas cada vez que girava na água agitada ele ouvia um estalo, como se parte da estrutura estivesse cedendo. Se ao menos pudessem parar...

Mas não podiam. Não podiam parar em lugar nenhum. Como se não bastasse a maré, começara a soprar um vento que agitava a água em ondas de topo branco; e o céu, cinzento, frio, sem brilho o dia inteiro, havia sido tomado por pesadas nuvens de raios e trovões. Malcolm seguia virando para cá e para lá, procurando um lugar para atracar, para cuidar do estalar que ouvia agora, mesmo acima do vento. Ele conseguia sentir também uma torção assustadora que começara como uma mera suspeita de que havia algo solto na estrutura, mas logo ficou maior a cada sacudida, cada subida e cada inclinação.

— Mal… — Alice chamou.

— Eu sei. Segure.

Foram arrastados para além de um grande palácio, situado tão longe em seu gramado que mal dava para ser visto no meio da chuva. Passaram por ruas de elegantes casas construídas com tijolos, passaram por um lindo oratório; e sempre que ele acreditava ter visto um abrigo, afundava o remo e tentava girar na direção dele, mas era em vão. Agora a pá do remo estava se soltando de novo, piorando tudo.

Através do escuro à frente, ele só conseguia distinguir quatro imensas chaminés na margem sul, que se erguiam dos quatro cantos de um edifício grande como um rochedo. Estariam perto de Chelsea? E se estivessem, como parariam?

Alice segurava Lyra com força. Ele sentiu uma onda de amor pelas duas, de amor e infinito remorso por tê-las levado àquela situação; mas não podia se deter em nada, pois agora havia um novo som que penetrava o barulho do vento e da chuva: uma sirene, um alarme, guinchando atrás deles, o grito como uma ave marinha, batendo de um lado e outro no ar agitado. Alice tentava ver atrás de si, com Lyra apertada contra o peito, a mão erguida para proteger os olhos da chuva. Ao mesmo tempo Malcolm ouvia o soar de sinos à frente.

E outros sons chegaram a eles entre os golpes do vento: o ronco de um motor, os uivos e estalos de grandes massas de madeira sendo esmagadas, gritos humanos. Malcolm não conseguia focalizar nenhum deles. Estava louco de preocupação por *La Belle Sauvage*: ela estaria se partindo?

De repente, um som poderoso de alguma coisa se chocando veio de trás: um barco motorizado. Malcolm conseguiu ouvir o motor gemendo quando a hélice saiu da água e ouviu o grito de Alice por cima disso. Em seguida sentiu o impulso e o tremor quando a hélice mergulhou na água de novo e forçou o barco contra a pequena canoa.

— *O que eles estão fazendo?* — Alice gritou, suas palavras arrebatadas para longe como um pedaço de papel. Outro *choque* quando o casco do barco azul-marinho e ocre colou de lado na canoa e *La Belle Sauvage* se inclinou, vencendo uma onda pesada antes de se endireitar outra vez.

Malcolm batalhava com cada minúscula fração de sua força, fazendo manobras curvadas e pesadas, ofegando com o esforço, sempre cuidadoso com o remo quebrado, que finalmente estava se desfazendo. Ele arrancou a pá inútil e a jogou para trás, girando no ar: ouviu um estilhaçar de vidro? Um grito de raiva?

Impossível ouvir, porque agora outro barco a motor, com um tom mais agudo de um motor diferente, gritava à direita, indo se chocar contra o primeiro. Malcolm não conseguia ver nada: a chuva chicoteava inundando seus olhos, e a louca confusão de som e os movimentos perdidos, impactados, inclinados e saltados da canoa eram seu único guia.

Então houve um tiro, mais dois. Mais quatro de outra arma. Um repentino choque imenso e imediatamente a água gelada começou a jorrar para dentro. Nada mais poderia detê-la agora.

Outro choque contra a canoa, dessa vez vindo da direita. Uma voz poderosa rugindo:

— Passe a menina para mim!

Lorde Asriel…

Malcolm enxugou os olhos com a mão direita e viu Alice tentando manter Lyra longe das mãos estendidas em sua direção, e ele gritou:

— Alice! Tudo bem! Entregue ela!

Ela lhe dirigiu um olhar furioso e ele balançou a cabeça com toda força.

— Entregue ela! — repetiu em um grito áspero.

E Alice ergueu a criança, Lyra chorando, e aquelas mãos a pegaram e a levaram. Antes que Alice conseguisse se mexer, as mãos a agarraram também pelo pulso e puxaram imediatamente, como se ela não pesasse mais que a bebê. Ben, em forma de um macaco pequeno, agarrava-se à sua cintura.

O primeiro barco havia voltado. Chocou-se de novo contra a canoa, com um golpe mortal. A valente canoazinha partiu-se como um ovo, fazendo Malcolm e Asta darem um grito de amor.

— Agora você, menino! — A voz poderosa outra vez.

Se equilibrando com a água pelo joelho, Malcolm pegou a mochila. Era difícil erguê-la com uma só mão, e ele sentiu que ela estava sendo empurrada de volta.

— Vem você, seu tolo!

— Pega isto primeiro! — Malcolm gritou.

— Pega! Pega! — Alice gritava também.

A mochila saiu de suas mãos, foi erguida e desapareceu. Malcolm então se levantou na canoa que afundava, com Asta em forma de cobra, enrolada apertado em sua perna, e uma mão forte fechou-se com muita firmeza em seu braço direito. Ele foi puxado e em seguida caiu em um deque de madeira, com um golpe que esvaziou todo o ar de seus pulmões. Malcolm olhou para baixo com os olhos cheios de chuva e de lágrimas enquanto a pequena *La Belle Sauvage*, estilhaçada como palha, morria e afundava para sempre.

Depois, não se ouvia nada além do ruído e do balouçar violento do barco motorizado sobre a água agitada. Malcolm engatinhou até Alice, arrastando a mochila. Ficaram sentados abraçados, com a criança entre eles, todos os seus daemons juntos também, até que de repente o movimento parou, o motor silenciou e se viram dentro de um grande abrigo com luzes ambáricas brilhando sobre eles.

Malcolm sentiu uma onda de exaustão dominá-lo aos poucos, dos pés à cabeça.

— Que maldita brincadeira foi essa? — Asriel estava gritando.

Malcolm reuniu toda a sua força para se sentar e responder, mas não lhe restava nenhuma. Em vez dele, Alice se levantou e, de punhos cerrados, enfrentou lorde Asriel. Seu daemon Ben estava arrepiado em defesa na forma de lobo, com dentes à mostra. A voz dela era como um chicote.

— Brincadeira? Acha que a gente estava *brincando*? Foi ideia do Mal trazer a Lyra pro senhor em segurança, porque, por Deus, ela não ia estar segura em lugar nenhum. E eu fui contra, porque achei que era impossível, mas ele foi mais forte que eu. Se ele diz que faz uma coisa, ele faz, merda. O senhor não sabe nada dele pra fazer uma pergunta idiota dessas. *Brincadeira!* Como o senhor ousa *pensar* uma coisa dessas? Se eu contar metade do que o Mal fez pra manter a gente viva e em segurança, o senhor nem ia imaginar que fosse verdade. Não consegue nem sonhar. O que o Malcolm disser, eu acredito. Então apague essa porra de sorriso da sua cara, seu…

Malcolm mal estava consciente agora. Ele achou que estava sonhando. Mas a expressão de lorde Asriel, cálida, divertida e cheia de admiração por Alice era real demais para ser imaginada. Ele se pôs de pé e disse, rouco:

— Santuário escolástico. A gente tentou levar a Lyra pra faculdade Jordan, mas a correnteza estava forte demais, e além do mais eu não sei as palavras. As palavras em latim. Então, nós pensamos que o senhor podia... — E ele estendeu com dedos trêmulos o cartãozinho branco que tinha caído na canoa.

Lyra estava chorando intensamente. Mais uma vez, Malcolm tentou se manter firme, mas era difícil demais. Pouco antes de desmaiar, ele ouviu alguém dizer:

— O menino está sangrando... levou um tiro...

Quando voltou a si, estava em um espaço diferente, pequeno, aquecido, perto do ronco de um motor de girocóptero, iluminado pelo brilho de um painel de instrumentos. Seu braço direito queimava de dor. De onde tinha vindo aquilo?

Alguém apertou sua mão direita. Era Alice.

— Cadê a Lyra? — ele conseguiu perguntar.

Ela apontou para o chão. Lyra estava embrulhada tão apertada quanto uma múmia, dormindo profundamente, com Pan enrolado em torno do seu pescoço como uma pequena cobra verde.

Asta, em forma de gato, estava no colo de Malcolm. Ele tentou acariciar seu daemon com a mão esquerda, mas o braço latejou, doendo ainda mais. Asta se levantou e roçou o rosto contra o dele.

— Onde a gente tá?

— Num girocóptero. Estamos voando.

— Aonde a gente vai?

— Ele não falou.

— Cadê a mochila?

— Atrás das suas pernas.

Ele tateou procurando com a mão direita: ali estava, segura. Tocou o braço esquerdo delicadamente e encontrou uma bandagem rústica cobrindo o antebraço.

— O que aconteceu? — perguntou.

— Você levou um tiro — Alice respondeu.

O girocóptero estava sacudindo, oscilando, mas Alice se mantinha calma, então Malcolm decidiu não ficar ansioso. O som do motor era tão forte e tão próximo que mal conseguiam escutar um ao outro. Ele deitou no assento duro e adormeceu de novo.

Alice ajeitou a posição de Malcolm para ele não acordar com torcicolo. Por cima do ronco do motor, ela ouviu Asriel gritar alguma coisa que parecia ser seu nome. Inclinou-se para a frente e gritou de volta:

— O quê? Não dá pra ouvir.

Havia outro homem no banco do copiloto, algum tipo de funcionário. Ele se virou e passou fones de ouvido para ela, mostrou como colocar e ajustar o microfone diante da boca. De repente, a voz de lorde Asriel estava alta e clara.

— Escute com cuidado e não me interrompa. Eu vou embora e não vou voltar por algum tempo. Quero encontrar a menina em segurança quando voltar, e o melhor jeito de garantir isso é manter você e Malcolm quietos e discretos. Entende o que eu quero dizer?

— Acha que eu sou burra?

— Não, acho que é jovem. Volte para A Truta. Sei que trabalha lá; eu vi você. Volte para lá e retome a sua vida. Não conte nada disso para ninguém. Ah, pode conversar com Malcolm, claro, mas nem uma palavra para ninguém, a não ser o reitor da Faculdade Jordan. Ele é um homem bom; pode confiar nele. Mas há perigos de todos os tipos prontos para atacar quando a enchente baixar.

— O quê, o senhor está falando do Magisterium? Por que querem ela?

— Não tenho tempo para explicar. Mas eles vão estar vigiando você, vão estar vigiando Malcolm, então se mantenham longe dela um pouco. Eu levaria a menina comigo para o extremo Norte, onde os perigos são claros e evidentes, a não ser por um fator.

— O quê?

— Ela parece já ter encontrado bons guardiões. Deve ter muita sorte.

Ele não disse mais nada. Alice tirou os fones e se inclinou para tocar a testa de Lyra, mas a bebê estava dormindo profundamente, sem febre. Ben, em forma de galgo, lambia a cabeça cor de esmeralda de Pantalaimon, que estava como uma serpente. Alice segurou a mão direita de Malcolm e fechou os olhos.

E, quase de imediato, aparentemente, estavam descendo. Malcolm sentiu um aperto no estômago e contraiu os músculos; mas depois de um breve momento a aeronave pousou no solo. O som do motor mudou, ficou mais tranquilo, e acabou parando totalmente. Malcolm sentia os ouvidos tinindo, mas ouvia o martelar da chuva contra o corpo do girocóptero, e a voz de lorde Asriel por cima:

— Thorold, fique aqui e vigie a máquina. Vou demorar dez minutos. — Ele então se virou para trás e disse: — Desçam e venham comigo. Tragam a criança e sua maldita mochila.

Alice encontrou a porta do seu lado e pegou Lyra antes de sair. Malcolm puxou a mochila e saiu do mesmo lado, para o vento forte e a chuva torrencial.

— Aqui é... — Alice falou.

— Oxford? É a praça Radcliffe, eu acho...

Lorde Asriel estava esperando na entrada de uma alameda estreita, ao lado de uma tremulante luz de gás. A chuva deixava todas as superfícies brilhantes. O cabelo preto do homem brilhava como uma pedra polida.

— Deixe eu levar a criança — ele disse.

Alice a entregou cuidadosamente. O daemon de lorde Asriel, uma poderosa pantera das neves, queria ver, e o homem se abaixou para deixar que ela encostasse o rosto na bebê adormecida. Malcolm, desajeitadamente, mudou a mochila de lado, e uma ideia lhe ocorreu: ele nunca conseguira dar a Lyra o brinquedinho que fizera, mas talvez...

— Aqui é a Faculdade Jordan? — perguntou.

— Como você sugeriu. Venha.

Ele seguiu pela alameda. Depois de uns cem metros, tirou do bolso uma chave e abriu uma porta na parede do lado direito.

Eles o acompanharam em direção a um grande jardim, cercado de prédios dos dois lados. Em um deles, havia grandes janelas góticas iluminadas, mostrando estantes de livros antigos. Lorde Asriel foi diretamente para o canto do jardim, debaixo de um alto muro de pedra, e seguiu por uma passagem estreita que, assim como a alameda lá fora, era iluminada por uma tremulante luz amarela na parede.

Ele parou diante de uma grande porta entre duas janelas elegantes e bateu com força. Malcolm, ignorando a horrível dor no braço esquerdo, procurou na mochila o aletiômetro em seu veludo preto. O pano se abriu quando ele o retirou, e o ouro brilhou na penumbra.

— O que é isso? — perguntou Asriel.

— É um presente pra ela — respondeu Malcolm, e jogou o instrumento entre os cobertores de Lyra.

Ouviram o som de uma chave girando, trancas cedendo e, quando um trovão ressoou, a porta se abriu para revelar um homem de aspecto distinto, segurando um lampião. Olhou para eles, atônito.

— Asriel? É você? — perguntou. — Entre, depressa.

— Deixe o lampião, reitor. Na mesa... assim está bom.

— Mas o que é que pode...

Quando o reitor se voltou, lorde Asriel pôs a bebê em seus braços antes que ele pudesse protestar.

— *Secundum legem de refugio scholasticorum, proctectionem tegimentumque huius collegii pro filia mea Lyra nomine reposco* — disse Asriel. — Cuide dela.

— Santuário escolástico? Para esta criança?

— Para minha filha Lyra, como eu disse.

— Ela não é uma catedrática.

— Então vai ter que fazer com que seja, não é?

— E esses dois?

Asriel voltou-se para Malcolm e Alice, encharcados, tremendo, imundos, exaustos e ensanguentados.

— São um tesouro — ele respondeu.

E foi embora.

Não estava nada bom; Malcolm não conseguia mais ficar em pé. Alice o segurou enquanto ele se abaixava para se deitar no tapete turco. O reitor fechou a porta. No súbito silêncio, Lyra começou a chorar.

Atai suas velas, alegres marinheiros,
pois que chegamos a um porto seguro,
onde desembarcamos alguns passageiros,
livrando esta nave de um peso tão duro.
Aqui terá ela uma segura morada,
e reparada seja sua aparelhagem,
seus bens supridos. E em mais uma jornada
até o seu destino nessa longa viagem:
possa chegar depressa e com toda coragem.

Edmund Spenser, *A rainha das fadas*, I XII 42

1ª EDIÇÃO [2017] 1 reimpressão

ESTA OBRA FOI COMPOSTA PELA VERBA EDITORIAL EM WHITMAN
E IMPRESSA EM OFSETE PELA LIS GRÁFICA SOBRE PAPEL PÓLEN SOFT DA
SUZANO S.A. PARA A EDITORA SCHWARCZ EM OUTUBRO DE 2021

FSC
www.fsc.org
MISTO
Papel produzido
a partir de
fontes responsáveis
FSC® C112738

A marca FSC® é a garantia de que a madeira utilizada na fabricação do papel deste livro provém de florestas que foram gerenciadas de maneira ambientalmente correta, socialmente justa e economicamente viável, além de outras fontes de origem controlada.